# MET GELIJKE MUNT

## EEN JURIDISCHE THRILLER

## COLLEEN CROSS

Vertaling
**BERRY MINKMAN**
Vertaling
**JEN MINKMAN**

SLICE PUBLISHING

Met Gelijke Munt

Auteur: Colleen Cross

Vertaling: Berry Minkman & Jen Minkman

Uitgever: Slice Publishing

Copyright © 2016 Colleen Cross, Colleen Tompkins



Dit boek is fictie. Alle namen, personages, plaatsen en voorvallen zijn het product van de verbeelding van de auteur of worden fictief gebruikt, en elke gelijkenis met personen in de werkelijkheid, hetzij levend hetzij dood, met bedrijfsgebouwen, met gebeurtenissen of met verhaalachtergrond berust op toeval.

ISBN: 978-1-988272-27-6

## OOK VAN COLLEEN CROSS

De Heksen van Westwick
Jong Gehekst is oud Gedaan
Een goede spreuk is het halve werk

Katerina Carter juridische thrillers
Nooduitgang
Met gelijke munt
Engel des doods
Groene schijn
In het rood
Blauwe Maandag

Wil je op de hoogte gehouden worden van Colleens nieuwste boeken,
schrijf je dan in voor haar nieuwsbrief!
http://eepurl.com/c0jsL

www.colleencross.com

# MET GELIJKE MUNT

Fraudeonderzoeker Katerina Carter heeft het moeilijk met de alzheimerdiagnose van haar oom als ze plotseling de grootste zaak uit haar carrière in de schoot geworpen krijgt. Maar alles heeft een prijs...

Als miljardair Zachary Barron Kat inhuurt om onderzoek te doen naar mogelijke verduistering binnen zijn hedgefonds, ontdekt ze een verband met het geheimzinnige en machtige World Institute: een mondiaal bedrijf dat er alles aan doet om regeringen en zelfs de wereldwijde financiële markt in zijn macht wil krijgen. En hoe dieper ze graaft naar hun onfrisse handelspraktijken, hoe meer ze beseft dat ze op het punt staat te verdwijnen in een ravijn vol duister bedrog, gewetenloze corruptie en keihard geweld.

Met de levens van haar familie en vrienden op het spel en haar carrière in de waagschaal moet Kat de moeilijkste beslissing van haar leven nemen zodat ze de mensen van wie ze het meeste houdt kan beschermen. Want het sinistere World Institute gaat over lijken om ervoor te zorgen dat hun geheimen nooit aan het licht zullen komen.

Kat speelt een dodelijk spel: ze moet een vijand die nooit verliest, geen getuigen in leven laat en Kat zelf met de dood bedreigt met gelijke munt terugbetalen...

*Motto*

*Wetten lijken op spinnenwebben, waar de grote vliegen dwars doorheen gaan
en de kleine vliegen in verstrikt raken.*

**Honoré de Balzac (1799-1850)**

# HOOFDSTUK 1

*H*ij zag er niet uit als iemand die ging sterven. Eigenlijk was dat altijd zo. Een deel van de kick was dat zij bepaalde wat er gebeurde. Er was alleen wat planning voor nodig.

'Nog een klein beetje naar achteren.'

'Een heel klein beetje.' Ze keek hem aan door de lens. Hij was minstens twee keer zo oud als zij, maar voor iemand van zestig had hij een hele goede conditie. Hij was haar in alles gevolgd toen ze naar beneden skieden en daarna was hij op sneeuwschoenen met haar meegelopen de steile Summit Trail op. Hij had haar in bed willen krijgen, net als alle andere mannen. Ze had al lang geleden besloten dat ze daar gebruik van moest maken.

Hij deed een stap terug en kwam zo dichter bij de sneeuwrand die los uitstak boven de afgrond. Ze had er goed op gelet dat ze hier uit oostelijke richting zouden aankomen, zodat hij de gevaarlijk overhangende sneeuwplaat niet zou opmerken. Haar hart ging sneller slaan, nu ze wist wat er zo zou gaan gebeuren. Er vlogen Canadese gaaitjes langs op verkenningsvlucht; de kleine vogeltjes cirkelden rond en kwamen naar beneden om de muffinkruimels weg te pikken uit de uitgestrekte hand van de man.

Het was woensdagmorgen en dit deel van de bergen was geheel

verlaten. Iemand op sneeuwschoenen was hen meer dan een uur geleden gepasseerd in de tegenovergestelde richting. Ze waren alleen.

'Lach eens.' Ze zoomde in op zijn gezicht, drukte af en voelde de opwinding in haar lichaam. Haar gezicht zou het laatste zijn wat hij ooit zou zien, haar woorden de laatste stem die hij ooit zou horen.

Hij grijnsde toen hij zijn gewicht verplaatste en zijn Gore-Tex-jack openritste. De zon scheen door de lage wolken en maakte zo vreemde schaduwen op het sneeuwdek.

Nog geen tel later vertrok zijn gezicht en maakte het zelfvertrouwen plaats voor onmiskenbare angst. Zijn mond viel open en zijn ogen straalden doodsangst uit. Dit vond ze altijd het leukst: de jager was de prooi geworden en haar slachtoffer kon voelen dat zij er iets mee te maken had.

Dat besef stond op zijn gelaat gegrift, toen de sneeuwplaat onder hem zijn gewicht niet meer kon dragen en in stukken uiteen brak. De sneeuwrand brak af van de rotswand en hij stortte naar beneden, richting het dal dat tweehonderd meter lager lag.

Zijn geschreeuw echode in het ravijn. Toen was er niets meer te horen behalve de Canadese gaaien, die een paar tellen lang enige afstand namen.

Ze glimlachte. Bijna te gemakkelijk. Ze gooide de camera over de rand. Geen kogels, geen gedoe. Geen spoor, tenzij er iemand voorbijkwam voordat het weer ging sneeuwen, wat volgens de verwachting over een paar uur het geval zou zijn. Zelfs als ze hem zouden vinden voordat het ging dooien in de lente, zou alles wijzen op een ongeluk, op een toerist die niet vertrouwd was met de sneeuwomstandigheden in dit deel van de bergen. Ze strooide de rest van de muffin uit voor de vogels. Ze pikten naar elkaar en vochten om wat er overbleef van de kruimels.

Net zoals zij vroeger. Maar nu niet meer. Zij zou altijd haar deel krijgen, zelfs als ze daarvoor een moord moest plegen.

# HOOFDSTUK 2

Katerina Carter verschoof ongemakkelijk in de harde, plastic stoel en stopte haar handen onder haar dijen. Ze had voor haar oom de vingers van beide handen gekruist, en haar knokkels deden pijn omdat ze tegen de harde stoelzitting drukten. Het sloeg nergens op, maar toch deed ze het. Ze had niets te verliezen.

Oom Harry zat naast haar en leunde naar voren, met zijn ellebogen op zijn knieën, en wachtte op de volgende vraag van dokter McAdam. Het eerste onderzoek naar zijn geestelijke gezondheid was zes maanden geleden geweest, net na het ongeluk. De diagnose, alzheimer in een vroeg stadium, had geleid tot het intrekken van zijn rijbewijs en het verliezen van de onafhankelijkheid die daarmee gepaard ging. Sindsdien was hij depressief en was zijn geheugen aanzienlijk achteruitgegaan.

In de kleine onderzoekskamer was nauwelijks ruimte voor drie personen. Sinds de diagnose had de dokter erop gestaan dat er altijd een lid van de familie aanwezig was. En dat was Kat, na de hartaanval van tante Elsie en haar plotselinge overlijden een jaar geleden.

'In welke stad bevinden we ons, Harry?' Dokter McAdam leunde achterover op zijn kruk en wachtte op Harry's antwoord.

'Vancouver.' Haar oom haalde een zakdoek uit zijn zak en veegde zijn wenkbrauwen af. Kat zag een dun laagje zweet op zijn voorhoofd.

'Oké. Wat is je huisadres?'

'Dat is simpel...418 Maple.' Harry straalde.

'Klopt. Welk jaar is het?'

'1989.'

'Hm. Welke maand?'

'Juni.'

'Welke dag?'

'Zaterdag.'

Het was echter vier december 2012, en het was een dinsdag. De weersverwachting voor vandaag klopte eindelijk eens. Natte sneeuw en vanavond kans op ijzel.

Kat keek op haar horloge. Het grootste deel van de middag was al voorbij en op kantoor lag er werk voor een hele dag op haar te wachten. Dat gold de laatste tijd voor de meeste dagen – plannen moesten worden bijgesteld, hele dagen en weken verdwenen in het niets. Ervoor zorgen dat Harry niet in de problemen kwam, dat hij te eten kreeg en rustig bleef, was praktisch een dagtaak.

'U moet een kalender aanschaffen, dokter. Zeg eens, gaat u me helpen mijn rijbewijs terug te krijgen?'

'Laten we dit eerst afhandelen, Harry.' Dokter McAdam wees naar een tekening. 'Wat zie je op dit plaatje?'

Harry wierp een heimelijke blik op Kat. 'Een horloge.'

'En op dit plaatje?' Dokter McAdam glimlachte naar hem.

'Een potlood. Makkelijk.'

'Nu wat rekenen. Begin bij honderd en tel terug door telkens zeven af te trekken.'

Harry kneep zijn handen samen. 'Hoe gaat dat ervoor zorgen dat ik mijn rijbewijs terugkrijg?'

'Doe maar wat ik je vraag, Harry.' Dokter McAdam keek Kat aan.

'Oom, Harry, ontspan je. Neem je tijd.' Twintig jaar geleden had Kats moeder eenzelfde soort test niet tot een goed einde kunnen brengen, toen voor het eerst de diagnose alzheimer bij haar werd gesteld. De veranderingen in haar gedrag en haar geheugen waren onmiskenbaar geweest, ook voor een meisje van veertien. Kat had geweten dat er iets niet klopte.

Kats vader had haar moeder vergezeld bij de afspraak. Kort daarna was hij er vandoor gegaan en had hij hen beiden voorgoed aan hun lot overgelaten. Toen was ze bij de Dentons in huis gekomen. Alzheimer was een wreed doodvonnis.

In ieder geval had Harry twintig jaar meer van het volle leven gekregen dan zijn zus. Vroege alzheimer, zoals bij haar moeder, kwam voor in bepaalde families. Had zij dat gen geërfd? Ze wilde het liever niet weten.

'Honderd.'

Stilte.

'Drieënnegentig.' Harry fronste zijn wenkbrauwen.

Kat kneep haar vingers samen en haar maag knorde. Haar plannen voor de lunch waren in de war geschopt, doordat ze twee uur nodig had gehad om Harry ertoe te bewegen het huis te verlaten. Harry at nu al zijn maaltijden bij haar en Jace, deels omdat hij altijd vergat zelf iets klaar te maken.

'Drieëntwintig.'

Ze trok een hand weg en keek opzij naar Harry. Ze had toch niet echt honger. Eigenlijk voelde ze zich een beetje misselijk. Harry had de laatste paar dagen ook geklaagd over buikkramp. Zou wel die griep zijn die heerste.

'Harry?'

'Dokter? Zijn we nu klaar?'

'Nog niet.' Dokter McAdam zuchtte en gaf hem een potlood en een klembord. 'Ik wil dat je een klok tekent met de wijzers op tien voor twee.'

Makkelijk genoeg. Harry las niet meer en deed 's morgens ook niet meer de puzzel, maar hij wist nog wel hoe laat het was. Hij gaf Kat altijd op haar kop omdat ze te laat was.

Harry tikte met het potlood tegen zijn lip en keek naar de lege pagina op het klembord. Langzaam liet hij zijn arm zakken en begon te tekenen.

Een beverige, ovale cirkel, maar het was wel een cirkel.

Kat blies zachtjes haar adem uit.

Harry legde het potlood neer op het klembord en bracht zijn hand naar zijn gezicht. Hij bewoog zijn wijsvinger heen en weer over zijn lip. Ten slotte pakte hij het potlood weer op en drukte de punt op het papier. Een streep, en toen een tweede streep.

De wijzers stonden op vijf over halfzeven.

'Kan ik nu mijn rijbewijs terugkrijgen?'

'Harry, kun je je het auto-ongeluk herinneren?' Dokter McAdam haalde een pen uit zijn zak. 'Je kunt je rijbewijs niet terugkrijgen als je niet opnieuw rijexamen doet en daarvoor slaagt.'

Harry had zijn geliefde jaren-zeventig-Lincoln door de etalageruit van Carlucci's Pasta Huis gereden, nadat hij het gaspedaal en de rem door elkaar had gehaald. Gelukkig was het ongeluk net na de lunch gebeurd, toen de meeste gasten al weg waren. Niemand raakte gewond, maar het kwaad was geschied.

Sindsdien was zijn leven in een neerwaartse spiraal terechtgekomen. Hij had talloze afspraken gemist, had zijn buurman beschuldigd van diefstal, had brand gesticht in zijn keuken nadat hij vergeten had het fornuis uit te zetten... Gelukkig had Kat op tijd het brandje kunnen blussen en was de schade beperkt gebleven tot een zwartge-blakerde muur. Ze moest er niet aan denken wat er had kunnen gebeuren.

Harry duwde het klembord terug in de handen van de dokter. 'Eén ongeluk in bijna zestig jaar! Daar heeft u mijn rijbewijs voor laten intrekken. Het is niet eerlijk. Ik heb het reactievermogen van iemand van dertig.' Harry wenkte naar Kat. 'Kat, vertel jij het hem dan.'

Kat deed net alsof ze in haar tasje naar haar mobieltje zocht.

'Kat?'

'Je hoeft je geen zorgen te maken, oom Harry. Ik rijd je wel naar afspraken.'

'Maar ik wil niet dat jij me overal naar toe brengt. Ik ben prima in staat zelf te rijden.'

'Nee, dat is niet zo. Je raakt de weg kwijt en –' Ze zei het voordat ze zich kon inhouden. 'Ik denk gewoon dat het beter voor je is, echt beter.'

'Dus jullie twee spelen onder een hoedje? Ik ben dan wel met pensioen, maar ik ben niet dood. En ook niet gek.' Hij werd rood in zijn gezicht en draaide zich om naar dokter McAdam. 'Laat me opnieuw het rijexamen afleggen.'

Dokter McAdam perste zijn lippen op elkaar. 'Ik weet niet zeker of dat een goed idee is.'

'Het is niet veilig als je achter het stuur zit, oom Harry. Stel dat het nog eens gebeurt?'

'Het gebeurt niet nog eens. Als jij me niet helpt, dan helpt Hillary me wel.'

Kat wilde iets zeggen, maar ze hield wijselijk haar mond dicht.

Dokter McAdam fronste zijn wenkbrauwen. 'Hillary?'

'U weet wel. Harry's dochter.' Alleen al de gedachte aan Hillary deed haar huiveren. Haar nichtje was er tien jaar geleden vandoor gegaan, kort nadat ze had geweigerd een lening terug te betalen die ze van haar ouders had gekregen. Een bedrag van zes cijfers. Ze hadden geweigerd haar nog meer geld voor te schieten. Dat konden ze ook niet, aangezien ze door de lening geen spaargeld meer over hadden. Ze waren jaren bezig geweest er weer bovenop te komen. Harry had het de laatste tijd inderdaad vaak over haar. Door alzheimer raakte je recente herinneringen kwijt en kwamen oude herinneringen weer naar boven, net als bij rivierrotsen die onder water afslijten.

Dokter McAdam stond op en streek met zijn handpalmen langs zijn witte doktersjas. 'Je hebt veel grotere problemen dan niet mogen rijden, Harry. Ik raad je aan om je zaken te gaan regelen, en wel zo spoedig mogelijk. Met alzheimer kan het heel snel gaan.'

'Alzheimer? Dat is belachelijk. Ik heb geen alzheimer.' Harry sprong op uit zijn stoel en liep langs dokter McAdam. Hij draaide zich bij de deur om. 'Krijg de zenuwen. Allebei!'

Hij stapte de deur uit en smeet hem achter zich dicht.

De Harry die zij kende, zou zoiets nooit hebben gedaan. Kat drong haar tranen terug toen ze opstond. Ze pakte de stoel weer snel beet toen ze zich duizelig voelde en zwarte vlekken voor haar ogen kreeg.

Dokter McAdam merkte niets en stak zijn hand omhoog. 'Wacht

nog even ... hij koelt wel af in de wachtkamer. Wij moeten toch praten. Wat heb je nog meer aan hem gemerkt?'

De vlekken voor haar ogen verdwenen en ze trilde niet meer. 'Hij heeft waanideeën. Hij praat over tante Elsie alsof ze nog leeft. Hij denkt dat er krakers in zijn huis zitten, die hem proberen te vermoorden.'

'Dat klopt bij het ziektebeeld.' Dokter McAdam schreef iets op een receptenbriefje en gaf dat aan Kat. 'Laat hem dit maar proberen. Deze pillen kunnen helpen tegen de hallucinaties en kunnen de voortgang van de ziekte misschien vertragen. Je moet serieus gaan nadenken over hoe hij kan worden verzorgd, omdat de ziekte heel veel deskundige zorg en aandacht vereist. De beste instellingen hebben een wachtlijst en daar moet je hem op zien te krijgen. Bel morgen naar de praktijk en dan regelen we een afspraak voor Harry met een andere dokter.'

'Een specialist?'

Dokter McAdam stond in de deuropening en staarde naar zijn schoenen. 'Ik kan Harry niet langer als patiënt houden. De alzheimer, snap je...'

'U wilt hem niet meer hebben als patiënt? Precies op het moment dat hij u het meeste nodig heeft?' Kat slikte een brok in haar keel weg.

'Het is ingewikkeld. Hij is sowieso beter af met een geriater.'

'Maar hij is al bijna veertig jaar uw patiënt. Hoe kan het beter zijn voor hem als hij naar een dokter gaat die hij niet kent?'

'Het zal niet veel uitmaken. Maar ik zal iemand aanbevelen...bel morgen de praktijk maar.' Hij keek op zijn horloge. 'Ik loop wat achter met mijn afspraken, dus als je het niet erg vindt....'

'Maar...'

'Sterkte met alles.' Kat stapte de gang op en dokter McAdam trok de deur achter zich dicht.

Wat een ontroerend afscheid, na veertig jaar iemands huisarts te zijn geweest.

# HOOFDSTUK 3

De natte sneeuw van die middag was bij het vallen van de avond overgegaan in ijzel. De druppels prikten tegen haar gezicht en blote handen en haar leren schoenen waren kletsnat. Ze toetste Jace' mobiele nummer in, maar voor de zoveelste keer kreeg ze zijn voicemail. Waar was hij toch?

Ze hing op zonder opnieuw een boodschap in te spreken. In haar eerste telefoontje was ze met opzet vaag gebleven en had ze hem alleen maar gevraagd haar te ontmoeten bij het medisch centrum waar de huisarts was gevestigd.

Harry was nog geen vijf minuten alleen in de wachtkamer geweest. Nu was hij weg en dat was allemaal aan haar te wijten.

'Kat!'

Ze schrok van de stem, die nauwelijks te horen was boven het geluid van de vallende ijsregen

Een meter of twintig verderop stond Jace naar haar te zwaaien; hij haastte zich naar haar toe. Zelfs in zijn grote ski-jack zag hij er lang en atletisch uit. 'Sorry...ik was opgeroepen. Ik ben hier zo snel mogelijk naar toe gekomen.'

Hij sloot haar in zijn armen en kuste haar. 'Een skiër die buiten de piste terecht was gekomen. Been gebroken – hij heeft geluk gehad dat we hem vonden voor de sneeuwstorm losbarstte. Hij zou de nacht niet hebben overleefd.' Als vrijwilliger bij de opsporings- en reddingsbrigade in het gebied van de North Shore Mountains werd Jace vaak opgeroepen als er skiërs of wandelaars werden vermist.

Een weersysteem met sneeuw in de bergen betekende in de stad vaak eindeloze stortregens. De regen van Vancouver sloeg sluipenderwijs toe en hield mensen soms wekenlang of zelfs maandenlang in zijn greep. Voordat men er erg in had, drukte het weer aan de Canadese westkust langzaam maar zeker zijn stempel op de inwoners. Dat was de reden dat er in de stad zo veel zelfmoorden plaatsvonden.

De hoge gebouwen in de binnenstad waren er de oorzaak van dat de wind rond wervelde en dat leidde er op deze plek toe dat de regen schuin tegen wandelaars aansloeg. Kat kon zich niet meer herinneren of oom Harry zijn regenjas aan had gehad of zijn dunne jack.

Jace deed een stap naar achteren en keek haar aan. 'Wat is er aan de hand? Waar is Harry?'

Ze vermeed zijn blik. 'Weg.'

'Weg? Wat bedoel je met weg?'

Ze maakte zich los uit zijn omarming en wees naar de betonnen torenflat achter haar, waar de huisartsenpraktijk was gevestigd. 'We waren bij zijn huisarts. Hij is uit de wachtkamer weggelopen.'

Jace was er niet van op de hoogte dat er zes maanden eerder bij Harry de diagnose alzheimer was gesteld. Ze hadden hun relatie een paar maanden daarvoor nieuw leven ingeblazen en ze had gewacht op het juiste moment om het hem te vertellen. Er leek alleen nooit een juist moment te zijn en het was niet heel moeilijk geweest om de ernst van Harry's probleem voor Jace te verbergen...je verwachtte nu eenmaal dat oudere mensen verstrooid raakten.

'Is hij nog steeds ziek? De griep zou nu wel over moeten zijn...'

Ze veranderde van onderwerp. 'Hij is nu al vier uur weg. Ik weet niet waar hij kan uithangen.' Kat legde uit hoe ze herhaaldelijk het gebouw en de omliggende straten had uitgekamd. Ze had overal gezocht. Maar geen teken van Harry.

Vier uur lang had haar uitgebreide zoektocht niets opgeleverd. Ze was helemaal doorweekt, uitgeput en wist niet wat ze verder nog kon doen.

Ze verstijfde toen ze krampen in haar buik voelde. Harry moest haar hebben aangestoken.

'Waarom heb je Harry niet genoemd in je voicemail? Dan was ik hier misschien eerder geweest. Vier uur is een behoorlijke tijd. Hij kan nu overal wel zijn.'

Kat duwde hem van zich af. 'Denk je dat jij het beter kan?'

Jace klemde zijn lippen even op elkaar. 'Nee, ik zeg alleen dat je met z'n tweeën meer kan dan alleen. Betrek me nou eens bij dingen voordat ze uit de hand lopen.'

Ze deed een stap naar achteren en deed haar armen over elkaar. 'Er lopen geen dingen uit de hand. Ik heb alles onder controle.' Hoe meer ze Jace erbuiten liet, hoe beter het was. Mannen gingen er vandoor als de dingen moeilijk werden. Zoals haar vader er vandoor was gegaan nadat er bij haar moeder alzheimer was vastgesteld.

'Nee, je hebt helemaal niet alles onder controle. Het gaat niet goed met je.' Hij streek over haar wang. 'Waarom laat je me niet helpen?'

Nu al deed Jace de klusjes in Harry's huis, haalde hij diens boodschappen en deed hij nog veel meer voor haar oom. Zou hun relatie standhouden of zou die door de last van de zorg voor Harry te veel op de proef worden gesteld?

Ze haalde haar schouders op en wist niet wat ze moest zeggen. Jace had gelijk. Ze had gewoon niet verwacht dat ze Harry uit het oog zou kunnen verliezen. Vooral niet omdat de enige reden om de deur uit te gaan de afspraak met de dokter was geweest. Nu was hij weg en dat was een fout die ze niet meer ongedaan kon maken.

Zijn stem werd zachter. 'Heb je de dokter verteld dat hij dingen vergeet?'

Kat knikte. Jace dacht dat Harry alleen maar vergeetachtig was.

Het voortdurende crisismanagement van de laatste paar maanden eiste nu zijn tol en ze was uitgeput door slaapgebrek. Het was onmogelijk het runnen van haar fraudeonderzoekspraktijk- een volledige dagtaak- te combineren met de zorg voor Harry. Ze maakte zich er zorgen over dat ze cruciale fouten zou maken in haar werk. Ze kon het zich niet veroorloven cliënten kwijt te raken of haar reputatie schade te berokkenen. En nog belangrijker, ze kon het zich ook niet veroorloven Harry kwijt te raken.

Kat stopte een pluk haar achter haar oor in een poging Jace boven de wind uit te verstaan. De wind floot tussen de hoge gebouwen en de windvlagen werden almaar sterker. Ze begon zich steeds meer zorgen over Harry te maken. Waar was hij toch?

Kat keek naar Jace. Zijn innerlijke rust was aanstekelijk en omstraalde haar als een aura. Met zijn rustige blik keek hij haar aan en het leek alsof er verder niemand voor hem bestond. Dat was waar ze het meest van hield. Alleen verraadde zijn gezicht nu ongerustheid, ondanks zijn pogingen die niet te laten zien.

Dokter McAdam wilde dat Harry werd opgenomen in een verpleeghuis. Kat werd opstandig bij de gedachte. Harry had altijd voor haar gezorgd, en nu was het tijd voor haar om voor hém te zorgen. Ze wilde hem zo lang mogelijk bij zich houden. Kat verplaatste haar blik van Jace' lichtblauwe ogen naar de waterstroompjes die over zijn waterproof jack liepen.

'Ik wilde je er niet mee lastigvallen. Bovendien had je te maken met de deadline voor je artikel.' Ze moest hard praten om verstaanbaar te blijven boven de wind uit.

'Lastigvallen? Ben ik niet belangrijk genoeg voor je om deel uit te maken van wat je bezighoudt?'

'Zo bedoelde ik het niet, Jace. Ik wist gewoon niet wat ik moest doen.'

'Toch had je moeten bellen.' Jace trok haar naar zich toe. Door zijn jack heen voelde ze hoe stevig hij haar omhelsde. Ze bewoog haar vingertoppen langs zijn krachtige bovenarmen.

Als er nog maar iets gebeurde, zou ze helemaal instorten en konden ze haar oprapen. Dan zou ze nooit meer de oude worden. Ze maakte zich los uit Jace' omhelzing. 'Dat zal ik voortaan doen. Maar nu hebben we geen tijd te verliezen.'

Waar zou ze zelf naartoe gaan als ze warrig werd als gevolg van dementie? Naar huis. Maar oom Harry zou zich de weg ernaartoe niet kunnen herinneren en het was te ver om van de binnenstad van

Vancouver naar zijn huis te lopen. Niet dat dat hem zou tegenhouden. Hij dacht niet zo logisch.

'Je moet niet boos op mij worden.' Jace stapte achteruit en draaide zich van haar af. 'Ik probeer alleen maar te helpen.'

Nu voelde ze zich nog slechter.

De straatlantaarns wierpen een koud, geel licht op Jace, die met zijn armen over elkaar tegenover haar stond.

Kleren van Gore-Tex en Timberlands, op alles voorbereid, altijd alles onder controle. Ze was een beetje jaloers, ook al was ze dankbaar. Verder liet niemand alles vallen als ze hulp nodig had.

'Het spijt me,' zei ze. 'Ik ben doodop. Die Barron-zaak komt morgen voor en ik ben nog niet klaar.' Hoeveel Zachary Barron in de toekomst nog waard was, was volledig van haar afhankelijk.

Forensisch accountants als Kat legden zich toe op de opsporing van fraude en het naar boven halen van verborgen bezittingen. Of, in het geval van scheidingszaken waarbij sprake was van heel veel geld, zoals in dit geval, op het leveren van deskundige analyses. Een onsmakelijke vechtscheiding, een opvliegende hedgefondsmagnaat met onmogelijke verwachtingen, een zaak waarbij het om miljoenen ging, was een zaak waarin er geen ruimte was voor fouten.

'Het gaat je lukken.'

'Ik weet dat niet zeker...ik heb nog uren werk.' Als de zaak verkeerd liep, kon Zachary Barron haar reputatie met één telefoontje tenietdoen. Als zij echter voor hem de zaak won, zou de publiciteit voor haar van onschatbare waarde zijn.

'Het lukt je wel.'

Voor Jace gold dat altijd. Ze dacht weer aan Harry. Stel dat hij op de een of andere manier gewond was geraakt of nog erger? Ze zou Jace inlichten over Harry's alzheimer...zodra hij weer veilig teruggevonden was. Ze kromp ineen toen ze weer maagkrampen voelde.

'Kat?'

'Huh?'

'Ik zei: oké, laten we naar zijn huis gaan. Maar eerst kunnen we de politie beter bellen. Die kunnen veel meer doen dan wij beiden te voet. Ik weet dat jij dat niet wilt...'

De laatste tijd had Harry minstens twee keer per week de politie gebeld, omdat hij zich inbeeldde dat er was ingebroken of dat er iets was gestolen. Niet alle politieagenten reageerden even vriendelijk als ze moesten komen voor iets wat onvermijdelijk neerkwam op de waanideeën van een oude man, dus een vals alarm. Harry wilde in zijn huis blijven wonen en zolang Kat hem in de gaten hield, had ze gedacht dat dat ook wel kon. Tot nu toe. Het ging steeds slechter en het ging ook veel sneller dan ze zich ooit had kunnen voorstellen.

'Nee, het is goed. Bel maar.'

Jace toetste het nummer in op zijn mobieltje terwijl ze naar de ondergrondse parkeergarage liepen.

Kat keek weer op haar horloge toen ze langs de schuine oprit naar beneden liepen. De rechtszaak stond gepland voor morgenochtend om halfelf.

Ze liepen de hoek om naar het eerste niveau van de parkeergarage; het licht van de heldere neonlampen wierp schaduwen op de grijze, betonnen wanden.

Toen zag ze hem ineens. Verderop in een hoek lag iemand in een foetushouding. Zijn gezicht was naar hen gericht en hij lag met zijn rug tegen de muur. Zijn bovenlichaam was gedeeltelijk bedekt met een stuk karton. Ze kon het niet met zekerheid zeggen, maar het leek erop dat de man een grijs windjack droeg.

'Oom Harry?' Ze begon te rennen.

De man ging rechtop zitten en deed het karton weg. Hij grijnsde.

Het was Harry.

Kat kwam bij hem staan en stak haar hand uit om hem overeind te helpen.

'Kunnen we nu naar huis?' zei Harry, alsof er niets aan de hand was.

# HOOFDSTUK 4

De rechter geeuwde even toen Kat klaar was met haar getuigenis. Dat was een slecht teken. In scheidingszaken waarbij grote belangen op het spel stonden, maakte de financiële analyse vaak het verschil of iemand er financieel heel goed uitsprong of volledig werd geruïneerd. Als forensisch accountant wist ze dat het altijd om de bedragen ging. Met een pennenstreek besliste de rechter over een hoge inzet. In dit geval was dat de pennenstreek van een rechter die zich zat te vervelen.

Hoe vaak Kat ook al deskundige analyses voor de rechtbank had geleverd, ze werd er altijd nerveus van. En ze voelde zich persoonlijk verantwoordelijk als de zaken voor haar cliënt verkeerd afliepen. Bij de zaak van Zachary Barron was dat ook zo. Ze verwenste zichzelf om haar gebrek aan voorbereiding. Ze had zich niet volledig kunnen concentreren. Als ze zo'n belangrijke zaak niet wist te winnen, dan zou ze haar reputatie te gronde richten en misschien ook haar praktijk. Dat was het laatste dat ze zich kon veroorloven. In verband met de zorg voor Harry had ze meer dan ooit geld nodig en het kon niet zo zijn dat slaapgebrek haar de das om deed.

Zachary Barron keek haar strak aan. Waarom staarde haar cliënt haar zo aan? Had ze iets vergeten te zeggen? Had ze iets verkeerds gezegd? Nee. Ze moest ophouden met dat twijfelen aan zichzelf.

Nu keek Zachary een andere kant op.

Ze ademde rustig uit. *Ontspan je.*

Ze waren nog maar tien minuten bezig en de zaken liepen nu al uit de hand.

'Het lijkt erop dat u een paar nullen bent vergeten op uw rekenmachine, mevrouw Carter.'

Kat verwachtte half dat Connor Whitehall haar een knipoog zou geven, net alsof ze een trucje had laten zien –een grijze advocaat die een veel jongere getuige-deskundige de les las. Hij was zo'n dertig jaar ouder dan zij en zijn verschijning was indrukwekkend; hij zag eruit als een ervaren presentator van een nieuwsprogramma op de tv en hij droeg een duur pak. Die verschijning gebruikte hij om haar betrouwbaarheid in twijfel te trekken.

'Ik heb niets over het hoofd gezien.' Kat probeerde om niet te verdedigend over te komen. Ze zat met samengeknepen handen in de getuigenbank. Met uitzondering van het echtpaar Barron en hun advocaten was er verder niemand in de rechtszaal aanwezig. Victoria en Zachary Barron zaten aan weerszijden van de rechtszaal en vermeden zorgvuldig ieder oogcontact.

Whitehall schudde het hoofd. Hij richtte zijn blik op de rechter en slenterde zijn richting uit. De rechter keek op van wat hij aan het lezen was toen het geluid van Whitehalls voetstappen in de rechtszaal weerklonk.

Kat meende dat ze een blik van verstandhouding uitwisselden. De rechter was waarschijnlijk ook van mening dat ze dom was. Misschien was dat de reden dat hij niet luisterde.

Stel dat ze een fout had gemaakt? Met minder dan drie uur slaap en zonder tijd om vanmorgen nog te oefenen was ze niet echt in topvorm. Ze had oom Harry weer meegenomen naar de rechtbank, omdat ze geen andere mogelijkheid had gezien, Het was te riskant om hem alleen thuis te laten. Hij was ervan overtuigd dat de krakers in zijn huis hem wilden vermoorden. Deze keer had ze hem 'gestald' in de koffiehoek in de hal en de serveerster omgekocht om op hem te letten. Ze voelde zich daar schuldig over, maar ze had alle andere mogelijkheden opgebruikt.

Ze had niets over het hoofd gezien, stelde ze zichzelf gerust. Whitehall gebruikte gewoon oude advocatentrucjes om haar onder druk te zetten. Ze was de enige forensisch accountant in de rechtszaal en de enige gespecialiseerde fraude-expert. Toch was het achterhalen van de bezittingen van een multimiljonair nooit eenvoudig.

'U heeft honderden miljoenen dollars over het hoofd gezien!' Whitehall draaide zich om en om zijn mondhoeken speelde een hatelijke grijns. 'En toch noemt u zichzelf forensisch accountant?'

Whitehall wachtte even voordat hij op zijn gemak terugliep naar de getuigenbank waar Kat zat. Hij leunde naar voren en kwam zo dichtbij dat Kat kon ruiken dat hij koffie had gedronken. Kat hield haar adem in. Waarom voelde het alsof zij terecht stond?

'Ik maak bezwaar!' Zachary Barrons advocaat deed iets. Deed éíndelijk iets. Kat was al begonnen te denken dat ze voor de wolven was gegooid. Of nog erger, voor een roofzuchtige advocaat.

'Toegewezen.' De stem van de rechter verraadde geen emotie toen hij op zijn horloge keek. Hij telde de minuten af tot de lunch.

Scheidingszaken brachten het slechtste in de mens naar boven, nog meer dan in zaken waar het ging om fraude, witteboordencriminaliteit of dergelijke dingen. Maar deze kleinschalige oorlogen zorgden er wel voor dat haar praktijk als forensisch accountant op een regelmatige bron van inkomsten kon rekenen; ze brachten brood op de plank.

Deze keer werkte ze voor de cliënt die het geld had. Hij zou haar factuur op tijd betalen en ook voor het volledige bedrag. In de afgelopen weken had ze het voorwerk gedaan, had ze alle bezittingen vastgesteld, had ze de taxaties gecontroleerd, net als de ramingen en de wettelijke aanspraken en had ze zelfs een paar verrassende ontdekkingen gedaan. Ze moest zich daar gewoon op baseren en dan zou de zaak in twintig minuten geregeld zijn.

Kat keek naar haar cliënt. Zachary Barron zat met zijn hoofd naar beneden, want hij toetste het zoveelste bericht in op zijn mobieltje. Hij was midden dertig, net als zij, maar met meer geld dan zij in haar hele leven ooit bij elkaar zou zien. Hij zou op zich veel van dat geld in de komende tien minuten kwijt kunnen raken als Whitehall gelijk zou krijgen. Ook al stond er zo veel op het spel, hij beschouwde deze rechtszaak kennelijk als een hinderlijke onderbreking. Haar brak het zweet echter uit, en het ging niet eens om háár geld.

'Mevrouw Carter?' vroeg Whitehall.

'Stelt u mij een vraag?'

'Ja, ik stel u een vraag. Ik trek de taxatie in twijfel die u heeft gedaan van de gezamenlijke, echtelijke bezittingen.'

'Dat lijkt niet echt op een vraag.' Kat beantwoordde Whitehalls blik met eentje waaruit zo goed mogelijk haar verbazing en verwarring af te lezen was. Dat was misschien brutaal, maar wat hij kon, kon zij ook.

'Mevrouw Carter! We doen hier geen spelletje Risk. U heeft de echtelijke bezittingen op dertig miljoen getaxeerd. Waarom heeft u het bedrijf van het echtpaar Barron buiten beschouwing gelaten?' Hij tikte met zijn pen op haar documenten, wat harder dan noodzakelijk, om zijn punt kracht bij te zetten.

Prachtig. Nu had ze Whitehall boos gemaakt.

Zelfs Zachary keek op van de papieren die hij zat te lezen en glimlachte. Ze was van een ding overtuigd – als er voor háár miljoenen op het spel hadden gestaan, zou ze absoluut geen achterstallig werk hebben zitten doen zoals het lezen van documenten.

Victoria Barron, Zachary's ex, ex-deeltijd-financieel manager en een lopend reclamebord voor plastische chirurgie, zat aan het tafeltje tegenover haar en deed haar benen over elkaar en weer van elkaar. Haar gelaatsuitdrukking bleef onbewogen, behalve dat er een voortdurend glimlachje om haar lippen speelde. Kat bedacht dat die glimlach wel een gevolg moest zijn van te veel plastische chirurgie.

'Zal ik?' vroeg Kat.

Ze stond op uit haar stoel en liep naar de flipover waarop haar overzicht stond van de bezittingen van de Barrons. Kat richtte haar laserpen op het deel van het organogram dat betrekking had op de bezittingen van Zachary: Edgewater Beleggingen.

Het was ingewikkeld. Werkmaatschappijen, holdings, offshore trusts. Zachary was zo voorzichtig geweest om zo weinig mogelijk onder zijn eigen naam te doen. Ze besteedde de volgende tien minuten aan uitleggen hoe de diverse onderdelen van het bedrijfsnetwerk zich tot elkaar verhielden.

Whitehall trok zijn wenkbrauwen op, liep weg en liet zich in de stoel naast Victoria Barron zakken. Hij kruiste zijn armen en wierp Kat een blik toe vol minachting.

Ze glimlachte naar hem. 'Zal ik verder gaan?'

Hij keek haar woest aan.

Victoria Barron, die binnenkort Zachary's ex-society-vrouw zou zijn, had haar pijlen niet alleen gericht op de helft van de echtelijke bezittingen, maar ook op de helft van Zachary's bedrijf. Er hing een bedrag van honderd miljoen af van Kats interpretatie van wat er wel en wat er niet hoorde bij de echtelijke bezittingen. Maar Zachary had een huwelijkscontract waarin stond wat van hem was.

'Edgewater Beleggingen is het bedrijf van de heer Barron. Het behoort zeker niet tot de gemeenschappelijke bezittingen, dus heb ik het niet opgenomen bij de bezittingen die moeten worden verdeeld.' Ze ging met haar laserpen vanaf de plek boven het Edgewater-deel van het organogram naar twee andere rechthoeken met in elke rechthoek een holding. Een daarvan was eigendom van Zachary Barron, de andere van zijn vader, Nathan Barron.

'Dat klopt niet. Mijn cliënt heeft recht op de helft daarvan.'

'Als dat zo is, dan moeten we diezelfde redenering toepassen op het bedrijf van mevrouw Barron.'

'Dat is alleen maar theoretisch zo,' snoof hij. 'Ze heeft geen bedrijf.'

Eigenlijk bestonden haar bedrijfsactiviteiten uit het sluiten van voordelige huwelijken. En haar derde huwelijk was bijna voorbij. 'Weet u dat zeker?' vroeg Kat.

'Natuurlijk weet ik dat zeker!' Whitehall sprong op uit zijn stoel en liep naar haar toe. 'En ik ben degene die de vragen stelt en niet u.'

'U moet echt met uw cliënt praten. Volgens mijn gegevens heeft ze omvangrijke beleggingen en ook een zeer riant inkomen. Heeft ze u daar niets over verteld?'

Whitehall deed een stap naar achteren, duidelijk verrast. Hij wierp Victoria Barron een boze blik toe. Haar ogen gingen wijd open en haar mond vormde een perfect ronde Botox-O.

Kat liet een tweede flap zien met de details van Victoria Barrons winstgevende beleggingen in wijn en onroerend goed, contracten met betrekking tot haar plastische chirurgie realityshow en een recent contract met een cosmeticafabrikant voor een nieuw geurtje. Ze had alles goed verborgen gehouden; de winsten werden weggesluisd naar offshorebedrijven op de Kaaimaneilanden. Maar een spreadsheet was een dodelijk wapen in de handen van een goede forensisch accountant.

'Dat zijn geen beleggingen,' schimpte Whitehall. 'Dat zijn persoonlijke bezittingen.'

Kat keek naar Victoria. Ze had haar perfect gemodelleerde schouders laten zakken en haar ogen even dicht gedaan. 'Misschien als het zou gaan om een paar flessen wijn. Maar vorig jaar heeft ze alleen al op haar wijnbeleggingen een winst van tweehonderdduizend dollar behaald. En de waarde van haar onroerend-goedportfolio is een getal van acht cijfers. Dat is wel meer dan een hobby.' Haar analyse had de mythe van de afhankelijke huisvrouw doorgeprikt – nu was het aan de rechter om te beslissen.

'Dat komt nauwelijks in de buurt van honderd miljoen.' Whitehall klonk gelaten en verslagen.

'Wat houdt ze nog meer voor ons verborgen?' Kat draaide zich om en glimlachte naar de rechter, maar hij zat met zijn hoofd naar beneden de krant te lezen die Kat eerder had opgemerkt. Hij had de krant verborgen onder een dossiermap op zijn bureau.

Whitehall liep rood aan toen hij zonder iets te zeggen terugliep naar zijn stoel. Hij had dit niet verwacht en waarschijnlijk gedacht dat hem geen vragen zouden worden gesteld. Niet goed voorbereid. Zij had van hem gewonnen en hij wist het.

'Dat is nog maar een van de tientallen verkooptransacties van het afgelopen jaar. Of heeft ze u dat niet verteld?'

Zijn gezicht werd nu donkerrood. Zelfs van zes meter afstand zag Kat hoe zijn knokkels wit werden doordat hij ze tegen de oude, eiken tafel drukte.

Stilte.

'Waarom vraagt u het haar zelf niet?' Kat wees met haar pen. 'Zoals u hier kunt zien, is zij de heer Barron eigenlijk geld schuldig in plaats van andersom.'

Geen antwoord.

Zachary maakte een beweging.

Kat voelde dat haar gezicht rood werd. Was ze te ver gegaan?

'Helemaal niet, mevrouw Carter. Uw cijfers kloppen niet.'

Kat haalde diep adem en liet een derde flap zien. Ze stond op het punt uit te leggen waarom Whitehall ongelijk had, toen de deur van de rechtszaal met een klap openging. Ze keek verschrikt op.

'Kat!'

Oom Harry stond in de deuropening en zwaaide met zijn sleutels.

'Je moet me helpen! De Lincoln is weg.'

Oom Harry – die zich opnieuw niets meer kon herinneren van het ongeluk.

Kat gebaarde dat Harry moest gaan zitten. Rechters waren onvoorspelbaar. Dit was precies iets waardoor de rechter zich tegen haar cliënt zou kunnen keren.

Oom Harry deed zijn armen in de lucht met een overdreven gebaar, maar liet zich toen zakken in een stoel op de tweede rij. Ze hoopte dat hij nog een paar minuten zijn mond zou houden.

'Kennis van u?' Whitehalls wenkbrauwen gingen omhoog.

Kat reageerde er niet op.

Harry's stem klonk opnieuw, een ongelukkig gevolg van de goede akoestiek in de zaal.

'Die stomme sleepbedrijven! Waarom kunnen ze geen briefje achterlaten of een telefoonnummer of zoiets?'

De rechter wenkte de gerechtsdeurwaarder achter in de zaal.

'Edelachtbare, het spijt me. Staat u mij toe.' Als ze de zaak al niet eerder had verknoeid, dan was dat nu zeker het geval. Ze liep met grote passen op Harry af zonder te gaan rennen.

'Waar, oom Harry? Op de stoep?' Kat fluisterde toen ze hem zachtjes op zijn arm klopte. 'Nog tien minuten. Dan gaan we je auto zoeken.' De Lincoln stond veilig geparkeerd in Harry's garage.

Ze had de afstandsbediening om de garagedeur open te doen uitgeschakeld als extra voorzorgsmaatregel, aangezien hij weigerde afstand te doen van zijn autosleutels.

'Ze hadden me in ieder geval kunnen bellen.' Hij tuitte zijn lippen en deed zijn armen over elkaar.

Whitehall draaide zich om en keek de rechter aan. 'Edelachtbare, moeten we hier echt nog verder naar luisteren?'

'Nee, mijnheer de advocaat, dat denk ik niet.'

Whitehall keek triomfantelijk.

Kat nam weer plaats in de getuigenbank. Ze keek naar Victoria Barron, die glimlachend in haar handspiegeltje keek om haar make-up te checken.

De glimlach verdween van haar gezicht toen de rechter sprak.

'Het oordeel van de rechtbank is dat er drie miljoen aan echtelijke bezittingen gelijkelijk te verdelen is. Daarmee is de zaak afgedaan.'

Zachary Barron klapte zijn map dicht en ging rechtop zitten. Hij had weer alle aandacht. Alsof iemand een schakelaartje had overgehaald.

Kat had een goed gevoel moeten hebben, maar van echtscheidingszaken raakte ze altijd van slag. Hoe konden twee mensen verliefd worden en dan elkaar binnen drie jaar zo haten? Geld bracht het slechtste in mensen naar boven. Ze waren bereid ervoor te sterven en er een moord voor te doen. Ze had dat al tientallen malen meegemaakt in haar werk.

Daarom zou zij nooit trouwen. Zelfs niet met Jace, ondanks zijn aanzoek. Ze hadden er verhitte discussies over gevoerd en ze waren twee jaar geleden om die reden uit elkaar gegaan. Het laatste jaar hadden ze weer geprobeerd samen te wonen en ze ging dat niet verpesten door te gaan trouwen.

Ze schoof haar papieren in haar koffertje en ging recht op Harry af.

'Laten we naar buiten gaan.' Ze stak haar arm door de zijne en leidde hem de hal uit. Het was vandaag al de tweede keer dat Harry dacht dat hij zijn Lincoln kwijt was. 'Oom Harry – misschien wordt het tijd dat je...'

Harry stak bij wijze van protest zijn arm in de lucht.

'Wil je alsjeblieft ophouden, Kat? Ik heb gewoon het recht om te rijden. Ik rijd beter dan al die andere dwazen op de weg. Zij zijn het die de problemen veroorzaken.'

'Mogen autorijden is een voorrecht en maakt het leven gemakkelijker. Maar als we ouder worden, is het soms beter als...'

'Zo moet je niet met me praten, jongedame! We! Ik ben misschien wel oud, maar je moet me niet als een klein kind behandelen!'

Harry sprak met stemverheffing en hij was goed te horen in de holle, marmeren foyer. Groepjes juristen, gerechtsdeurwaarders en anderen draaiden zich om en keken naar haar; de meesten wierpen haar wantrouwende blikken toe.

'Wind je niet zo op, oom Harry. Ik maak me gewoon zorgen om je.'

'Dat weet ik wel.' Zijn stem kraakte. 'Maar het is frustrerend. Wat is er met me aan de hand, Kat?' Harry wreef met zijn hand over zijn kale hoofd.

'Het is goed, oom Harry.' Kat raakte zijn arm aan. 'Je hebt het gewoon druk gehad. We vergeten allemaal weleens dingen.'

De onverwachte hartaanval van tante Elsie, kort na de zaak van de Liberty Diamantmijnen, had Harry hard getroffen. Dokter McAdam dacht dat de stress die dat had veroorzaakt de achteruitgang in zijn mentale gesteldheid had versneld. Nu was Kat eigenlijk zijn enige familie. De volgende fasen in dit proces van dementeren maakten ook haar bang.

'Het is gemakkelijker om de bus te nemen. Dan hoef je je geen zorgen te maken over je auto en over parkeren.' Kat kneep in zijn hand. 'Als je ergens naar toe moet, kan ik je ernaartoe rijden.'

'Nadat je vorig jaar je auto de Fraser in hebt gereden?' Harry trok zijn hand weg. 'Nee, liever niet.'

Zijn langetermijngeheugen was duidelijk nog prima in orde.

'Kat...wacht even.'

Kat draaide zich snel om. Zachary Barton maakte zich los uit de menigte en kwam op haar af. Aan weerszijden maakten de mensen ruimte en lieten de doorgang voor hem vrij alsof hij van koninklijken bloede was. Een man in een strak pak van het merk Ermenegildo Zegna betekende succes en macht. Kats wandeling met Harry van zoeven had meer weg gehad van een worstelpartij; arm in arm hadden ze zich al zigzaggend en gebruikmakend van hun ellebogen een weg gebaand door de menigte.

Zachary kon onmogelijk kwaad zijn over de uitspraak. Of misschien toch? Al bespaarde ze een cliënt honderd miljoen, toch vond hij wellicht nog iets om over te klagen. Hij had haar factuur nog niet eens gezien.

'Kat? Ik moet met je praten.'

'Natuurlijk. Je begrijpt toch dat de uitspraak heel gunstig voor je is. Het is moeilijk om --'

'Het gaat niet over de scheiding.' Hij keek om zich heen om na te gaan wie zich binnen gehoorsafstand bevond en leunde naar haar toe. 'Je behandelt toch ook fraudezaken?'

'Ja, natuurlijk.' Bedrijfsfraude en scheidingszaken waren de twee belangrijkste componenten in haar praktijk van forensisch accountant. Maar Harry was zich aan het opwinden; ze moest hem kalmeren zodat hij de Lincoln uit zijn hoofd zou zetten.

Harry! Kat draaide zich om, maar hij was al weg. Het was lunchtijd en Harry was opgeslokt door de menigte. Haar ogen speurden de menigte af, net zoals bij een zoekplaatje, maar dan met echte mensen. Ze zag niets. Een golf van paniek overspoelde haar. Hoe kon ze een korte, kalende man van tachtig vinden in deze menigte?

Plotseling zag ze hem vanuit haar ooghoek. Een grijze haarlok, een beige regenjas. Harry – of in ieder geval iemand die op Harry leek – ging in de verte de hoek om.

'Zachary – kan ik je later vanmiddag terugbellen? Er is net iets gebeurd.'

Ze toetste het nummer van Harry in op haar mobieltje in een

poging hem te bellen en terug te laten komen. Zelfs als hij zijn mobieltje bij zich had, zou hij waarschijnlijk niet opnemen, maar het was het proberen waard.

'Er is haast bij,' zei Zachary. 'Ik kom vanmiddag naar je kantoor. Twee uur.'

Het was meer een bevel dan een verzoek. Kat keek op van haar mobieltje om te protesteren, maar Zachary Barron was er al vandoor.

# HOOFDSTUK 5

Kat en Harry aten de restjes op van de Chinese afhaalmaaltijd die ze had besteld nadat ze Harry twee uur eerder had gevonden op de trap van het gerechtsgebouw. Het leek erop dat het voedsel haar maag tot rust had gebracht en het voelde goed aan weer terug te zijn bij Carter & Partners na alle hectiek in de rechtszaal van die ochtend. De honderd jaar oude bakstenen muren van haar kantoor zouden niet bestand zijn tegen een sterke aardbeving, maar vandaag leek haar kantoor wel een vesting. De wat ongure buurt en de 'rustieke' meubels voelden geriefelijk aan, vooral nu haar oom eindelijk weer gezond en wel aanwezig was.

'Hillary is weer terug, Kat. Het is net alsof ze nooit is weggeweest.' Harry's ogen straalden toen hij de woorden sprak.

De terugkeer van Hillary was een van Harry's waanideeën waar Kat geen behoefte aan had. Er ging een huivering door haar heen toen ze zich de eerste week herinnerde dat ze bij Harry en Elsie in huis woonde. Ze kwam terug uit school en Hillary stond grijnzend bij de open haard. Ze stond voor het vuur met Kats foto's in één hand, terwijl ze met haar andere hand Kat wenkte dichterbij te komen. Toen liet ze de foto's een voor een in de vlammen vallen. De foto's van haar moeder waren voorgoed weg. Alles wat ze nu nog had, waren herinneringen en die werden elk jaar vager.

'Oh ja?' Kat speelde het spelletje mee. Ondanks haar eigen gevoelens zou het alleen maar meer stress bij Harry veroorzaken als ze hem eraan herinnerde dat hij het bij het verkeerde eind had.

'Echt. Fantastisch, vind je niet?'

Kat stak haar hand uit om een tweede loempia te pakken. 'Wanneer is ze teruggekomen?'

'Een poosje geleden. Ze komt weer naar huis. Ik wou dat Elsie er was om haar te zien. Ze zou zo trots zijn.'

Harry zat achter het bureau bij de receptie en Kat zat met gekruiste benen op de bank. Ze voelde zich meer ontspannen na even te hebben hardgelopen. Ze had een loopband in het tweede kantoor laten zetten, zodat ze nog steeds kon gaan fitnessen en toch haar oom in de gaten kon houden.

'Trots?' Trots dat zijn dochter het lef had haar gezicht te laten zien na wat ze had gedaan?

'Ze heeft een nieuwe baan.'

'Als wat?' Hillary had nog nooit in haar leven een dag gewerkt. Tenzij je het bedriegen van mensen en geld van ze aftroggelen als werk zag. Ze had Harry en Elsie overgehaald om haar al het geld te lenen dat ze voor hun pensioen hadden gespaard met de belofte dat terug te betalen. Ze hadden nooit meer iets van haar gehoord. Sommige dingen kon je maar beter vergeten.

'Weet ik niet meer. Maar het is iets heel belangrijks.'

'Dat zal vast wel,' zei Kat. Als het niet zo was, zou Hillary het al gauw mooier voorstellen of, nog waarschijnlijker, gewoon iets verzinnen.

'En ze ziet ernaar uit jou weer te ontmoeten.'

Kat voelde een steek van angst. Hillary betekende altijd moeilijkheden. Maar haar angst was nergens op gebaseerd: Hillary bestond nu toch alleen nog maar in Harry's verbeelding?

'Zakenlunch?'

Kat werd opgeschrikt door het horen van de mannenstem. Ze had het eerstkomende uur nog niemand verwacht.

Zachary Barron stond in de deuropening en staarde naar haar. Ze was zich plotseling bewust van hoe ze er uitzag: roodbruin piekhaar en opgedroogd zweet op haar gezicht van het rennen. Als hij iets dichterbij kwam, zou hij haar vochtige, stinkende trainingskleren ruiken. Ze slikte zo vlug als ze kon haar hap Chow Mein door en toen werd ze gered door Harry.

Hij kwam vlug achter de receptie vandaan, verrassend vlug voor iemand van tachtig. 'Ik geloof niet dat we elkaar al ontmoet hebben. Mijn naam is Harry Denton, Kats zakenpartner.'

Harry stak zijn hand uit. Zachary schudde die en was zo fatsoenlijk niet te zeggen dat ze elkaar eerder op de dag ook al waren tegengekomen.

Op het naambordje op de kantoordeur stond Carter & Partners, maar in werkelijkheid zat Kat al zonder partner sinds ze twee jaar geleden het kantoor had betrokken. Niettemin had Harry altijd excuses bedacht om langs te komen, dus had Kat hem formeel als haar partner aangesteld.

Het was in ieder geval zo dat zijn aanwezigheid op het kantoor haar de mogelijkheid gaf hem in de gaten te houden, wat belangrijk was omdat hij inmiddels voor praktisch niets of niemand enige belangstelling had. Zijn maatjes op de curlingclub veegden nu het ijs zonder hem en in zijn eens goedverzorgde tuin groeide nu alleen nog maar onkruid.

Naarmate ze meer tijd met elkaar doorbrachten, werd ze zich steeds meer bewust van de achteruitgang in zijn mentale gesteldheid. Hoe dan ook, ze vond het prettig dat hij bij haar op kantoor zat en vond het goed dat hij daardoor nog contact met mensen had.

'Mmm. Excuses.' Kat slikte een hap bami door. Ze stond op en veegde haar hand af aan haar korte broek. 'Normaal gesproken zie ik er niet zo, eh...'

'Je hoeft niets uit te leggen. Dit kan heel snel.'

Snel rijk worden, snel trouwen, snel scheiden. Moest Zachary Barron echt alles snel doen?

'Had je niet twee uur gezegd?'

'Ik doe niet echt aan afspraken. Kunnen we wel of niet praten?' vroeg Zachary.

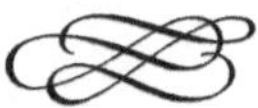

# HOOFDSTUK 6

Zachary Barron zat op het puntje van de leren fauteuil tegenover Kats bureau. Zijn maatpak en stropdas pasten niet echt bij het sjofel-chique interieur van het kantoor, maar hij leek geen acht te slaan op het meubilair en ook niet op het prachtige uitzicht.

De ramen van Kats kantoor boden uitzicht op de haven van Vancouver, een uitzicht dat zelfs in de regen spectaculair was. De haven was nu echter verlaten. De grote cruiseschepen, die 's zomers van hier naar de Alaska Inside doorvaart gingen, waren afwezig. De enige activiteit aan de waterkant vandaag kwam van een stuk of tien dikke zeemeeuwen op zoek naar voedsel.

Zachary leunde naar voren met zijn ellebogen op Kats bureau. 'Ik wil dat je mijn zakenpartner onderzoekt.'

'Je zakenpartner? Maar dat is toch je...?'

De lijnen om Zachary's mond verhardden zich. 'Nathan Barron. Ja, dat is mijn vader. Maar dan kan hij nog steeds fraude plegen.'

'Hij heeft Edgewater opgericht.' Door Zachary's scheidingszaak was Kat op de hoogte van het ingewikkelde netwerk van met elkaar verbonden maatschappijen waar vader en zoon de scepter over zwaaiden.

'Twintig jaar geleden. Maar het bedrijf dat hij is begonnen lijkt niet meer op het huidige Edgewater. In die tijd ging het om kleinschalige transacties, meestal wat 'kruimels' die zijn vriendjes van de universiteit zijn richting op wierpen. En de omzet liep terug.'

'Wat is er veranderd?'

'Tien jaar geleden kwam ik bij het bedrijf. Ik heb Edgewater gemaakt tot wat het nu is.'

Bescheiden was hij niet. 'Hoe heb je dat gedaan?'

Zachary leunde achterover en deed zijn das goed. 'Mijn model van handelen op eigen rekening maakte van Edgewater het op een na grootste hedgefonds ter wereld. De financiële resultaten maken duidelijk hoe succesvol we zijn, maar waar is het geld? Ik had vorige week problemen, toen ik een overeenkomst wilde afsluiten. Volgens de bank hadden we niet genoeg geld. Hoe kan dat?'

'Zou het niet kunnen gaan om iets tijdelijks?'

'Onmogelijk. Voor een hedgefonds met een waarde van vele miljoenen is ons handelsmodel heel simpel. We kopen en verkopen valuta op basis van mijn model van handelen op eigen rekening. De transacties worden een paar dagen later afgerekend en de commissies voor de aandelenmakelaar worden betaald als onderdeel van de transactie. Afgezien van de huur voor het kantoor, salarissen en kosten is er niets waar we geld aan uitgeven.' Zachary overhandigde Kat het meest recente jaarverslag van Edgewater.

'Nathan heeft zich altijd beziggehouden met back-officezaken en ik met het echte handelen. Ik heb nooit enige aandacht geschonken aan de administratieve zaken tot vorige week, toen de bank zei dat we geld tekort hadden. Waar is al het geld gebleven?'

Kat was bekend met de voorlopige jaarresultaten; die hadden deel uitgemaakt van de scheidingsprocedure van het echtpaar Barron. Ze sloeg het verslag open op de bladzijde waar de inkomsten werden vermeld. Haar mond viel open, Ze had de uiteindelijke, door de accountant goedgekeurde cijfers tot nu toe niet gezien. 'Edgewater verdiende twee miljard na aftrek van belastingen? Dat is veel meer dan ik dacht.'

Had Zachary de datum van publicatie van het jaarverslag zo

gepland dat dit gunstig was voor de scheidingsprocedure? Of hij dat nu wel of niet had gedaan, de uitkomst was wel gunstig voor hem geweest.

'Dat is wat ik bedoel. Waar is het geld gebleven? Twee miljard netto-omzet en maar een paar miljoen op de bank. Edgewater heeft al zijn krediet opgebruikt. Waarom hebben we zo weinig geld als het bij de meeste van onze transacties om honderden miljoenen dollar gaat?'

'Dat hoeft nog niet per se fraude te betekenen, Zachary. Het kan gaan om mismanagement.' Kat was zich plotseling bewust van het feit dat Harry zich vlak buiten haar kamer bevond. Hij liep heen en weer met gefronste wenkbrauwen.

'En daar moet ik me beter door voelen?'

'Dat niet, maar we moeten alle mogelijkheden in overweging nemen. In ieder geval ga ik het uitzoeken. Wanneer heb je dit nodig?' Kat hoopte dat ze de deadline wat kon opschuiven. Ze keek de hal in. Ze had afleiding nodig voor oom Harry, en wel zo snel mogelijk.

'Gisteren. Zonder dat ik toegang heb tot geld, kan Edgewater niet langer dan een paar dagen handeldrijven.'

'Heb je het hier met je vader over gehad?' Door Zachary's scheidingszaak wist Kat dat de verhouding tussen vader en zoon gespannen was. Haar taxatie van Edgewater Beleggingen was gebaseerd op een gelijke verdeling tussen vader en zoon. Nathan Barron, echter, had bezwaar gemaakt en dacht er zelfs over juridische stappen te zetten tegen zijn zoon.

'Nee, ik wil eerst dat jij rondsnuffelt voor ik met hem praat. Ik moet over alle feiten beschikken.'

'Dat kan ik wel doen. Hoe zit het met beleggingsverliezen? Daar kun je ook je geld door kwijtraken.' Kat strekte haar nek om de hal in te kijken toen Harry weer uit zicht verdween.

'Onmogelijk. We hebben een geweldig jaar achter de rug. Minstens drie keer hebben we een geweldige slag geslagen en over het geheel genomen zit de winst bij onze transacties in de dubbele cijfers. We zouden moeten zwemmen in het geld. In plaats daarvan zijn we praktisch failliet. Ik ben niet betrokken bij de dagelijkse zaken – dat doet mijn vader – maar als het om de transacties gaat, weet ik precies waar ik op heb ingezet en hoeveel procent daarop is verdiend.'

'Hoe zit het met onttrekkingen? Als een paar grote beleggers hun geld terughalen, dan kan de hoeveelheid beschikbaar geld enorm afnemen.' Oom Harry stond weer voor de deur met zijn chequeboek in zijn hand. Ze had het kunnen weten. Hij was al weken bezig te proberen zijn rekening op orde te krijgen, maar had iedere hulp geweigerd.

Zachary gromde. 'Nee, er gebeurt precies het tegenovergestelde. Beleggers doen hun uiterste best om bij ons fonds binnen te komen. Het is zelfs zo dat de som van het aantal nieuwe beleggingen het dubbele bedraagt van de beleggingen die worden verzilverd. Het Evergreenfonds biedt torenhoge winsten – allemaal door mijn handelsmodel. De winst op onze beleggingen is veel hoger dan die van onze concurrenten.'

Oom Harry keek ongerust de kamer in.

'Oom Harry? Is alles goed?'

'Eh, ja.' Harry keek op zijn horloge en verdween weer de hal in.

Kat richtte zich weer tot Zachary. 'Ik heb toegang nodig tot je kantoor en inzage in alle financiële gegevens van Edgewater, zoals de loonlijst en alle transacties die te maken hebben met betalingen en ontvangsten. En toegang tot het boekhoudsysteem. 'Ze keek op haar horloge. Het was net drie uur geweest. 'Ik kan vanavond beginnen.'

'Prima. Ik ben tot ongeveer tien uur op kantoor. Nathan is weer ergens heen, dus kom maar zo snel als je kan.' Zachary ging staan. 'Ik moet er vandoor.'

'Voor je weggaat – waarom ben je er zo zeker van dat het om fraude gaat? Nathan heeft Edgewater opgericht. Waarom zou hij stelen van het bedrijf?'

'Hoe kan er anders geld verdwijnen? Nathan is een ordinaire dief.' Zachary zei dit met minachting.

Duidelijk niet op goede voet met elkaar. Hoe slaagden vader en zoon erin iedere dag met elkaar samen te werken? Ging het om iets dat recent gebeurd was of hadden ze al veel langer ruzie met elkaar?

'Heb je enig bewijs voor je verdenking?' Kat leunde achterover in haar stoel en keek Zachary aandachtig aan. Forensisch accountants leken een beetje op psychiaters in de financiële wereld. Haar psychoanalyse was gebaseerd op het stellen van goede vragen. Als mensen vrijuit praatten, gaven ze altijd meer van zichzelf bloot.

'Nee, maar je zal die bewijzen vinden. Daar ben ik zeker van.'

'Als er echt fraude is gepleegd, waarom dan nu ineens? Waarom niet vijf of tien jaar geleden?'

'Hoe succesvoller ik ben, hoe meer moeite hij daarmee heeft. Het kan niet echt om het geld gaan. Hij heeft alles wat hij nodig heeft. Je kunt het geld dat wij verdienen gewoon niet allemaal uitgeven.'

Harry was weer terug. Maar deze keer bleef hij niet in de hal staan. 'Kat, het spijt me dat ik stoor. Je moet me helpen. We moeten naar de bank voordat die dichtgaat. Ik heb een lening nodig.'

'Oom Harry, je moet even wachten.' Kat vond het vervelend om Harry te laten wachten, maar er zat een betalende cliënt tegenover haar. Ze draaide zich om naar Zachary. 'Als je vader steelt, dan is dat misschien zijn manier om met je af te rekenen. Zoals je al zei, miljardairs zoals hij hebben niet nog meer geld nodig.'

'Je zou verwachten dat hij dankbaar zou zijn. De fondsen die we beheren, lieten een astronomisch hoge groei zien nadat ik bij Edgewater kwam. Mijn model van voor eigen rekening handelen pikt de winnaars eruit en wij doen het beter dan wie dan ook. Hij kan zich wentelen in ons succes zonder daar iets voor te doen.'

'Wat is er zo bijzonder aan jouw model? Waarom zou hij dat niet zonder jou kunnen gebruiken?'

'Valutaspeculatie is voor een deel technische analyse en voor een deel intuïtie. Mijn model laat berekeningen los op alle cijfers – bbp, staatsschuld, rentetarieven en andere economische gegevens. Dat gebruikt het model 'speltheorie' om elke mogelijkheid te analyseren.'

'Speltheorie?' Kat kon zich het wiskundige model herinneren van school. Deelnemers bestreden elkaar of werkten met elkaar samen om hun eigen individuele resultaat te maximaliseren.

'In de meest simpele termen houdt speltheorie in dat iedereen streeft naar bet beste resultaat voor zichzelf, ook als dat ten koste gaat van anderen.'

'Zachary, ik weet wat speltheorie inhoudt.' Kat deed haar best haar ergernis in bedwang te houden. 'Mijn vraag is meer hoe speltheorie een rol speelt in jouw model.'

'Je hoeft de details niet te begrijpen.' Zachary maakte een wegwerpen handgebaar. 'Mijn model stelt vast hoe groot de kans is dat een bepaalde ontwikkeling zich voordoet, gebaseerd op hoe veel de deelnemers ermee opschieten. Dan zet ik ergens op in en beïnvloed ik de markt. Aangezien ons fonds zo groot is, doet alleen al mijn inzet de valuta bewegen. Maar de echte winst komt als handelaren mij volgen in de gedachte dat de ontwikkeling waar ik op inzet zich wel moet gaan voordoen. Dan gaat het om een self-fulfilling prophecy, een voorspelling die zichzelf 'waar maakt', en wordt de winst van Edgewater nog groter. De andere handelaren maken ook winst, zo lang ze eruit stappen voordat ik verkoop. En dan is alles omgedraaid.'

'Je speelt een spelletje met de valuta.'

'Absoluut niet. Ik zet gewoon ergens op in. Ik geef toe dat het om een enorm grote inzet gaat. Maar ik lok geen mensen willoos mee als in het sprookje van de Rattenvanger van Hamelen. Andere speculanten hoeven mij niet blind te volgen. Dat ze dat wel doen, betekent nog niet dat ik hen manipuleer.'

'Maar de meeste van jouw volgers gaan verliezen. Net als met een hete aardappel die wordt doorgeschoven, maken de grote spelers of de insiders winst ten koste van degenen die in een te laat stadium kopen. Wie te laat komt, betaalt daarvoor de prijs. Is dat dan eerlijk?' Zachary en zijn vader waren beiden miljardair. Ze hadden meer geld dan 99,99% van de wereldbevolking. Waarom hadden ze nóg meer nodig?

'We hebben hier niet te maken met slachtoffers. Ze weten dat mijn enige motief gelegen is in het maken van winst.'

'En zo wordt de valuta verder ondermijnd.'

'Het is een vrije wereld, Kat. Vrije keuze, vrije wil.'

'En dan komt de overheid tussenbeide?'

'In theorie wel. Ze kopen hun eigen valuta op om die te ondersteunen. Maar een regering kan niet echt bepalen wat er met de munt gebeurt – dat doen de valutamarkten. Op die markten wordt dagelijks voor vierduizend miljard dollar gehandeld – en dat gebeurt voornamelijk door speculanten als ik. De reserves van de overheid zijn niet hoger dan tien procent daarvan.'

'Het is gigantisch,' gaf Kat toe. 'Dus jij zet bijvoorbeeld in op een daling van de Amerikaanse dollar. Wat gebeurt er daarna?'

'Bij de valutahandel heb je altijd te maken met valutacombinaties. Stel dat ik inzet op een daling van de Amerikaanse dollar. Dan verkoop ik die, terwijl ik tegelijk een andere valuta koop – of ik wed dat die munt omhooggaat. Laten we zeggen dat het om de euro gaat. De Amerikaanse dollar gaat naar beneden, omdat ik meer dollars heb vérkocht dan andere mensen dollars hebben gékocht. De euro gaat omhoog ten opzichte van de Amerikaanse dollar, omdat ik kort daarvoor veel euro's heb gekocht.'

'Vraag en aanbod,' zei Kat. 'Een exclusief spelletje dat maar weinigen kunnen spelen.'

'Iedereen kan meespelen.'

'Alleen als je genoeg geld hebt. Je hebt veel geld nodig om de markt te kunnen beïnvloeden. De kleine spelers kunnen alleen maar volgen.'

'Technisch gesproken is dat zo. Maar mensen die mij volgen, kunnen in principe veel verdienen.'

'Als ze op tijd meespelen.'

'Dat is natuurlijk zo. Het gaat allemaal om het juiste tijdstip. Of ze kunnen in plaats daarvan gewoon beleggen in het hedgefonds van Edgewater.'

'Maar moet je niet minstens vijfhonderdduizend dollar inleggen? Dat is te veel voor de meeste beleggers.'

'Misschien.' Zachary ging weer staan. 'Ik kan me niet druk maken om andere mensen. Ik concentreer me op waar ik het best in ben – geld verdienen.'

'Weet je zeker dat je niet eerst met Nathan wil praten? Misschien is er een logische verklaring.'

'Dat heeft geen zin – hij is nooit aanwezig. Hij zit weer ergens op een of ander jacht of jaagt op groot wild in Afrika. Hij vertelt me nooit wanneer hij er wel of niet is.'

Waarschijnlijk vond Zachary het ook wel goed zo. Hij leidde het bedrijf zonder veel bemoeienis van zijn vader. Over de meeste bedrijfsfraude kwam nooit iets naar buiten. Niemand wilde de verantwoordelijkheid nemen voor fraude die onder zijn of haar leiding was gepleegd. Tenzij de fraude grote gevolgen had voor de zaken van het bedrijf of de winst van de aandeelhouders, dwong het management de fraudepleger gewoonlijk om zonder ophef ontslag te nemen. Er werd zelden terugbetaald; meestal was het geld al uitgegeven.

Kat krabbelde een paar aantekeningen op haar notitieblok. 'Wat gebeurt er als jouw verdenking wordt bevestigd en ik inderdaad fraude aantref? Wat dan?'

'Dan maak ik hem kapot.'

*K*at en Harry zaten te wachten in een klein kantoortje zonder ramen, terwijl de bankmanager Harry's dossier ophaalde. Een inboxbakje, waarin een stapel mappen en documenten van vijftien centimeter hoog lag, stond links op het oude, houten bureau. Daarnaast lag een bronzen naamplaatje met daarop Anita Boehmer. Op de enige muur hingen een paar diploma's en een kindertekening. Drie glazen scheidingswandjes met halfopen luxaflexgordijnen vormden de rest van de kamer.

Geen wonder dat Harry zo gestrest was. Volgens het bankafschrift was hij helemaal blut. Kat wees op de transactie halverwege de bladzijde. 'Er staat hier dat je al een lening hebt.'

'Echt waar? Laat eens zien.' Harry bewoog zijn vinger naast die van Kat. 'Tienduizend dollar? Dat moet een vergissing zijn.'

Dat dacht Kat ook. Oom Harry was zuinig tot op het absurde af. Hij deed boodschappen bij de goedkoopste winkels, hergebruikte huishoudfolie en droeg al zo lang als Kat zich kon herinneren hetzelfde paar gerepareerde schoenen.

Ze keek door de rest van het afschrift. Er stonden ook een paar cheques op voor een paar duizend dollar. Ze liep het rijtje cheques door. Ze waren allemaal ingewisseld en uitbetaald in contanten. Haar polsslag werd sneller. Dit leek helemaal niet op wat Harry zou doen.

Anita Boehmer kwam terug met een paar mappen. Ze liet ze op het bureau vallen en glimlachte naar Harry. Ze ging achter haar bureau zitten in een stoel met een hoge rugleuning. 'Ik zie wat het probleem is.'

'Ik ook.' Harry sloeg zijn armen over elkaar. 'Uw gegevens kloppen niet. Ik heb geen lening afgesloten.'

'Ik ben bang dat dat wel zo is, mijnheer Denton. Ik kan het me herinneren, omdat ik de lening heb goedgekeurd. Vorige maand. U zei dat u geld nodig had voor een verbouwing. Weet u dat niet meer?'

'Dat kan niet,' zei Kat. Harry leende nooit om iets te financieren. En hij deed al helemaal niet aan verbouwingen.

'Hier is de leenovereenkomst.' De bankmanager haalde het contract uit de map en draaide het om, zodat Kat het kon lezen. En, inderdaad, Harry's handtekening stond eronder, gedateerd een maand geleden. Harry had echt een lening afgesloten. Maar waarom? Waar ging al zijn geld naartoe?

Kat bestudeerde het document. Het was inderdaad zijn handtekening, hoewel zijn gekrulde y nu wat beveriger was. 'Dat is jouw handtekening, oom Harry. Ik denk dat je het vergeten bent.'

Harry deed zijn armen van elkaar en leunde naar voren om het document te bestuderen. 'Nee, ik ben het helemaal niet vergeten.' Zijn stem ging omhoog en zijn gezicht werd rood.

Ze klopte op de bovenkant van zijn hand. Die voelde broos aan en beefde onder haar aanraking. 'Kijk naar de handtekening.'

'Laat eens kijken.' Harry trok het contract bij Kat vandaan. 'Het lijkt inderdaad op mijn handschrift. Maar dat kan gewoon niet. Dit moet een vervalsing zijn.'

Kat zuchtte. Harry was weer helemaal in de war en dacht dat er iemand van hem stal, een duidelijk waanidee als gevolg van alzheimer. Maar zijn handtekening stond gewoon onder het contract, in blauwe inkt. De vraag was waarom hij het geld nodig had. En wie hem naar de bank had gereden. Ze richtte zich tot Anita. 'Dit past helemaal niet bij mijn oom. Hebt u er niet aan gedacht hem te vragen waarom hij voor de eerste keer in zijn leven een lening afsloot?'

'Het spijt me echt, maar we kunnen niet iedereen die geld van ons wil lenen daarover vragen gaan stellen. We handelen die aanvragen gewoon af, tenzij het om een overduidelijke vergissing gaat.'

Ze had natuurlijk gelijk. Harry's dementie was niet zichtbaar. Tenzij je een paar minuten met hem praatte. Het aanvragen van de lening moest toch wel wat langer hebben geduurd. Was het haar niet opgevallen hoe vaak Harry zichzelf herhaalde? Het was te laat om daar nu nog iets aan te doen.

Kat richtte haar aandacht weer op het rekeningoverzicht. Ze wees op de volgende regel van het afschrift. De tienduizend dollar van de lening was de volgende dag weer afgeschreven. 'Anita, waar is dit bedrag naartoe gegaan?'

'Overgeboekt naar een andere bank. Alles wat we weten is naar welke bank en naar welk bankrekeningnummer. Ik ben bang dat u die bank zal moeten benaderen. Het spijt me.'

Kat omcirkelde de transactie met haar pen. Als ze kon achterhalen wie de ontvanger was, zou ze een stap dichter bij het antwoord komen van de vraag wat er aan de hand was.

# HOOFDSTUK 8

Kat liep achter Harry de krakende trap op naar de voordeur. Kat en Jace hadden het oude Victoriaanse huis een jaar eerder gekocht via een gedwongen verkoop. De trap was slechts een van de vele reparaties die op hun ellenlange te-doenlijstje stonden.

De reparaties waren nog gaande, maar het bordje met 'te koop' was verdwenen. Kat en Jace hadden oorspronkelijk het idee gehad om het huis op te knappen en daarna snel door te verkopen, zodat ze de winst konden opstrijken. Maar ze waren gehecht geraakt aan het Victoriaanse huis. Het was een van de oudste huizen in de buurt Queen's Park en bevond zich heel gunstig op maar twee straten afstand van Harry's huis.

'Jace? We zijn thuis.' Ze bleef staan om de heerlijke geur van basilicum, oregano en tomaat op te snuiven.

'Ik ben hier. Ik hoop dat je honger hebt.'

Kat liep op Jace' stem af. Hij was in de keuken. Hij stond bij het fornuis en roerde in de maaltijd die de heerlijke geuren verspreidde. Kats blik ging van zijn gespierde armen naar zijn getailleerde T-shirt. Zelfs met een schort voor zag hij er sexy uit.

Hij knipoogde naar haar. 'Spaghetti?'

'Daar wil ik zeker wat van hebben.' Ze kuste hem en wilde dat ze kon blijven. 'Je ziet er blij uit.'

'Ik ben ook blij. Mijn artikel over de fraude met onroerend goed komt op de voorpagina. In de krant van morgen.'

'Nou, geweldig! Betekent dit dat je nu de status van popster hebt bij de *Sentinel?*' Jace was op het spoor gekomen van fraude met onroerend goed bij tientallen dure woningen in de welvarende West Side van Vancouver. Het bedrog was gebaseerd op het gebruik van veel te hoge taxaties om woningen te verkopen.

'Dat niet. Maar ik heb wel weer het vertrouwen van McCleary. Hij denkt dat ik er een reeks artikelen over kan schrijven.' Jace' redacteur stond erom bekend dat het erg moeilijk was om hem tevreden te stellen.

'Dat is goed nieuws.' Kat keek naar Harry. Hij zat aan de keukentafel met zijn hoofd voorover op zijn borst en snurkte.

Ze praatte zachtjes en vertelde Jace over de lening bij de bank en de eindeloze zoektocht naar de Lincoln. Maar ze had het niet over Harry's alzheimer. Nu nog niet. Als ze het woord hardop zei, dan werd het zo echt. 'Harry's geldzorgen zijn veel ernstiger dan ik dacht.'

'Kan de bank niet achterhalen waar het geld naartoe is gegaan?'

'Nee, en ik weet niet wat ik kan doen. Het is duidelijk dat Harry zijn zaken niet meer zelf kan regelen. Eerst die brand en nu dit.' Ze voelde een brok in haar keel en wendde zich af in de hoop dat Jace het niet had opgemerkt. Dat Harry op zichzelf woonde werd een steeds groter veiligheidsrisico.

Hij liet de pollepel op het aanrecht vallen en sloeg zijn armen om haar middel. 'Hij kan bij ons intrekken. We hebben meer dan genoeg ruimte.'

'Ik – ik weet het niet, Jace. Dat zou voor jou een grote verandering zijn.' Kat maakte zich los uit zijn omhelzing. Jace wist gewoon niet wat hij voorstelde; wat hij zich op de hals haalde. Van de ene op de andere dag zou hij worden ondergedompeld in Harry's paranoïde wereld. Een wereld die iedere dag beklemmender zou worden, iedere dag dat de dementie voortschreed. Dat zou te veel kunnen zijn voor Jace.

'Wat maakt het uit? We zijn toch al de hele tijd bij Harry.' Jace tikte met de lepel tegen de rand van de pan. 'Misschien is het zelfs wel gemakkelijker voor ons beiden.'

Kat liep op haar tenen naar de keukentafel om oom Harry niet wakker te maken. Ze maakte een omweg langs het deel van de vloer dat kraakte maar het was tevergeefs. Harry werd met een schok wakker, net toen ze haar stoel naar achteren schoof. 'Heb je slaap?'

'Waarom zou ik slaap hebben? Het is nog niet eens lunchtijd.' Harry stond op van zijn stoel en schuifelde naar de badkamer. 'Ik ga me even opfrissen.'

Het was nu na zessen, maar Kat deed geen moeite om hem te corrigeren. 'Ik weet het. Ik heb honger.' Harry kon zich al niets meer herinneren van wat er die dag gebeurd was in de rechtszaal en op Kats kantoor.

Jace kwam met twee borden dampende spaghetti uit de keuken en zette die op tafel.

'Ik moet zo weer weg, Jace. Ik begin vanavond aan de Edgewaterzaak.'

'Werk je nu ook al 's avonds? Die Zachary Barron laat er geen gras over groeien.'

'Dat lijkt wel zo, ja.' Kat pakte haar vork en draaide er pasta omheen. De portie op haar bord was genoeg voor een klein leger. 'Nou ja, het is wel goed om vast te beginnen met erachter komen waar deze zaak om draait. Vooral nu Nathan Barron de stad uit is.' Ze gaf hem de nodige informatie over de Barrons, over Zachary's verdenking en over Edgewater Beleggingen.

Harry kwam tevoorschijn uit de badkamer. 'Ben je Jace over mijn banklening aan het vertellen? Het is tovh niet te geloven. De bank plukt me kaal. Geloof jij het, Jace? Een lening van tienduizend dollar. Het zijn boeven!'

Kat keek naar Jace en trok haar wenkbrauwen op, verbaasd dat Harry zich dat kon herinneren. 'We waren vanmiddag bij de bank. Volgens de bank heeft Harry vorige maand een lening afgesloten.'

'Echt waar?' Jace keek Kat aan. 'Wat ben je aan het kopen, Harry? Onroerend goed?'

'Ik heb helemaal niets gekocht. Die schurken hebben mijn handtekening vervalst! Weet je wat? Ik wacht niet –ik bel de politie.' Harry pakte de keukentelefoon. 'Wat is het nummer, Jace?'

'Hé, Harry, laten we eerst gaan eten.' Jace liep naar het fornuis en schepte nog een bord spaghetti op. Hij ging aan tafel zitten tegenover Kat en Harry. 'We bellen de politie wel na het eten.'

'Mm, dit is lekker, Jace.' Kat had zich niet gerealiseerd dat ze zo'n honger had. Harry zou over een paar minuten vergeten zijn dat hij de politie wilde bellen. Maar dat loste nog niet het probleem op van wie de lening eigenlijk had geregeld. Harry kon niet alleen naar de bank zijn gegaan; iemand moest hem daarnaartoe hebben gereden. Hij kwam de deur bijna niet uit. Hij ging nooit meer ergens naartoe, behalve misschien naar de supermarkt of de koffiebar. Was hij daar iemand tegengekomen?

'Ik heb een fraudezaak aan het licht gebracht, Harry. Morgen staat het op de voorpagina.' Jace grijnsde. 'Ze kochten huizen en vervalsten taxaties zodat de huizen in waarde stegen. Daarna sloten ze hoge leningen af en vervolgens gingen ze er met het geld vandoor.'

Kat maakte een gebaar van een mes langs haar keel. Lening was een woord dat Jace nu beter niet kon gebruiken.

Jace' glimlach verdween en hij zei geluidloos het woord 'sorry'. Maar hij ging toch gewoon door met zijn verhaal. 'De banken werden daarna de eigenaar van de panden. Ik heb de fraude kunnen vaststellen bij minstens een stuk of twintig kapitale villa's aan de West Side. Vóór mijn artikel wist de politie er helemaal niets vanaf.'

'Hm,' zei Harry en draaide wat pasta om zijn vork. 'Weet je, ik ben een beetje misselijk. Ik denk dat ik genoeg heb gehad.'

'Je moet eten, oom Harry.' Kat keek naar haar oom. Geen wonder dat hij misselijk was – hij at bijna niets. Zijn gezicht was bleek en uitgemergeld; die recente griep had erin gehakt. Hij had alle calorieën nodig die hij naar binnen kon krijgen.

'Oké.'

Ze aten de rest van de maaltijd in stilte. Ondanks haar beroep had Kat vaak het idee dat geld de wortel van alle kwaad was. Of in ieder geval van bijna alle kwaad. Dit was zo'n moment.

'Ik ben gewoon blij dat ik mijn artikel af heb.' Jace legde zijn vork neer en keek op zijn horloge. 'Nu kan ik relaxen. Hé, er is een ijshockeywedstrijd op de tv. Heb je zin om te kijken, Harry?'

'Naar een stelletje zorgeloze miljonairs die achter een puck aanjagen? Ik dacht het niet.'

# HOOFDSTUK 9

$\mathcal{K}$at liep door de zware, houten deuren van Nathans werkkamer achter Zachary aan. Ze was met opzet wat later gekomen, zodat haar komst geen argwaan zou wekken bij de werknemers van Edgewater.

Midden in de kamer stond heel prominent een massief, rijkelijk bewerkt mahoniehouten bureau. Links van het bureau bevonden zich ingebouwde boekenkasten met in leer gebonden uitgaven en hardbacks van recentere datum. In de rechterhoek van de kamer bevonden zich een donkerbruine, leren bank en een fauteuil met daartegenover een tafel en daarop een schaakspel van alabaster. Aan de muur hingen afbeeldingen in eikenhouten lijsten. Bij de ramen hingen zware, damasten gordijnen, die gedeeltelijk dicht waren.

Hoewel ze zich op de twintigste verdieping bevond, leek het net alsof ze terecht was gekomen in de studeerkamer van een negentiende-eeuws landhuis. Er hing een vage geur van sigaren. Ondanks de aanwezigheid van Zachary voelde ze zich hier niet op haar gemak, net alsof ze was binnengedrongen in het hol van een roofdier. Een roofdier dat ieder ogenblik kon terugkeren.

Kats schoenen zakten weg in het dikke berbertapijt toen ze naar de afbeeldingen liep om die te bekijken. Nathan Barron stond op alle afbeeldingen. Op verschillende locaties en in verschillende poses, maar ze lieten allemaal Nathan zien met een dier dat hij net had geschoten of met een speer doorboord. Voornamelijk beren, leeuwen of andere katachtigen. Een roofdier tussen roofdieren.

Kat liep naar de laatste afbeelding, die te oordelen naar de lijst van de meest recente datum was. Een stevige man van een jaar of zestig stond naast een nijlpaard. Met ontbloot bovenlijf, alleen een korte broek en een geweer dat over zijn schouder bungelde. Met een grijns op het gelaat waaruit duidelijk bleek dat hij bovenaan de voedselketen stond, dat hij het voor het zeggen had. Kat voelde een huivering door haar lichaam trekken.

'Dat was vorig jaar in het Selous reservaat in Tanzania. Het doden van een nijlpaard wordt gezien als stropen, maar dat kan hem niet schelen.'

Kat schrok even toen ze plots Zachary's stem hoorde, maar herpakte zich. 'Ik moet de voor de hand liggende vraag stellen. Waarom zou een miljardair stelen van zijn eigen bedrijf? Hij heeft dat niet nodig.'

'Simpel. Nathan is een inhalige klootzak. Edgewater is voor de helft van mij. Als hij dingen via Edgewater betaalt, krijgt hij vijftig procent korting.'

'En daarmee het risico lopen de gevangenis in te gaan?' Kat kon het niet geloven. Er moest iets anders zijn dan geld alleen als reden voor de fraude. 'Waarom? Hij heeft meer geld dan hij ooit in zijn hele leven kan opmaken.'

Kat ging in Nathan Barrons stoel zitten om een gevoel te krijgen bij de man die ze nog niet had ontmoet. Op het bureaublad stond alleen een leeg bakje voor inkomende post en een telefoon. Dat was heel anders dan op Zachary's bureau met zijn rommelige stapels papier en drie computerschermen.

Kat opende een bureaulade. Ze haalde een dikke stapel documenten uit een dossiermap. Ze bestudeerde het bovenste document; een spreadsheet. Getallen werden opgeteld en afgetrokken in een stuk of tien kolommen.

Ze bladerde door de papieren eronder. Ze hadden allemaal

hetzelfde formaat, alleen de koppen en de getallen waren verschillend. 'Wat is dit?'

'Ik weet het niet,' zei Zachary. 'Gisteren was de eerste keer dat ik hier binnen was. Hij houdt zijn werkkamer altijd op slot.'

'Heb je geen moedersleutel?' Vreemd dat Zachary als mede-eigenaar geen sleutel had van iedere werkkamer. Ze richtte haar aandacht weer op de eerste spreadsheet. Boven iedere kolom stond een set initialen en getallen. Het was de een of andere code. Als dat zo was, dan was daar een reden voor. Wat had Nathan Barron te verbergen?

Zachary schudde zijn hoofd. 'Nathan heeft een special slot op de deur van zijn kantoor laten zetten. Ik heb gisteren een slotenmaker laten komen om een sleutel voor me te maken.'

Kat legde de spreadsheet opzij. Ze was bijna twee uur geleden bij Edgewater aangekomen. Voordat ze in Nathans kantoor zou rondkijken, had ze eerst alle cheques gecontroleerd die door Edgewater Beleggingen en door het hedgefonds Evergreen waren uitgegeven. Het was wel raar geweest om ernaar te kijken, omdat veel cheques ondertekend waren door Victoria. Die was pas weggegaan bij de afdeling boekhouden nadat ze officieel was gescheiden van Zachary. Afgezien van de gewone betalingen voor zaken als huur, kantoorbenodigdheden en salarissen, waren Kat een aantal zeer hoge facturen en verzilverde cheques voor beleggingsonderzoek opgevallen. Ze haalde de map met de documenten uit haar koffer en gaf hem aan Zachary. 'Wat weet je hiervan?'

Zachary ging ook aan het bureau van zijn vader zitten en deed de map open. Hij bladerde door de eerste paar bladzijden. 'Research Analytics? Van dat bedrijf heb ik nog nooit gehoord.'

'Zou je er niet vanaf moeten weten?'

Zachary keek op van de facturen, duidelijk verbaasd. 'Waarom zou ik ervanaf moeten weten?'

'Ze vormen de grootste kostenpost voor Edgewater,' legde Kat uit. 'Ze leveren onderzoeksanalyses van valuta; jouw expertisegebied. Moet de naam je dan niet bekend voorkomen?'

'Daar heb je gelijk in. Maar ik ken ze niet.' Zachary deed met een sleutel de onderste la open en bladerde door de mappen.

'Laat mij eens kijken.' Kat ruilde van plaats met Zachary en zette Nathans computer aan. Ze koppelde een draagbare harde schijf aan de computer en klikte met de muis om Nathans bestanden te kopiëren. Terwijl ze daarop wachtte, haalde ze de mappen een voor een uit de laden op zoek naar verdere aanwijzingen. Naast Nathans mappen en kantoorspullen bevatten de bureauladen een paar creditcards en wat los geld. Ze had geen hoge verwachtingen; Nathan bracht nauwelijks tijd door op kantoor. Dat betekende waarschijnlijk dat hij niet veel op zijn computer had staan.

Nadat Nathans bestanden waren gekopieerd naar haar draagbare harde schijf, klikte ze er een voor een met de muis een aantal open. Er viel haar niet echt iets belangrijks op, alleen een paar marketing-brieven over de resultaten van de fondsen van Edgewater.

Zachary kwam achter haar stoel staan toen ze het laatste bestand afsloot. 'Niets?'

'Niets. Maar er is nog een plek waar ik wil kijken. 'Ze opende Nathans e-mailbox en checkte zijn lijst met contacten. Hij had honderden contacten, in sterke tegenstelling tot het geringe aantal computerbestanden. Ze scrolde naar beneden en merkte op dat de lijst de namen bevatte van miljardairs die bekend stonden als filan-troop, van mensen van koninklijken bloede en van staatshoofden. Nathan bewoog zich in zeer hoge kringen.

Bijna onderaan de lijst met contacten stond een naam die haar aandacht trok. Onder W stond een contact genaamd *World Institute*.

'Zachary, wat is het *World Institute*?'

Hij leunde naar voren en keek met samengeknepen ogen naar het scherm. '*World* wat?'

Ze klikte het contact open en zag daaronder een lijst met namen. 'Dit contact, het World Institute – heb je daar ooit van gehoord?'

'Weet ik niet zeker...ik geloof dat het de een of andere wereldwijde denktank is waar Nathan deel van uitmaakt.'

'Wat doen ze precies?' Ze ging door de lijst. Huidige en vroegere staatshoofden. Het hoofd van het Internationale Monetaire Fonds – naast leden van minstens twee koninklijke families.

'Het heeft iets te maken met de theorie van munteenheden, geloof ik. Nathan heeft het er een paar keer over gehad, toen we nog weleens echt met elkaar praatten.'

'De theorie van munteenheden – heb jij daar geen belangstelling voor?' Waarom wist Zachary niet wat meer over dingen die duidelijk te maken hadden met zijn expertisegebied?'

'Niet echt. Ik handel in valuta – ik houd me niet bezig met de theorie erachter. Dat is iets voor wetenschappers.' Hij liet zijn hand rusten op de leuning van haar stoel, terwijl hij naar de namen keek.

Kat noteerde voor zichzelf dat ze er meer over te weten moest komen. Ze koppelde haar harde schijf los en deed die in haar koffertje. Ze zou de rest van de bestanden letter voor letter aan een nader onderzoek onderwerpen zodra ze weer op haar kantoor was.

'Kijk eens wat ik hier heb.' Zachary boog zich voorover en pakte een blaadje uit Nathans prullenmand. 'Hij doet niet eens moeite het geheim te houden.'

Kat bestudeerde het blaadje.

'Wat is er mis met een vlucht naar Londen?' Het was een boekingsoverzicht. Een vlucht en zes nachten in een luxehotel.

'Nou, toevallig was het de bedoeling dat hij een vergadering zou hebben met onze bankiers in New York. En Londen heeft niets te maken met de zaken waar ons bedrijf zich op richt. Natuurlijk kan hém dat weer niets schelen.'

'De grens tussen privéreizen en zakenreizen is soms vaag. Dat komt regelmatig voor in een familiebedrijf.'

'Familiebedrijf?' Zachary spuwde de woorden uit alsof het om vergif ging. 'We zijn alleen in naam een familie.'

'De vlucht was gisteren. Enig idee wat er in Londen is op het moment?'

Kats ademhaling ging sneller toen ze de heuvel oprende; ze was niet in staat zich op iets anders te concentreren dan op haar trainingsloop. Langzaam liep ze de helling van tien procent op, richting Harry's huis. Zijn huis lag aan de andere kant van de heuvel en ze was al dicht bij de top, maar toch leken de laatste dertig meter voor Kat haast onoverbrugbaar.

Haar benen waren aan het verzuren, omdat ze niet meer gewend was de lange helling op te lopen. Doordat Harry steeds meer van haar tijd vergde en door haar toegenomen werklast was het moeilijk nog tijd te vinden om te gaan hardlopen of om ook maar enige tijd voor zichzelf te vinden. Dit zou weleens haar langste *workout* kunnen zijn voor de komende tijd, dus ze wilde dat die haar pijn deed; dat die echt zou tellen.

De steile helling gaf de indruk van een weg die nergens naar toe leidde, een weg die bijna loodrecht omhoogging tot hij de horizon raakte, een weg die plotseling ophield. Zo zag het er tenminste van beneden af uit. Toen ze opgroeide, nadat haar vader weg was gegaan en ze bij Harry en Elsie was komen wonen, had ze altijd door willen lopen. Naar de top van de heuvel, waar ze altijd net deed alsof er boven het asfalt alleen maar de lucht was. Daar zou ze van de aarde af vallen – weg van haar verleden, weg van het heden en vooral weg van Hillary.

Ze was vandaag vroeg begonnen met lopen om twee uur de tijd te hebben voordat Harry wakker werd. De stortregen was nu overgegaan in een bui. Niet dat het er nog toe deed. Haar kleren waren doorweekt en haar loopschoenen maakten een soppend geluid doordat ze voortdurend door plassen had gelopen.

Kat bereikte eindelijk de top van de heuvel en wandelde op rustig tempo verder. Harry's huis – model 'Cape Cod' – dat een halve straat verder lag, kwam in zicht. Het was nu lang niet meer zo perfect onderhouden als altijd het geval was geweest. Het gazon zat vol mos en er bladderde verf van de raamkozijnen.

Na het auto-ongeluk had ze er een gewoonte van gemaakt om iedere dag bij Harry langs te gaan om ontbijt voor hem klaar te maken en hem mee te nemen naar kantoor of in het weekend naar haar huis. Ze klopte op de deur en wachtte een paar minuten. Er kwam niemand. De televisie stond keihard aan. Judge Judy gaf iemand op zijn kop over een auto die niet van hem was.

Ze ging op haar hurken zitten en deed de klep van de brievenbus omhoog. Haar benen werden al stijf.

'Oom Harry? Ik ben het. Kat.'

Ze hoorde het geschuifel van voetstappen achter de deur en toen verscheen Harry in de deuropening. 'Wat leuk dat je er bent!' Harry glimlachte naar haar.

Alsof ze elkaar in tijden niet hadden gezien. Alsof ze niet iedere morgen kwam kijken of alles goed was.

'Wat brengt jou hier?' Harry droeg een Hawaï-shirt met korte mouwen en een wollen broek die omhoog werd gehouden met een riem. Sinds Elsie vorig jaar was gestorven, was hij enorm veel afgevallen.

'Kijken of alles goed is. Voel je je beter dan gisteren?'

'Hoezo? Wat is er gisteren gebeurd?'

'Je voelde je niet lekker.' Kat keek naar beneden naar Harry's onderarm die vol blauwe plekken zat. 'Ben je gevallen?'

'Waarom vraag je dat nu weer?' Harry deed de deur dicht en fronste.

'Je arm.' Ze pakte zijn arm beet en wees naar de blauwe plekken.

Harry keek verbaasd naar zijn arm. 'Ja, dat moet dan wel. Maar alles zal nu wel weer in orde zijn.' Hij gebaarde Kat om door te lopen. 'Het was wel tijd dat je langskwam, Kat. Ik heb je al weken niet gezien!'

Ze liep achter Harry aan de hal in, waar ze tegen een muur van warmte aanliep, Er lag een stapeltje post op het kleine tafeltje. Ze pakte de enveloppen op en ging er doorheen om te kijken of er rekeningen bij zaten of andere zaken die haar onmiddellijke aandacht vereisten. Twee rekeningen van Visa, een van Mastercard, een telefoonrekening en zijn laatste bankafschrift.

Ze deed het eerste Visa-overzicht open en hapte bijna naar adem, toen ze het saldo zag.

Tweeëntwintigduizend dollar nog wat. De andere twee creditcardoverzichten lieten vergelijkbare bedragen zien. Alles bij elkaar ging het om een negatief saldo van dertigduizend dollar. Om dat te betalen moest hij heel wat keren zijn maandelijkse pensioen krijgen.

Haar hart klopte in haar keel toen ze de overzichten in haar zak deed. Ze liep de badkamer in en deed de deur achter zich dicht, zodat ze de overzichten kon bekijken zonder Harry's argwaan te wekken.

Zesduizend bij Tiffany's. Wat had Harry in hemelsnaam bij Tiffany's gekocht? Nog eens vierduizend bij diverse chique kledingzaken. Dat was vreemd, want Harry ging alleen naar hele goedkope winkels. Rente en het negatieve saldo van vorige maand vormden de rest van het verschuldigde bedrag. Was het een fout? Waarschijnlijk niet, gezien de verdachte lening. En nu had ze het bestaan ontdekt van drie verschillende creditcardschulden.

Ze maakte het laatste bankafschrift open en checkte het eindsaldo. Harry's schuld was veel hoger dan het bedrag dat ze had gezien in het kantoor van Anita Boehmer. Maar het overzicht dat Harry had meegenomen naar de bank was wel een maand oud geweest.

Ze hield haar adem in en ging naar de laatste bladzijde. Bij de lening voor de verbouwing stond ook een hypotheek, die bijna drie weken geleden was afgesloten. En Anita Boehmer had daar helemaal niets over gezegd. Wat was er in godsnaam aan de hand?

Kat zuchtte. De lening, de cheques die waren verzilverd en nu nog eens creditcardschulden en een hypotheek. In slechts een paar maanden was het met de financiën van Harry volslagen de verkeerde kant opgegaan.

Ze stapte de badkamer uit en keek naar de thermostaat. Negentwintig graden. Ze zette hem op tweeëntwintig en wandelde de keuken in.

De kleine televisie op het aanrecht stond op het ochtendnieuws. 'Bij een skiongeluk is Fredrick Svensson door een val in een ravijn om het leven gekomen.' De verslaggeefster van CBC tilde haar hand op om losse haren uit haar gezicht te vegen als gevolg van de harde wind. 'Men denkt dat het ongeluk twee dagen geleden is gebeurd, toen Svensson voor het laatst werd gezien in de bergen ten noorden van Vancouver. Leden van de opsporings- en reddingsbrigade vonden zijn lichaam in de vroege ochtend, maar men zal de bergingsoperatie uitstellen tot morgen in verband met de naderende stormdepressie.'

Achter de verslaggeefster was de lucht donker en er hing lage bewolking, waardoor de bergtoppen niet te zien waren. Een paar mannen met rugzakken en met ski's op hun rug stonden rechts van haar.

Kat zette het geluid zachter en ging bij Harry aan de keukentafel zitten. Er lagen stapels boeken op tafel waardoor er nauwelijks ruimte was voor zijn glas met sinaasappelsap.

'Heb je al gegeten, oom Harry?'

Hij nam een slokje jus. 'Al weer een poosje geleden.'

Het was drukkend warm in huis. Zoals gewoonlijk waren de ramen dicht. Kat haalde het raam in de ontbijtruimte van het slot en duwde het open.

'Wat heb je gehad?' Ze stak haar hoofd naar buiten en ademde de koele lucht in.

'Weet ik niet meer. Je moet dat raam niet opendoen – dan komen de inbrekers naar binnen.'

'Het is hier heel benauwd. Hoe kan je hier nog ademhalen?'

'Wil je wat sap, Kat?' Harry pakte zijn glas van de tafel en gebaarde naar Kat.

'Natuurlijk.' Kat haalde een glas uit de kast en liep naar de tafel. Ze zag de karaf met jus d'orange achter een stapel kranten en schonk voor zichzelf een glas in. Ze verstijfde toen ze zijn ringvinger zag. 'Waar is je ring, oom Harry?' Hij had zijn trouwring niet afgedaan sinds het overlijden van Elsie en ook niet in de veertig jaar huwelijk voor die tijd.

'O.' Harry deed zijn hand naar zijn mond. Om zijn mondhoeken speelde een verlegen grijns. 'Ik denk dat ik hem in de afvoer heb laten vallen.'

'Echt? Welke afvoer dan?' Als hij nog in de zwanenhals zat, kon Jace hem er misschien wel uit krijgen. Ze zou hem vanavond vragen ernaar te kijken.

'O, eh, in de keuken. Nee, in de badkamer.'

Kat dronk haar jus met grote slokken op. Normaal gesproken knapte ze daarvan op, maar deze jus smaakte niet goed. Waarschijnlijk had Harry hem te lang buiten de koelkast laten staan. Ze schoof een stapel boeken opzij en zette haar lege glas op tafel. 'Ga je vandaag mee naar kantoor?'

'Natuurlijk.'

'Mooi. We kunnen samen rijden. We stoppen even bij mij thuis om te ontbijten. Ik moet een paar dingen ophalen.' Jace kon Harry in de gaten houden terwijl zij een douche nam en andere kleren aantrok. Het maakte nu deel uit van hun routine om ervoor te zorgen dat Harry iets at. Ook haar maag zou tot rust kunnen komen als ze wat at. Ze kromp ineen toen ze weer maagkrampen voelde.

Kats gedachten dwaalden af naar Harry's Visarekening. Er was geen verklaring voor en ook niet voor de hypotheek. En ook niet voor duizenden dollars aan verzilverde cheques. Alles liep financieel uit de hand bij hem en ze had niet het gevoel dat ze er iets aan kon doen.

# HOOFDSTUK 11

*K*at geeuwde, nog niet helemaal wakker na haar dutje. Haar onderzoek naar de financiële gegevens van Edgewater van die ochtend had niets opgeleverd. Ze voelde zich zowel lichamelijk als geestelijk uitgeput door het in de gaten houden van Harry enerzijds en het proberen te begrijpen wat er misging bij Edgewater anderzijds.

Ze keek opzij naar Harry. Hij zat achter het bureau bij de receptie met zijn hoofd voorovergebogen, terwijl hij aan het schrijven was in dat vervloekte chequeboek. Hij werd er tegenwoordig volledig door in beslag genomen. Ze moest hem iets anders laten doen, anders ging hij er nog aan onderdoor.

De middagzon scheen door de hoge ramen en verlichtte de stofjes die naar beneden dwarrelden. Ze wist nog steeds niet wat ze zich moest voorstellen bij Research Analytics. Edgewater had het bedrijf dit jaar vijftig miljoen dollar betaald en vorig jaar tweehonderdtwintig miljoen. Toch wist Zachary niets van het bedrijf af. Welke zakelijke diensten Research Analytics ook leverde, die leverden duidelijk heel veel geld op.

Ze belde het nummer dat vermeld stond op de facturen van Research Analytics en staarde uit het raam terwijl ze wachtte tot er werd opgenomen. De regenwolken waren eindelijk weggetrokken en de North Shore Mountains waren zichtbaar in al hun besneeuwde pracht.

Kat wachtte tot de telefoon zes keer was overgegaan en wilde net ophangen toen een vrouw opnam, die buiten adem leek te zijn. Een licht accent? Kat kon het niet echt thuisbrengen.

'Goedendag, ik zou graag enige inlichtingen willen hebben over uw onderzoek naar beleggingen.' Er volgde een lange stilte en Kat hoorde alleen iemand ademhalen aan de andere kant.

'Ik kan vanmiddag wel even langs...'

Er werd opgehangen.

Kat belde opnieuw. Deze keer werd er niet opgenomen, wat haar wantrouwen versterkte. Normale bedrijven lieten hun klanten uitpraten en verbraken de verbinding ook niet.

Ze ging nog een keer door de facturen van Research Analytics. Veel van de factuurnummers volgden op elkaar. Ook al weer zo'n teken dat er fraude in het spel kon zijn. De meeste echte bedrijven hadden meer dan één klant. En zeker bedrijven die een omzet van honderden miljoenen dollar haalden.

Of Research Analytics had geen andere klanten, of ze hadden maar af en toe een andere klant. Kat durfde te wedden dat het eerste het geval was.

Op de facturen van Research Analytics stond een adres vermeld op East Broadway, op maar een paar minuten rijden van haar kantoor. Ze zocht op internet wat ze nog meer te weten kon komen over het bedrijf. Niets; er was niet eens een website.

'Problemen?'

Kat was zo verdiept geweest in haar gedachten dat ze Jace niet eens had horen binnenkomen. Hij stond achter Harry en boog zich voorover.

'Hier staat het.' Jace wees op Harry's chequeboek. 'Je bent de 1 vergeten.'

Harry mompelde iets binnensmonds. Kat wierp Jace een waarschuwende blik toe. Harry raakte geïrriteerd wanneer iemand hem probeerde te helpen.

Kats gedachten gingen weer terug naar Nathans computerbestanden. De hele ochtend was ze bezig geweest met het doorploegen van de data, maar de resterende computerbestanden hadden niets van enig belang aan het licht gebracht. Met uitzondering dan van de indrukwekkende contactenlijst, een wie-is-wie van mensen die aan de touwtjes trokken in de wereld. Vooral het contact *World Institute* intrigeerde haar. Wat hadden al die leden gemeen, afgezien van rijkdom en macht?

Ze keek naar Harry, die met zijn rechterarm zijn chequeboek afschermde. Jace stond achter Harry en keek over zijn schouder mee. Daardoor maakte Harry zich nu drukker dan net.

Kat wachtte op Harry's onvermijdelijke uitbarsting. Dokter McAdam had in ieder geval gelijk op een punt: je kon hem maar beter gelijk geven, ook al was je het niet met hem eens.

'Hou op, Jace,' gromde Harry. 'Door jou trek ik nog de haren uit mijn hoofd van ergernis.'

Niet het juiste moment om Harry eraan te herinneren dat hij al tientallen jaren kaal was.

'Best.' Jace deed net alsof hij teleurgesteld was. 'Ik probeer alleen maar te helpen.'

'Laat nou toch, oom Harry,' zei Kat. 'Laat mij je toch helpen.'

'Vervloekte bank! De lening was al erg genoeg. Al die andere bedragen kloppen ook niet. Daar staat dat ik in het rood sta, maar dat kan niet waar zijn. Waarom kunnen ze die overzichten niet eenvoudiger maken? Het is alsof ik iets in een vreemde taal zit te lezen.' Harry gooide zijn pen neer en stond op uit zijn stoel. 'Laat me met rust, jullie alle twee!'

'Oom Harry – ik kan het binnen een uur uitzoeken. Geef nou hier.' Kat stond op van de bank en liep naar het bureau. Ze keek naar zijn bureaula. Die had hij helemaal opengetrokken om dienst te doen als een soort verboden-toegangsbordje: tot hier en niet verder! De la zat vol met elastiekjes en stapeltjes papier die met een paperclip aan elkaar zaten. En natuurlijk een metalen kistje, Harry's versie van een kluis.

'Nee.' Hij deed zijn armen over elkaar en keek haar boos aan. 'Ik wil het zelf doen. Dat houdt me scherp.'

'Maar je bent er al weken mee bezig. Ik kijk de hele dag naar bankrekeningoverzichten. Laat me nu toch je chequeboek op orde brengen. Ik tel alle fouten van de bank bij elkaar op en dan kan jij ze bellen.'

'Ik ben er bijna uit. Nog een paar uur en dan...'

'Je moet iets anders voor me doen,' zei Kat. 'Er is haast bij.'

'Als je het zo stelt, dan denk ik dat we ons allebei maar moeten concentreren op waar we goed in zijn.' Hij sprak het woordje goed heel langzaam uit en pakte zijn papieren bij elkaar.

'Mooi zo. Ik wil dat je deze facturen op volgorde van datum archiveert.' Kat gaf hem het dossier van Research Analytics, zich bewust van het feit dat Harry het veel prettiger vond om het gevoel te hebben onmisbaar te zijn dan dat hij met cijfers bezig was.

'Oké, baas.' Zijn boze blik verdween. 'Als ik nog meer moet doen, geef je maar een gil.'

Kat stak haar hand uit. 'Die papieren kun je beter aan mij geven.'

Met tegenzin gaf Harry haar zijn chequeboek en afschriften. 'Beloof me dat je wat ik tot nu toe gedaan heb niet ongedaan maakt. Ik moet wel kunnen zien waar ik gebleven ben.'

Kat glimlachte naar hem, maar maakte zich heimelijk zorgen over welke financiële verrassingen zijn chequeboek nog meer zou laten zien. 'Natuurlijk.'

Ze wierp Jace een blik toe, maar hij vermeed oogcontact. In plaats daarvan sjokte hij naar de bank bij de receptie. Zijn brede schouders hingen naar beneden en hij maakte een verslagen indruk. Hij ging zitten en maakte zijn stropdas los. Het pak dat er goed geperst uit had gezien toen hij vanmorgen het huis had verlaten, zat nu vol kreukels en vouwen. Zijn gebruikelijke, brede glimlach was ook afwezig.

'Is dit hoe je een verlopen journalist speelt? Als dat zo is, doe je het geweldig.'

Geen reactie.

'Jace, ik moet echt even met je praten.' Ze gebaarde hem met haar mee te gaan. Jace hield gelijke tred met haar toen ze naar Kats werkkamer liepen.

'Heb je voor mij ook een opdracht?'

'Het gaat om Harry.' Ze praatte zachtjes. 'Harry verkeert in grote financiële problemen – het is nog erger dan waar ik gisteren achter ben gekomen. Hij heeft hoge schulden op zijn creditcards. Hij is praktisch bankroet. Moet je zien.' Ze gaf hem een kopie van Harry's rekeningoverzichten, waarop ook de torenhoge hypotheek van Harry's huis te zien was. 'Hij heeft nu een dubbele hypotheek en heeft niets meer op de bank. Iedere keer dat ik me even omdraai, zie ik een nieuwe lening of een nieuwe creditcardbetaling. Toch is hij dag en nacht bij ons. Waar haalt hij de tijd vandaan om al die dingen te doen?'

Jace haalde zijn schouders op. 'Misschien online?

Kat schudde haar hoofd. 'Hij staat op het punt zijn huis kwijt te raken.'

'Zoals ik al eerder zei – Harry kan bij ons intrekken. Hij kan zijn huis verkopen.'

Jace zou er niet meer zo over denken als hij zich eenmaal realiseerde wat hem te wachten stond. 'Dat weigert hij. Hij zegt dat ik hem verraad. Hij begrijpt de dingen niet meer en hij kan zich niet herinneren dat hij een hypotheek heeft afgesloten. Ondertussen is zijn financiële positie hopeloos geworden. Wat moet ik doen, Jace?'

'Ik weet het ook niet.' Jace liet zich in de stoel tegenover haar vallen en slaakte een zucht.

Er was echt iets mis. Jace had altijd een antwoord op alles. En hij zag er ellendig uit. Ze werd droevig van zijn aanblik. 'Wat is er met je? Je ziet eruit alsof er iemand dood is.'

Kat maakte een plaats vrij op het bureau en legde Harry's papieren neer. Die konden wel een paar minuten wachten.

Jace boog zich naar voren met zijn ellebogen op zijn knie. Hij hield zijn hoofd in zijn handen en zei nog steeds niets.

'Jace? Wat is er aan de hand?'

'De Sentinel heeft me vanmorgen ontslagen.'

'Wat! Jij bent ontslagen?'

Jace ging achterover zitten en ging met zijn vingers door zijn haar.

'Ik denk dat ik wel weet waarom. Dat artikel over dat onroerend goed. Daar moet een belangrijk iemand bij betrokken zijn.'

'Wie dan?' Ze voelde zich egoïstisch omdat ze aan haar eigen problemen voorrang had gegeven boven die van hem.

'Dat is iets wat ik niet weet. Ze hebben niet alleen mijn artikel van de voorpagina gehaald – ze hebben me verteld dat mijn diensten niet langer nodig zijn.'

'Dat is belachelijk. Jouw redacteur vond het een geweldig verhaal.' Jace had meer dan een maand lang onderzoek gedaan naar het bedrijf. Kat had geholpen met de analyse die de fraude met de taxaties uiteindelijk aan het licht had gebracht.

'Ik denk niet dat hij de beslissing heeft genomen. Iemand van hogerop moet het artikel hebben tegengehouden. Niemand vertelt me iets. Kat, ze hebben me het gebouw uit laten zetten. Na tien jaar! Het artikel zal wel te controversieel zijn geweest.'

'Is dat niet wat journalisten geacht worden te doen? Olie op het vuur gooien, discussie aanzwengelen, misstanden onthullen?'

'Kennelijk niet bij de *Sentinel*. Maar waarom heb ik eerst te horen gekregen dat ik verder kon gaan met het verhaal als ze van plan waren het artikel uiteindelijk toch niet te publiceren?' Hij gooide de krant op haar bureau. 'Kijk! Ze plaatsen liever van die suffe *advertorials* dan iets dat ook maar enigszins controversieel is.' De voorpagina liet een stel van in de twintig zien dat samen op een bank zat met op de achtergrond een gedekte eettafel en een luxe keuken. 'Ze kunnen me niet eens de waarheid vertellen. Ze zeiden dat ze de artikelen van verslaggevers gaan vervangen door artikelen gebaseerd op gedeelde content. Maar ik was de enige die de laan uit moest.'

De staf van verslaggevers van de *Sentinel* was al in omvang teruggebracht toen de krant vorig jaar was gekocht door een wereldwijd opererende mediagroep.

'Maar ze kunnen je niet ontslaan. Je bent geen werknemer, je werkt freelance.' Kat sprong op uit haar stoel en liep om het bureau heen. Ze boog zich voorover en kuste Jace op zijn hoofd. Ze vond het vreselijk hem zo neerslachtig te zien. De journalistiek was zijn leven.

'Dat klinkt alleen anders. Het komt op hetzelfde neer – ik heb geen inkomsten meer. En als freelancer krijg ik ook geen vertrekpremie. De krant is al meer dan tien jaar mijn enige bron van inkomsten. Wat moet ik doen, Kat? Behalve de *Sentinel* is er nog maar één andere krant in de stad overgebleven.'

Hij had gelijk. Niemand las nog een krant. Alles stond op internet, het nieuws werd versimpeld tot woorden van een lettergreep en het werd gratis verstrekt.

Kat zat op de leuning van Jace' stoel en omhelsde hem. 'Er zijn een heleboel onlinetijdschriften.' Ze probeerde opgewekt te klinken, hoewel ze het zelf niet geloofde. 'Je zou op dat gebied iets kunnen doen.'

'Ik betwijfel het. Alles is nu gebaseerd op gedeelde content en ze betalen je een paar cent per woord. Het is niet genoeg om van te leven. Ik moet mijn rekeningen kunnen betalen.'

'Je vindt wel iets. Je bent een hele goede journalist.' Jace had drie jaar achter elkaar prijzen gewonnen.

'Ik ben daar niet zo zeker van. Door al die fusies zijn de kranten en tijdschriften tegenwoordig in handen van steeds minder mensen. Niemand huurt nog iemand in.'

'Ik verdien genoeg om onze uitgaven te dekken, Jace. Ik heb net een behoorlijk voorschot gekregen voor mijn nieuwe opdracht. Je krijgt vast weer gauw werk – ik weet het zeker.'

Hij schudde zijn hoofd. 'Ik had een andere loopbaan moeten kiezen. Wie had kunnen denken dat het met een journalist net zo zou gaan als met een smid of een schrijfmachinetechnicus? Ze zijn niet meer nodig.'

'Jij bent nog steeds nodig. Mensen moeten nog steeds de objectieve waarheid horen.'

'Dat is nog niet eens alles.' Jace sloeg de krant op bij het financiële katern. 'Lees maar.'

Kat las de kop. *Volop koopjes op de lokale onroerendgoedmarkt.* 'Maar dat is exact het tegenovergestelde van jouw verhaal over fraude met taxaties en een oververhitte markt!' Ze schudde haar hoofd. 'Het maakt niet uit, Jace. Zij zijn degenen die er straks last van gaan krijgen.'

'Natuurlijk maakt het wat uit. Ze hebben me weggestuurd omdat er iets niet naar buiten mag komen. Ik wil te weten komen wat dat is.'

'Het is beter om deze zaak nu even te laten schieten.' Jace wist nooit wanneer hij iets moest laten rusten. Hij was zo vasthoudend als een hond met een smakelijke kluif. Een goede eigenschap als je te maken had met aannemers in het geval van de oneindige verbouwingen in hun huis, maar de strijd aangaan met echt machtige mensen kende uiteindelijk zelden een goede afloop.

'Dat is precies wat ze willen dat ik doe. Er is duidelijk meer aan de hand dan wat ik aan het licht heb gebracht. Ik ga uitzoeken wat dat is. Ze kunnen me de mond niet snoeren. Het is altijd de moeite waard om voor de waarheid te vechten.'

'Soms wel, maar daar zijn altijd consequenties aan verbonden, Jace.' Kat wilde graag geloven wat Jace zei, maar meedogenloze mensen kregen altijd hun zin ongeacht de consequenties. Vaak kregen ze hun zin ten koste van mensen als Jace. Het kon ze niet schelen dat ze daarbij anderen lichamelijk of geestelijk schade berokkenden. Als je hen probeerde tegen te houden, dan maakten ze je het zo moeilijk dat je soms nooit meer de oude werd.

Zoals met oom Harry en zijn geld. Of die kleine beleggers die meebewogen met het speculeren op valuta door Zachary. Jace kon maar beter zijn verlies nemen en zich met iets anders gaan bezighouden in plaats van het erger te maken. Je moest heel goed kiezen waarvoor je streed: voor de dingen die er echt toe deden.

Voor de dingen die zo belangrijk voor je waren dat je die absoluut niet wilde verliezen.

# HOOFDSTUK 12

Kat liep met grote stappen de bank in, klaar voor de strijd. Ze schonk geen aandacht aan de blikken van de medewerkers en liep recht op het kantoor van Anita Boehmer af. Jace had gelijk. Er waren dingen die het waard waren om voor te vechten. En aangezien Harry dat zelf niet meer kon, zou zij het doen. Hoe kon de bank voorrang geven aan het eigen belang boven overduidelijk financieel misbruik? Was her verdienen van geld echt zo belangrijk voor hen? Het was misdadig. Ze haalde diep adem, concentreerde zich op wat ze wilde gaan zeggen en dwong zichzelf rustig te blijven. De strijd aangaan met een bank had niet op haar lijstje gestaan van dingen die ze vandaag moest doen.

Jace had Harry meegenomen om boodschappen te doen, wat Kat de gelegenheid gaf om zich bezig te houden met Harry's chequeboek. Ze wilde dat alles klopte als hij weer terugkwam. Zijn financiën stonden er veel slechter voor dan ze zich had gerealiseerd.

Na nog eens nader te hebben gekeken naar zijn afschriften van het laatste half jaar, was haar nog iets opgevallen. De beide hypotheekaflossingen die Harry had willen doen waren geweigerd vanwege een ontoereikend saldo. Harry was altijd iemand geweest die geld overhield, maar plotseling had hij de limiet bereikt van wat hij rood mocht staan.

Kat keek een geschrokken Anita Boehmer woedend toen ze eenmaal in haar kantoor stond. 'Waarom hebt u niets gezegd over Harry's hypotheek toen we hier gisteren waren?'

'We hadden het over de lening voor de verbouwing. Er was niet echt een goede reden om het over de hypotheek te hebben.' Anita stond op van achter haar bureau.

'Geen goede reden?' Kat gooide Harry's bankafschrift op het bureau van de bankmanager. 'We kwamen hier om een ongebruikelijke transactie te bespreken. Wat zou dan wel een goede reden zijn om andere verdachte transacties te bespreken van iemand van tachtig jaar oud die klant bij u is?

Anita zuchtte en ging zitten. Ze gebaarde Kat dat ook te doen. 'Zoals ik gisteren al zei, leek hij helemaal in orde toen hij de lening afsloot. En wat de hypotheek betreft, ik denk dat dat is gedaan door degene die daarmee belast is.' Anita stak haar armen omhoog met haar palmen richting Kat. 'Ik zie niet in wat er zo verdacht...'

'Hij is verdorie tachtig!' onderbrak Kat de bankbediende. 'Hij had altijd een vast inkomen en geld op de bank, en plotseling is al zijn geld weg en heeft hij schulden. Zou u uw bejaarde ouders een hypotheek op hun huis laten nemen?'

'Ik kan hem niet vertellen dat hij dat niet mag doen – ik heb daar niets mee te maken.'

'Hij heeft alzheimer. Als u hem niet helpt, wie dan wel?

Anita keek alleen maar voor zich uit, net alsof ze dit zo vaak hoorde.

'Niets zeggen is net zo erg. Maar ik neem aan dat u een paar bonuspunten hebt verdiend in verband met de maandtarget.' Kat had eigenlijk geen idee of bankmedewerkers bonussen kregen.

Anita werd rood in haar gezicht. 'Het spijt me echt dat hij er financieel zo slecht voorstaat. Geloof me. Het is gewoon niet onze verantwoordelijkheid de geldzaken van onze klanten te regelen.'

'O, nee? En wanneer wordt het wel jullie verantwoordelijkheid?

Nadat jullie hun ieder denkbaar bankproduct hebben verkocht?' Kat wees naar Harry's bankafschrift. 'Nadat je ze hebt geruïneerd?'

'Het spijt me, maar ik zie niet hoe de bank enige verantwoordelijkheid draagt voor dit alles.'

'U hebt hem geholpen met het invullen van de aanvraag.' Kat wees naar het formulier. 'Dit is niet het handschrift van mijn oom.'

'Ik kan me wel herinneren dat hij moeite had met het invullen.' Anita beet op haar lip.

'Dat is precies mijn punt. Hij kan zich de dingen van een uur geleden al niet eens herinneren. Hij kan niet goed meer omgaan met zijn chequeboek en kan geen papieren meer invullen. En toch hebben jullie er geen moeite mee hem een lening te verstrekken?' Harry's chequeboek barstte van de fouten. Zijn eigen berekeningen lieten een saldo zien dat duizenden dollar hoger was dan op zijn bankafschrift.

'Ik kon hem die lening niet weigeren. Hij voldeed aan de voorwaarden en de cijfers kloppen. Maar dat is niet mijn handschrift op de leningsaanvraag. Iemand anders heeft hem geholpen.'

'Wie was dat?' Ze zou een hartig woordje met hen spreken.

'Niemand van de bank. Hij heeft het aanvraagformulier mee naar huis genomen.'

'Dat kan gewoon niet.' Kat zei dat meer tegen zichzelf dan tegen Anita. Zelfs al had Harry eraan gedacht de aanvraag volledig in te vullen, dan nog zou hij vergeten zijn het formulier naar de bank te brengen. Afgezien van het feit dat hij zelf geen auto meer reed en bijna de hele tijd bij haar was. 'Wie had hij dan bij zich?'

'Niemand. Hij kwam alleen. Beide keren.' Anita gaf Harry's bankafschrift terug aan Kat. 'Ik begrijp dat dit moeilijk voor je moet zijn, maar de bank heeft niets verkeerds gedaan.'

Kat stond op. 'Wettelijk gezien misschien niet. Maar ethisch gezien ligt het anders, ik zou een oud iemand met dementie geen hypotheek geven om iets aan hem te verdienen. Als u en de bank geen geweten hebben, wie dan wel?'

Anita keek haar alleen maar aan en wist niets te zeggen.

'Wie let er op kwetsbare mensen zoals Harry?' Niet alleen moest ze ervoor zorgen dat ze haar oom uit de financiële problemen kreeg, maar ze moest ook te weten komen wie hem in die financiële problemen had gebracht.

Even later zat Kat in haar Subaru op de parkeerplaats van de bank. Ze was woedend. Net als de meeste mensen dacht Anita Boehmer allereerst aan haar eigen belangen – haar verkoopdoelen waren belangrijker dan het welzijn van een kwetsbaar iemand. Technisch gesproken had Anita gelijk; ze deed gewoon haar werk. Volgens de wet mocht ze geen moreel oordeel vellen over haar klanten. Maar dat was nu juist deel van het probleem. Mensen als Harry – de meest kwetsbare mensen in de samenleving – werden herhaaldelijk het slachtoffer van misstanden voordat iemand er ook maar aan dacht wetten en regels op te stellen om daar een eind aan te maken.

Haar sleutelbos slingerde heen en weer in het contact terwijl ze probeerde weer rustig te worden. Hoewel ze het niet eens was met de bank, had ze er waarschijnlijk beter aan gedaan geen ruzie te zoeken met Anita. Ze kon zich beter concentreren op degene die hiervoor verantwoordelijk was en op het terugkrijgen van het geld. Maar doordat Harry zich de dingen niet meer goed kon herinneren en door het ontbreken van enige aanwijzing wist ze niet waar ze moest beginnen.

Als forensisch accountant betrok Kat in haar overwegingen altijd de fraudedriehoek van motief, het goedpraten van de daad, en gelegenheid. Die zaken wezen bijna altijd naar de fraudeur. Behalve dat er in het geval van Harry geen gelegenheid was geweest. Harry was voortdurend bij haar of Jace, behalve als hij naar huis ging om te slapen. Ze was er tamelijk zeker van dat hij al maanden niemand uit zijn kennissenkring had gezien, aangezien de meesten van hen haar hadden opgebeld om hun zorgen te uiten over zijn afwezigheid en zijn vergeetachtigheid.

Bij de Edgewater-zaak had ze in ieder geval een duidelijke verdachte. Maar ze kon één gedachte niet uit haar hoofd zetten, sinds ze vanmorgen de door de accountant goedgekeurde stukken had doorgenomen. Zelfs als het Zachary niet was opgevallen dat er geld ontbrak, waarom had de accountantscontrole dat dan niet aan het licht gebracht? Als er zoveel geld 'verdwenen' was, dan hadden er bij de jaarcontrole toch alarmbellen moeten gaan rinkelen. Accountants keurden de financiële jaarstukken van een bedrijf niet goed zonder dat de balans werd nageplozen. Of ze hadden de banksaldi niet goed gecontroleerd, of het bedrog had met hun medeweten plaatsgevonden.

Ze pakte de jaarrekening van Edgewater van de passagiersstoel en klapte die open. Het accountantsrapport was getekend door Beecham & Company. Vreemd dat een klein, lokaal accountantskantoor een bedrijf met de omvang van Edgewater als klant had in plaats van een van de grote, internationaal opererende accountantskantoren.

Ze checkte het adres. Maar een paar straten van de bank vandaan. Ze besloot Beecham een bezoek te brengen. Ze startte de auto en reed van het parkeerterrein.

Een paar minuten later had ze haar antwoord, alleen niet het antwoord dat ze had verwacht. Ze stopte langs de stoep bij 422 Cedar Street en stapte uit de auto. In plaats van een hoge torenflat van glas en metaal bevond ze zich tegenover een leeg bouwterrein afgesloten door een hek met een ketting eraan.

aan het eind van de middag stapte Kat uit de lift en betrad het rustige, met pluche stoffen beklede kantoor van Edgewater. De receptiemedewerker belde naar Zachary en gebaarde dat Kat kon gaan zitten in de wachtruimte. Zachary verwachtte haar niet, maar het nieuws over de accountant vereiste onmiddellijke aandacht.

Als Beecham niet bestond, dan was er geen onafhankelijke accountantscontrole geweest van de boekhouding van Edgewater. Opzettelijk bedrog betekende slechts één ding: onbetrouwbare financiële resultaten. Iemand was iets aan het verbergen. Ze pakte haar mobieltje en toetste Jace' nummer in. Ze liet een boodschap achter met de vraag of hij een achtergrondcheck kon doen naar Beecham.

Tien minuten later begroette Zachary haar bij de receptie en liet haar binnen in zijn grote werkkamer. Hij duwde een stapel papieren naar de rand van zijn bureau en gebaarde dat ze kon gaan zitten. Kat vertelde hem over het niet bestaande adres van Beecham en haar verdenkingen.

'Dat is onmogelijk. De toezichthouders eisen van ons dat we een accountantsverklaring hebben. En dat geldt natuurlijk ook voor onze klanten. Ze zouden niet beleggen in fondsen die niet worden gecontroleerd door een accountant.' Zachary schudde zijn hoofd.

'Heb je ooit gesproken met de accountants? Ben je ze ooit nagegaan?'

'Daar had ik nooit een reden toe. Zoals ik al zei, Nathan handelde alle administratieve dingen af.'

'Maar je vertelde me dat jouw handelsmodel gecompliceerd was. Het is nodig dat de accountants het model begrijpen om Edgewater te kunnen controleren. Wie heeft hun het model uitgelegd? Nathan?'

Eindelijk begon Zachary iets door te krijgen. Plotseling keek hij Kat heel strak aan.

'Nathan is daar nooit met mij over begonnen. En hij gebruikt Beecham al jaren, al vanaf voordat ik bij het bedrijf kwam.' Hij zakte voorover met zijn hoofd in zijn handen. 'Dit kan niet waar zijn.'

'Nou, het is waar. Tenzij Beecham zakendoet vanaf een leeg bouw-terrein.'

'Misschien zijn ze verhuisd?' Zachary veegde een dun laagje zweet van zijn voorhoofd.

Kat trok haar wenkbrauwen op. 'Beecham bestaat waarschijnlijk niet eens. Ik heb iemand die dat nu voor me uitzoekt.'

'Maar de handtekening van de accountant staat op de jaarrekening. Vertel je me dat die vals was?'

'Iedereen kan een handtekening knippen-en-plakken. Het boek-jaar van Edgewater is een paar maanden geleden afgesloten. Liepen er hier geen mensen van het accountantskantoor rond?' Accountants werkten normaal gesproken in het kantoor van de klant als onderdeel van de eindejaarcontrole. Voor een bedrijf met de omvang van Edge-water zou dat werk minstens een paar weken in beslag nemen.

'Niet dat ik me kan herinneren. We krijgen niet veel mensen op bezoek, ook geen accountants. De hele administratie is niet echt mijn sterke punt, maar dan nog: hoe kon dit allemaal onder mijn neus gebeuren?' Hij stond op en sloeg met zijn vuist tegen het bureau. 'Hoe heb ik zo stom kunnen zijn?'

'Achteraf kan het allemaal voor de hand liggend lijken. Maar totdat je een geldtekort bleek te hebben, was er voor jou geen aanleiding om zaken nader te bekijken.' Net als bij Harry en zijn leningen.

Zachary leek kleiner te worden toen hij heen en weer wandelde tegen de achtergrond van de hoge ramen. 'Ik moet hier een einde aan maken. Wat doe ik nu?' Hij liet verslagen zijn schouders zakken.

'Probeer te bedenken waarom de financiële stukken vals waren. Ik zal op basis van de gegevens in de boekhouding achterhalen wat de echte cijfers zijn.'

'De echte cijfers?' Hij bleef ineens staan en staarde naar Kat.

'Als de financiële stukken vals zijn, dan kun je er zeker van zijn dat de echte cijfers anders zijn. En ik vermoed dat ze niet in positieve zin afwijken. Ik heb volledige toegang nodig tot je boekhouding. We werken 's avonds als het personeel er niet is.' Alsof zij mensen had die konden helpen. Het reconstrueren van de boekhouding kon weleens zeer tijdrovend zijn. Misschien kon Jace een bijdrage leveren.

Zachary fronste zijn wenkbrauwen. 'Allemachtig. Geen wonder dat Edgewater geen geld heeft. Ik bel mijn advocaat om een gerechtelijk bevel te krijgen. Ik laat de rekeningen van de bank en de fondsen bevriezen.'

'Zachary, dat zou ook mijn eerste reactie zijn, maar...'

'Vertel me nu niet dat ik moet afwachten wat er gebeurt. Ik moet hem zien te stoppen.' Zachary liep naar de deur van zijn kamer met zijn mobieltje in zijn hand.

'Oké, bel je advocaat maar. Maar hij zal ook bewijzen willen zien. Iets waar Nathan geen sluitende verklaring voor kan geven. Vooral als je wilt dat de beschuldigingen standhouden.'

'Dat kan dagen duren. Moet Edgewater in de tussentijd leeggeroofd worden?' Zachary draaide zich om en keek Kat weer aan.' Dat kan ik me niet veroorloven. We gebruiken wat je uiterlijk maandag allemaal hebt kunnen achterhalen.'

'Maandag?' De week was al bijna voorbij. Als ze bedacht dat Zachary's toekomst volledig afhankelijk was van haar onderzoek, dan was een paar dagen belachelijk kort. 'Ik heb minstens een paar weken nodig om alleen al de boekhouding te reconstrueren. Edgewater is een bedrijf waar miljarden in omgaan.'

'Maandag.'

Zachary liep de hal in voordat ze de kans kreeg te reageren.

# HOOFDSTUK 14

Kat bracht de avonduren door in Nathans werkkamer. Ze haalde allerlei gegevens uit de cliëntenadministratie van Edgewater, de eerste stap in het vaststellen van hoe hoog de inkomsten van het bedrijf waren. Edgewater verdiende zijn geld door een bepaald percentage van het beleggingsresultaat van de cliënt bij die cliënt in rekening te brengen. Als het beleggingsresultaat steeg, dan stegen ook de inkomsten van Edgewater. Maar als ze geld verloren, of quitte speelden, dan verdiende het hedgefonds niets.

Dat was het probleem. Volgens haar berekeningen was de omvang van de commissies van Edgewater slechts een fractie van wat werd vermeld in de financiële stukken. Als er geen verborgen bron van inkomsten was, werden de inkomsten van het bedrijf met miljarden overdreven. Zag ze iets over het hoofd? Dat lag niet voor de hand na haar uitvoerige analyse. Er was iets vreemds aan de hand. Ze moest met Zachary praten voor ze verder ging.

Dan was er ook nog het probleem van het adres van Beecham. Een bouwterrein? Ze kreeg een ingeving. Ze startte Snoopy op, haar eigen analysesoftwareprogramma, en typte het adres van Beecham in, 422 Cedar Street. Ze drukte op ENTER en wachtte terwijl het programma alle gegevens afzocht met betrekking tot de door Edgewater betaalbaar gestelde rekeningen. Tot haar verrassing gaven de resultaten aan dat er niet een maar twee leveranciers gevestigd waren op hetzelfde adres. De tweede naam kwam haar bekend voor, maar ze wist niet precies waarom.

'Zachary?'

Er kwam geen reactie. Ze zou straks naar zijn kamer lopen. Maar eerst moest ze nog wat dieper graven. Het vinden van twee leveranciers van Edgewater op een niet bestaand adres was een heel duidelijk teken dat er fraude werd gepleegd.

Ze staarde een paar tellen naar het scherm en vroeg zich af waar ze de naam Svensson eerder had gehoord. Toen wist ze het weer. Fredrick Svensson was de man die om het leven was gekomen bij dat ski-ongeluk. Ze wist zeker dat ze die naam die ochtend had gehoord op Harry's radio. Ze typte Svensson in in een zoekmachine en drukte op ENTER. En inderdaad, bovenaan de pagina met resultaten stonden een stuk of zes verhalen over het ongeluk van woensdag. Ze klikte op het eerste. Ze zag een foto van een elegant uitziende grijze man met een net baardje en een John Lennon-brilletje. De kop van het artikel eronder luidde: *Voor Nobelprijs genomineerde econoom komt om het leven bij skitragedie.*

Waarom zou Edgewater een econoom met zo'n reputatie betalen? Ze zocht in het boekhoudsysteem naar het bestand van Svensson en klikte op de transactiegegevens. Er was de laatste twee jaar een reeks facturen betaald, allemaal voor vergelijkbare bedragen van acht- of negenduizend dollar. Ze klikte op een van de facturen en las de beschrijving: advieskosten. Adviezen waarover? Wat was het verband tussen Svensson en Beecham?

En wat nog belangrijker was, wat was het verband tussen Svensson en Edgewater? Kat scrolde door de rest van de artikelen. Afgezien van zijn liefde voor de natuur had Fredrick Svensson heel bijzondere meningen over valuta.

Ze klikte op een ander artikel, dat vorig jaar was geschreven.

*Een munt voor de hele wereld. Heeft dat zin uit economisch oogpunt?*

*Fredrick Svensson, die is voorgedragen voor de Nobelprijs en die een pionier is op het gebied van munthervorming, sprak vandaag op de Economi-*

*sche Top in Davos. Zijn werk op het gebied van munthervorming is heel bekend en ook controversieel; hij voert aan dat een veelheid aan valuta leidt tot allerlei inefficiëntie en barrières opwerpt voor de wereldhandel en het algeheel economisch welzijn. Svensson betoogt dat deze barrières leiden tot hogere transactiekosten en ontwikkelingslanden op achterstand zetten. Hij sprak over de noodzaak van een wereldmunt als een stap naar wereldwijde welvaart.*

Kat ging vluchtig door de rest van het artikel. Edgewater en Svensson hadden valuta als gemene deler. Edgewater handelde in valuta en Svensson was 's werelds meest vooraanstaande deskundige op het gebied. Maar hun ideeën over valuta liepen zeer uiteen. Als Svenssons theorieën navolging zouden vinden, zou dat rechtstreeks van nadelige invloed zijn op Edgewater. Dat bedrijf maakte handig gebruik van de valutawisselkoersen en daarvan vond Svensson juist dat ze moesten verdwijnen. Dus waarom zou Edgewater consultancy-kosten aan Svensson betalen?

Kat drukte op de printknop en haalde het artikel uit de printer. Ze bleef even staan bij Nathans enorme marmeren schaakspel en liep toen naar de hal. Misschien wist Zachary hoe dit moest worden opgevat. Hij was een paar uur geleden teruggegaan naar zijn werkkamer.

Het viel haar nu voor het eerst op dat de muren bekleed waren met donkere houten lijsten met daarin een oud bankbiljet of het een of andere waardepapier. Ze liet haar blik gaan langs de namen – Mississippi, de South Sea maatschappij en andere. Waardeloos behalve voor een echte verzamelaar. Hoe ironisch dat de muren van het kantoor van Edgewater behangen waren met herinneringen aan financiële schandalen uit het verleden. Had Nathan of Zachary ze gekozen? Het was vreemd stil in de hal. Geen geluid van stemmen of toetsenborden, alleen maar het zachte geluid van haar schoenen die wegzonken in het dikke tapijt.

'Zachary?'

Geen antwoord. Ze riep opnieuw zijn naam, luider deze keer. Ze had aangenomen dat Zachary ergens anders in het gebouw was, omdat ze niemand had horen komen of gaan. Kat liep de hoek om,

Zachary's werkkamer in. Hij was er niet. Ze had het bij het verkeerde eind gehad.

Ze pakte haar mobieltje en toetste Zachary's nummer in. Ze schrok toen ze zijn mobieltje dichtbij horen overgaan. Dat lag op zijn bureau, maar zijn jas was weg.

Kat vloekte binnensmonds. Waarom had Zachary haar niet verteld dat hij weg zou gaan? Kwam hij nog terug of had hij gedacht dat ze hier de hele avond zou werken? Ze had niet eens een sleutel om af te sluiten. Ze liet een bericht achter met het verzoek haar zo snel mogelijk te bellen, maar wist natuurlijk dat dat niet veel zou opleveren.

Ze keerde terug naar Nathans kamer en sloot haar laptop af. Ze pakte de documenten van Edgewater bij elkaar: financiële overzichten, lijsten met rekeningen, cliëntafschriften. Terwijl ze nog niet eens echt begonnen was met het afstemmen van de cliëntsaldi op de boekhouding, was er één specifiek saldo dat haar zorgen baarde.

Op de bankrekening van Edgewater stond een saldo van minder dan honderdduizend dollar. Voor een miljardair die stevig investeerde in zijn eigen bedrijf was dat een onvoorstelbaar laag bedrag. Dat niet alleen, maar het week af van het bedrag dat bij de scheiding was gebruikt voor wat Zachary netto waard was. Als het banksaldo klopte, dan was het bedrag van wat hij netto waard was veel lager dan hij had gedacht, aangezien hij al zijn geld in Edgewater had gestoken. Dat betekende dat de scheidingsregeling voor Victoria Barron gebaseerd was op geld dat er eigenlijk niet was.

Kon Zachary echt zo weinig afweten van de waarde van zijn eigen fondsen? Hoe zou hij reageren als hij de waarheid wist?

Ze stopte de documenten in haar koffertje en pakte haar jas. Hoewel de deadline die Zachary had gesteld wel heel dichtbij kwam, kon ze zich niet meer concentreren. Ze had niet alleen maagpijn, ze voelde ook dat ze koorts kreeg. Ze had slaap nodig voor deze griep haar eronder kreeg. En ze moest kijken hoe het met Jace en Harry ging.

Ze bleef staan bij de deur en liep Nathans kamer weer in. Ze deed haar koffertje open en keek nog eens naar het banksaldo van Edgewater aan het eind van de middag. Volgens haar ruwe berekening zou

Edgewater aanstaande dinsdag geen geld meer hebben – dat was slechts een enkele dag na Zachary's deadline.

Zachary's gevoel van urgentie was terecht. Maandag kon zelfs al te laat zijn, als ze de uitgaven van Edgewater en de hebzucht van Nathan Barron had onderschat.

Ze hoorde een sleutel in het slot van de voordeur.

Er was geen beter moment dan nu om het hem te vertellen. Kat liet haar jas en koffertje op Nathans bank vallen en ging op weg naar de deur.

Maar het was Zachary niet. De stilte werd doorbroken door een vrouwenlach.

Kat bleef stokstijf stilstaan. Haar hart bonsde terwijl ze de kamer doorkeek om een plek te vinden waar ze zich kon verbergen. Toen besefte ze dat ze die stem kende. Het was de stem van Victoria. Maar waarom was die hier? Waarom had Zachary de sloten niet laten vervangen na die vreselijke strijd in de rechtszaal?

De voordeur sloeg dicht. Kat draaide zich snel om en zocht naar een schuilplaats. De enige deur leidde rechtstreeks naar de receptie-ruimte en naar Victoria. Achter de bank? Nee. Victoria zou Nathans kamer in kunnen lopen. Als ze ging zitten, was dat op de bank of achter het bureau.

Ze hoorde de stilettohakken van Victoria klikken op de marmeren vloer van de receptieruimte en daarna niets meer toen Victoria het berbertapijt in de hal bereikte. Kat onderdrukte een nies toen de sterke lucht van parfum haar neusgaten in dreef. Ze dook weg achter de zware gordijnen van damast. Die waren modern, dus hingen ze gelukkig op de grond zodat Kats voeten verborgen bleven.

Victoria zei zachtjes iets – Kat nam aan dat ze dat in haar mobieltje deed. Ze bevond zich nu in Nathans kantoor, te dichtbij om zich veilig te voelen.

Kat keek naar haar voeten en schrok. Er kwam licht onder het gordijn door en ze besefte dat de teen van haar schoen uitstak. Ze trok langzaam haar voet terug en hoopte dat de beweging niet de aandacht van Victoria zou trekken.

Wie was er nog meer bij Victoria? Ze had geen andere voetstappen gehoord. Er ging een la open en ze hoorde het geritsel van papier.

Kat drukte zich plat tegen de muur en wilde dat ze niet zoveel gegeten had met de lunch. Vielen de gordijnen daardoor zichtbaar over haar heen? Ze wist het niet.

'Oké, ik heb het. Ik bel je later.'

Kat kon het gemompel nauwelijks horen. Victoria sprak natuurlijk in haar mobieltje. Wat had ze?

Ze slaakte een diepe zucht van opluchting toen ze de stiletto-hakken van Victoria weer hoorde tikken op de marmeren vloer van de receptieruimte. Ze had wel veel lef om hier te komen, aangezien ze sinds de scheiding niet meer bij Edgewater werkte. Kon het haar niet schelen dat ze Zachary tegen het lijf kon lopen? Of wist ze op de een of andere manier dat hij er niet was?

De voordeur ging met een klap dicht. Kat hield haar adem in, totdat ze hoorde dat de sleutel werd omgedraaid.

Ze luisterde tot ze de bel van de lift hoorde en wachtte toen nog vijf minuten voor ze achter de gordijnen vandaan kwam. Victoria's sterke parfum was nog te ruiken en nu moest ze echt niezen.

Toen Kat keek of er ergens een tissue was, zag ze haar jas en koffertje op de bank liggen. Had Victoria die gezien? Ze schrok toen haar mobieltje afging. Ze keek op het schermpje om te zien wie er gebeld had en zette het mobieltje op stil. Het was Jace. Ze durfde hem vanaf hier niet terug te bellen. Victoria zou terug kunnen komen en over twintig minuten zou ze toch thuis zijn.

# HOOFDSTUK 15

Kats ogen prikten van vermoeidheid. Het was bijna drie uur 's nachts. Ze verlangde naar haar bed, maar ze kon niet rusten voor ze had berekend hoeveel schade Zachary had opgelopen. Het leek erop dat Edgewater het slachtoffer was van fraude op een schaal die zij nog nooit had meegemaakt.

Sinds ze een paar uur geleden was thuisgekomen, was ze doorgegaan met het analyseren van de individuele cliëntrekeningen en de resultaten vergeleken met de afschriften die ze in Nathans werkkamer had aangetroffen. Het was een tijdrovend proces, dat een aanslag deed op haar ogen. Ze had tot nu toe honderdvijftig cliëntrekeningen bekeken en had er nog niet eentje gevonden bij wie het papieren afschrift klopte met de gegevens in de computer. Op de afschriften stonden beleggingsresultaten die dubbele cijfers lieten zien, maar de meeste rekeningen in de computer hadden saldi in de buurt van nul met soms beleggingsverlies in plaats van beleggingswinst.

De beleggingsresultaten op de papieren afschriften vertoonden opmerkelijk grote overeenkomsten. Eigenlijk leken ze gewoon te veel op elkaar. Iedere rekening die ze checkte liet een resultaat zien van twaalf procent ongeacht het tijdstip waarop de cliënt zijn geld had ingelegd. Zo'n gelijke uitkomst was statistisch gezien onmogelijk aangezien het fonds zelf wel in waarde fluctueerde. Het belegde tenslotte in diverse valuta met voortdurend veranderende winst- en verliesresultaten.

Ze hoorde buiten de windvlagen en verlangde naar de warmte van haar bed.

'Nog steeds bezig?' Jace verscheen in de deuropening van de studeerkamer met twee kopjes dampend hete koffie in zijn handen.

'Jace, moet je eens zien.' Ze gebaarde hem naar het computerscherm te komen kijken. 'De cliëntrekeningen belopen samen een totaal van honderdvijftig miljoen dollar. Niet de miljarden die in de financiële verslagen van Edgewater worden genoemd. Ik heb ze vergeleken met de afschriften die ik heb gevonden. Het ziet er niet goed uit.' Ze had in het kantoor van Edgewater dossiers met papieren afschriften gevonden in een afgesloten dossierkast. Geen daarvan klopte met de saldi in het computersysteem.

Jace gaf haar een kop koffie en pakte een stoel. 'Honderdvijftig miljoen vergeleken met drie miljard? Hoe kan er zo'n groot verschil zijn?'

'Het lijkt erop dat Nathan op gigantische schaal ponzifraude heeft gepleegd. Dan betaal je beleggers met geld van nieuwe beleggers. In dit geval is het zo dat hij geld krijgt van beleggers en dat geld wegsluist uit het fonds zodra het binnenkomt. Dit moeten de kopieën zijn van de valse afschriften. Zo kan hij alles bijhouden. Kijk hier eens.' Kat wees naar het computerscherm, waar ze het beleggingsresultaat had gereconstrueerd van een willekeurige groep van twintig beleggers in Edgewater. 'Al deze beleggers hebben de afgelopen drie jaar precies twaalf procent per jaar winst gemaakt.'

'Dat is indrukwekkend. Ik krijg bij de bank minder dan twee procent. Misschien moet ik mijn geld ergens anders naar toe verhuizen.'

'Het is bedrog, Jace. Het is allemaal verzonnen. Ieder van deze cliënten heeft zijn geld op verschillende momenten ingelegd. Sommigen zitten al een hele tijd in het fonds en anderen zijn pas vorig jaar gaan beleggen. Toch hebben ze allemaal dezelfde winst gemaakt op hun belegging.'

'Toeval, misschien?'

'Nee. Ik heb tientallen cliënten en hun beleggingen in het fonds met elkaar vergeleken. Het fonds belegt zogenaamd in allerlei soorten valutatransacties, maar ik kan die transacties niet terugleiden naar deze cliëntrekeningen of koppelen aan andere transacties in het hedgefonds van Edgewater. Ik ben alle handelstransacties op basis van de bankafschriften nagegaan en het resultaat – winst of verlies—gereconstrueerd voor iedere valuta waar Edgewater in handelt. Weet je wat ik heb gevonden?'

'Wat?'

'Een negatief resultaat, Jace. Er is geen twaalf procent beleggingsresultaat. Zachary denkt dat zijn handelsmodel werkt, maar dat doet het niet. Er wordt niet gehandeld. Nathan voert de transacties niet uit. Hij belegt het geld niet en Zachary is zich daar niet van bewust, omdat hij nooit naar de rekeningen kijkt.'

'Bedoel je dat het allemaal verzonnen is? Er werken daar toch ook andere mensen. Hoe kan dat niet worden opgemerkt?'

'Nathan is bij alles betrokken, wat overigens wel verbazend is gezien zijn frequente reisjes en perioden van afwezigheid. Een baas die administratief werk doet is een van de signalen dat er fraude wordt gepleegd. Dat werk is veel te licht voor een miljardair die het bedrijf heeft opgericht.' Hij moest ook hulp hebben gekregen van iemand. De omvang van het handmatige geknoei met de rekeningen was te veel werk voor één persoon.

'En Zachary weet hier echt niets van af?'

'Hij zegt van niet. Hoe moeilijk het ook is dat te geloven, ik denk dat hij de waarheid spreekt,' zei Kat.

'Maar hoe kon Nathan zoveel geld krijgen zonder dat Zachary of een ander dat heeft gemerkt?'

'Ik weet het niet. Deze fraude wordt al minstens tien jaar gepleegd. Kijk.' Kat hield een afschrift omhoog. De naam en het logo van Edgewater stonden erop, maar het was van een ander formaat dan de afschriften die uit de computer kwamen. De naam van de cliënt was op het afschrift gelijmd.

Jace pakte het afschrift en wreef met zijn vinger over het logo. 'Prutswerk. Niemand trapt toch in dit knip-en-plakgedoe.'

'Maar deze versie verstuurt hij niet – hij scant dit afschrift en mailt een elektronische kopie naar de cliënt, dus niemand weet dat ermee geknoeid is. Hij zet alles in een spreadsheet en voegt gewoon ieder kwartaal aan alle rekeningen een bepaald percentage winst toe. En dan is iedereen blij.' Ze snapte nu eindelijk hoe het zat met de merkwaardige spreadsheets die ze had gevonden in Nathans kantoor. Het was zijn eigen handmatige boekhoudsysteem.

'Hoe zorgt hij ervoor dat de echte afschriften niet worden verstuurd?'

'Er moet nog iemand anders bij betrokken zijn. Als het boekhoudsysteem de echte afschriften uitprint, worden die vernietigd. De afschriften waarmee geknoeid is worden in plaats daarvan aan de cliënten gestuurd.'

Jace floot. 'En waar gaat al dat geld naartoe?'

'Een flink deel is naar een bedrijf gegaan: Research Analytics. Ik ga ze morgen een bezoek brengen.' Kat wees naar de stapel facturen van Research Analytics. 'Dit jaar is er tot nu toe vijftig miljoen overgemaakt en vorig jaar ging het om een bedrag van tweehonderdtwintig miljoen. Ik ben nog op zoek naar de rest.'

'Wat gebeurt er als een cliënt zijn belegging wil verzilveren? Komt de fraude dan niet aan het licht?'

'Alleen als Nathan hun het geld niet geeft. Zolang er meer nieuw geld binnenkomt, kan hij beleggers die zich terugtrekken betalen zonder dat het fonds failliet gaat. Hij haalt gewoon het geld uit de ene cliëntrekening en zet dat op een andere om dat te compenseren.' Kat zag in haar ooghoek iets bewegen. Ze draaide zich om en zag Harry op de overloop staan, gekleed in een korte broek en een golfshirt. 'Ga je ergens naartoe, oom Harry?'

'Ik ga een wandelingetje maken.'

'Het is midden in de nacht. En het regent.' Harry had besloten te blijven slapen, nadat hij met Jace naar het ijshockey op de tv had gekeken. Was Harry er al eens eerder 's nachts op uitgegaan?

'Echt? Dan kan ik misschien beter binnen blijven.'

Kat en Jace wisselden een blik van verstandhouding uit. Stel dat ze niet wakker waren geweest... dan zou Harry zonder jas naar buiten zijn gegaan in het ijskoude weer. 'Oké, oom Harry. We zien je morgenochtend.'

Harry schuifelde weg over de overloop. De dokter had gelijk. Harry kon niet meer alleen zijn. Maar ze zou hem zeker niet laten opnemen in een verzorgingstehuis. Ze zou morgen iets bedenken. Ze draaide zich weer om naar Jace.

'Zou jij uit een beleggingsfonds stappen als je vijf jaar achter elkaar twaalf procent winst maakt?'

Jace schudde het hoofd. 'Absoluut niet. Bij de bank kan ik dat resultaat niet halen – en ook nergens anders.'

'En dat is precies wat de cliënten van Edgewater ook denken. Jaar in jaar uit hebben ze een fantastisch resultaat gehaald. Niemand stapt uit het fonds, tenzij ze in financiële problemen raken. Je zou wel gek zijn om die inkomsten op te geven. Nathan rekent erop dat er maar heel weinig mensen uitstappen. Beleggers gaan eerst hun minder winstgevende beleggingen laten uitbetalen.'

'Dus Nathan heeft alleen maar genoeg geld nodig om de paar cliënten die wél zijn uitgestapt hun geld te geven.'

Kat knikte. 'Ja, en dat is nooit een probleem geweest. Beleggers verdringen elkaar gewoon om te kunnen beleggen in het hedgefonds. Het fonds heeft een imago van exclusiviteit. Nathan laat niet zomaar iedereen beleggen in het hedgefonds, dus mensen vinden dat ze geluk hebben als ze überhaupt bij Edgewater mogen beleggen. Als ze uit het fonds stappen, worden ze misschien niet meer toegelaten. En je moet rijk zijn om te beleggen in een risicovol hedgefonds, als je minimaal vijfhonderdduizend dollar moet inleggen.'

'Het klinkt alsof je helemaal geen risico loopt. De beleggers halen een forse winst, ieder jaar weer. De markt heeft nog nooit zoiets gezien. Het is te mooi om waar te zijn.'

'Dat is ook zo – zolang Edgewater die astronomisch hoge winstcijfers kan laten zien. Zachary denkt dat het ligt aan zijn geheime handelsmodel.'

'Het klinkt alsof je daar niet in gelooft.'

Kat nam een slokje koffie. 'Ik denk dat hij zelf wel gelooft dat zijn model werkt. Het probleem is dat het nooit is aangetoond, aangezien Nathan de transacties niet uitvoert. En Zachary controleert dat nooit. Ik neem aan dat hij ervan uitgaat dat twaalf procent gemiddeld ongeveer moet kloppen. Zachary's verdenkingen zijn echter wel helemaal terecht. Nathan is Edgewater duidelijk aan het oplichten. De valse cliëntafschriften en Beecham & Company tonen dat aan. Ik snap alleen niet hoe het kan dat Zachary daar niets van heeft gemerkt. En er is nog meer aan de hand.' Ze vertelde hem over de onbegrijpelijke relatie die Edgewater onderhield met Fredrick Svensson.

'Die man die is voorgedragen voor de Nobelprijs,' herinnerde Jace zich. 'Misschien is er wel een goede reden om hem te betalen. Zelfs als hij anders tegen zaken aankijkt, zou hij goede voorspellingen kunnen doen over ontwikkelingen op de valutamarkt.'

'Ja, maar dat is vreemd. Svensson streeft naar een gemeenschappelijke munteenheid – net als de euro – alleen dan op wereldwijde schaal. Edgewater maakt gebruik van en profiteert juist van die onevenwichtigheden die Svensson met zijn model probeert uit te bannen. Het is onbegrijpelijk.'

'Misschien heeft Zachary daar ideeën over. Aangezien hij zo slim is.' Jace lachte schamper.

'Ik betwijfel het. Zachary stelt nadrukkelijk dat alle transacties gebaseerd zijn op zijn model van het voor eigen rekening handelen. Hij zegt dat ze geen extern onderzoek gebruiken. En er is nog iets dat ik niet begrijp.'

'Wat dan?' vroeg Jace.

'Hoe krijgt Nathan dit allemaal voor elkaar? Zachary zegt dat hij zijn transacties zelf invoert in het systeem. Maar ik heb ernaar gekeken en die transacties komen niet terecht in het boekhoudsysteem. Het lijkt alsof hij met een programma werkt dat nergens aan gekoppeld is.'

Jace kreeg niet de kans daarop te reageren.

Ze verstijfden allebei van schrik toen ze beneden een luide klap hoorden gevolgd door brekend glas. Kat liet haar pen vallen. Ze hoorden zware voetstappen op de trap naar de voordeur. Kat sprong op en tuurde uit het raam van de studeerkamer. Een donkere figuur rende de tuin door en het pad af naar een zwarte auto die stond te wachten bij de stoeprand. Ze kon niet zien of het een man of een vrouw was, toen de deur van de auto aan de passagierskant dichtsloeg. De auto reed met grote snelheid en piepende banden weg van de stoep.

Ze rende naar de overloop met Jace vlak achter haar. Alle twee bleven ze abrupt staan toen ze benzine roken.

# HOOFDSTUK 16

Kat en Jace stonden op de overloop, als aan de grond genageld. De resten van een zelfgemaakte molotovcocktail lagen te smeulen op het kleed van de hal. Benzinedampen vermengden zich met rook en het glas van het zijraam bedekte de houten vloer.

Plotseling spatte de fles uit elkaar.

De vlammen schoten alle kanten uit. Binnen een paar tellen werd hen het zicht op de voordeur ontnomen door opstijgende rook. De leuning van de trap vloog in brand.

Benzinedampen drongen Kats neusgaten in. Ze schrok toen een tweede explosie volgde, die een hele vuurbal veroorzaakte.

'O, mijn god. Oom Harry – kom uit je kamer. Vlug!' Kat draaide zich om en wilde op weg gaan naar de logeerkamer.

Maar Harry stond al op de overloop. 'Wat gebeurt er?' Hij wreef in zijn ogen. Die gingen wijd open toen hij de vlammen zag. 'Allemachtig!'

Kat liep de studeerkamer in om de brandweer te bellen. Maar het draadloze toestel lag niet in de houder. Ze vloekte en liep weer naar de overloop. Waar was dat ding?

'Ik ga proberen de vlammen te smoren.' Jace snelde de trap af en trok zijn trui uit.

'Jace! Kijk uit!' Ze stond bovenaan de trap en keek naar Jace. In nog geen halve minuut hadden de vlammen zich verspreid over een stuk van een paar meter in het vierkant. Het was te laat om nog iets te doen. Zo meteen zou de trap geblokkeerd zijn en daarmee hun vluchtweg.

Ze draaide zich om. 'Oom Harry – we moeten weg!' Ze zwaaide met haar armen en liep de trap af met Harry vlak achter haar.

'Laat me je helpen, Jace.' Harry trok zijn trui over zijn hoofd en liep op Jace af.

'Nee!' Kat pakte haar oom bij zijn arm en trok hem terug. Ze draaide hem om in de richting van de keuken, weg van de vlammen. 'Doorlopen, oom Harry, de achterdeur uit. Jace, jij ook. Wegwezen.'

Het vuur had zich verspreid over de hele hal en was nu te groot om nog te smoren. Er was geen beginnen aan.

Plotseling dacht Kat aan de papieren boven. Nathans spreadsheet en de cliëntafschriften. Zij had de oorspronkelijke exemplaren.

Als ze nu naar boven rende, kon ze die nog pakken. Nee – dat zou stom zijn. 'Jace, laat nou!' Ze had een rood gezicht van de hitte.

'Ik kan dat brandje wel doven.' Jace' gezicht vertrok van de pijn toen hij zijn verschroeide trui omhoogtrok van het kleed. Hij boog zich voorover en gooide de trui weer op de vlammen. Hij sprong erop met zijn laarzen in een poging de vlammen te doven.

Kat bleef staan bij de keukendeur. Wat Jace aan het doen was, zou een minuut geleden misschien effect hebben gehad, voordat de vlammen twee keer zo hoog werden. Nu had het geen effect en het was ook heel gevaarlijk.

'De vlammen zijn te groot, Jace. We moeten weg.'

Jace deed een sprongetje achteruit en beschermde zijn gezicht toen een derde explosie de vlammen nog aanwakkerde. De vlammen blokkeerden nu de trap die ze net waren afgegaan. Jace draaide zich om, liep achter Kat aan en gebaarde dat ze door moest lopen.

Kat liep de keuken in. Harry stond handenwringend bij het fornuis zonder een stap te verzetten. Hij maakte een verloren indruk. 'We gaan de achtertrap naar de tuin af, oom Harry. Loop achter me aan naar de keukendeur.' Kat zag de draadloze telefoon gelukkig op het aanrecht liggen en ze griste hem mee toen ze naar buiten liep. Ze probeerde rustig te blijven, deed de keukendeur open en ademde de frisse, heldere lucht in. Ze toetste 112 in en liep de trap af terwijl ze Harry met zich mee trok. Toen ze omkeek, sloeg haar hart over.

Waar was Jace in godsnaam? Hij had toch vlak achter haar en Harry gestaan, toen ze naar buiten gingen. Maar hij was er niet.

'Blijf hier wachten. Praat jij maar met de brandweer.' Ze duwde Harry de telefoon in zijn handen en rende terug.

'Wat bedoel je, blijf hier wachten?' Harry stak zijn hand op. 'Niet naar binnen gaan, Kat.'

Ze draaide zich om. 'Ik moet Jace vinden.' Door de stortregen kon ze Harry's smeekbeden niet horen, of misschien wilde ze die ook niet horen.

'Nee!' Handenwringend liet Harry nog een luidere schreeuw horen. 'Wacht op de brandweer.'

Maar Kat was de achtertrap al opgegaan. Ze stapte over de drempel en werd direct omgeven door dikke rook. Ze kokhalsde en dook naar beneden in de hoop dat ze dichter bij de grond frissere lucht zou kunnen inademen. Waarom was Jace niet met haar mee naar buiten gegaan? Het was duidelijk dat de brand te groot was om te worden geblust – wat was hij in godsnaam van plan geweest? Ze kroop over de keukenvloer, zo laag mogelijk om de dikste rook te vermijden.

Harry had gelijk – het huis weer ingaan was een verkeerde keuze geweest. Maar voordat de brandweer arriveerde, konden een paar seconden gewoon het verschil maken. Die documenten van Edgewater waren misschien al verloren, maar ze kon Jace niet achterlaten. Ze moest hoesten door de rook die ze inademde. Haar ogen gingen tranen en ze probeerde het water weg te knipperen.

Ze kroop door de keuken naar de hal, maar ze kon maar minder dan een halve meter voor zich uitkijken. De vlammen waren wel gedoofd, maar de dikke rook hing nog in elke centimeter van de hal, waardoor ze niets kon zien.

Ze kroop dichter naar waar ze Jace voor het laatst had gezien: het ademen viel haar zwaar door de uitputting. Ze kon niet genoeg lucht krijgen.

Toen hoorde ze de sirene van de brandweerwagen die de straat in kwam rijden en ze hapte naar lucht. De wagen kwam buiten piepend tot stilstand. Er werd met deuren geslagen en ze hoorde mannenstemmen door de gebroken ruit. Ze koesterde nog steeds hoop, totdat de zwaailichten van de brandweerwagen in de donkere hal schenen. De hal was leeg. Jace was weg.

# HOOFDSTUK 17

Kat rilde en trok de wollen deken dichter over haar schouders. Ze zat op de trap naar het huis en hoorde hoe het water door de goot naar beneden drupte. De regen was opgehouden en de brand was geblust. Ze had steeds hevige hoestbuien als gevolg van rookinademing. Harry zat naast haar en knikte instemmend toen de brandweercommandant haar uitfoeterde omdat ze het huis weer in was gegaan. Een voor een keerden de buren terug naar hun huis en deden het licht weer uit, opgelucht dat de brand zich niet had verspreid.

Jace sjokte over het gazon, langs een paar brandweermannen, die bezig waren hun spullen bij elkaar te pakken. Zijn rechterhand en rechterarm waren verbonden en er zat wit gaas omheen. Hij had de ruit in het woonkamerraam kapotgeslagen, was erdoor gesprongen en was daarna in de tuin beland. Kat stond op en liep de trap af, op weg naar hem toe.

Ze omhelsde hem, dankbaar dat hij aan het vuur was ontsnapt. 'Doe dat nooit meer, Jace. Ik dacht dat je daarbinnen om het leven was gekomen.'

Hij maakte zich los en keek haar aan. Hij kneep zijn ogen samen.

'Je had niet meer naar binnen moeten gaan. Ik kan goed voor mezelf zorgen.'

Ze was het niet met hem eens, maar ze zei niets. Ze was gewoon blij dat hij niet ernstiger gewond was geraakt. Ze haakte haar arm in zijn niet-verbonden arm. Samen liepen ze de trap op naar de voordeur. Ze bleven staan en keken naar binnen, de hal in.

'Waarom zou iemand dit doen?' Kat keek naar de smeulende resten van de molotovcocktail. Het leek erop dat die zelfgemaakt was; een zwarte lap stak nog steeds uit de hals van de gebroken wijnfles.

Jace gaf geen antwoord. Hij ging op zijn hurken zitten en bestudeerde de beschadigde vloer.

Een verbrande, zwarte cirkel was alles wat nog restte van het antieke kleed uit Brits-Indië. Dat kleed was net zo oud geweest als het huis zelf. De trapleuningen en de houten bekleding van de overloop waren zwartgeblakerd en op de vloerplanken die Jace met zo veel moeite had gerestaureerd lagen plassen water. De brandweerlieden hadden de brand snel geblust, maar er was veel schade.

'Ik weet het niet.' Jace ging staan en draaide zich naar haar toe. 'Misschien is het een geval van persoonsverwisseling en hebben ze zich vergist in het huis.'

'De meeste buren zijn al over de zeventig, Jace. Ik kan me niet voorstellen dat zij een doelwit zouden kunnen vormen.' De gepensioneerde bewoners van de buurt Queen's Park maakten alcoholvrije cocktails; geen molotovcocktails.

'Iemand heeft het op jullie gemunt.' Harry kwam achter hen staan. Hij staarde naar de rotzooi binnen. 'Misschien moet ik hier niet blijven.'

'Wat hebben we hier?' Met de punt van zijn schoen schopte Jace tegen een metalen busje. Het lag gedeeltelijk verborgen onder de kledingkast in de hal en was over het hoofd gezien door de mensen die naar sporen van brandstichting hadden gezocht. Hij bukte zich voorover en pakte het op. Hij draaide het dekseltje van het busje en trok er een briefje uit.

'Wat is het?' vroeg Kat. 'Misschien moet je het daar laten liggen.'

Jace luisterde niet naar haar. Zijn gezicht verschoot van kleur toen hij las wat er stond en hij deed het briefje in zijn zak.

'Laat dat eens zien.' Kat stak haar hand uit.

Jace schudde zijn hoofd. 'Het is niks.'

'Wat bedoel je met niks?' Het metalen busje moest in de molotovcocktail hebben gezeten. 'Ik woon hier ook. Ik wil weten wat er op staat.'

Jace haalde zijn schouders op en haalde het briefje uit zijn zak.

Kat las het getypte briefje. *Ga niet door met het artikel.* 'Dus het gaat over jouw artikel. Maar de *Sentinel* heeft het toch niet gepubliceerd?

'Dat klopt.'

'Is er een artikel waar ik nog niets vanaf weet?' Kat huiverde toen ze het briefje teruggaf. Ze trok de deken dichter over zich heen.

'Nee, dat is het enige artikel waar ik mee bezig was. Maar het is niet naar de drukkerij van de krant gegaan. Niemand weet zelfs dat het bestaat.'

'Niemand behalve de mensen bij de *Sentinel.* Dezelfde mensen die jou aan de kant hebben gezet.'

'Denk je dat iemand van de krant een brandbom bij ons naar binnen heeft gegooid? Dat is te gek voor woorden, Kat.'

'Misschien is het niet iemand van de *Sentinel.* Misschien heeft iemand jouw verhaal laten uitlekken. Misschien naar de mensen die jij beschuldigt?'

'Waarom zouden ze dat doen?' Jace keek nog eens naar het briefje, voordat hij het in zijn zak stopte.

'Wie zal het zeggen? Misschien om dezelfde reden dat jouw artikel is ingetrokken. Dat betekent nog steeds dat de *Sentinel* op de een of andere manier betrokken is bij jouw artikel. Ze denken misschien dat jij het artikel sowieso gaat publiceren.'

'Weet je, misschien is dat nog niet zo'n slecht idee. De *Sentinel* is uiteindelijk niet de enige krant in de stad.'

'Het is het niet waard, Jace.'

'Waarom niet? Ik verkoop het verhaal aan iemand anders. Er zit duidelijk meer achter en ze kunnen mij niet de mond snoeren.

Misschien moet ik er nog wat verder in duiken en kijken wat ik nog meer kan vinden.'

'En opnieuw een doelwit worden?' Kat wilde dat ze er niet over begonnen was. Jace leek soms op een jachthond die een spoor rook. Hij zou nooit opgeven, totdat hij had achterhaald wie er achter de brandbom zat.

'Wie het ook is, Kat, hem of haar moet een halt worden toegeroepen. Zeker als het om gewelddadige aanslagen als deze gaat. Als ik er niets aan doe, wat gaat er dan vervolgens gebeuren? Wordt dan alles wat controversieel is onderdrukt? Dat is hoe echte onderdrukking begint.'

Kat zuchtte. Zij wilde ook weten wie er achter de aanslag zat. Het recht moest zegevieren. Maar soms was het beter om zaken te laten rusten. Dat was wat ze had geleerd toen ze opgroeide in het gezin van Harry en Elsie.

Ze wilde in ieder geval geen ruzie maken na alles wat er was gebeurd. Ze veranderde van onderwerp. 'Ben je gisteravond nog iets te weten gekomen over de accountants van Edgewater, toen ik op hun kantoor was?'

'Ik heb inderdaad iets gevonden,' zei Jace. 'Beecham & Company is een geregistreerd bedrijf, ook al doet het klaarblijkelijk zaken vanaf een bouwterrein.'

Dat was in ieder geval een goed bericht. Wel of geen brand, ze had nog steeds werk. 'Dus het bestaat echt.'

'Beecham bestaat wel, maar alleen in naam. Het is eigendom van een holding. En die holding is eigendom van Nathan Barron.'

Kats ergste verdenkingen werden bevestigd. 'Dat verklaart waarom de accountants de fraude niet hebben ontdekt. Er zijn geen accountants. Het is allemaal oplichterij.'

Natuurlijk kon Nathan Barron niet het risico lopen dat een echte accountant zijn fraude ontdekte. Maar als er miljarden op het spel stonden, waarom had hij zijn zaken dan niet beter geregeld? Een adres van een accountantskantoor op een bouwterrein en een telefoonnummer dat niet kon worden gebeld – dat was gewoon heel slordig.

'Gaan miljonairs die willen beleggen dingen niet beter na dan de gemiddelde persoon?' vroeg Jace.

'Dat zou je wel denken, maar misschien geldt dat niet als je ieder jaar twaalf procent haalt op je belegging. Zachary vertelt me dat beleggers praktisch over elkaar heen vallen om te mogen beleggen in het fonds. En er is trouwens nog iets – er is nog iemand te vinden in de bestanden van Edgewater die hetzelfde adres heeft als Beecham.'

'O, ja? Wie dan?'

'Fredrick Svensson. Je moet voor me uitzoeken waar ze hem voor betaalden.' Dat, en ook hoe Zachary in hemelsnaam kon handelen zonder dat hij geld had. Het zaakje stonk gewoon.

HOOFDSTUK 18

Kat en Jace zaten in Kats kantoor in de binnenstad, helemaal bekaf na de brand van de nacht ervoor. Afgezien van de schade vanwege de gebroken ruit, had de brand honderden uren tijdrovend restauratiewerk aan het houtsnijwerk van de trapleuningen en aan de houten panelen ongedaan gemaakt. Gelukkig was er geen structurele schade, maar het was gewoon te pijnlijk om er op dit moment naar te kijken. Ze waren al vroeg in de ochtend naar het kantoor gegaan om te ontsnappen aan de rooklucht die nog steeds beneden in het huis hing.

'Zeg me dat ik niet gek word, Jace.' Kat wees naar de bevestigde transacties van Edgewater in de laatste twee maanden. 'Edgewater is failliet en er worden sowieso geen opdrachten uitgevoerd. Hoe kan het dat Zachary dat niet weet?' Kats gezicht vertrok in een grimas toen ze een slokje koffie nam. Die was inmiddels ijskoud.

'Weet je echt zeker dat hij er niet gewoon bij betrokken is? Natuurlijk zou hij wel gek zijn als hij jou inhuurde, als dat echt zo was.' Jace kromp ineen van pijn toen hij zijn gekwetste rechterarm op zijn knie liet rusten.

'Precies. Maar waarom merkte hij niet dat zijn opdrachten niet werden uitgevoerd? De beleggingen van Edgewater lijken helemaal niet op hoe hij die heeft beschreven. De hele zaak staat op instorten.'

'Kan het zo zijn dat de bevestigde opdrachten ook vervalst zijn?' vroeg Jace.

'Dat kan, maar praat Zachary dan niet met andere mensen? Andere handelaren? Zijn aandelenmakelaar?' Ondanks de brand had het werk van gisteravond wel resultaat opgeleverd. Nu ze kon aantonen dat het geld werd weggesluisd, ging Kat ervan uit dat ze de deadline die Zachary had gesteld wel kon halen. Als ze het geld kon volgen naar zijn uiteindelijke bestemming, dan had hij een ijzersterke zaak tegen zijn vader. Maar op deze laatste vraag had ze geen antwoord. 'Gebruikt hij geen digitale omgeving om die opdrachten in te voeren? Het zou wel een heel ingewikkelde kunstgreep zijn om dat allemaal na te maken. Ik zal moeten kijken hoe hij opdrachten invoert.'

'Je zei dat Edgewater vorig jaar ongeveer tweehonderdtwintigmiljoen aan Research Analytics heeft betaald?' Jace krabde zijn kin.

'Klopt.'

'Dat is bijna precies het bedrag dat Research Analytics vorig jaar aan inkomsten binnen heeft gekregen. Ik heb hun jaarverslag gedownload,' zei Jace. 'Dat was verbazend makkelijk te krijgen.'

'Dat zou kunnen betekenen dat Edgewater hun enige klant is.' Kat dacht terug aan het adres van Beecham op een bouwterrein en het telefoongesprek dat werd afgekapt. Research Analytics was waarschijnlijk ook een dekmantel. Maar een dekmantel voor wat precies? Wat werd er door Nathan verborgen en waarom had hij al dat geld nodig?

Kat stond op vanachter haar bureau en pakte een dikke map die bovenop de dossierkast lag. 'Dit zijn kopieën van alle stortingen van het afgelopen jaar. Bijna al die stortingen zijn gedaan door cliënten die hun geld beleggen. Ik zie helemaal geen stortingen in verband met verkoopopdrachten.'

'Nog meer bewijs dat er helemaal geen transacties worden uitgevoerd.'

Kat knikte. Ze ging op de leuning zitten van de gestoffeerde fauteuil waar Jace in zat. 'Tenzij er een bankrekening is waar ik niets vanaf weet.' Ze deed de map open. 'De stortingen worden bijna direct nadat ze zijn binnengekomen overgeschreven naar een andere rekening, een rekening bij de Bank of Cayman.'

'Ik wed dat het gaat om het rekeningnummer van Research Analytics.' Jace keek naar haar op. 'Wil je dat ik dat even check?'

'Graag. Ik wil ook weten hoe personen met elkaar in verband staan.' Kat stond op en legde de map op haar bureau en liep naar het whiteboard. 'Het is handig om te weten wie een zakelijke of persoonlijke relatie heeft met wie.'

Ze wees naar het schema dat ze op het whiteboard had getekend. Bovenaan stond een rechthoekje met daarin de naam Edgewater. Daaronder stonden rechthoeken die respectievelijk *Research Analytics* en *Svensson* aangaven. Een lijn gemarkeerd 'betalingen' verbond deze twee rechthoekjes met Edgewater. Een lijn gemarkeerd 'controle' liep naar rechts en verbond Edgewater met het rechthoekje van Beecham.

'Wat laat dit zien?' Jace stond op en hield zijn arm vast. Hij volgde Kat naar het whiteboard.

'Zo krijgen we een idee van de geld- en informatiestromen. Wat hebben al deze rechthoekjes gemeen?' Kat bewoog haar vinger langs de bovenkant van het schema.

Jace trok zijn wenkbrauwen op, maar zei niets.

'We weten hoeveel Edgewater heeft betaald aan Research Analytics. En uit het jaarverslag weten we hoeveel geld ze in totaal hebben.' Kat tikte op het document op haar bureau. Samen met het bedrijvenregister van de Kaaimaneilanden en de zoekresultaten op internet bevatte het schema alle informatie over het bedrijf die ze had kunnen achterhalen.

Ze wees het rechthoekje met Research Analytics aan. 'Bijna al het geld dat Research Analytics ontvangt – vorig jaar ongeveer tweehonderdtwintig miljoen dollar – gaat naar één enkele non-profitorganisatie, Dat is het World Institute, waarvan Nathan een van de leden is.' Gelukkig was het zo dat het World Institute een website had, een website die vol trots een lijst publiceerde met geldschieters en leden.

Ze tekende een cirkel onder het schema en schreef WI in de cirkel. Ze tekende een paar pijlen van Research Analytics naar de cirkel daaronder. 'Research Analytics is gewoon een doorgeefluik tussen Edgewater en het World Institute.'

'En het gaat om heel veel geld. Als het toch allemaal bij die ene organisatie terechtkomt, waarom maken donoren dan niet gewoon rechtstreeks geld over aan het World Institute?'

'Je bedoelt dat Edgewater dat ook zou kunnen doen?' Kat tikte met haar vinger op het whiteboard.

Jace knikte.

'Goede vraag. Het is een non-profitorganisatie, dus het biedt geen belastingvoordelen om het geld door te sluizen naar de Kaaimaneilanden of een ander belastingparadijs.'

'Research Analytics is niets meer dan een dekmantel.' Jace hield nog steeds zijn arm vast toen hij terugliep naar zijn stoel. 'Het geld van Edgewater komt terecht bij het World Institute zonder dat iemand daarachter komt.'

'Exact. Ik gok dat sommige donoren iets te verbergen hebben. Misschien willen ze anoniem blijven.'

'Het is duidelijk dat er een reden moet zijn waarom ze hun sporen verbergen.' Jace ging verzitten en vertrok van de pijn. Hij wreef over zijn arm.

'Doet het zo'n pijn? Je moet echt naar de dokter, Jace.'

Jace maakte een afwerend gebaar met zijn linkerhand. 'Voorlopig gaat het wel.'

'Je moet het zelf weten.' Kat ging weer achter haar bureau zitten, typte World Institute als zoekopdracht in en drukte op ENTER. De zoekresultaten verschenen op het scherm: een stuk of tien hits afgezien van de officiële website van het instituut. Ze klikte op de eerste. 'Kennelijk hebben ze ieder jaar een conferentie.'

'Ik dacht dat het om een geheime organisatie ging.'

'Dat is ook zo. Niemand weet wat er tijdens de conferentie wordt besproken of waar de conferentie plaatsvindt. Er is alleen bekend dat ze er ieder jaar een houden.' Voor zo'n geheime organisatie was het verbazend gemakkelijk om informatie op internet te vinden. Misschien om nieuwe beleggers aan te trekken.

'Wie zijn de leden? Typische beleggers?'

'Nee – en dat maakt het interessant. Het zijn allerlei figuren. Topmensen uit het bedrijfsleven, filantropen, leden van koninklijke families, presidenten in spe, en zelfs presentatoren van talkshows met veel contacten. Mensen met geld die proberen de toekomst te bepalen. Dat is tenminste wat sommige mensen beweren.' Ze scrolde door de pagina met de financiële gegevens. 'Moet je kijken. Vorig jaar waren de totale inkomsten vierhonderd miljoen. Dat betekent dat de tweehonderdtwintig miljoen die via Research Analytics is binnengekomen meer dan vijftig procent bedraagt van hun inkomsten.'

'Zo! Dat betekent veel invloed. Wie levert de rest?' Jace leunde naar voren.

Kat fronste. Hij rook weer eens een verhaal. Maar het was wel zo dat niemand beter was dan Jace in het ontsluieren van geheimen.

'Dat weet ik niet. Kun je nog verder uitzoeken wie er nog meer banden met de organisatie heeft?'

Kats vluchtige onderzoek had duidelijk gemaakt dar er allerlei samenzweringstheorieën de ronde deden met betrekking tot het World Institute. Terwijl het WI zich in het jaarverslag een denktank noemde, waren anderen minder enthousiast. Op zijn gunstigst werd de organisatie gezien als een geheim genootschap van een wereldwijde elite, waarbij de rijken en machtigen der aarde beslisten over ontwikkelingen op het gebied van politiek en wetgeving die aansloten bij hun behoeften. Maar anderen hadden een veel ongunstiger indruk en zagen het World Institute als een soort schaduwregering op wereldniveau, die een ondermijnende invloed had op soevereine staten en hun regeringen door steun te geven aan politici die het internationale bedrijfsleven gunstig gezind waren.

Maar ze zou Jace zijn eigen mening laten vormen. Niemand was beter geschikt voor het oprakelen van misstanden. Ze moest er alleen op letten dat hij niet werd afgeleid door allerlei andere zaken, als hij eenmaal de mogelijkheden zag voor een goed verhaal.

'Ik begin er direct aan.' Jace leunde achterover in de leren leunstoel en strekte zijn lange benen voor zich uit. Hij haalde een laptop uit zijn koffer en zette hem aan.

Kat keek naar haar inbox, waar haar aandacht werd getrokken

door Harry's laatste bankafschrift. Dat lag bovenop zijn chequeboek en andere afschriften. Nog een taak die ze snel moest oppakken. Ze moest degene die verantwoordelijk was voor zijn financiële problemen een halt toeroepen, maar ze had niet veel tijd meer voordat Zachary's deadline verstreek. Ze zou zich nog een uur bezighouden met Edgewater en haar aandacht daarna verleggen naar Harry's geldprobleem. Ze moest zijn zaken vanavond eindelijk echt uitgezocht hebben. Ze pakte het stapeltje op om in haar koffer te doen, toen haar ineens een bepaalde regel op het afschrift opviel. Het was een maandelijkse overschrijving naar hetzelfde rekeningnummer als waar de recente lening naar toe was gegaan.

Jace ging verzitten in zijn stoel. Hij was stil; ze hoorde alleen af en toe dat hij een toets aansloeg op het toetsenbord.

Ze keek weer naar Harry's afschrift. Inderdaad, gedurende in ieder geval het laatste half jaar – zover ging Harry's chequeboek terug – was er iedere maand een bedrag afgeschreven. Maar voor zover zij wist, had hij geen andere rekening bij dezelfde bank. Ze maakte een aantekening op een briefje dat ze Anita Boehmer ernaar moest vragen.

EEN HALF UUR LATER GEBAARDE JACE NAAR KAT DAT ZE EVEN MOEST KOMEN. 'Kat, dit is fantastisch. Ik kan gewoon niet geloven dat ik nooit heb gehoord van het World Institute. Er staat dat ze proberen een nieuwe wereldorde te scheppen.'

Kat las vlug het artikel door. De kop onder de foto van de schrijver luidde: *Roger Landers, auteur van Valutasamenzwering en de Nieuwe Wereldorde.*

'We kunnen later wel boven water halen waar het World Institute precies voor staat,' zei Kat. 'Aangezien we niet veel tijd hebben, moeten we ons concentreren op de vraag hoe het geld van Edgewater daar terechtkomt.'

'Het ledenbestand is indrukwekkend,' zei Jace. 'Ik ben alle aanwezigen nagegaan vanaf de eerste conferentie in 1954. Dat jaar kwamen honderd personen, die tot de elite van de wereld behoorden, bij elkaar met als specifiek doel een wereldregering van de grond te krijgen. Ieder jaar daarna zijn ongeveer honderd zeer machtige mensen bij elkaar gekomen om dat doel verder vorm te geven.'

'Dat is een samenzweringstheorie van het zuiverste water.' Kat besefte te laat dat ze een fout had gemaakt. Jace had zich al vastgebeten.

'Er zijn nogal wat feiten die die theorie ondersteunen. Het is bijvoorbeeld zo dat de laatste drie Amerikaanse presidenten, de Britse premier en de Canadese premier allemaal een conferentie hebben bijgewoond. Vlak voordat ze werden gekozen.'

'Ze werden gekozen door het volk, Jace. Democratisch gekozen.' Hoe kon ze hem weer op het juiste spoor van de Edgewater-zaak krijgen?

'Dat is waar,' zei Jace. 'Maar wie nam de eerdere beslissing over welke kandidaten mee zouden doen bij de verkiezingen?'

'Denk je dat de kandidaatstelling werd gemanipuleerd?'

'In ieder geval zeer sterk beïnvloed. Drieënnegentig procent van de politici die de conferenties van het World Institute hebben bijgewoond, bekleedden een jaar of twee later het hoogste ambt. Dat is meer dan toeval. Maar wat is hun relatie met het WI en waarom bestaat die relatie? Ik had tot nu toe nog nooit van de organisatie gehoord.'

'Wat heeft dit allemaal te maken met het geld?'

'Het gaat om de context, Kat – de context. Ik gok erop dat de enige reden waarom we nog niet hebben gehoord van het WI is dat ze dat niet willen. Natuurlijk schrijven een paar journalisten wel een hoop van de dingen die ik nu aan het lezen ben, maar die journalisten worden afgedaan als idioten.'

'Maar jij denkt dat het geen idioten zijn,' zuchtte Kat.

'Er moet een kern van waarheid zitten in wat ze schrijven. Op basis van wat ik begrijp is het World Institute een zeer geheime organisatie. De vergaderingen zijn niet toegankelijk voor de media, in ieder geval niet voor de reguliere media. Een paar vooraanstaande journalisten zijn wel uitgenodigd, maar onder de voorwaarde dat ze zwijgen over wat ze horen. Als ze dat niet doen, dan worden ze niet nog een keer uitgenodigd. En als je een boek schrijft zoals Landers heeft gedaan, dan word je volslagen genegeerd. Geen van de journalisten die akkoord gingen met de voorwaarde dat ze hun mond moesten houden, heeft ooit iets gelekt. Niemand in meer dan vijftig jaar. Iedere journalist die de naam waardig is, zou hierover moeten schrijven.'

'Toch hebben belangrijke journalisten dat niet gedaan.' Kat draaide zich naar hem toe. 'Vertel me eens waarom.'

'Men heeft hen gedwongen niets te zeggen.' Jace trok zijn wenkbrauwen op. 'Ze hebben geld gekregen om te zwijgen – of misschien nog erger.'

'Of er is misschien niets om echt over te schrijven.'

'Misschien wel of misschien niet. Houd jezelf niet voor de gek, Kat. Dit is een heel groot verhaal. Er is een reden waarom we er nog nooit over gehoord hebben. Het gaat om een aantal van de machtigste mensen in de wereld. Ze hebben de macht over banken, regeringen en zelfs landen. Hun doel is die macht verder te consolideren. De Europese Unie? Dat was de eerste stap. Ze hebben plannen voor een Aziatische Unie en een Noord-Amerikaanse Unie.'

Jace wees naar het jaarverslag van het World Institute op Kats computerscherm. 'Hun mandaat is het scheppen van één wereldmunt. Edgewater is een van de grootste valutahandelaren in de wereld.'

'Dat begrijp ik niet,' zei Kat. 'Minder valuta's richten Edgewater te gronde. Ze zouden niets hebben om in te handelen.' Ze keek weer op haar computerscherm. 'In ieder geval hoeven we niet per se te weten waarom Nathan het geld wegsluist. We moeten alleen maar het bewijs hebben dat hij het geld heeft verduisterd.'

'Wil je niet weten wat het motief is voor de fraude?'

'Natuurlijk, dat is heel interessant, maar daar hebben we geen tijd voor, Jace. Ik moet dit af hebben voordat Zachary's deadline verstrijkt.'

Het was alsof Jace haar helemaal niet had gehoord. 'Prachtig voorbeeld – de Europese Unie. Wat is er daarna gebeurd? De euro. Eén munteenheid.'

'Dus?'

'Dat is nog maar het begin, Kat. Stel dat de kredietcrisis met opzet is veroorzaakt?'

'Je bedoelt dat iemand die heeft gepland?'

'Precies. Stel dat een munteenheid niets meer waard is? Wat zou je doen?'

'Ik zou mijn geld inruilen voor een sterkere munt. Of, als dat niet hielp, omruilen voor goud of diamanten. Dat zou iedereen doen. Maar waarom zou iemand een devaluatie van een munteenheid regelen? Daar heeft iedereen last van.'

'Niet iedereen – alleen de mensen die het niet zien aankomen.'

'Dat lijkt heel veel op andere samenzweringstheorieën waar ik over heb gehoord.' zei Kat. 'En het heeft niets te maken met Edgewater en met mijn opdracht.'

'Daar heb je ongelijk in. Zachary mag dan wel heel geringschattend doen over zijn vader, maar Nathan Barron is een zeer gerespecteerd valutadeskundige. Stel dat het doel is over te schakelen op één munteenheid voor de hele wereld? Hoe zou je mensen – of regeringen – ertoe kunnen overhalen dat te doen?'

'Dan moet je de munt waardeloos maken,' zei Kat. 'Dan wil iedereen van de zwakke munteenheid af. Ze zouden die dan inruilen voor een veiliger, stabielere munteenheid.'

'Precies. Devalueer de dollar, het pond, de yen. Iedereen raakt in paniek en voilà, je biedt één wereldwijde munt aan om het probleem op te lossen waar de regeringen mee kampen. Op jouw voorwaarden, natuurlijk.'

'Waar haal je dit allemaal vandaan, Jace? Je draaft helemaal door.'

'Ik denk het niet. Kijk eens naar deze lijsten.' Jace overhandigde Kat een stapel printjes van de lijst van aanwezigen bij iedere jaarconferentie. Iedere keer leek het wel de top-honderd. Behalve dat het niet over de beste liedjes van dat jaar ging. Het ging om de belangrijkste mensen van dat jaar – de rijkste, machtigste, invloedrijkste mensen in de wereld, en dat gold voor ieder jaar vanaf 1954.

'De koningin van Nederland: dat is een filantroop. Het World Institute is een denktank. Daar is niets vreemds aan.' Kat nam de lijst door. Inderdaad, heel belangrijke mensen, maar er was niets dat wees op duistere motieven.

'Zij heeft zeggenschap over een van de grootste oliemaatschappijen ter wereld,' zei Jace. 'Het gaat om meer dan zorg om de mensheid. Het gaat om een concentratie van macht.'

'Zelfs als je gelijk hebt, wat heeft dat dan te maken met Nathan Barron en Edgewater?' Kat voelde dat de zaak haar begon te interesseren.

'Er valt geld te verdienen, Kat. Als je toevallig weet dat een munt op instorten staat, dan kun je van die kennis profiteren.'

'Je bedoelt dat je erop kunt speculeren. Zoals Edgewater doet?'

'Precies,' zei Jace. 'Dat is waarom we de Edgewater-zaak in een groter verband moeten zien en ook naar het World Institute moeten kijken. We weten dat Research Analytics een belangrijke rol speelt in de fraude van Nathan. We moeten minstens de relatie onderzoeken tussen Research Analytics en het World Institute.'

'Nee, Jace. We moeten alleen achtergrondinformatie geven over het WI en laten zien dat het geld daar terechtkomt. Al het andere valt buiten het kader van mijn onderzoek.'

'Waarom? Los van het feit dat het geld dat Nathan bijdraagt niet zijn eigen geld is, moet er toch een reden zijn waarom hij überhaupt in het geheim geld overmaakt. Zou Zachary niet willen weten dat Nathan geld heeft gegeven aan een organisatie die zijn eigen bedrijf ondermijnt?'

Kat zuchtte. 'Oké, zo lang Zachary het daar mee eens is.' Ze was er redelijk zeker van dat Zachary zou instemmen met alles wat Nathans fraude zou onthullen. 'Maar ga niet allerlei andere zaken onderzoeken.'

'We moeten naar die conferentie.'

'Nee, Jace.' Kat stak haar armen omhoog om te protesteren. 'Ik vind het niet erg om je te helpen met een verhaal, maar we laten ons afleiden. We hoeven echt niet naar die conferentie.'

'Maar ik denk dat die al over een paar dagen plaatsvindt. Daar lijkt het in ieder geval op volgens de informatie die je hebt gevonden in Nathans e-mail en kalender. De conferentie wordt ieder jaar ergens anders gehouden, gewoonlijk op een locatie vlakbij een grote stad. Vorig jaar was het ergens in Zwitserland en het jaar daarvoor net buiten New York.'

Kat tikte tegen haar voorhoofd, omdat ze zich iets realiseerde. 'Nathans reis naar Genève vorig jaar rond deze tijd.' Ze kon zich dat herinneren van zijn kalender.

'Precies. De conferentie vindt ieder jaar omstreeks dezelfde tijd plaats. Ik denk dat als je een jaar verder teruggaat, je ook een reis naar New York zult vinden.'

'Mijn honorarium dekt geen internationale reizen, Jace. Maar als je op eigen kosten wil gaan, prima. Waar wordt de conferentie dit jaar gehouden?'

'Ik weet het niet zeker. De geheimhouding strekt zich zover uit dat zelfs de leden niets horen tot het laatste moment. Ze willen niet dat er een stelletje journalisten komt rondsnuffelen.' Jace glimlachte. 'Maar dat zijn de beste plekken – ze hebben duidelijk iets te verbergen.'

*E*en uur later was Kat er nog steeds niet in geslaagd Jace aan iets anders te laten denken.

Het was al twaalf uur 's middags en Kat was nog niets opgeschoten. Ze staarde naar het organogram op haar whiteboard en probeerde meer te begrijpen van de geldstromen en hoe die konden worden teruggevoerd naar Edgewater.

Jace wist ondertussen echter al heel veel van allerlei zaken die met het World Institute te maken hadden.

'Waar is Nathan Barron precies?' vroeg Jace. 'Dat kan ons een idee geven waar we verder moeten zoeken.'

'Dat weet ik niet. In zijn kalender stond dat zijn vlucht naar Londen gisteren was. Maar Zachary heeft het nagevraagd bij zijn secretaresse en te horen gekregen dat hij die vlucht niet genomen heeft. Maar hij is wel de stad uit.'

'Waar is hij dan?'

'Weet ik niet. Zijn secretaresse weet het ook niet. Dat heeft ze in ieder geval tegen Zachary gezegd. En Zachary heeft hem al een week niet gezien.'

'Denk je dat hij er vandoor is gegaan?'

'Dat betwijfel ik.' Kat dacht aan de trofeeën in Nathans kantoor.

Hij had een te groot ego om die achter te laten. 'Hij doet dit al langer dan tien jaar. Ik weet zeker dat hij geen idee heeft dat er nu iemand is die zijn gangen nagaat. Voor zover hij weet is alles zoals het altijd geweest is.'

'Stel dat dat waar is en laten we ook maar aannemen dat hij lid is van het World Institute. Dat moet wel, aangezien hij er zoveel geld naar toe sluist. Dat houdt in dat hij de conferentie gaat bijwonen.'

'Misschien was dat wel wat er in Londen te gebeuren stond,' zei Kat.

'Wanneer is dat ticket geboekt?'

Kat haalde een kopie van Nathans vluchtticket tevoorschijn. 'Het ticket is zes maanden geleden afgegeven. Waarom is dat belangrijk?'

'Dan kan het niet voor de conferentie van het World Institute zijn. Die regelen alles op het laatste moment – een maand of twee voor de conferentie plaatsvindt. Om de locatie geheim te houden. Maar de conferentie wordt altijd omstreeks deze tijd gehouden. Ik denk dat hij niet naar Londen gaat, omdat hij iets belangrijkers heeft. De jaarconferentie van het World Institute.'

'Even aangenomen dat dat waar is, hoe komen we er dan achter waar die wordt gehouden?' vroeg Kat.

'Er is nog een andere manier om ernaar te kijken. Geef me die lijst met conferentielocaties eens.' Jace pakte een handjevol spelden met gekleurde knopjes. 'Als ik naar iemand op zoek ben in de bergen, dan begin ik met waar hij het laatst is gesignaleerd. Dat geeft me iets om ons zoekgebied te bepalen. Daarna is het een proces van eliminatie.'

'Dit is geen zoekoperatie.'

'Nee, maar dezelfde principes zijn van toepassing.'

Een uur later stonden ze in de extra werkkamer in Kats kantoor en keken naar de muur voor haar loopband. Het was de enige beschikbare plek om de kaart op te hangen die Jace had gekocht bij de eendollarwinkel.

De spelden markeerden de locaties van de ongeveer vijftig jaarconferenties tot nu toe. De locaties waren vooral te vinden in Europa, maar er waren er ook heel wat aan de oostkust van de VS en Canada. De blauwe spelden markeerden de locaties waar de conferenties in de afgelopen tien jaar hadden plaatsgevonden, de gele voor de tien jaar daarvoor, enzovoort.

De kaart leek op een goedkope uitvoering van een kaart die je zou kunnen aantreffen in de militaire-operatiekamer van het Pentagon.

'Interessant,' zei Kat. 'Maar hoe gaat dit ons helpen bij het vinden van de nieuwe locatie?'

'Ik gok erop dat het net zo gaat als bij de Olympische Spelen. Je kiest niet steeds opnieuw voor hetzelfde werelddeel of hetzelfde land. Voor de eerlijkheid.'

'Dan is de conferentie dus niet in Europa.'

'Het lijkt er verder op dat Noord-Amerika er wat bekaaid vanaf is gekomen,' zei Jace.

Dat was waar. Daar stonden maar zeven spelden, en allemaal in het oosten.

'Ze worden altijd gehouden in exclusieve conferentieoorden die zwaarbewaakt worden – gewapende bewakers, soldaten, mensen van de geheime dienst, politie,' voegde Jace eraan toe.

'Dat is logisch. Het moet een plek zijn waar ze de directe omgeving kunnen afzetten.'

'En ervoor kunnen zorgen dat zich geen bewoners en bezoekers in de wijdere omgeving ophouden.'

'O ja?' Kat trok haar wenkbrauwen verbaasd op. 'Gaan ze echt zó ver?'

Ze stonden zonder iets te zeggen naar de kaart te kijken. Hoewel er in de plaatsen en de spelers in de loop van de jaren verandering was opgetreden, gold dat niet voor degenen die achter de schermen aan de touwtjes trokken. Wijziging in regeringen, burgeroorlogen en zelfs het systeem van de democratie hadden de echte machtsverhouding niet veranderd. Het spel was nog hetzelfde, er stonden alleen andere acteurs op het toneel. Sommige dingen bleven eigenlijk altijd hetzelfde.

# HOOFDSTUK 20

Kat staarde naar Jace' kaart. De clusters en verbindingen op de kaart deden haar denken aan neurale verbindingen; aan de dementie die bezit had genomen van Harry's hersenen. Plaque en verklevingen braken zijn laatste verzet waardoor synapsen werden verstikt en herinneringen niet meer naar boven konden worden gehaald. Iedere dag ging hij verder achteruit, naarmate de dementie verder doordrong in zijn lichaam en geest.

Harry gooide een dossierkast dicht in de andere werkkamer en mompelde iets onverstaanbaars.

Kat schrok.

'Wat is er aan de hand met je?' vroeg Jace. 'Hoorde je me niet?'

Kat keek hem aan en wist niets te zeggen. Haar onderlip trilde.

'Waarom kijk je me zo aan?' ging Jace door.

Kat barstte in tranen uit. 'Harry... hij... hij heeft alzheimer.'

Jace aarzelde niet. Hij trok haar dicht tegen zich aan toen de tranen over haar wangen rolden. 'Dus de diagnose is nu officieel?'

'Je lijkt niet verbaasd?'

Jace deed een stapje achteruit en keek Kat aan. Hij streek over haar wangen. 'Kom op, Kat. We weten allebei wat er aan de hand is. Zijn waanideeën en ongelukken. Het is meer dan louter vergeetachtigheid. Maar waarom ben je er niet tegen mij over begonnen?' Hij trok haar tegen zich aan. 'Je wist het toch al eerder – bij de dokter?'

'Ja.' Ze vertelde hem niet over de eerste afspraak. Haar tranen maakten zijn hele overhemd nat toen ze haar gezicht tegen zijn borst aandrukte.

'Maar je hebt het me niet verteld. Waarom niet?'

Hoe kon ze hem vertellen waarom ze het niet had gedaan? Dat ze bang was dat hij bij haar weg zou gaan? Hij zou zich beledigd voelen. Maar haar vader was wél weggegaan. En misschien zou Jace dat ook doen.

'Ik wachtte op het juiste moment.'

'Kat, het juiste moment was het moment waarop je het wist. Je wilde het me niet vertellen – snap je hoe ik me dan voel?' Jace draaide zich van haar af met een verdrietige blik in zijn ogen.

'Ik wist niet wat ik moest zeggen.' Hij had natuurlijk gelijk, maar ze was bang.

Jace trok haar naar zich toe en kuste haar. 'Kat, ik hou van je. Ik heb er recht op het te weten. Je kunt me niet zomaar buitensluiten.'

'Dat weet ik wel, maar als ik erover praat – word ik gewoon bang. Dan komt het zo dichtbij. Ik kan er op dit moment gewoon niet mee omgaan.' Kat dwong zichzelf op te houden met huilen, Huilen loste nooit iets op.

'Omdat je moeder alzheimer had?'

Ze knikte en de tranen liepen over haar wangen.

Hij had nu gewoon hardop gezegd wat zij niet durfde zeggen. Ze was pas veertien toen haar moeder was overleden en ze bij de Dentons in huis was gekomen. Bij oom Harry en tante Elsie. En bij Hillary.

'Weet Harry het zelf?'

'Ik weet het niet zeker. Ik dacht eerst van wel, maar nu is hij het helemaal vergeten.'

'Het komt allemaal goed, Kat. We lossen het wel op.' Jace streek over haar wangen en veegde de tranen weg.

'Ik wil niet dat het met Harry net zo gaat als met mijn moeder,

Jace.' Ze had nog steeds de hoop dat de diagnose niet klopte. Maar in haar hart wist ze dat hij wel klopte.

'Ik help je wel met Harry. Maak je maar geen zorgen.'

Ze werden onderbroken door het geluid van iemand die viel.

'Oom Harry?'

Kat rende de hal in met Jace dicht achter haar aan. Harry lag op de vloer. Zijn omgevallen stoel lag naast hem met draaiende wieltjes.

Hij hield zijn schouder vast en vertrok van de pijn. 'Er is niks. Ik heb alleen mijn evenwicht verloren.'

'Je moet niet op een stoel met wieltjes gaan staan om ergens bij te kunnen, oom Harry.'

'Ik moest haar helpen. De map stond op de bovenste plank.'

In Kats kantoor was vroeger een tandartsenpraktijk gehuisvest geweest met dossierkasten van de vloer tot het plafond. Ze gebruikte de bovenste rijen niet, maar ze had nog geen tijd gehad de boel te laten renoveren.

'Wie moest je helpen? Jij bent de enige hier.'

'Hillary,' legde Harry uit. 'Ze had een map nodig voor haar school-project. Dat is morgen.'

'Oké,' zei Kat. 'Ik zie haar niet. Waar is ze nu?'

'Ze moest weg. Anders zou ze te laat op school zijn.'

Kat onderdrukte de neiging om te gaan huilen. Jace had geen idee wat hem te wachten stond en ze kon niet verwachten dat hij haar lang zou helpen. Dat kon je eenvoudigweg van niemand verwachten.

# HOOFDSTUK 21

Kat was eindelijk in de gelegenheid om naar Research Analytics te rijden en uit te vinden hoe het echt zat met dat bedrijf. De enige plek die groot genoeg was om Harry's bakbeest van een Lincoln te parkeren was een straat verder. Dat kwam wel goed uit, omdat ze door een eindje verder te parkeren in staat was een blik te werpen op Research Analytics zonder direct de aandacht te trekken.

Harry had er die ochtend op gestaan dat ze zijn auto zouden nemen, wat natuurlijk inhield dat zij moest rijden. Ondanks het feit dat hij zijn rijbewijs kwijt was, had hij de Lincoln na het ongeluk laten repareren en weigerde hij hem te verkopen. Hij zat naast haar in de passagiersstoel en draaide met zijn duimen. Hij was nu altijd iets aan het bewegen, hoewel hij zich daar schijnbaar niet van bewust was.

'Kijk uit voor de banden, Kat. Je gaat tegen de stoep aan.' Harry haalde scherp adem. 'Waarom parkeer je altijd zo dicht op de stoep?'

Kat draaide zich naar Harry. 'Ik sta minstens vijftien centimeter van de stoep. Doe de deur maar open en kijk zelf.' Ze parkeerde altijd een stukje van de stoep om deze eindeloze discussie te voorkomen, maar Harry's gevoel van ruimte en afstand leek hem te hebben verlaten.

Harry wendde zijn blik af en begon sneller met zijn duimen te draaien. 'Waarom maak je ruzie met me, Kat?'

'Nee, je hebt gelijk, oom Harry. Ik sta inderdaad te dicht bij de stoep.' Kat besefte ineens waarom hij geagiteerd was – het kwam door de deurhendel. De geestelijke achteruitgang als gevolg van zijn dementie was niet op alle gebieden even groot. Harry kon zich de woorden herinneren van de hits uit zijn jeugd, maar was vergeten wat hij moest doen met een deurhendel, zelfs met een auto die hij al meer dan dertig jaar had. 'Ik zal proberen volgende keer voorzichtiger te zijn.'

Kat sprong de auto uit en liep naar de andere kant om de deur open te doen. Ze keek naar de voorkant van de gebouwen, wachtend tot Harry was uitgestapt. Dit deel van de stad was een allegaartje van winkeletalages en flats van twee verdiepingen hoog, waarvan de meeste gebouwd waren tussen de jaren veertig en de jaren zeventig van de vorige eeuw. De straat zag er nog hetzelfde uit als in zijn glorietijd, al was veel van de glans verloren gegaan door de afgebladderde verf en de slechte staat van onderhoud. Zelfs de mensen hier straalden vermoeidheid uit. Ze deed de autodeur dicht. 'Ben je zo ver?'

Harry knikte en ze liepen de straat in. Dit was zijn oude buurt en ze waren hier maar drie straten verwijderd van het huis waar hij was opgegroeid.

'Waar zijn we eigenlijk, Kat?' Harry keek verwonderd rond. 'Ik ben hier nog nooit geweest. Het is hier wel druk.'

'Ik weet het.' Kat verbeterde hem niet. Het zou hem van streek maken en ze waren al bij hun bestemming. Research Analytics leek te zijn gevestigd in een appartementengebouw met pleisterwerk; voor het gebouw stond een bord met te koop erop. Ze liep naar de voordeur en keek naar het lijstje namen van de bewoners. Geen van de namen leek in de verste verte op Research Analytics. Wat nog het dichtst in de buurt kwam van 'suite 14' was flat 12, die leek toe te behoren aan een zekere A. Knopf.

Precies zoals ze had verwacht, was Research Analytics volledig verzonnen. Het telefoonnummer had ook niet geklopt – het bleek een nummer te zijn dat niet meer werd gebruikt. Nietbestaande leveranciers vormden een veel voorkomende manier om interne fraude te plegen. Kat haalde haar mobieltje uit haar zak en nam een foto van het gebouw als onderbouwing van haar rapport.

Een uur later zat Kat tegenover Zachary in de directiekamer van Edgewater Beleggingen. Ze haalde een dikke stapel documenten uit haar koffer en legde die op tafel.

'Wat heb je gevonden? Genoeg om hem erbij te lappen, hoop ik.' Zachary leek haast blij. Een vreemde reactie aangezien hij had ontdekt dat zijn partner -- en dus zijn vader – geld van hem stal.

Kats onderzoek had meer vragen opgeleverd dan antwoorden. Eén ding was zeker: met Edgewater en de familie Barron zou het nooit meer worden zoals vroeger.

Ze haalde diep adem. Van wat ze te zeggen had zou Zachary niet blij worden. 'Ik ben er nog mee bezig. Dit heb ik tot nu toe ontdekt.' Kat vertelde hem hoe het geld was doorgesluisd van Edgewater naar Research Analytics.

'Het investeringsonderzoeksbedrijf waar je me over verteld hebt? Over hoeveel geld hebben we het dan?' Zachary keek haar strak aan.

'Dit begrotingsjaar tot nu toe vijftig miljoen. Vorig jaar tweehonderdtwintig miljoen.' Ze deed haar armen omhoog en haalde haar schouders op. 'Van de jaren daarvoor weet ik het nog niet – ik ben nog bezig met het bedrag.'

Hij sprong op uit zijn stoel. 'Dat is onmogelijk. Ik weet dat er iets aan de hand is, maar een kwart miljard? Dat kan niet kloppen.'

'Kun je je herinneren dat je zei dat er geen geld meer op de bank stond?'

'Maar zo veel? Het kan gewoon niet.'

'Ik ben bang dat het wel kan, Zachary.'

De zelfvoldane uitdrukking op zijn gezicht veranderde in een uitdrukking van paniek. 'Hoe krijgen we het geld terug?'

'Dat probeer ik op dit moment uit te vinden. Wat ik tot nu toe weet is dat Research Analytics niet echt bestaat. Het adres op de facturen is dat van een vervallen appartementengebouw in het oostelijk deel van de binnenstad.' Ze draaide haar mobieltje om en liet hem de foto zien van het verwaarloosde gebouw.

Zachary snoof minachtend. 'Ik wist het. Mijn vader is een dief. Ik wil een aanklacht tegen hem indienen en hem het bedrijf uitzetten.'

'Nathan heeft dit niet in zijn eentje gedaan, Zachary.'

Hij verstijfde en zijn ogen vernauwden zich. 'Wat wil je daarmee zeggen?'

'Hij heeft hulp gehad. Iemand moest de betalingen aan Research Analytics accorderen. Hij heeft niet de tekenbevoegdheid om dat te doen.'

'Wie dan wel?'

Ze moest het wel zeggen. 'Victoria had die bevoegdheid. De accountants van Edgewater zijn ook verdacht.' Kat legde hem uit hoe de factuurnummers van Beecham elkaar rekenkundig opvolgden en vertelde over de relatie tussen Beecham en Nathan. Victoria was de enige andere persoon bij Edgewater die tekenbevoegd was.

'Beecham bestaat niet? Nathan heeft een nietbestaand accountantskantoor in het leven geroepen?' Hij leek niet al te verbaasd. Zachary's gebrek aan emotie gaf haar te denken. Snapte hij dan niet wat dat allemaal betekende? Of misschien wist hij dat wel, maar bevond hij zich in een ontkenningsfase.

'Het is allemaal heel ernstig, Zachary. Alles met betrekking tot Edgewater is verdacht. De financiën, de beleggingsresultaten – alles.' Er was geen manier om hem de bittere pil niet te laten slikken. 'Edgewater is failliet, en dat geldt ook voor jou.'

'Wat bedoel je met failliet?'

Kat haalde het bankafschrift uit haar koffer en schoof dat over de vergadertafel. Zachary griste het afschrift van tafel en hield zijn mond terwijl hij haar analyse las. 'Ik vermoord die klootzak.' Hij sloeg met zijn vuist op tafel.

Kat schrok, ook al had ze die reactie wel verwacht. 'Het moeilijkste zal zijn om het geld terug te krijgen. Heb je nog iets achter de hand? Kun je krediet opnemen?'

Zachary staarde haar aan. 'Is er helemaal geen geld over?'

Kat schudde haar hoofd.

'Vertel je me nou echt dat ik geruïneerd ben?' Zachary sprong op en liep heen en weer voor de tafel.

Zachary was nog erger failliet dan Harry. Hij besefte het alleen nog niet.

# HOOFDSTUK 22

Kat en Jace zaten weer samen in haar kantoor en keken naar de zevenentwintig namen op haar whiteboard. Een groot deel van de mensen die werden uitgenodigd voor de conferentie van het World Institute stond ook op Nathans contactenlijst. Rechts van de namen waren vijf kolommen, een per jaar voor elk van de laatste vijf conferenties. Ondertussen kwamen ze steeds dichter bij de deadline die Zachary voor maandag had gesteld.

Buiten krijsten de zeemeeuwen onder een bewolkte hemel; ze waren op zoek naar restjes eten op de havenkaden. Een grote meeuw dook naar beneden richting een kleinere vogel op de kade en beroofde het dier van wat het had gevonden.

Ze hadden besloten hun inspanningen te richten op Research Analytics. Maar dat betekende dat ze het geld moesten volgen naar zijn uiteindelijke bestemming, het World Institute. Iedere stap wierp meer vragen op en Zachary wilde op ieder van die vragen een antwoord hebben.

'Wie zijn die mensen?' Kat stelde de vraag net zo zeer aan zichzelf als aan Jace. Ze stond op en liep naar het whiteboard.

Het was niet zo moeilijk geweest de lijst met genodigden voor de conferentie te weten te komen. De personen die geloofden dat het

World Institute bij een samenzwering betrokken was, volgden het komen en gaan van de aanwezigen bij de conferenties al jaren en richtten zich op een aantal sleutelfiguren om de locatie van de conferentie te weten te komen. Dat was ongeveer alles wat ze konden achterhalen. Aangezien niet-leden niet werden toegelaten, konden ze niets zeggen over de agenda van de conferentie. De veiligheidsmaatregelen voor een conferentie van het World Institute leken op die voor een topconferentie van de G8, compleet met speciale politie-eenheden, lucht- en grondbewaking en de persoonlijke beveiligingsdetails van iedere afzonderlijke aanwezige.

'De meesten zijn rijk,' zei Jace. 'Ze zijn bijna allemaal heel bekend. Het zijn allemaal belangrijke publieke figuren. Behalve dat ze zijn uitgenodigd door het World Institute, hebben ze ook gemeen dat ze iets met geld te maken hebben.'

'Dat is waar.' Kat bestudeerde de lijst. 'Ministers van financiën, presidenten van nationale banken, topbankiers en bazen van hedgefondsen. Of ze ontwikkelen beleid, en geven daar uitvoering aan, óf ze hebben te maken met de regelgeving.'

'Dat is waar. En het zijn allemaal deskundigen op het gebied van wereldwijd, monetair beleid. Maar waarom al die geheimzinnigheid? Waarom bij elkaar komen als supranationale groep buiten nationale regeringen om?'

'Ze hebben last van regeringen. Die hebben te maken met kiezers, wetgeving en publieke discussies. Met democratie en met consensus. Machtige mensen als Nathan Barron en de rest van het World Institute willen de zaken op hún manier regelen; op hun voorwaarden. Als blok zijn de multinationale bedrijven waar zij de baas van zijn groter dan de meeste regeringen.' Soms was het beter om maar niet te weten hoe de wereld echt werkte.

Jace zei niets.

'Het klinkt nogal paranoïde, hè?' zei Kat.

'Dat wel, maar er zit een kern van waarheid in. Steeds meer worden de regels bepaald door grote multinationals. Ze gebruiken lobbyisten die door hen worden betaald om wetgevers te beïnvloeden, en het opruimen van handelsbelemmeringen betekent voor hen hogere winsten. Vreemde-valutatransacties vormen gewoon een extra obstakel die hun tijd en geld kost.'

Het was het enige verband dat ze in het laatste uur hadden kunnen leggen en het baarde haar zorgen. Kat kon nog steeds niet begrijpen waarom Nathan erbij betrokken was. Minder valuta betekende minder kansen om gebruik te maken van de verschillen, en op dat terrein boekte Edgewater Beleggingen nu juist zijn winst.

'Wat voor conferentie wordt pas op het allerlaatste moment georganiseerd?' vroeg Kat.

'Een geheime conferentie. Een conferentie die haar doelen wil bereiken zonder bemoeienis van buitenaf.'

'Oké.' Kat tikte op het whiteboard met een marker. 'Laten we iedere naam bespreken en nagaan wat ze nog meer gemeen hebben. Hier heb ik Jason Blackstone. President van de Amerikaanse Fed.'

Jace las mee op zijn laptop. 'Hij heeft de conferentie de afgelopen drie jaar bijgewoond.'

Kat plaatste drie X-en naast Blackstones naam.

'Jean Claude Bruneau.'

'Was er vorig jaar voor het eerst bij. Hij staat aan het hoofd van het Internationaal Monetair Fonds.'

'Sinds wanneer?' vroeg Kat.

'Sinds een half jaar. Voordat hij bij het IMF kwam was hij minister van Financiën van Frankrijk.' Jace gooide een zakje suiker leeg in zijn koffie en roerde met zijn potlood.

Kat wierp hem een afkeurende blik toe. 'Zo krijg je loodvergiftiging. Kun je niet gewoon een lepeltje pakken?'

'Geen tijd.' Hij glimlachte lief naar haar.

'Wat jij wilt. Het moment waarop is inderdaad interessant. Bruneau werd uitgenodigd voor de conferentie vlak voor zijn benoeming als hoofd van het IMF. Net als de huidige Amerikaanse president en de Canadese minister-president.'

'Uitgenodigd voordat ze hun land gingen besturen,' vatte Jace samen.

'Klopt. En ministers van financiën zoals Bruneau zijn gewoonlijk niet bij de conferentie.'

'Tenzij het WI wil dat ze iets belangrijkers gaan doen.'

'Daar begint het wel op te lijken. Het World Institute beslist wie er wordt voorgedragen. Jouw keuze wordt al gemaakt, nog voordat je je stem hebt uitgebracht.' Kat ging verder: 'Gordon Pinslett.'

Jace verslikt zich in zijn koffie. 'Wie?'

'Gordon Pinslett. Hij is mediamagnaat – de baas van Global Financial.'

'Ik weet wie het is, Kat. Dat is de eigenaar van de *Sentinel*.'

'O ja? Je hebt hem nog nooit genoemd.'

'Dat is omdat hij nog nooit een voet heeft gezet in ons nederige kantoor. Eigenlijk is hij de baas van het conglomeraat dat op zijn beurt weer eigenaar is van de *Sentinel*.'

'O. Wat doet hij bij het World Institute?'

'Geen idee, maar ik ben van plan het uit te zoeken.' Jace krabde aan zijn verbonden arm. 'Misschien is hij wel de reden dat mijn redacteur mijn artikel heeft tegengehouden. Kritiek leveren op de rijken komt een beetje te dichtbij, denk ik. Maar als verhalen zoals dat van mij niet bekend worden, krijgen we de waarheid nooit te horen. En in wat voor een wereld leven we dan?' Hij wachtte niet op haar antwoord. 'In een wereld waarin alles wordt gecensureerd.'

Kat haalde haar schouders op en glimlachte in de hoop hem te bevrijden van zijn sombere stemming. 'Dat maakt nu allemaal niet meer uit, aangezien je daar niet meer werkt.'

'Mij maakt het wel uit, Kat. Mensen als Pinslett kunnen niet zomaar alle nieuwsmedia opkopen en ons verstikken. Verhalen zoals die van mij moeten aan de mensen verteld kunnen worden.'

Kat zuchtte. 'Goed, maar laten we ons richten op waar we nu mee bezig zijn. Waarom Nathan geld wegsluist naar Research Analytics en het World Institute.' Een discussie voeren met Jace over democratie kon uren in beslag nemen. Als ze Zachary's deadline wilde halen, dan moest ze hem in de juiste richting sturen. Het horen van Pinsletts naam had Jace weer helemaal boos gemaakt. 'Het is beter dat je er niet meer werkt, Jace. Je hebt me zelf gezegd dat het bij de *Sentinel* al een tijdje steeds slechter ging. Dit is je kans om iets nieuws te gaan doen.'

Jace haalde zijn schouders op. 'Misschien wel, maar ik moet toch nog steeds mijn brood verdienen.'

'Ik verdien genoeg.' Dat was nog maar de vraag. Ze hadden vorig jaar een geslaagd bod uitgebracht op hun uitgewoonde Victoriaanse huis, toen de gemeente huizen in de gedwongen verkoop had gedaan. 'Geslaagd' was misschien een verkeerde term. Het oude Victoriaanse huis leek wel een bodemloze put, omdat het opknappen en verbouwen ervan hun handenvol geld en eindeloos veel tijd kostte. Het was een voortdurende uitdaging om te voldoen aan de gemeentelijke bouwverordeningen.

'Laten we verdergaan met de lijst.'

Ze bespraken de overgebleven namen, terwijl het buiten steeds donkerder werd en begon te regenen.

'Svensson,' zei Jace. 'Die is de laatste drie jaar uitgenodigd. Zijn nominatie voor de Nobelprijs vloeide voort uit het feit dat de meeste theorieën in de wereld over valuta op zijn werk gebaseerd zijn.'

Kat schreef *betaling* en *skiongeluk* naast zijn naam.

'Dat is dus die kerel die verongelukt is in de bergen?'

Kat knikte.

Jace tikte op het toetsenbord. 'Hij viel door een sneeuwplak.' Zulke sneeuwplakken vormden zich als het heel hard sneeuwde; dan stak de sneeuw een meter of meer over de rotswand uit. Alleen van onderaf was het duidelijk dat de sneeuw als het ware in de lucht hing. Van boven af leek het alsof de sneeuw op de grond lag. Het kwam in dat deel van de bergen regelmatig voor dat mensen daardoor naar beneden vielen.

'Ik herinner me dat ik over het ongeluk heb gehoord, maar ik ken de details niet,' zei Kat.

'Die waren ook niet op het nieuws. Ik heb het van Kurt. Hij maakte deel uit van het reddingsteam.' Jace' vriend Kurt was ook vrijwilliger bij de opsporings- en reddingsbrigade. Kurt werkte in het gebied van de Sunshine Coast en Jace in het gebied van de North Shore.

Jace typte iets in op zijn toetsenbord. 'Wacht even – hier staat dat de lijkschouwer nu vermoedt dat het om zelfmoord gaat.'

'Zelfmoord? Als hij kandidaat is voor de Nobelprijs?' vroeg Kat.

'Het winnen van de Nobelprijs zou het hoogtepunt betekenen in iemands carrière. De bekendmaking is al over twee weken. Die prijs is het wel waard om op te wachten, zelfs als je depressief bent.'

'Depressie doet vreemde dingen met mensen. Ze hebben ook drugs aangetroffen in Svenssons lichaam. Zo veel dat hij niet naar de plek kan zijn toegelopen. Hij moet de drugs hebben ingenomen nadat hij bij de plek was aangekomen waar hij viel. Het verhaal zegt ook dat hij geldzorgen had.'

'Nogal wat mensen hebben geldzorgen, Jace. En het geld voor de Nobelprijs zou daar een einde aan hebben gemaakt.'

'Volgens dit artikel heeft hij een briefje achtergelaten. Ze hebben dat net in zijn hotelkamer gevonden.' Jace tikte op zijn computerscherm.

'Ik zou dat zelfmoordbriefje weleens willen zien,' zei Kat. 'Hij bevindt zich in het buitenland midden in de winter en hij maakt een urenlange tocht in de bergen om van een rots af te springen? Dat is heel veel moeite voor iemand die een eind aan zijn leven wil maken.'

'Daar heb je gelijk in,' zei hij.

Kat staarde uit het raam. Een oude man in een gele regenjas strooide broodkruimels langs de kade. Een stuk of twintig duiven zwermden om hem heen en pikten naar de kruimels.

'Wacht even – het is niet zomaar een zelfmoordbriefje. Er staat hier dat hij zijn verontschuldigingen heeft aangeboden.'

'Verontschuldigingen? Waarvoor?'

Jace was bezig op zijn toetsenbord. 'Svensson was van gedachten veranderd. Hij was tot de overtuiging gekomen dat een enkele wereldmunt toch geen goede zaak was.'

'Maar dat was nu juist de reden voor zijn nominatie voor de Nobelprijs.'

Jace stak zijn hand op en las van zijn scherm. 'Een samenvatting van zijn zelfmoordbrief is vandaag in *The Herald* gepubliceerd.'

Kat ging snel naast Jace staan en las over zijn schouder mee.

. . .

*Eén enkele wereldwijde of supranationale munteenheid ondermijnt de soevereiniteit van onafhankelijke staten. Geld is een fundamenteel instrument in het monetair beleid. Regeringen hebben de munteenheid nodig om te kunnen ingrijpen in de rentetarieven, de staatsschuld en de hoeveelheid geld om zo hun economie in goede banen te leiden.*

DE *HERALD* WAS HET ANDERE DAGBLAD IN VANCOUVER EN WAS DE CONCURRENT VAN DE *SENTINEL*.

'Ik moet het met hem eens zijn,' zei Kat. 'Als je de instrumenten weghaalt, dan verlies je direct de controle over je economie en tot op zekere hoogte de controle over wat er met je gebeurt.'

'Natuurlijk is deze nieuwe theorie volledig in tegenspraak met wat het World Institute wil. Een wereldwijde munteenheid is nu juist het bestaansrecht van het World Institute.'

'Ik vraag me af waarom Svensson van gedachten veranderde.' Kat staarde uit het raam. Twee van de grotere duiven hadden een kleine vogel aangevallen. Die vloog naar een paal en keek hulpeloos toe terwijl de twee grotere vogels zijn buit verslonden.

'Ik weet het niet, maar ik kom er wel achter. Dit is een briljant onderwerp voor een artikel – ik voel het aan alles.' Jace drukte een paar toetsen op zijn laptop in. 'En nog iets – Svensson dingt niet langer mee naar de Nobelprijs. Het is blijkbaar zo dat je niet kunt winnen als je dood bent.'

'Er is toch geld verbonden aan het winnen van de Nobelprijs?'

'Tien miljoen kronen. Anderhalf miljoen dollar.'

'Dat is een behoorlijke som,' zei Kat. 'Sommige mensen zouden daar een moord voor doen.'

'Denk je dat hij is vermoord?' vroeg Jace.

'Misschien. Ik weet het niet. In ieder geval moeten we zien te achterhalen waar de conferentie dit jaar plaatsvindt en ook het bewijs vinden van Nathans betrokkenheid. Svensson is naar de laatste drie conferenties geweest, dus is hij waarschijnlijk ook uitgenodigd voor de conferentie van dit jaar, zelfs al was hij van gedachten veranderd. Ik denk dat ik weet waar de conferentie wordt gehouden.'

Jace fronste. 'Waar dan?'

'Gewoon hier,' zei Kat. 'Zie je die stippen op je kaart? Je kan zo zien dat er een locatie aan de westkust aankomt. Dat verklaart ook waarom Svensson hier was. Probeer eens of je kunt achterhalen of er ook andere deelnemers in de stad zijn. Check alle vijfsterrenhotels maar eens. Misschien komen ze een dag eerder aan en verblijven ze in een hotel in het centrum. Daarna kun je alle conferentiecentra in de buurt nagaan. Ook locaties buiten de stad waar de directe omgeving kan worden bewaakt. Bij voorkeur de conferentieoorden met beperkte toegankelijkheid. We hebben niet veel tijd als ze hier al zijn.'

'Ga ik doen.'

Dat was het gemakkelijke deel van de klus. Het zou een stuk moeilijker zijn om binnen te komen...

# HOOFDSTUK 23

T ien minuten later werd Kats ingeving bevestigd.

'Het *Tides Resort* bij Hideaway Bay,' zei Jace. 'Dichtbij, maar moeilijk te bereiken.'

'Aan de Sunshine Coast? Ik kan me niet voorstellen dat die vips met de boot komen.'

De Sunshine Coast was vijftien kilometer ten noorden van Vancouver, maar was alleen bereikbaar per boot. Om er te komen had je twee korte autoritjes nodig met daar tussendoor een reis van veertig minuten per veerboot.

De plaatselijke bevolking was afhankelijk van veerboten van de deelstaat British Columbia om verbonden te blijven met de rest van de deelstaat – maar het was wel zo dat die veerboten bedoeld waren voor gewone mensen. Niet voor leden van de wereldelite die gewend waren aan dienstverlening van de allerhoogste kwaliteit. Kat kon zich niet voorstellen dat ze zouden aansluiten in een rij van grote personenauto's en minivans om twee uur te wachten bij de veerboot, koffie zouden drinken uit plastic bekertjes en ondertussen pogingen zouden doen om warm te blijven.

'Ze hoeven de veerboot niet te nemen,' zei Jace. 'Vanaf het vliegveld van Vancouver is het maar een paar minuten vliegen met een klein vliegtuig of een helikopter. Het Tides Resort heeft een kleine landingsbaan.'

'We moeten dit op de een of andere manier bevestigd zien te krijgen.'

'Heb ik al gedaan. Ik heb het hotel gebeld, omdat de heer Bruneau zijn medicijnen was vergeten.' Jace grijnsde. 'Ik heb afgesproken dat ik onmiddellijk een koerier zou sturen.'

'Je bent ook zo doortrapt.' Kat sloeg haar armen om hem heen en drukte hem tegen zich aan.

Jace boog zijn hoofd voorover en kuste haar. 'Wanneer gaan we? Bruneau checkt morgenmiddag in.'

Op zaterdagmorgen om een uur of twaalf zaten Kat, Jace en Harry op een versleten bankje in de voorkajuit van de veerboot van Sunshine Coast. De indeling en aankleding van het schip hadden geen verandering ondergaan sinds het in de jaren zestig in de vaart was gekomen, afgezien van de beschadigingen aan het blauwe kunstleer veroorzaakt door generaties van passagiers en gebrek aan onderhoud. De ramen van de kajuit waren beslagen, het gevolg van vochtige kleren in een verwarmde ruimte.

'Daar zit hij.' Kat liet haar krant zakken en knikte naar de andere kant van het schip. Een lange, dunne man hield in zijn ene hand een koffiekopje vast en haalde tegelijkertijd met zijn andere hand een opschrijfboekje tevoorschijn uit een rugzak.

Jace boog zich naar haar toe terwijl het krakende en vervormde geluid van de opgenomen veiligheidsboodschap te horen was door de oude luidsprekers. 'Wie?'

'Roger Landers.' Kat keek naar Landers. Hij droeg een spijkerbroek en onder zijn opengeritste ski-jack droeg hij een fleecetrui. 'We bevinden ons zonder enige twijfel op de juiste plek.'

Kat was verbaasd dat Jace hem niet als eerste had opgemerkt. Landers was de locatie te weten gekomen van de laatste tien of twaalf conferenties en had steeds geprobeerd toegang te krijgen. Er kon maar één reden zijn waarom hij zich op deze veerboot bevond.

De journalist keek op en ontmoette Kats blik. Hij sprong op van zijn bankje en slaakte een kreet van pijn toen hij de koffie per ongeluk over zijn hand gooide. Hij liet het kopje vallen en veegde zijn hand af aan zijn jack. Toen draaide hij zich om en liep met grote stappen naar het middendeel van het schip, richting de trappen naar het parkeerdek.

'Ik moet hem spreken.' Kat stond op en liep achter hem aan.

Harry draaide zich om. 'Waar ga je naartoe, Kat?'

Kat gaf geen antwoord.

Landers keek achterom en kreeg Kat in de gaten. Hij kwam bij de trap aan en begon te rennen, waarbij hij twee treden tegelijk nam.

'Wacht!' riep Kat. 'Ik wil alleen maar met u praten.'

Landers verdween om de hoek. Kat ging met sprongen de trap af en bereikte de deur van de parkeergarage toen die al weer half dicht was. Ze duwde hem open en keek uit over een zee van voertuigen. Landers was verdwenen.

Ergens aan het eind van de lange rijen auto's blafte een hond; het geluid echode onder het lage plafond van het autodek. Afgezien van de hond was het vreemd stil; een scherpe tegenstelling met het lawaai van een half uur geleden, toen ze bij Horseshoe Bay aan boord gingen. Ze moest Landers te pakken zien te krijgen voordat de boot over twintig minuten aanmeerde, als ze hem nog wilde spreken. Misschien konden ze samenwerken.

Ze schrok toen ze ergens voor zich voetstappen hoorde. Het silhouet van Landers was zichtbaar onder een helderwit licht een meter of zes bij haar vandaan. Hij zag haar en dook weg achter een Ford F-150 vrachtwagen. Ze liep tussen de auto's door en probeerde hem in het zicht te houden.

'Mijnheer Landers? Blijft u alstublieft staan. We kunnen elkaar helpen.'

Stilte.

Kat rende naar de vrachtwagen. Landers was al weg. Ze spitste haar oren, maar ze hoorde alleen een druppende pijp naast haar en geen voetstappen. Waarom liep hij weg? Hij kende haar niet eens. En wat nog belangrijker was, waar ging hij heen?

Kat schrok onwillekeurig toen er vooraan op de boot iets viel. Het klonk alsof het geluid kwam van het deel waar de fietsen werden neergezet, maar natuurlijk waren die er niet in deze tijd van het jaar.

Toen zag ze Landers. Hij stond met zijn rug naar haar toe en stak af tegen de achtergrond van de oceaan. De voorzijde van het parkeerdek was helemaal open; er was alleen een dubbel touw dat werd weggehaald als de voertuigen van boord gingen. Hij draaide zich om en keek haar even aan. Toen sprong hij.

# HOOFDSTUK 24

De veerboot moest omvaren. Dat betekende dat de passagiers boos waren en dat de dienstregeling overhoop werd gegooid. In de mededeling die de kapitein aan boord van de veerboot deed, werd Kat er praktisch van beschuldigd dat ze het overboord springen van een passagier gewoon verzonnen had. De politie leek ook nogal sceptisch te zijn; ze vonden geen bewijs dat er iemand overboord was gesprongen.

Kat kon niet wachten tot ze van de boot af kon en de boze blikken zou kunnen vermijden van passagiers die vertraging hadden opgelopen. Ze reed de Subaru van de boot af over de rijplaten en volgde het verkeer het haventerrein af en de steile helling op die naar de autoweg voerde. Het was dezelfde weg die ze vaak namen naar de hut van Kurt Ritter, de vriend van Jace.

'Waarom zou Landers overboord springen?' zei Kat peinzend. Ze kwamen aan bij de autoweg en hadden een prachtig uitzicht op Howe Sound aan de overkant van de weg, maar Kat merkte dat nauwelijks op. Ze kon nog steeds niet begrijpen hoe Roger Landers vlak voor haar ogen in het niets had kunnen verdwijnen.

'Hij was bang,' zei Jace. 'Ik zou ook bang worden als jij zo achter me aan zat.'

Kat rolde met haar ogen. 'Ik wilde alleen maar met hem praten. Ik begrijp gewoon niet waarom hij er vandoor ging en ook niet waarom hij overboord is gesprongen.'

'Hij moet hebben gedacht dat jij iemand anders was,' zei Jace.

'Hij wilde liever verdrinken dan te worden aangehouden?' Landers zou het nog geen vijf minuten uithouden in het ijskoude water van de oceaan. 'Waar loopt hij in hemelsnaam voor weg?'

Een paar passagiers om haar heen hadden haar zo ongeveer aangevallen toen ze het noodalarm deed afgaan. Klaarblijkelijk waren hun reisplannen belangrijker dan een ongeluk op zee. Maar het was zoals het was. Landers was overboord gesprongen. Ze wist wat ze had gezien, ook al was ze de enige getuige. Mensen werden toch geacht om hulp te bieden aan iemand die overboord was gesprongen? 'We weten niet absoluut zeker dat hij dood is. Alleen dat hij verdwenen is.'

'Jace, hij verdween voor mijn ogen. Hij kan nergens naartoe zwemmen. Niet naar de kust en niet naar een boot.' Landers was verdwenen zonder een spoor achter te laten, ondanks dat de kapitein was omgedraaid en ondanks de vrijwel onmiddellijke komst van de kustwacht.

Kat wierp af en toe blikken op de oceaan als de Subaru door de bochten ging van de autoweg langs de kust. Welke geheimen de oceaan ook verborg, voorlopig zou dat zo blijven. Na een uur kwamen ze bij de afslag naar het conferentieoord. Na nog eens drie kilometer smallere weg zagen ze het conferentieoord voor zich liggen.

Het Tides Resort was als een soort bunker in de heuvel gebouwd. Grote rotsblokken waren bevestigd aan enorme, antieke cederbalken die drie verdiepingen hoog waren en een fantastisch uitzicht boden. Kat zag een grote ontvangsthal achter de grote glaswanden met daarachter uitzicht op de oceaan. In de grote hal bevond zich een enorme, bakstenen open haard waar een oranjekleurige gloed vanaf kwam. Er zat een aantal mensen bij de open haard met een drankje in de hand.

Links was een tweede gebouw waarvan Kat dacht dat daar wel het zalencomplex zou zijn gehuisvest. Als je langs de voorgevel van glas en staal keek, zag je alleen de oceaan. Naast de twee gebouwen stonden hoge douglassparren die aan wachtposten deden denken. Tussen de bomen bevond zich een tuin met een wandelpad en aan het einde van de tuin was een steile rotswand die direct uitkwam in de oceaan. Zelfs op een winterse dag was het uitzicht onbeschrijflijk mooi.

'Oké. Laten we even het plan doornemen, Jace.'

'Ik ben de technicus die de audiovisuele apparatuur gaat installeren. Ik ben op het laatste moment opgeroepen.'

Kat had de naam van het bedrijf en de medewerker achterhaald door het hotel te bellen en de kamer waar de technicus zou verblijven te bevestigen.

Daarna had ze het videobedrijf gebeld om de afspraak af te zeggen. Dat gaf hen de vrijheid om de plaats van het videobedrijf in te nemen. Het was een ideale dekmantel. Ze kregen een kamer en niemand had de medewerkers van het bedrijf ooit gezien. Zolang de audiovisuele zaken niet al te ingewikkeld waren, kon er niets misgaan.

Jace had echter zijn bedenkingen. 'Ik weet niet zeker of dit gaat lukken, Kat.'

'Ik dacht dat je onderzoeksjournalist was.' Ze reed de Subaru de lange, ronde oprijlaan op en stopte.

'Ik weet niet eens hoe die vent eruitziet. Hoe kan ik voor hem doorgaan?'

'Dat is ook niet nodig. Het personeel van het hotel heeft hem ook nog nooit gezien. Bovendien ben jij een man. Ik kan moeilijk net doen alsof ik een man ben. En Harry is te oud.'

Op de achterbank hoorde Harry zijn naam noemen. 'Te oud voor wat?'

'Doet er niet toe.' Kat gaf de sleutels aan de portier en deed haar deur open.

'O. Verblijven we hier?' Harry's ogen gingen wijd open. 'Wauw.'

'Pak je spullen, Harry.' Jace deed de deur aan de passagierskant open. 'Laten we gaan.'

'Je bent moe,' fluisterde ze tegen Jace toen ze naar binnen gingen, 'en je wilt zo snel mogelijk inchecken. Doe maar kortaf, zodat ze niet echt met je willen praten.'

Kat liep met Harry naar een paar lage, leren bankjes. Ze volgde Jace met haar ogen toen hij naar de incheckbalie liep. Ze had erop aangedrongen dat hij een pak zou dragen. Ook al was hij de enige AV-technicus, het was belangrijk dat hij niet uit de toon zou vallen. Ze ging er zo ongeveer vanuit dat personen die in de wereld veel te zeggen hadden zelfs in hun pak naar bed gingen.

Ze was blij dat ze op deze outfit had aangedrongen. Jace was net zo gekleed als de twee mannen bij de bar, maar hij zag er duidelijk beter en sexier uit. De wijze waarop zijn maatpak zijn brede schouders en slanke taille deed uitkomen vervulde haar met trots. Absoluut geen suffe AV-technicus, die vriend van haar.

Ze keek naar de twee mannen bij de bar. Ze waren verdiept in een gesprek en zaten een beetje naar elkaar toegedraaid, waardoor het moeilijker was om ze goed in beeld te krijgen. Waarschijnlijk twee van de ongeveer honderd gasten. Een van hen zwaaide met zijn armen om zijn woorden kracht bij te zetten en gooide bijna de drankjes op de bar om. Kat pakte haar mobieltje en hield het omhoog.

'Wat een prachtig uitzicht!' zei ze op luide toon tegen Harry in een accent waarvan ze hoopte dat het Europees zou klinken. Ze maakte een foto en zorgde ervoor dat de twee mannen er ook op stonden. Misschien had ze er later nog wat aan.

Tien minuten later genoten Kat, Jace en Harry volop van het uitzicht vanaf het balkon op hun suite op de derde verdieping. Ze zaten ingepakt in hun winterjas met hun rug naar de gasverwarming die Jace helemaal had opengedraaid.

'Weet je dit allemaal zeker, Kat? Ze vroegen niet eens naar mijn creditcard. Iemand moet er toch achter komen.'

'Niet als we ons onopvallend gedragen. De mensen die alle afspraken hebben gemaakt met het hotel zijn er waarschijnlijk nog niet eens. Zelfs als het wel zo is, er zijn zoveel details te regelen en mensen op te vangen dat de kamerindeling niet direct hun hoogste prioriteit zal hebben. Afgezien daarvan hebben ze het hele conferentieoord afgehuurd, dus die indeling maakt niet uit. Niemand zal het merken.'

'Ik weet het niet, hoor. Stel dat ze ontdekken wie we zijn?' Jace keek over de rand van het balkon.

'Dat gebeurt niet. We vinden het bewijs dat Nathan hier aanwezig is en ontdekken misschien zelfs hoe groot zijn betrokkenheid is. We kunnen hier binnen *no time* weer weg zijn en dan hebben we nog genoeg tijd om de Edgewater-zaak af te ronden.' Ineens had ze honger. Ze stond op uit haar stoel en liep naar binnen om de minibar te inspecteren. Ze koos een pakje geroosterde amandelen, drie Snickers en een fles Merlot. Ze nam de wijn, drie glazen en de snacks mee naar buiten. 'Laten we zo wat bestellen via de roomservice, anders gaat iemand zich misschien afvragen waarom we niet naar beneden komen om te dineren, net als de andere gasten.'

'Ik neem aan dat ik weer iets moet doen?' Jace haalde een Snickers uit de verpakking.

'Jij bent de baas.' Kat gooide de menukaart van de roomservice over de tafel naar hem toe. Ze schonk de wijn in de glazen.

'Ik hoef niet.' Harry stond op. Hij had de laatste twee nachten niet zo veel geslapen. 'Ik ben bekaf. Ik heb een dutje nodig.'

Kat stond op en bracht Harry naar zijn kamer. Hun suite bestond uit twee aan elkaar grenzende kamers, met in elk een open haard.

'Denk erom dat je niet zonder ons weggaat.'

'Goed, hoor. Welterusten, Kat.'

Kat deed de deur dicht en keerde terug naar de andere kamer. Had ze haar oom wel hier mee naar toe moeten nemen? Waarschijnlijk niet, maar ze kon Harry ook niet zomaar een paar dagen alleen laten.

Jace kwam van het balkon naar binnen toen ze op haar horloge keek. Het was inmiddels zes uur en ze zette de tv aan in de hoop dat ze iets meer zou horen over Roger Landers en zijn verdwijning van de veerboot. De presentator van het nieuws bracht het plaatselijke nieuws zonder dat de verdwenen journalist werd genoemd. De uitzending werd gedomineerd door het wereldnieuws. Griekenland en Portugal hadden niet voldaan aan de voorwaarden die ze met het Internationaal Monetair Fonds hadden afgesproken als onderdeel van het eerdere reddingsplan.

'Toevallig dat de baas van het IMF op de conferentie aanwezig is.' Jace zette de telefoon terug in de houder. Hij had biefstuk besteld voor hen beiden en een Monte Cristo sandwich voor Harry voor het geval hij wakker werd.

'Jean-Claude Bruneau, bedoel je?' De uitdrukking op het gezicht van Jace beviel Kat niet. 'Zet het uit je hoofd, Jace. Ga niet achter hem aan en spreek hem niet aan.'

'Ik zal discreet zijn. Dit is de kans van mijn leven.'

'Absoluut niet. Niet voordat ik bewijzen heb tegen Nathan. Beloof je dat?'

Jace rolde met zijn ogen. 'Vooruit dan maar.'

'Ik vraag me af wat hij vindt van het redden van die landen.' Het lot van zo velen in handen van zo weinigen. Het deed Kat denken aan feodale edellieden in de middeleeuwen, toen de elite in kastelen woonde en de horigen buiten de muren leefden. Een paar gelukkigen hadden de kans om binnen de kasteelmuren te wonen en de rest bleef onbeschermd en kwetsbaar achter.

'Bruneau? Het maakt hem niets uit. Hij doet wat het IMF geacht wordt te doen. Hij hoeft dat niet leuk te vinden.'

'Dat is waar, maar je moet je afvragen of het mondiale financiële systeem de economische crisis in die landen niet zelf heeft veroorzaakt. Een paar landen maken de regels die alle andere landen moeten volgen. Regels die voor henzelf voordelig zijn.' Kat richtte haar aandacht weer op de tv. De weersverwachting voor morgen voorspelde een combinatie van regen en sneeuw. Er was nog steeds geen nieuws over Landers en zijn verdwijning van de veerboot.

'Als ze hun lening niet afbetalen, dan maken de rijke landen hun zaak niet sterker,' zei ze. 'Tenzij ze natuurlijk wílden dat de lening niet zou worden terugbetaald.' De betalingen aan Research Analytics toonden aan dat geld werd weggesluisd voor iets anders dan legitieme onderzoekshonoraria. Als Research Analytics een dekmantel was, waar gebruikte het World Institute het geld dan voor? Ging het echt om een samenzwering gericht op het vernietigen van de valuta in de wereld?

Kat pakte de afstandsbediening toen ze buiten de kamer een mannenstem hoorde. Haar hart begon sneller te slaan. Het was nog te vroeg voor de roomservice. Ze zette het geluid zachter en besefte toen dat de mannenstem niet van de gang kwam. Het was alleen oom Harry maar, die in de kamer naast hen in zijn slaap praatte.

# HOOFDSTUK 25

*D*e volgende ochtend schrok Kat wakker doordat er iemand op de deur klopte. Jace zou wel ontbijt bij de roomservice hebben besteld. Ze watertandde toen ze dacht aan geroerbakte eieren en wafels. Ze rolde op haar zij en stak haar arm uit naar Jace. Ze liet haar hand rusten op Jace' buik en ging met haar vingers over zijn strakke spieren. Toen bedacht ze zich iets: als Jace nog in bed lag te slapen, dan had hij de roomservice niet gebeld. Haar teleurstelling veranderde in ongerustheid. Waren ze nu al ontdekt?

'Jace,' fluisterde ze. 'Er staat iemand voor de deur.'

'Hm.' Hij rolde op zijn zij en streek met zijn hand over haar schouder. Ze voelde haar huid tintelen toen zijn hand over haar arm streek. Het kloppen werd luider. Ze was nu klaarwakker.

'Jace, ga eens kijken wie het is.'

'Oké. Blijf jij maar liggen.' Jace stond op en schoot een broek en een overhemd aan. Hij liep naar de deur en keek door het kijkgaatje. Hij draaide zich om, liep terug naar het bed en ging hoofdschuddend zitten. 'Dit ga je nooit geloven.' Hij knoopte zijn overhemd dicht.

'Wat geloven?' Kat sprong uit bed en deed een joggingbroek en een T-shirt aan.

Het bonzen werd nog luider, alsof iemand uit alle macht tegen de deur sloeg.

'Het is je nichtje Hillary.'

Hillary, Kat en Jace hadden op school allemaal in dezelfde klas gezeten. Jace had onmiddellijk een hekel aan haar gekregen, ondanks dat Hillary haar uiterste best had gedaan om hem verliefd op haar te laten worden.

Kats hartslag ging omhoog toen ze terugdacht aan haar laatste confrontatie met Hillary. De diamanten ringen van tante Elsie waren gestolen. Hillary hield vol dat er een inbraak moest zijn geweest, maar Kat vermoedde dat dit niet zo was. Spoedig na de 'inbraak' droeg Hillary een nieuw Rolex-horloge, dat ze ongetwijfeld had geruild voor de verdwenen ringen. Ze veroorzaakte altijd problemen. 'Wat? Dat kan niet. Ze is al tien jaar de hort op. Bovendien, hoe zou ze überhaupt kunnen weten dat we hier zijn?'

'Mee eens, maar ik weet zeker dat zij het is. Misschien heeft Harry zich toch niet alles ingebeeld. Kijk zelf maar.'

Kat liep op haar tenen naar het kijkgaatje en hield haar adem in toen ze erdoorheen keek.

De jaren hadden rimpels, een hangkin en een heleboel make-up toegevoegd aan Hillary's gezicht. Haar ogen waren verborgen achter een zonnebril van Chanel met een heel groot logo. Ze droeg de zonnebril alsof het een label was dat haar status en onberispelijke smaak duidelijk moest maken, ondanks het feit dat ze midden in de winter ergens binnen was.

Kat deed de deur open; haar nicht stormde langs haar heen en gooide haar bijna omver. Ze droeg een laag uitgesneden jurk zonder mouwen, hoewel het buiten vroor. Witte zoutvlekken vormden cirkelvormige patronen op haar bruine laarzen met hoge hakken. Aan elke laars hing een opvallend D&G ritshangertje. Het was Hillary ten voeten uit.

'Waar is papa, verdomme?' Hillary liep recht op de schuifdeuren af en zette haar enorme zonnebril op haar opgestoken en met haarlak volgespoten haar 'Wat heb je met hem gedaan? Je hebt hem ontvoerd.'

'Hillary?' vroeg Kat. 'Wat doe je hier? Waarom denk je...?'

Jace' mond viel open, toen Hillary langs hem heen het balkon opstormde. Een koude windvlaag kwam de kamer in.

Toen ze niemand op het balkon aantrof, kwam Hillary weer naar binnen; ze liet de schuifdeur openstaan zodat de kou naar binnen stroomde. Toen liep ze naar de kast en trok de deur bijna uit zijn scharnieren. 'Vertel me waar hij is. Nu!'

Jace liep naar de balkondeur en deed hem dicht. Hij keek Kat aan en trok zijn wenkbrauwen op, maar hij zei niets.

'Hij is in de kamer hiernaast. Wat is er aan de hand?' vroeg Kat, die nog steeds niet echt snapte wat er gaande was.

Hillary rukte aan de knop en toen de deur niet openging, bonsde ze op de tussendeur. 'Pap! Doe de deur open.'

'Rustig aan,' zei Kat. 'Je maakt die deur nog kapot.

Hillary keek haar woedend aan. Toen ging de deur open vanaf de andere kant. Harry verscheen in de deuropening met een slaperige blik in zijn ogen.

'Hillary!' Hij glimlachte. 'Wat een leuke verrassing.'

Kat wierp Jace een blik toe. Hij keek Hillary woest aan, maar die scheen dat niet op te merken.

'Hoe wist je dat we hier waren?' Toen ze nog tieners waren, had Kat soms gedacht dat Hillary een ware stalker was, zoals ze in de gaten werd gehouden door haar nicht.

'Ja, dat zou jij wel willen weten.' Hillary wierp Kat een woedende blik toe.

Kat keek haar nicht vragend aan. Ze had zulke dikke oogschaduw op dat haar ogen wel op een paar doorgebrande stopcontacten leken.

'Ik bel de politie en dien meteen een aanklacht tegen je in.' Hillary pakte Harry bij zijn arm. 'Jij zal nooit meer een dag werken, als ik eenmaal met je klaar ben.'

'Hoezo, aanklacht?' Wat deed ze hier in godsnaam?

'Dat je mijn vader hier mee naartoe hebt genomen tegen zijn wil.'

'Oom Harry, heb ik je gedwongen hier mee naartoe te komen?'

Hillary deed haar hand over Harry's mond toen hij aanstalten maakte iets te zeggen. Ze draaide zich om naar Kat. 'Praat niet tegen hem. Je hebt al genoeg kwaad gedaan.'

'Hillary, ik moest hem wel meenemen.' Ze keek naar Harry en vroeg zich af of hoe ze dit kon uitleggen aan Hillary zonder Harry een rotgevoel te bezorgen. 'Zijn dementie –wordt erger.'

Harry keek naar beneden, terneergeslagen.

'Het spijt me, oom Harry,' zei ze zachtjes.

'Het is goed,' zei hij. 'Kat heeft gelijk. Ik weet dat ik niet meer zo helder ben als vroeger.'

'Hij kan niet meer alleen zijn, Hillary. Als je de laatste paar jaar aanwezig was geweest, dan had je dat kunnen weten.'

Hillary wist niets af van het feit dat Harry het gas aan had laten staan en bijna het huis had laten afbranden. Niets van het feit dat Harry met zijn Lincoln de etalage van dat Italiaanse restaurant was binnengereden. Of wist ze daar wel iets van? Harry praatte al maanden over haar en de laatste paar weken nog vaker. En dan had je ook nog die afrekening van Tiffany op zijn creditcard. Maar zelfs Hillary zou zich daar niet toe verlagen – of toch wel?

In ieder geval had Kat op Harry moeten letten en voor hem moeten zorgen. Het afsluiten van het fornuis, het verstoppen van de afstandsbediening van de garagedeur en het loskoppelen van de accu van de auto waren alleen maar tijdelijke oplossingen. Harry had voortdurende zorg nodig en Kat kon niet nóg meer doen. Plotseling begon het bij haar te dagen – er moest een reden zijn voor Hillary's terugkeer. Harry's dementie was duidelijk zichtbaar – was Hillary soms hier om voordeel te halen uit de situatie? Waarom zou ze anders na tien jaar zijn teruggekomen?

'Je hebt papa tegen zijn zin ontvoerd. Hoe kun je met jezelf leven? Je bent een misdadigster.'

'Hoe kun jíj met jezelf leven, Hillary? Jij bent hier de crimineel; je hebt het spaargeld van je ouders gestolen.'

'Ze hebben dat aan mij gegeven.'

Kat rolde met haar ogen. 'Ja, dág.'

Harry staarde naar de vloer en zei niets.

'Je begrijpt het niet, Hillary. Je vader vergeet om te eten. Hij is hier omdat ik voor hem zorg. Ik zou hem nooit een paar dagen alleen laten.'

'O, ik begrijp het al. Je hebt hem ontvoerd om van hem te profiteren. Ik maak daar nu onmiddellijk een einde aan.'

Harry moest gisteravond hebben getelefoneerd met Hillary. Ze moest hem op zijn mobieltje hebben gebeld. Dat had ze dus gehoord. Harry zou zich de naam van het hotel niet hebben kunnen herinneren, maar hij kon nog wel lezen. Hillary had hem alleen maar hoeven vragen of hij iets kon vinden waar de naam van het hotel op stond.

'Ontvoerd? Meen je dat nou serieus?' Kat keek naar Harry. Hij luisterde niet meer en kon het gesprek waarschijnlijk niet echt volgen. 'Hij wílde meekomen.'

'Ja, we zijn eindelijk weer allemaal bij elkaar.' Harry glimlachte. 'Laten we dat vieren en gaan ontbijten.'

Kat wilde net gaan uitleggen waarom dat niet kon, toen Hillary tussenbeide kwam. 'Nee, papa. We gaan hier weg. Pak je spullen.' Hillary duwde Harry terug naar de andere kamer en gooide de deur dicht.

Kat keek naar Jace, helemaal verbouwereerd. Een golf van machteloosheid sloeg over haar heen toen ze dacht aan Harry die door Hillary werd meegenomen. Zou hij de rit naar huis overleven voordat Hillary, die een kort lontje had, genoeg van hem kreeg en hem bij iemand anders achterliet? Nam ze hem überhaupt wel mee naar huis?

'Laat maar.' Jace omhelsde haar. 'Er gebeurt niets met hem. We zijn morgen vast weer thuis.'

'Maar zij weet niet hoe slecht hij eraan toe is!' Hillary was veel te egoïstisch om zich te bekommeren om zijn medicatie, waanideeën en verwarring.

'Daar geloof ik helemaal niets van,' zei Jace. 'Ze weet precies wat er aan de hand is.'

'Maar waarom zegt ze die dingen dan?

'Om jou te pesten. En om eventuele negatieve zaken op jou af te schuiven. Om te verbergen wat er echt gebeurt.'

Kat maakte zich los. 'Ik weet dat ze egoïstisch is en dat ze van hem gestolen heeft. Maar ze kan toch niet denken dat ik hem kwaad doe! Dat kán ze niet echt bedoelen.'

'Kom op, Kat, het gaat allemaal om haar en om te krijgen wat zij graag wil. Jij zou beter dan anderen fraude moeten herkennen als die zich voordoet. Die onverklaarbare betalingen, die uitgaven bij Tiffany. Leg dat eens uit.'

'Ja, daar heb ik ook aan gedacht. Maar ligt dat niet te veel voor de hand?'

'Een reeks vreemde vergissingen in Harry's financiën als zij na tien jaar weer aan komt zetten? Dat vind ik te toevallig. Spreek haar daar maar op aan – ik weet zeker dat ze dan zal beweren dat ze al die dingen van hem gekregen heeft.'

'Denk je dat ze soms terug is gekomen omdat ik die creditcards heb opgezegd? Omdat haar geldbron werd afgesneden?' Kat ging op het bed zitten. 'Zo ver zou ze toch niet gaan – dat is fraude en oudermishandeling.'

'Word wakker, Kat. Harry winkelt echt niet bij Tiffany. Waarom denk je dat ze terug is?

Jace had gelijk. 'Maar zou ze echt stelen van haar bloedeigen vader?'

'De meeste mensen zouden dat niet doen,' gaf Jace toe. 'Maar Hillary is niet 'de meeste mensen'. Ze doet alles waar ze mee weg denkt te komen.'

'Jace, zelfs als dat waar is: er is niets over. Ik heb de creditcards opgezegd en het geld dat hij nog had is gebruikt om de rekeningen te betalen. Er is niets meer om te stelen.'

Kat en Jace zaten op het balkon, goed ingepakt in hun warme parka's, en dronken hun ochtendkoffie. De zon was net opgekomen boven de horizon en een oranje gloed was zichtbaar tussen de hoge sparren. De vers gevallen sneeuw weerkaatste een vreemd aandoend licht, dat een tegenspel bood aan de lange schaduwen van de bomen.

Kat at haar laatste stukje toast op. Tijdens de nacht waren haar griepsymptomen verdwenen en ze was er verbaasd over dat ze zo'n honger had. 'Denk je dat alles goed is met Harry? Hillary wordt altijd zo gauw boos. Ze kan vast niet goed omgaan met zijn dementie.'

'Ze blijft heus niet lang hangen als ze eenmaal ontdekt dat er geen geld meer is. Het enige waar Hillary om geeft is Hillary.' Jace stond op en keek over de leuning van het balkon. Hij gebaarde naar Kat dat ze dat ook moest doen.

Twee bewakers waren net tevoorschijn gekomen uit de keukendeur beneden hen. Ze spraken zo zachtjes dat Kat niet kon verstaan wat ze zeiden.

Kat had de twee stevige bewakers van in de dertig vanmorgen voor de eerste keer buiten gezien. Ze stonden op het bevroren terrein en bewaakten de ingang. Om de paar minuten zeiden ze iets in hun mouw; klaarblijkelijk stonden ze met iemand in verbinding via een walkietalkie.

De beveiliging was geleidelijk duidelijker zichtbaar geworden bij Hideaway Bay, nu de eerste genodigden arriveerden. Zelfs met een maatpak aan leken de beveiligingsmensen meer op leden van een commandokorps. Een schril contrast met de wat oudere en te dikke conferentiegasten die ze moesten bewaken.

'Alleen al aan deze kant van het hotel zijn er een stuk of tien van die kerels,' fluisterde Jace. 'Ik ga een eindje wandelen – er komt zeker een vip aan.'

Kat stak haar hand op, omdat ze niet het risico wilde lopen dat de mannen beneden hen zouden horen. Maar Jace was al naar binnen om zijn pak aan te trekken. Kat sprong op om hem te volgen en deed de schuifdeur dicht.

'Moet ik echt de hele tijd dat ik hier ben dit pak aan?' Jace ging op bed zitten en trok zijn schoenen aan.

'Je kunt niet naar buiten, Jace.' Kat gooide haar parka op het bed.

'Waarom niet? Als ik echt van de technische ondersteuning ben, moet ik dan niet beneden zijn? Het hotelpersoneel moet zich wel afvragen waarom we nog niet van de kamer zijn.' Jace stond op en legde zijn armen om haar middel. Hij deed de gordijnen dicht.

Kat deed haar handen over die van hem. 'Kunnen we ons niet een beetje ontspannen nu we hier zijn? Als de conferentie eenmaal begint, dan zal de beveiliging wat minder streng worden. Geef ze een paar uur om een beetje te wennen.' Ze voelde zich helemaal niet ontspannen. Nu ze binnen waren, wilde ze niets doen wat het risico met zich meebracht te worden ontdekt.

'Je zei zelf dat ze niemand controleren die al binnen is.'

Het was gek, maar tot nu toe was de beveiliging niet nadrukkelijk aanwezig geweest. Tenslotte was Hillary er ook in geslaagd binnen te komen. Kat besefte dat ze het geluk hadden gehad een dag of twee voor het begin van de conferentie te arriveren. Anders hadden ze misschien niet eens de weg naar het conferentieoord op kunnen rijden.

'Ik maak me meer zorgen om jou. Dat je Pinslett misschien

aanspreekt of zoiets. Ik moet deze zaak afsluiten en Zachary's deadline halen. Bij voorkeur vóór Edgewater door zijn geld heen is. We kunnen niet het risico lopen dat Nathan Barron iets doorkrijgt. Breng mijn zaak niet in gevaar, Jace.'

Jace schudde zijn hoofd. 'Kom op, Kat, wat denk je wel niet van me? Natuurlijk ga ik dat niet doen, maar ik kan ook niet een kans laten lopen die zich maar één keer in je leven voordoet. Nog nooit is een journalist aanwezig geweest bij een conferentie van het World Institute.'

'Behalve Pinslett.'

'Dat is geen journalist. Hij heeft alleen een stal van journalisten in dienst. Ik wil hem ontmaskeren; ik wil hem laten betalen voor wat hij heeft gedaan.'

'Nou, het lijkt me duidelijk: jij kunt daar echt beter niet naartoe gaan. Je bent veel te gestrest. Je gaat mensen wantrouwig maken en ervoor zorgen dat we eruit gegooid worden.'

'Hou je me hier gevangen? Stel dat ik iets mis?'

'Jace, je snapt wel wat ik bedoel. Laten we nou eerst doen waarvoor we zijn gekomen. Laten we bewijs vinden van Nathans betrokkenheid. Als we dat eenmaal hebben, kun jij lekker je gang gaan met Pinslett en de rest. Ik kan je zelfs helpen. Het probleem is dat ik de conferentiezaal niet binnen kom. Bijna alle genodigden zijn mannen.'

'En ze komen er snel achter dat ik een bedrieger ben.'

'Misschien wel en misschien niet. In ieder geval moeten we een manier vinden waarop we kunnen aantonen dat Nathan hier aanwezig is en dat hij betrokken is bij de conferentie. Tenzij we een video-opname maken, is het nog steeds ons woord tegenover het zijne.' Ze moest iets hebben dat onweerlegbaar was.

'Dus wat gaan we doen?' vroeg hij.

Kat kleedde zich snel aan en trok een paar sportschoenen aan. 'Ik heb wel een idee.' Ze duwde haar lange haar onder een honkbalpetje. 'Geef me een kwartier.' Ze deed de deur open en keek naar buiten.

De kust was veilig.

Ze ging naar rechts, de richting waarvan ze vermoedde dat die de beste kans bood om geen andere gasten tegen het lijf te lopen. Nadat ze de gang was uitgelopen, ging ze linksaf een andere gang in en keek voorzichtig om de hoek. Halverwege tussen waar zij stond en de trap stond een karretje van de schoonmaakploeg.

Ze liep met lange passen naar het karretje, met gebogen hoofd voor het geval dat ze iemand tegen zou komen. Ze keek naar het karretje en had even de neiging een extra bus conditioner te pakken.

Alle kamerdeuren waren dicht, wat waarschijnlijk betekende dat er geen kamermeisjes aan het werk waren. Ze liep de hoek om en zag de deur waarop *Personeel* stond. De deur stond op een kier en ze duwde hem open. Als ze werd ontdekt, zou ze doen alsof ze op zoek was naar extra kussens.

Er was niemand. Ze had niet lang nodig om te vinden wat ze zocht. Aan een haak bij de deur hing een hoteluniform. Ze pakte het en kleedde zich snel om. Haar joggingbroek en T-shirt propte ze in een waszak. Ze trok het te strakke shirt met een ruk naar beneden over haar buik – dat maakte niet uit, ze zou toch niet lang op de gang zijn.

De gang was nog steeds leeg. Ze liep naar buiten richting het karretje. Ze pakte net twee bussen conditioner, toen ze iets hards tegen haar heup voelde. Ze voelde in de zak van het uniform, pakte er een kaartje uit en kon haar geluk niet geloven. Niet alleen had ze een hoteluniform, ze had ook een masterkeycard voor alle kamers in het conferentiehotel!

Ze draaide zich om en liep snel weg, zodat ze de gang uit kon komen zonder dat iemand haar zag. Ze bereikte de liftruimte tussen de twee vleugels van het hotel, net toen het belletje van de lift ging. Toen hoorde ze een stem.

Een stem die ze overal zou herkennen.

# HOOFDSTUK 27

Kat hield onmiddellijk in en liep bijna tegen de muur aan. Ze probeerde de neiging te onderdrukken zich om te draaien en de andere kant op te lopen, Daarvoor was het te laat. Ze was ontdekt.

Victoria Barron stond bij de lift en tikte ongeduldig met haar voet op de grond, een voet met een slipper van het merk Gucci. Ze keek op haar horloge. Haar maatje-34-figuur was gehuld in een dikke, katoenen kamerjas. Zo'n zelfde kamerjas hing ook in Kats kamer, maar op de een of andere manier stond hij Victoria veel beter.

'Heb het lef niet bij mij vandaan te lopen,' blafte Victoria.

Kat bleef stokstijf staan. Ze keek naar haar versleten loopschoenen en vroeg zich af wat er zou gaan gebeuren. Waarom was Victoria hier? Het World Institute had het hele hotel geboekt en Victoria was niet het soort persoon dat je op de conferentie zou verwachten.

'Negeer me niet! Ik verdwijn heus niet, en ik kan je zo laten ontslaan.'

Kat tilde langzaam haar hoofd op en keek Victoria aan. Was het mogelijk dat die haar niet herkende in dit hoteluniform?

'Jullie soort mensen doen nooit meer dan het absolute minimum.' Victoria wees naar Kat met een gemanicuurde nagel. De kleur paste exact bij haar lippenstift. 'Er ligt te veel stof in mijn kamer en er is niet genoeg shampoo. Snap je wel hoe gelukkig je mag zijn dat je hier werkt! Je zou deze baan nooit krijgen in je eigen land, waar je ook vandaan komt. Ik durf te wedden dat je niet eens legaal in Canada verblijft.'

Kat had haar mond nog niet eens opengedaan en Victoria had haar nu al afgedaan als lui, illegaal en incompetent.

'Ja, mevrouw,' zei Kat in een accent waarvan ze hoopte dat het zou doorgaan voor hetzelfde Oost-Europese accent dat ze eerder had gebruikt. 'Ik haal meer shampoo voor u. Wat is uw kamernummer?'

'Kamer 216. Ik ga nu naar het zwembad.' De liftdeur ging open en Victoria stapte naar binnen. 'Ik verwacht dat er genoeg shampoo in mijn kamer is als ik terugkom. Met minder neem ik geen genoegen.'

'Ja, mevrouw.' De liftdeur ging dicht. Het was een opluchting dat ze niet was herkend, maar het was ook een vernedering. Tenslotte had ze tegenover Victoria gestaan in de rechtszaal – ze had er nota bene eigenhandig voor gezorgd dat Victoria haar rechtszaak had verloren. Kat ging met haar vingers over de masterkey in haar zak. Nu Victoria weg was, zou ze net zo goed haar kamer kunnen doorzoeken en misschien ontdekken waarom ze überhaupt in het hotel aanwezig was.

Kat bleef voor kamer 216 staan en klopte op de deur. Geen antwoord. Ze stak de sleutelkaart in de kaartlezer. Een groen lichtje en bjibehorende klik lieten haar weten dat het slot open was gegaan. Ze duwde de deur open en liet de deur achter zich dichtvallen.

De kamer was precies zoals haar eigen kamer, maar dan in spiegel-beeld. De gordijnen waren dicht en er stonden twee koffers bij het raam. Zelfs in het zwakke licht zag ze dat er overal kleren lagen; op de grond, op het onopgemaakte bed, en ook opgehangen over de kast-deuren en neergelegd op de strijkplank. Hoe had Victoria stof kunnen zien liggen? Er was geen enkele lege plek in de kamer over waar zich stof kon verzamelen.

Ze liep naar het bureau en viel bijna over een stapel schoenen met hoge hakken die midden in de kamer lagen. Op het bureaublad lagen allerlei papieren door elkaar. Ze deed de lamp aan en bladerde er snel doorheen. Ze kon haar ogen niet geloven. Onder de hotelinformatie lag een agenda voor de vergadering van het World Institute. Ze schoof die onder het front van haar hoteluniform.

Toen zag ze de rest van de documenten, een dikke stapel die bij elkaar werd gehouden met een extra grote paperclip met een hondje erop. Ze bladerde door de stapel. Bovenop lagen de notulen van de vergadering van vorig jaar en daaronder een paar financiële stukken en andere documenten.

Was Victoria echt een van de deelnemers aan de conferentie? Moeilijk te geloven, maar waarom zou ze er anders zijn? En waarom had ze een agenda? Kat haalde de agenda tevoorschijn en las hem door. Victoria werd niet genoemd als een van de deelnemers. Ze keek op haar horloge. Volgens de agenda begon de plenaire conferentie morgen, maar was er vandaag al een vooroverleg in besloten kring. Dat begon over iets meer dan een uur. En Victoria zou dat overleg zeker niet in haar kamerjas bijwonen.

Kat schoof de papieren tussen de opgevouwen handdoeken onder haar arm.

Ze schrok toen de deur van de badkamer open klikte. Ze ving de geur op van een aftershave en vochtige douchedampen. Vlug deed ze de agenda onder haar T-shirt. Toen niesde ze.

'Wat doe jij in godsnaam op mijn kamer?' Nathan Barron stapte uit de badkamer. Hij was naakt, afgezien van een handdoek om zijn middel. In het echt was hij veel kleiner dan op zijn jachtfoto's. Natuurlijk waren de trofeeën op de foto's dode zoogdieren en geen levende mensen, dus was het niet zo eenvoudig om te weten hoe groot hijzelf was.

Het zweet brak Kat uit. Nathan stond tussen haar en de deur en daardoor kon ze de kamer niet uit. Haar hart klopte in haar keel terwijl ze een reden probeerde te bedenken waarom ze in de kamer was.

Toen besefte ze dat ze Nathan alleen op foto's had gezien. Hij was niet bij Edgewater aanwezig geweest toen zij daar was. Hij had haar nog nooit gezien en zou niet weten wie zij was. En in haar hoteluniform had ze een zeer plausibele reden om in de kamer te zijn.

'Het – het spijt me, mijnheer. Ik dacht dat er niemand op de kamer was. Ik keek alleen de handdoeken na.'

'Laat ze maar op bed liggen.' Hij deed zijn armen over elkaar en keek haar aan.

Dat was onmogelijk. Tussen de handdoeken zaten de papieren die ze net van het bureau had gestolen. Ze probeerde rustig te blijven praten. 'Deze zijn niet schoon. Laat me schone handdoeken voor u halen.'

'Best.' Nathan draaide zich boos om. Hij stormde de badkamer weer in en sloeg de deur achter zich dicht.

Kat slaakte een zucht en besefte dat ze haar adem had ingehouden. Ze veegde een dun laagje zweet van haar voorhoofd en deed de deur naar de gang open. Deze onverwachte ontmoetingen waren een aanslag op haar zenuwen.

Nathan en Victoria moesten een verhouding hebben. Waarom zouden ze anders een kamer delen? Wist Zachary dat zijn vader een verhouding had met zijn ex-vrouw?

Dit viel niet echt binnen het kader van haar onderzoek. Maar had hij eigenlijk niet het recht om het te weten? Aan de andere kant, als ze het hem vertelde, zou hij weten dat ze zonder toestemming in hun hotelkamer was geweest. Misschien was er wel een goede reden waarom Zachary vijandige gevoelens had voor zijn vader. Wat voor een soort man begon er nou een verhouding met de ex-vrouw van zijn zoon? Of was die al gaande geweest toen Zachary en Victoria nog getrouwd waren?

Kat liet zichzelf uit. De deur klikte achter haar dicht toen ze de gang opstapte. Haar mond viel open toen ze bijna in botsing kwam met een kleine, slanke, blonde vrouw in een hoteluniform.

'Wie ben jij?' vroeg ze met een zwaar accent.

Russisch, vermoedde Kat. De vrouw leek ongeveer een meter vijfenzestig lang en misschien vijftig kilo zwaar. Haar slecht passende uniform hing van haar schouders. Het was duidelijk bedoeld voor een veel groter iemand.

'Ik ben nieuw.' Kat stak haar hand uit en dwong zichzelf om die niet te laten trillen. 'Ik heet Marcie. Vandaag is mijn eerste dag.'

De vrouw keek haar aandachtig aan zonder iets te zeggen.

Kat trok haar hand terug en veegde haar handpalm af aan haar slecht zittende hoteluniform. Het was bedoeld voor iemand die vijftien centimeter korter was en ze hoefde niet in de spiegel te kijken om te kunnen raden hoe belachelijk ze eruitzag. Ze trok de blouse naar beneden om haar navel te bedekken en stak haar hand opnieuw uit.

De huishoudster keek naar Kats ceintuur en pakte haar hand slapjes beet. 'Angelika. Jij hier voor conferentie? Dorothy heb niet genoemd.' Angelika's taal zat vol met weggelaten lidwoorden en verkeerde werkwoordsvormen. Ze keek zenuwachtig de gang in en stopte een losvallende blonde haar achter haar oor.

'Ja, voor de conferentie.' Het viel Kat op hoe mooi ze was. Hoge jukbeenderen en een glanzende, ivoorkleurige huid.

Angelika wierp opnieuw een blik de gang in.

'Wacht je op iemand?'

Angelika schudde haar hoofd. 'Nee, alleen kamers controleren. Welke hierna moet doen.'

'Ik ben pas vanmorgen opgeroepen.' Hoe groot was de huishoudelijke staf en hoeveel deden er tegelijk een dienst? Vijf? Twintig? Een van hen was nu misschien op zoek naar haar uniform. 'In verband met de conferentie en zo.'

Angelika leek nog niet helemaal overtuigd.

'Ik hoor niet op deze verdieping,' voegde Kat er snel aan toe. 'Ik ben alleen maar hier om extra shampoo te pakken.' Hopelijk zou Angelika niet vragen op welke verdieping ze werkte.

'Natuurlijk. Er staat doos shampoo in opslagruimte.' Angelika glimlachte en wees in de richting waar Kat net vandaan was gekomen. 'Pak maar. Jij in plaats van Annie?'

'Ja, Annie. Ik kon niet op haar naam komen. Waar gaat de conferentie over?'

'Dorothy niet verteld? Misschien niet, als je pas vandaag bent gekomen. Het is heel, heel geheim. Mogen met niemand over praten. Heb je geheimhoudingsverklaring getekend? Angelika leunde tegen haar karretje en gooide per ongeluk een doos tissues op het tapijt.

Kat bukte zich om hem op te pakken. 'Nog niet, ik teken wel als ik pauze heb.'

Ze gaf de tissues terug aan Angelika zonder haar blik af te wenden van de schoenen van de schoonmaakster. Onder haar designerpumps zaten vijf-centimeter-hoge hakken – totaal onpraktisch voor het schoonmaken van hotelkamers.

'Ik blij als vrijdag is,' zuchtte Angelika. 'Overal bewakers en gasten willen veel.'

'Vrijdag?'

'Dan is conferentie klaar. Alles weer normaal.'

Vrijdag was ook de dag waarop Harry de volgende hypotheekaflossing moest doen. Als hem dat niet lukte, zou de bank beslag leggen op zijn huis. Hoe kon ze tegelijk zijn leningen regelen en de Zachary-zaak tot een goed einde brengen?

Ze keek op tegen vrijdag en tegelijk keek ze ernaar uit.

Kats gedachten dwaalden af naar oom Harry toen ze op weg was naar de opslagruimte. Als Hillary er eenmaal achter kwam dat Harry helemaal blut was, wat zou ze dan doen? Haar terugkeer na al die jaren moest wel inhouden dat ze wanhopig was. Hoe ver zou ze gaan om nog meer van Harry's geld te pakken te krijgen?

Kat haalde haar sleutelkaart door de kaartlezer van de opslagruimte. Ze deed de deur open en hield stomverbaasd in toen ze plots oog in oog stond met Roger Landers.

# HOOFDSTUK 28

*K*at deed een sprongetje naar achteren toen de deur achter haar dichtsloeg. De handdoeken vielen uit haar handen en gingen open toen ze op de grond vielen. De grote paperclip moest ergens tussen Nathans kamer en hier zijn afgebroken. De stukjes vielen op de grond tegelijk met de papieren, die zich over de vloer verspreidden. Ze schopte de papieren met haar voet onder de handdoeken.

'Hou je mond en sta stil.' Roger Landers hield de bezem boven zijn hoofd, klaar om aan te vallen.

Kat bleef stil staan, terwijl ze heel hard nadacht over wat ze kon doen. Met haar hand greep ze de deurknop vast. Landers stond zo dichtbij dat hij de bezem tegen haar kon gebruiken, maar hij stond ook te ver bij haar vandaan om haar beet te kunnen pakken. Als ze vlug handelde, zou ze misschien de deur open kunnen doen en de gang op vluchten. Landers zou waarschijnlijk niet achter haar aangaan, vooral als hij zich in het hotel verborgen hield. Maar dat hield in dat ze de papieren moest achterlaten.

Hoe was Landers binnengekomen? Gezien het feit dat hij op basis van eerdere conferenties *persona non grata* was, kon hij nooit langs de beveiliging komen zonder te worden herkend. Om nog maar te zwijgen over zijn vermoedelijke verdrinkingsdood en zijn levenloze lichaam dat ergens rond zou moeten drijven in Howe Sound.

Misschien was hij toch uitgenodigd voor de conferentie. Zelfs al dat niet zo was, leek het erop dat de beveiliging tamelijk laks was geweest voordat de stevige mannen in pakken waren gearriveerd. Tenslotte waren zij, Jace, Harry en Hillary er ook in geslaagd zonder enig probleem het conferentieoord binnen te komen. Jace had alleen maar de naam van het AV-bedrijf hoeven te vermelden.

'Ik dacht dat u dood was,' zei Kat.

'Dat had je wel gewild.' Landers stond nog steeds klaar om de bezem tegen haar te gebruiken, maar hij had in ieder geval zijn grip op de steel wat laten vieren.

'Ik heb daar geen mening over. Ik probeerde alleen maar met u te praten,' zei Kat. 'Waarom zou u overboord springen? U kent me niet eens.'

'Ik weet voor wie je werkt.'

'Ik werk voor niemand. Ik ben hier om dezelfde reden als u – om meer te weten te komen over het World Institute.' Kat bukte zich over de handdoeken en raapte die bij elkaar; ze hoopte maar dat Landers de losse papieren niet had opgemerkt.

Waren de handdoeken nog opgevouwen geweest toen ze deze opslagruimte in was gekomen? Stel dat de paperclip al eerder was afgebroken? Losse papieren in de gang zouden haar direct verdacht maken.

'Dat zal wel, ja.'

'Ik doe onderzoek naar een van de leden.' Kat keek Landers een paar seconden aan voordat die zijn blik richtte op de deur achter haar; hij keek bezorgd. De kamer was net een kast.

'Je liegt. Die gasten worden niet onderzocht. Ze staan boven de wet.'

'Niemand staat boven de wet.' Ook rijke en machtige mensen niet. 'Vooral de man die ik onderzoek niet.'

'Bewijs dat maar eens.'

'Ik hoef niets te bewijzen. Bovendien gaat het om vertrouwelijke informatie.' Toch wilde ze ook niet dat hij haar zou verraden. Ze zuchtte en haalde haar schouders op. Het was beter om Landers als bondgenoot en niet als vijand te hebben. 'Het gaat om een van de leden van het World Institute. Ik zeg niet om wie het gaat.'

Landers liet zijn schouders zakken. Ze vatte dit op als een teken dat hij haar geloofde. Hij maakte zich er waarschijnlijk zorgen over dat zij zijn concurrent was in de zoektocht naar een goed verhaal. Toch liet hij de bezem niet zakken, die nog steeds bewegingsloos boven haar hoofd hing. 'Geef me een goede reden om je te vertrouwen. Hoe weet ik dat je ze niet vertelt dat ik hier ben?'

Kat zuchtte. 'Ik probeer met u samen te werken. Maar als u dat niet wilt, ook goed, dan ga ik weg.'

Ze draaide zich om naar de deur, maar de bezem kwam naar beneden en versperde haar de uitgang.

'Wacht. Ik luister. Wie ben je en waarom ben je hier?'

'Kat Carter. Ik ben fraudeonderzoeker.' Ze stak langzaam haar hand uit. Landers nam die niet aan, maar hij liet wel de bezem zakken.

Kat beschreef hoe het spoor van betalingen door Edgewater aan Research Analytics haar naar het World Institute hadden geleid.

'Research Analytics? Nog nooit van gehoord.'

'U moet de naam kennen. Hebt u geen boek geschreven over het World Institute? Dan moet u toch gekeken hebben naar hun financiën? Als u dat hebt gedaan, dan weet u toch dat Research Analytics een van de belangrijkste geldschieters van het World Institute is. Het staat allemaal in hun jaarverslag.' Kat had zich verbaasd over de financiële transparantie van het World Institute, in aanmerking genomen dat ze verder alles geheimhielden. Als hun verborgen agenda tenminste op waarheid berustte.

'Het World Institute publiceert geen jaarverslag.'

'Natuurlijk doen ze dat. Je kunt het op internet vinden. Heb je geen kopie?' Kat klopte op haar borst. Nathans documenten zaten veilig verstopt onder haar hoteluniform. Nog even en dan kon ze die lezen.

'Heb je dat jaarverslag daar?' Landers trok zijn wenkbrauwen op. 'Laat eens zien.'

'Ik heb het niet bij me. Maar wat ik wel heb, is nog beter.'

Ze trok de papieren een stukje omhoog, zodat de bovenkant net zichtbaar was. Haar uniform zat zo strak dat ze het risico liep dat er bij iedere beweging een knoop afsprong. Ze werd rood. Er verscheen een dun laagje zweet op haar huid en dat hield de agenda van de conferentie op zijn plaats. Een 'verborgen' agenda, bedacht ze met een glimlach.

'Vanwaar die glimlach?'

'Een binnenpretje. Doet u mee of niet?' Kat had niet meer dan een vluchtige blik kunnen werpen op de agenda, maar kon wel raden waar de bijlagen over zouden gaan. Organisaties met een omzet van miljoenen dollars produceerden financiële stukken en die werden zeer waarschijnlijk als bijlage meegestuurd met de agenda. De financiële cijfers werden besproken op de jaarvergadering en dus hadden de deelnemers een kopie. Ze wilde nu heel graag terug naar haar kamer om wat ze had buitgemaakt door te lezen en te zien of Nathan Barron en Edgewater in de stukken werden genoemd.

'Waarom zou ik met jou samenwerken? Je zou alleen de aandacht op me vestigen. Je bent me achternagegaan op de veerboot en hier ook weer.' Landers zette de bezem tegen de muur. 'Voor een onderzoeker gedraag je je nogal buitenissig.'

Kat lachte. 'Het gaat alleen maar om jou, hè? Je zit hier vast in een opslagruimte en je denkt dat ik jou achterna zit. Je bent gek.' Ze gooide haar handen in de lucht. De mouw van het te kleine hoteluniform scheurde en ze vloekte binnensmonds.

Kat had gehoopt samen te kunnen werken met Landers. De kennis over het World Institute die hij over een periode van tien jaar had opgedaan, had haar tijd kunnen besparen, maar het was duidelijk dat hij niet wenste samen te werken.

Landers bekeek haar uiterlijk. 'Niet gekker dan jij in dat veel te krappe hoteluniform. Maak je hier ook de kamers schoon?'

'Zo ongeveer.' Het leek meer op kamers leeghalen. De gestolen papieren onder haar uniform plakten aan haar lichaam en ze draaide zich om naar de deur. Landers kon de zenuwen krijgen. Ze had zijn hulp niet nodig. Ze haalde haar sleutelkaart uit haar zak en zwaaide die onder zijn neus. 'Dit is een masterkey. Ik kan overal in en bijna alles pakken. Doe je mee of niet?'

'Je hebt een punt,' gaf Landers toe. 'Twee weten meer dan een.'

'Eindelijk snap je het. Vertel me eens, hoe ben je aan wal gekomen voordat je dood zou gaan door onderkoeling? Ik zag je van de veerboot afspringen. Je hebt het nooit meer dan een paar minuten uit kunnen houden in dat ijskoude water.'

'Ja. Maar je hebt me niet in het water zien vallen – je hebt me alleen zien verdwijnen.' Er speelde een lachje om zijn mond. Maar direct daarna was er weer dezelfde chagrijnige gezichtsuitdrukking.

'Als je niet van boord bent gesprongen, waar ben je dan terecht gekomen?'

'Ik ben door een opening voor de kabels gesprongen aan de achtersteven. Aan de kant die je niet kunt zien, zit een handgreep en een rand. Je hebt aangenomen wat voor de hand lag – dat ik in het water was gesprongen. Je nooit een andere mogelijkheid overwogen. Ik ben daar blijven zitten totdat de veerboot aanlegde en ik ben van boord gegaan vóór de auto's en de voetpassagiers. Vóór al het verkeer. Vooraan in de rij. Eigenlijk heeft me dat een hoop tijd bespaard.'

'Slim.' Kat snapte nog steeds niet waarom hij überhaupt voor haar was weggerend. Ze pakte haar handdoeken op en stopte de papieren ertussen zodat Roger Landers die niet zou zien.

'Dat dacht ik ook.'

Ze spraken af om elkaar straks weer te ontmoeten in de opslagruimte. Kat besloot dat ze hem niet zou vertellen dat zij een kamer had in het hotel. Hij had haar vertrouwen nog niet helemaal gewonnen.

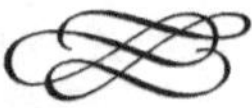

# HOOFDSTUK 29

Jace lag op bed. Hij schrok en trok de dekens op tot aan zijn nek.

'Niet schrikken. Ik ben het maar.' Kat ging naast hem op het bed zitten en keek naar het ledschermpje van de klok op het nachtkastje. Er was vanochtend al zo veel gebeurd, maar toch was het volgens de klok nog maar negen uur. 'Ben je weer gaan liggen?'

'Wat kon ik verder doen? Je hebt me min of meer opgesloten in deze hotelkamer. Hé, waarom heb je die kleren aan? 'Hij liet de dekens los en stak zijn armen uit naar Kat.

'Lang verhaal.' Kat trapte haar schoenen uit en liet de handdoeken vallen op het voeteneind van het bed. Toen wurmde ze zich naast Jace in bed. 'Terwijl jij lag te luieren, heb ik inlichtingen ingewonnen.'

'Hm, dit is gezellig. Nou, laat maar horen.' Jace trok haar naar zich toe. Toen stopte hij. 'Wacht eens even – waarom ritsel je zo?'

Kat drukte met haar handen haar borsten samen. Het was de enige manier waarop ze de dikke stapel documenten kon verwijderen zonder de knopen van de te krappe blouse te laten springen. Voorzichtig haalde ze de documenten tevoorschijn. 'Kijk eens wat ik heb.'

Jace keek met een ondeugende blik naar haar borsten.

Kat blies haar adem uit, eindelijk weer in staat gewoon adem te halen. De handdoeken vielen op de grond toen ze haar gewicht verplaatste. Ze hield de papieren omhoog om aan Jace te laten zien. Zo meteen zou ze de handdoeken en de rest van de papieren wel oprapen.

'Laat eens kijken.' Jace pakte de papieren met uitgestrekte arm en las de bovenste bladzijde. 'Gordon Pinslett staat op de agenda! Die heeft veel uit te leggen. Zoals waarom hij bij deze conferentie aanwezig is, in plaats van te schrijven over dit belachelijke instituut. Ik ga hem erop aanspreken.'

'Nee, Jace.' Elke gedachte aan romantiek was in een klap verdwenen. 'De strijd aanbinden met Pinslett brengt mijn zaak in gevaar. Bovendien was het zijn onderneming die je heeft ontslagen.' Kat draaide zich op haar zij en keek haar vriend aan. 'Het is gewoon een slecht idee om een heleboel redenen.' Net zoals ze had gevreesd, rook Jace een verhaal en wilde hij alles doen om dat verhaal te krijgen.

Jace' gezicht betrok. 'Het is een schoolvoorbeeld van hoe de media in bed kruipt met het bedrijfsleven.'

Kat streek met haar vingers over zijn arm. 'Je bedoelt wat wij nu doen?'

Een vage glimlach speelde om Jace' mondhoeken. 'Je weet wel wat ik bedoel. Pinslett en zijn maatjes nemen alles over. Ze oefenen al invloed uit op de regering, maken wetten en controleren de handel. Persvrijheid? Dat werkt niet als de pers en de politici tegen elkaar aankruipen.'

Kat legde haar hoofd op Jace' borst. 'Ik laat je deze kamer niet uit.'

'Oké dan. Maar ik ga dat verhaal schrijven zodra we hier weg zijn.'

'Maak je geen zorgen – er is genoeg om over te schrijven. Je gelooft nooit wie ik tegen het lijf ben gelopen.' Kat vertelde over haar ontmoeting met Victoria en daarna over die met Roger Landers.

Terwijl ze vertelde over het belachelijke gedrag van Landers, werd er op de deur geklopt. Ze zaten beiden doodstil.

'Ga naar de deur, Jace.' Kat dook onder de dekens. 'Schiet op.'

'Ik heb geen kleren aan. Wie het ook is, hij of zij zal wel weggaan.'

Toen klikte de deur open. 'Schoonmaak!'

Jace ging snel rechtop zitten. 'Hallo?'

Angelika, het kamermeisje, stapte de kamer in. 'O, het spijt me, mijnheer.'

Kat drukte haar lichaam plat tegen de matras en wilde dat ze niet zo veel gegeten had bij het ontbijt. Zou Angelika zien dat er nog iemand onder de dekens lag? Ze hield haar buik in en ook haar adem.

Wat was erger – een kamermeisje in bed met een gast of een gast die zich voordeed als kamermeisje? Wat het antwoord ook was, ze kon op meerdere manieren ontmaskerd worden.

Kat tilde de deken net genoeg op om te kunnen kijken. Angelika stond bij de televisie aan het voeteneinde van het bed.

'O, mijnheer.' Angelika sloeg haar hand voor haar mond. 'Spijt me zo. Ik dacht dat u al naar conferentie was.'

'Ik voel me een beetje ziek. Ik blijf hier en doe het rustig aan.' Jace hoestte. 'Je hoeft de kamer vandaag niet schoon te maken.'

'U zeker weten? Vanmiddag terugkomen?' Het kamermeisje leek te twijfelen toen ze de kamer doorkeek. Er hingen kleren aan de stoelen en er lagen kleren op de koffers.

Kat zag de twee koffiekopjes op tafel staan. Zou Angelika dat opmerken? Ze bewoog een beetje onder de deken om beter te kunnen kijken terwijl het kamermeisje terugliep naar de deur.

Angelika bleef staan toen ze de beweging zag. Ze staarde naar het bed, klaarblijkelijk in verwarring gebracht door de extra bult die ze zag onder de dekens. Of misschien verbeeldde Kat het zich maar?

'Dat hoeft niet, maar dank je wel,' zei Jace.

'Oké, mijnheer.' Angelika bukte zich om de gevallen handdoeken op te raken.

*De handdoeken met Kats papieren ertussen. Papieren die ze nog nauwelijks had gezien.*

Onder de deken gaf Kat Jace een trap.

'Au! Eh, laat de handdoeken maar liggen, alsjeblieft.'

Angelika keek verbaasd. 'Ik heb schone handdoeken in karretje buiten. Is zo gebeurd.'

Kat gaf Jace weer een trap.

'Nee! Ik bedoel, ik wil deze handdoeken. Laat maar liggen.'

'Prima, mijnheer.' Angelika glimlachte. Ze liet de handdoeken op het voeteneinde vallen en liep achteruit naar de deur. 'Hoop dat u snel beter voelt.'

Na een aantal malen te hebben gevraagd of er voldoende zeep en shampoo was, ging Angelika eindelijk weg. Kat keek snel op de klok. Haar afspraak met Landers was al over een kwartier.

# HOOFDSTUK 30

'Dat ging maar net goed, zeg. Oké, waar waren we gebleven?' Jace tilde de dekens op en kuste Kat bovenop haar hoofd. 'Voordat je me begon te trappen, bedoel ik.'

'Je stond op het punt je aan te gaan kleden.' Ze had het heel leuk gevonden om de hele ochtend tussen het dure beddengoed 'verstoppertje' te spelen met Jace, maar er was helaas niet genoeg tijd.

'Dat is niet wat ik me herinner.' Jace streek over haar buik en begroef zijn lippen in de holte van haar nek.

'Jace... Ik moet er vandoor.' Kat duwde zichzelf omhoog en rolde zich op haar zij om Jace toch nog even te kussen. Ze keek op de klok op het nachtkastje. 'Landers staat zo te wachten.'

Ze sprong uit bed en pakte de rest van de papieren tussen de handdoeken vandaan. Ze legde ze onderop de stapel met de agenda en andere stukken die Jace op het nachtkastje had gelegd.

'Best.' Jace zuchtte en ging rechtop zitten. Hij zwaaide zijn benen over de zijkant van het bed en zette de afstandsbediening aan. 'Je denkt alleen maar aan die Landers.'

'Later hebben we meer tijd.' Ze kuste hem op zijn wang en pakte haar sportschoenen. Ze ging op bed zitten om ze te strikken. 'Ik beloof het.'

'Ik wacht het af.' Jace ging staan en pakte zijn kleren van het bureau. Toen bleef hij als bevroren staan voor de televisie.

Kat volgde zijn blik. Roger Landers stond voor het politiebureau van de Bereden Politie in Hideaway Bay. De camera bewoog van hem naar een politieagent, die naast hem stond en zijn ogen samenkneep tegen de zon.

'Wanneer stelde u vast dat Svensson was vermoord?' Landers hield zijn microfoon voor de mond van de politieagent. Hij droeg een spijkerbroek en een jack van Gore-Tex met de rits open.

Kats mond viel open toen ze Jace aankeek. 'Maar dat kan niet. Hoe kan Landers nou op tv zijn? Ik heb een half uur geleden met hem staan praten; hij zat vast in de opslagruimte van de huishoudelijke dienst. We bevinden ons minstens vijf kilometer van de stad.'

'Misschien is het gesprek eerder opgenomen?' opperde Jace. 'Op dit moment zou hij hier nooit weg kunnen komen en weer terug naar binnen kunnen sluipen. Niet met al die beveiligingsmensen.' Jace draaide zich om en pakte pen en papier van het bureau. Hij begon aantekeningen te maken.

Kat staarde naar het scherm. De politieagent draaide zich net om naar Landers. 'We hadden al een vermoeden van moord toen we nog maar net het onderzoek bezig waren, maar we hadden niet voldoende bewijs. We hebben nu een aantal veelbelovende aanwijzingen en we hopen dat we spoedig iemand in staat van beschuldiging kunnen stellen.' Agent Kravitz keek met samengeknepen ogen in de camera, terwijl het zonlicht op zijn naambordje scheen. Hij stak zijn borst vooruit en deed zijn riem goed.

Kat draaide zich om naar Jace. 'Eerst zelfmoord en nu moord? Ik vraag me af of ze echt al een verdachte hebben?'

Jace reageerde niet; de televisie slokte al zijn aandacht op.

'Ik durf te wedden dat ze in Hideaway nog nooit zoiets groots hebben gehad,' zei Kat. 'Eerst een grote conferentie met mensen uit de hele wereld, en nu al die internationale verwikkelingen vanwege deze moord.' Ze kon nog steeds niet geloven dat het World Institute dit slaperige gehucht had gekozen om de conferentie te houden. Maar misschien was dat wel wat de locatie zo aantrekkelijk maakte. Die was dicht bij een internationaal vliegveld, maar toch afgelegen en moeilijk te bereiken, behalve met privévliegtuigjes. Die werden niet opgemerkt.

'En het motief?' Landers stelde de vraag aan Kravitz.

'We denken dat het roof was. Hideaway Bay is een heel veilige omgeving en ik wil iedereen verzekeren dat –'

Jace zette de televisie uit. 'Ik moet die Landers spreken. Laten we gaan.'

Angelika's onverwachte komst had Kat van haar stuk gebracht. Sinds wanneer maakten kamermeisjes zo vroeg op zondagmorgen kamers schoon? Het nieuws over Svensson was ook weer een nieuwe verwikkeling. Had zijn dood te maken met zijn theorieën over monetaire politiek of met iets anders?

Toen Kat ging staan, zag ze onder het bed een aantal kaartjes op het tapijt liggen. Ze bukte zich om ze op te rapen – een sleutelkaart en een creditcard van Mastercard. Die moesten uit haar zak zijn gevallen toen ze haar schoenen vastmaakte.

Jace zag de kaartjes tegelijk met haar en gebaarde Kat ze aan hem te geven. Ze gaf hem de kamersleutel. Hij trok aan het elastische koordje dat eraan vastzat. 'Dit is niet onze kamersleutelkaart. Andere kleur. Waar heb je deze vandaan?'

'Hij zat in de zak van het hoteluniform dat ik heb aangetrokken. Het is een masterkey.' Kat stak haar hand uit en gebaarde met haar vingers. 'Mag ik hem terug hebben?'

'Hoe weet je dat het een masterkey is?' Jace gaf haar het kaartje terug en liep naar het bureau. 'Wacht eens even – gebruik je die om kamers binnen te gaan?'

'Een sleutel gebruiken is niet hetzelfde als inbreken.' Ze wierp Jace een glimlach toe waarvan ze hoopte dat die zo charmant mogelijk was. 'Hoe denk je anders dat ik aan al deze spullen van het World Institute ben gekomen?'

'O, dus het is niet goed als ík rondsnuffel, maar jij mag de kamers van andere mensen wel plunderen? Niet eerlijk.'

'Weet je nog waarom we überhaupt hier zijn, Jace? Edgewater. Ik moet die zaak op zien te lossen. Zonder dat jij roet in het eten gooit, graag.'

'En jij zegt dat ík dubieuze dingen doe!' Jace stond bij de deur met zijn armen over elkaar.

'Speel nou niet de vermoorde onschuld. Jij doet de hele tijd zulke dingen om aan een verhaal te komen.'

Kat had het tweede kaartje in haar zak helemaal niet opgemerkt. Ze bestudeerde de Mastercard. Er stond geen naam op. In kleine letters stond er boven het logo *debit*. Het was geen gewone creditcard, maar een prepaid. Die werd vaak gebruikt door mensen die geen creditcard konden krijgen of bankrekening konden openen. Ze vroeg zich af of er nog geld op stond. Als dat zo was, zou de eigenaar misschien op zoek gaan naar haar uniform.

'Daarin heb je ongelijk, Kat. Ik heb nog nooit een uniform gestolen of een masterkey. Jij onderzoekt de ene misdaad en begaat een andere om de eerste op te lossen.'

'Maar ik heb wel iets gevonden dat ik tegen Nathan kan gebruiken.'

'Hoe heb je die spullen eigenlijk gekregen? Je bent niet scheutig met de details. Zelfs ik zou niet in iemands kamer inbreken om een verhaal te kunnen schrijven.'

'Het is niet dat ik het van plan was. Het, eh, gebeurde gewoon.' Tenslotte had Victoria erop gestaan dat ze de shampoo zou aanvullen. Wat ze overigens wel vergeten was, besefte ze nu. Dat gaf haar mooi een excuus om nog eens terug te gaan, als dat nodig was.

'Zoiets gebeurt niet gewoon.'

Kat tikte op haar horloge. 'Ik leg het later wel uit. We zijn te laat.'

OM HALFELF ZATEN KAT EN JACE WEER IN HUN KAMER, samen met Roger Landers. Landers zat in de bureaustoel met zijn lange benen voor zich uitgestrekt. Jace en Kat zaten op de rand van het bed. De opslagruimte was te klein gebleken voor hen drieën en daar overleggen vergrootte alleen maar de kans op ontdekking.

'Vertel ons wat je weet over de moord op Svensson,' zei Kat.

Landers gaf geen antwoord. In plaats daarvan deed hij zijn hoofd schuin achterover en leegde hij zijn tweede kop koffie in nog geen vijf minuten.

Kat deed het koelkastje van de minibar open en pakte een bus Pringles. Ze gooide die naar hem toe.

Landers ving de Pringles met een hand op en trok de folie aan de bovenkant eraf. Hij werkte de chips naar binnen als een uitgehongerd dier. 'Er valt niet veel te vertellen. De politie zegt dat het om een roofoverval ging, wat belachelijk is. Een tocht van twee of drie uur naar een volstrekt eenzame plek? Roofovervallers geven gewoonlijk de voorkeur aan een gemakkelijker doelwit.'

'Wanneer heb je met de politie gepraat?' Kat was er zeker van dat het interview eerder was opgenomen, maar wanneer dan? Het was gisteren bewolkt geweest en het zonnige weer van vandaag bij zonsopgang had ook snel plaatsgemaakt voor een bewolkt weertype.

'Een tijdje terug.'

'Kun je iets preciezer zijn? Heeft het te maken met je complottheorie?'

'Het is geen theorie, Katerina. Het gaat om feiten.' Landers zette het inmiddels bijna lege Pringlesbusje terug op tafel. 'Svenssons theorieën vormen het fundament van het mandaat van het World Institute. Ze waren dé reden waarom hij werd genomineerd voor de Nobelprijs. Totdat hij van mening veranderde, natuurlijk. Ik neem aan dat ze het niet op prijs stelden dat hun topeconoom naar het andere kamp overliep.'

'Denk je dat het World Institute iets te maken heeft met de moord op Svensson?' vroeg Jace.

Waarom had ze Jace voorgesteld aan een aanhanger van complottheorieën zoals Landers? Een afschuwelijke vergissing. Nu roken beide journalisten een verhaal en ze zouden alles doen om dat verhaal te krijgen.

'Hoe kun je het anders uitleggen?'

'Er zijn heel veel mogelijkheden,' zei Kat. 'De politie noemde het een roofoverval. Waarom onderzoeken ze jouw theorie niet?' Ze zaten nu wel heel snel op een ander spoor. Het plan om zo snel mogelijk bewijzen tegen Nathan Barron zouden verzamelen was al bijna uit het oog verloren en Kats geduld raakte op.

Landers lachte spottend. 'Een roofoverval in dit gehucht? De politie heeft geen idee hoe ze een moordonderzoek moeten aanpakken. De ernstigste misdaden in Hideaway Bay zijn gestolen kano's of inbraken in blokhutten. Het is de plek bij uitstek waar het World Institute ongestraft weg kan komen met moord.'

'En wat zou het motief dan zijn?' vroeg Jace.

'Iemand die een andere mening heeft het zwijgen opleggen,' zei Landers. 'Svensson was lid van het World Institute, maar hij sprak zich uiteindelijk uit tegen de organisatie. Hij heeft niet alleen aanzien als econoom die is genomineerd voor de Nobelprijs – hij is ook de meest vooraanstaande deskundige op het gebied van munthervorming. Hij liet hun geen keus.'

'Geen keus?' Kat verbaasde zich erover dat Landers de moord op Svensson op de een of andere manier leek goed te praten.

'Niet als zij hun doel willen bereiken.' Landers trok zijn trui over zijn hoofd; daaronder had hij een blauw geruit overhemd aan. 'Het is hier nogal benauwd.'

Kat liep naar de thermostaat en zette die wat lager. 'Maar de andere leden van het World Institute zijn toch ook invloedrijk? Het enige wat ze hoefden te doen was hem in diskrediet brengen. Het World Institute beschikt over genoeg geld en macht om tegenwicht te bieden aan zijn beweringen. Er was geen goede reden om hem te vermoorden.'

Kats opmerkingen vonden geen luisterend oor. Landers en Jace staarden naar de televisie, helemaal in beslag genomen door een reportage op CNN. Jace had altijd het nieuws aan staan en ze merkte dat nauwelijks meer op. Ze zuchtte en keek naar de televisie.

Een rijke filmster wiegde een Ethiopische baby in haar armen. Ze kon zich de naam van de filmster niet herinneren, maar alleen dat ze ieder jaar naar kindertehuizen in Afrikaanse landen trok. Kat vroeg zich af of de ouders echt hun kind wilden afstaan of dat ze daartoe gedwongen werden. Hoe zou het zijn om je kind een leven van ongekende rijkdom te ontzeggen? Sommige keuzes waren helemaal geen echte keuzes.

Ze keek naar Landers en vroeg zich af waarom hij zo geobsedeerd was geraakt door het World Institute. Ondanks het feit dat hij het instituut al tien jaar volgde, was zijn werk vrijwel altijd negatief ontvangen. Ze was een flink aantal ongunstige recensies en commentaren op zijn boek tegengekomen, toen ze naar achtergrondinformatie over het World Institute had gezocht.

Toen viel haar iets op aan Landers overhemd. Het was lichtblauw; hetzelfde overhemd dat hij op de veerboot had gedragen. Niet het rode overhemd dat hij op de tv had aangehad. Dus het interview moest wel eerder opgenomen zijn. Samen met het verschil in het weer was dat veelzeggend. Het bewolkte weer hier was duidelijk anders dan het zonnige weer tijdens Landers interview met de politieagent. En Hideaway Bay was hier maar een paar kilometer vandaan; te dichtbij dus om het verschil in het weer te verklaren.

In aanmerking genomen dat het interview eerder moest hebben plaatsgevonden, wanneer was de zelfmoord van Svensson dan precies veranderd in een moordonderzoek? En waarom had Landers het daar niet eerder over gehad? Ondanks dat ze haar best deed om dat niet te laten gebeuren, werd ook haar aandacht afgeleid van de Edgewaterzaak.

# HOOFDSTUK 31

'Kijk hier eens naar.' Jace haalde de paperclip van de documenten en spreidde die uit op het tafeltje in hun suite. Hij wees naar het eerste punt van de agenda. 'Eén wereldmunt.'

Kat wierp hem een zijdelingse blik toe. Ze hadden het met elkaar nog niet gehad over hoeveel ze aan Landers zouden laten zien, en ze vond het heel vervelend dat hij Landers de vergaderstukken liet zien zonder dat eerst aan haar te hebben gevraagd. Er waren nu vijf uur verstreken sinds Landers in hun kamer was gearriveerd en toch had hij nog helemaal niets van zijn eigen informatie met hen gedeeld. Hij ontving alleen maar en gaf niets terug.

'Waar heb je deze stukken vandaan?' Landers bukte zich voorover om de documenten nader te bekijken. 'Dit kunnen niet de echte stukken zijn.'

'Natuurlijk zijn dit de echte stukken.' Jace trok de agenda direct weer terug alsof hij door een wesp gestoken was. 'Rechtstreeks van een van de leden van het World Institute.'

'Van welk lid?' Landers keek op. 'Ik heb nog nooit de hand kunnen leggen op hun vergaderstukken.'

'Dat is vertrouwelijk.' Kat griste de documenten van tafel, net toen Landers die wilde pakken. Het was fout geweest om Landers op hun kamer uit te nodigen. Nu wist hij waar ze verbleven, maar hij had in ruil voor die informatie niets teruggegeven. Ze was zeker niet van plan om zichzelf verdacht te maken door hem de documenten te laten zien die ze uit de kamer van Nathan en Victoria had gestolen. Ze probeerde de aandacht te trekken van Jace, maar hij zat met zijn hoofd gebogen aandachtig de agenda te bestuderen.

'Zelfs als het de echte stukken zijn, kun je dit niet echt nieuws noemen.' Landers haalde weer een handje chips uit de Pringles-bus. 'Eén wereldmunt staat al jaren hoog op het aandachtslijstje van het World Institute.'

'Misschien als theoretische mogelijkheid, maar nu zijn ze er klaar voor om zo'n munt ook echt in te voeren,' zei Jace.

'Dat kun je niet weten.' Landers veegde wat chipskruimeltjes van zijn handen. 'Het enige wat de agenda laat zien zijn gespreksonderwerpen.'

'We kunnen dat aantonen.' Jace wees op een van de stapeltjes op tafel. De documenten uit Nathans kamer beloofden een ware schat aan informatie op te leveren – als ze maar even de tijd kreeg om er zelf goed doorheen te gaan. Ze had er nog nauwelijks naar kunnen kijken. Jace bladerde er echter gewoon doorheen terwijl Landers over zijn schouder zat mee te kijken. 'Ze hebben een indrukwekkende mediacampagne op stapel staan. Ze zijn van plan een financiële crisis te veroorzaken. Eerst een schuldencrisis, die alle belangrijke valuta in waarde zal doen dalen. Om te beginnen in Europa en daarna in Noord-Amerika. Als dat eenmaal aan de gang is, dan zullen Azië en de rest van de wereld volgen.'

'Laat mij eens kijken.' Landers stak zijn hand uit.

Jace keek Kat aan.

Ze bewoog haar hoofd. *Nu nog niet.*

Jace bladerde weer door de documenten. 'Als de valuta eenmaal hun waarde hebben verloren, dan is een in de hele wereld geldende munteenheid veel gemakkelijker te accepteren. Als alles lijkt in te storten, dan komt het World Institute ineens met de oplossing en redt iedereen. Niemand zal doorhebben dat ze de hele crisis zelf hebben georganiseerd of er vragen over durven te stellen. Het is het nieuwe wilde westen. Iedereen die met hen mee wil doen, wordt beloond.'

Landers draaide zich om naar Kat. 'Dit is precies wat ik heb voorspeld. Snap je nu waarom ze een motief hebben om mensen te vermoorden?'

Kat schudde haar hoofd. Ze had hier genoeg van. Ze was toch geen goedgelovige middelbare-schoolleerling? 'Daar moet de politie maar over beslissen. Ik ben hier om een fraudezaak op te lossen.'

'Het heeft allemaal met elkaar te maken. Denk je dat het politieapparaat in dit gehucht ook maar iets afweet van het World Institute?' Landers wachtte niet op haar antwoord. 'Ze hebben noch de intelligentie noch de mankracht om dit op te lossen. We moeten ze in de goede richting wijzen. Door naar buiten te brengen waar het WI voor staat.'

'We?' vroeg Kat.

'Hij heeft wel gelijk, Kat.' Jace wees naar de documenten. 'Pinslett en zijn maten zijn betrokken bij een steeds verder oprukkende overname van de media. Zijn conglomeraat is eigenaar van zestig procent van de belangrijkste kranten in Noord-Amerika en Europa. Hij bezit ook al televisie- en radiozenders. Hij en een paar andere gasten hebben met elkaar de zeggenschap over het grootste deel van de belangrijke media in de wereld. Ze brengen alleen het nieuws dat zíj willen brengen.'

'Alleen het nieuws waarvan zij willen dat we het horen. Geld en informatievoorziening zijn de twee belangrijkste factoren om macht te verwerven,' voegde Landers eraan toe. 'Daarmee krijgen ze zeggenschap over politici, regeringen en samenlevingen.'

Kat voelde zich in de hoek gezet. Ze was Jace kwijtgeraakt aan een idioot die in samenzweringstheorieën geloofde.

'Eerst hebben ze de Europese Unie opgezet en daarna de euro gepropageerd,'zei Landers. 'De volgende stap die ze willen zetten is datzelfde in andere werelddelen voor elkaar te krijgen: Noord-Amerika, Azië en Zuid-Amerika.'

'En hoe zit het met Afrika?' vroeg Jace.

'Er is geen noodzaak daar iets te doen. Dat is in ieder geval hoe het

World Institute erover denkt.' Landers pakte weer een handje Pringles-chips. Hij wierp een blik op de stapels papier op het tafeltje. 'Afrika wordt al gecontroleerd of uitgebuit – afhankelijk van je politieke voorkeur – door de rest van de wereld. Daar is geen stabiele, overheersende munt, die plaats moet maken. De handel in Afrika vindt al plaats in dollars en euro's en China heeft zeggenschap over het grootste deel van de natuurlijke hulpbronnen.'

Alles wat Landers naar voren bracht, werd bevestigd door de notulen van de vergadering van vorig jaar. Maar waarom was het hun taak om de wereld te redden? Misschien zou Landers wel weggaan, als ze stopten met hem brandstof te geven. Te oordelen naar de richting waarin het gesprek zich begaf, was het daarvoor echter waarschijnlijk al te laat.

'Svensson pleitte vorig jaar voor een gemeenschappelijke wereldmunt,' zei Jace. 'Daarom werd hij genomineerd voor de Nobelprijs. Toen veranderde hij ineens van mening. Een sterk motief om hem uit de weg te ruimen. Wat ik niet begrijp is waarom er al die geheimzinnigheid is. De euro werkt toch prima? Waarom organiseer je dan geen stemming over een wereldmunt?'

Kat wilde iets gaan zeggen, maar besefte dat een antwoord op die vraag genoeg stof zou bieden voor nog een paar uur discussie. In plaats daarvan liep ze weer naar de koelkast en deed die open. Ze zocht tussen de minibarsnacks naar iets lekkers. Maar uiteindelijk pakte ze alles maar en gooide dat op tafel.

Landers pakte een marsje en glimlachte naar haar. De nieuwslezer op CNN was overgeschakeld op een item over huishoudens die met schulden zaten omdat ze alles wat ze wilden hebben ook direct wilden kopen.

'Niet iedereen is voor zo'n munt, Jace,' zei Landers. 'De meeste regeringen zijn tegen, omdat een wereldmunt hun bepaalde bevoegdheden ontneemt. Alleen de sterkste landen zijn voor, omdat zo'n munt handelsbelemmeringen wegneemt en de kosten van transacties in vreemde valuta doet verdwijnen. Zij hebben het voor het zeggen, dus de regels zijn altijd in hun voordeel. Je bent praktisch gedwongen om zo'n gemeenschappelijke munt te accepteren, als je van die handelsbelemmeringen af wil komen. Maar de prijzen kunnen heel sterk oplopen als je erop overstapt. Plotseling betaal je lonen in een sterkere valuta. Dat drijft de inflatie omhoog.'

'En daardoor worden je binnenlandse spullen duurder en gaan de bestedingen naar beneden.' Jace liep naar het raam. Buiten waren de wolken dikker geworden en uit de donkere lucht dreigde ieder moment neerslag te gaan vallen. 'Een goed argument, maar die pijn is nog maar van tijdelijke aard. In plaats van het scheppen van gelijke omstandigheden voor alle landen, worden de omstandigheden op de lange duur ongelijker.'

'Daarom veranderde Svensson van mening,' zei Landers. 'Dat ongeluk – ik bedoel die moord – komt op een ongelukkig moment. Hij was de enige die een gematigd geluid liet horen.'

'Welke bewijzen heeft de politie dat het om moord ging?' Jace maakte aantekeningen in zijn opschrijfboekje.

'Het medisch rapport. Volgens de lijkschouwer had hij onmogelijk naar die plek toe kunnen lopen met zo veel drugs in zijn lichaam.'

'Misschien heeft hij de drugs genomen nadat hij op de plek was gearriveerd?' zei Jace.

'Nee, een andere wandelaar heeft hem op twee uur 's middags op de Summit Trail gezien.' Landers haalde de wikkel van de laatste chocoladereep af en nam een hap. 'Hij bewoog zich normaal. Volgens het rapport van de lijkschouwer heeft hij de drugs om ongeveer drie uur 's middags ingenomen. Op basis van het tijdstip en de plaats waarop hij door de andere wandelaar werd gezien, was hij toen nog een paar uur lopen verwijderd van de plek waar hij stierf. Hij kan daar nooit gekomen zijn na de drugs te hebben genomen. Ze waren gewoon te sterk.'

'Heeft niemand anders hem gezien?' Kat had de bergwandeling vaak samen met Jace gemaakt op weg naar de blokhut van Kurt. In deze tijd van het jaar lag er een dik sneeuwdek en ze liepen vaak urenlang zonder ook maar iemand te zien.

'Nee, hoewel er wel iemand is die zich kan herinneren dat hij hem eerder op de dag samen met een vrouw had gezien,' zei Landers. 'Iemand anders op sneeuwschoenen was hem gepasseerd. Niemand heeft hem als vermist opgegeven tot de volgende dag. Toen hebben leden van de opsporingsbrigade de route die hij had gevolgd teruggelopen en hem gevonden. Hij was driehonderd meter naar beneden gevallen.'

'Ik ken die route,' zei Jace. 'Hoe zit het met die vrouw? Wie is dat?'

'Dat weet niemand. Ze hebben haar niet gevonden. Er stonden geen auto's op het parkeerterrein, dus met haar was alles kennelijk in orde,' zei Landers.

'Geen melding dat er iemand werd vermist?' Kat wist dat je alleen met een auto bij het begin van de bergwandeling kon komen. Het was veel te onpraktisch om iemand alleen maar af te zetten. 'Is het niet zo dat je een pasje nodig hebt voor dat deel van de bergen?'

'Dat klopt,' zei Jace. 'Maar ze vragen niet naar je naam. Er bestaat ook geen systeem om te controleren wie er terugkomt. Ik ken een paar mensen van de opsporings- en reddingsbrigade. Ik zoek wel uit wat zij erover weten.'

Kurt was natuurlijk de leider van de opsporings- en reddingsbrigade van het gebied Hideaway Bay en zou waarschijnlijk op de hoogte zijn van de details.

'Waarom zou ze weg zijn gegaan zonder iets te melden?' Kat vond het verdacht. 'Tenzij ze betrokken was bij de moord.'

Landers haalde een pen en een opschrijfboekje uit zijn achterzak. Hij stond op en pakte een pen van het bureau toen zijn eigen pen het niet bleek te doen. 'Dat Svensson van mening was veranderd, viel niet in goede aarde. Zijn mening als deskundige vormde het fundament onder het hele pleidooi van het World Institute voor munthervorming. De mening van iemand die genomineerd is voor de Nobelprijs voor economie telt heel zwaar.'

'En als die persoon er anders over gaat denken, telt zijn stem nog zwaarder,' zei Jace. 'In plaats van iemand die hun strijd ondersteunde, werd hij een sta-in-de-weg. Nu vindt er geen discussie meer plaats en is er niemand meer die een afwijkende mening heeft. En dat is wel zo gemakkelijk.'

# HOOFDSTUK 32

Nadat Landers zich door de inhoud van de minibar had gewerkt als een gijzelaar die net uit de jungle was gered, bestelden ze eten via de roomservice. In een paar minuten verslond hij een biefstuk van drie ons en ook nog eens twee toetjes.

Eén dingetje zat Kat niet lekker. Landers was naar Hideaway Bay gekomen op dezelfde veerboot die zij zelf hadden genomen. Even aangenomen dat hij het vraaggesprek op de televisie eerder had opgenomen, wanneer had hij dat dan gedaan? Ten tijde van het vraaggesprek was het zonnig geweest. Gedurende de hele tijd dat zij hier waren, had de zon overdag niet geschenen.

Dan was er de ontdekking van Svenssons lichaam. Dat was pas vrijdag geborgen en de autopsie had gisteren plaatsgevonden. Landers was op dezelfde veerboot aangekomen als zij, dus voordat de conclusies van de autopsie bekend werden. Als het interview met de politie voor die tijd was opgenomen, wanneer hadden Landers en de politie dan over die conclusies gehoord?

Kat had er genoeg van gastvrouw te spelen voor een opportunist als Landers. Na hun voedsel te hebben opgegeten en al hun informatie te hebben aangehoord, had hij hun in ruil niets tastbaars gegeven. Het was inmiddels al tien uur 's avonds. De hele dag had ze hier al vastgezeten en ze had door de aanwezigheid van Landers helemaal niets aan de Edgewater-zaak kunnen doen.

Kat verlegde haar aandacht naar de televisie. Het late nieuws stond op. Zelfs met het geluid uit kon ze zien dat er in Parijs een soort staat van beleg was. De beelden lieten het Quartier Latin zien, waar een woedende menigte een paar auto's in brand had gestoken en ook een patrouilleauto van de politie.

'Frankrijk is als volgende aan de beurt om in te storten.' Landers volgde Kats blik. 'Het treedt in de voetstappen van Griekenland en Portugal. De mensen moeten niets hebben van de bezuinigingsmaatregelen die de regering voorstelt. Zeker de mensen in Frankrijk niet.'

Jace zette het geluid aan. De televisiereportage verplaatste zich naar de Champs Elysées, waar een aantal mannen met halsdoeken om hun hoofd als vermomming winkelruiten intrapte. Achter hen had zich een menigte verzameld die hen aanmoedigde.

'Waarom zijn ze zo boos?' vroeg Jace. 'Het is hun eigen schuld dat ze te veel schulden hebben gemaakt. Nu moeten ze die terugbetalen.'

'Ho. Dat is maar gedeeltelijk waar,' zei Kat. 'De regering en de banken zijn er door hun monetair beleid ook voor een deel schuldig aan. De regering, omdat ze de rentetarieven zo laag hebben gehouden. De banken, omdat ze aan iedereen geld hebben geleend ongeacht de kredietwaardigheid van hun klanten. Toen de mensen hun schulden niet meer konden betalen, stortte de boel in elkaar. Het zijn niet alleen de individuele mensen die te veel geld hebben uitgegeven, dar geldt voor het hele land.' Kat begreep wel waarom Svensson van mening was veranderd. Een gemeenschappelijke munteenheid was in theorie wel iets om na te streven, maar je hield dan te weinig rekening met het zelfzuchtige gedrag van een steeds kleinere groep mensen die de touwtjes in handen hadden. Een concentratie van macht was een voedingsbodem voor corruptie.

'Waarom zijn de banken niet gewoon gestopt met het uitlenen van geld toen de zaken verkeerd liepen?' vroeg Jace.

'Omdat ze er te veel geld aan verdienden,' zei Kat. 'De banken deden hun risico van de hand door goede en slechte leningen in één pakket te stoppen en dat aan te bieden als nieuw beleggingsproduct.

Zo lang de meeste leningen die in een pakket zitten worden gewaardeerd als weinig risicovol, kunnen ze die waardering van toepassing verklaren op het hele pakket. In werkelijkheid zijn de leningen zo vaak herverpakt dat niemand meer weet aan wie en voor welk doel de leningen zijn verstrekt.'

'Of wie zijn leningen niet aflost,' zei Landers. 'De banken verdienden geld toen het goed ging met de economie door leningen te verstrekken aan zowat iedereen die niet op het kerkhof lag. Toch verwachten ze dat de overheid ze uit de brand helpt als mensen ophouden met betalen. Als je aan iemand die een slecht betaald baantje heeft en geen eigen geld een hypotheek verstrekt voor een huis van een miljoen dollar, dan kun je toch op je vingers natellen dat het verkeerd afloopt. Als dat gebeurt en het gaat slecht met de economie, dan willen de banken daar ook nog geld aan verdienen.'

'Waar ben je op dit moment eigenlijk precies mee bezig, Roger?' Kat vroeg het hem heel direct, zodat hij de vraag niet kon ontwijken. Als ze deze aangespoelde schipbreukeling te eten gaf, wilde ze ook wel eens iets terugkrijgen. Hoe kon ze hem vertrouwen als hij alleen maar dingen van hén wilde weten?

'Heb je nog nooit van mij gehoord? Mijn werk is behoorlijk bekend.'

Kat deed alsof ze van niets wist. 'Niet voordat ik onderzoek deed naar het World Institute en ontdekte dat je een soort groupie bent.'

Jace keek Kat fronsend aan. Nou, mooi. Nu had hij eindelijk aandacht voor haar. Hij was Landers zo ongeveer aan het aflikken, zo overtuigd was hij van het feit dat ze samen een verhaal zouden kunnen schrijven. Kat was er zeker van dat Landers nooit iets met anderen zou delen. Hij gebruikte mensen alleen maar. Waarom zag Jace dat niet?

Landers zette zijn borst op. 'Ik ben journalist, Katerina, geen groupie. Als je mijn boek had gelezen, zou je weten hoe ernstig dit allemaal is.'

Kat negeerde zijn verwijt. 'Is jouw theorie over het World Institute niet een beetje overdreven? Je moet toegeven dat al de verhalen die je er nu bij vertelt de verkoopcijfers van je boek omhoogduwen. Waarschijnlijk heb je inmiddels genoeg aanvullend materiaal voor een vervolgboek.'

De verkoopcijfers van Landers' boek waren naar beneden gegaan en een beetje controverse zou die cijfers weer wat kunnen opkrikken. Door het beschadigen van zijn ego zou hij misschien zijn ware aard tonen.

Landers liep rood aan en hij deed zijn armen over elkaar. 'Ik heb geen behoefte aan jouw mening.'

'Het wordt al laat.' Kat draaide zich om en ging op weg naar de badkamer. Misschien zou Landers opkrassen als ze geen aandacht meer aan hem schonk.

Ze wilde de badkamerdeur dichtdoen, maar Jace kwam achter haar aan en glipte naar binnen. 'Kat, waarom doe je zo? Dit is de kans van mijn leven. Landers doet al tien jaar onderzoek naar het World Institute. Samen met wat wij hebben ontdekt, kunnen we dit hele gedoe aan de kaak stellen. Het is een groot verhaal over hebzucht en corruptie.'

Kat duwde hem opzij in de richting van de gedeeltelijk open badkamerdeur. 'Jij laat Landers daar zitten met alle documenten? Jace, waarom doe je dat?'

Jace ging voor haar staan en stak zijn armen omhoog met zijn handpalmen naar voren.

'Landers doet niets,' fluisterde hij. 'Daar zorg ik wel voor.'

'Natuurlijk doet hij dat wel. Het is gewoon een opportunist.' Kat draaide de kraan open zodat hun gesprek niet goed te horen was. 'Snap je waar dit toe leidt? Hij gebruikt je alleen maar, totdat hij heeft wat hij wil hebben. Dan laat hij je vallen en strijkt hij met de eer.'

'Waarom ben je altijd zo negatief?' Jace stond naast haar bij de wastafel en keek haar aan in de spiegel.

'Ik ben alleen realistisch.' Kat deed woedend tandpasta op haar tandenborstel. Haar hoofd bonsde en ze was van streek omdat hun gesprek nu was uitgelopen op ruzie. En allemaal door Landers. Waarom had ze sowieso een gesprek met hem aangeknoopt? Er waren betere manieren om informatie te krijgen en nu ze Jace erbij betrokken had, zou de zaak alleen maar erger worden. 'Ik moet de

Edgewater-zaak oplossen voordat ik met Zachary spreek. Ik kan me geen complicaties of verder uitstel veroorloven.' Zachary had haar al een paar keer een sms gestuurd en ze had concrete bewijzen nodig, voordat ze de link van Nathan met het World Institute kon onthullen. Anders zou het allemaal te ongeloofwaardig overkomen.

'Kun je me niet een klein beetje vertrouwen, Kat? We slapen in ieder geval vannacht hier – wat is er zo verkeerd aan dat ik van deze gelegenheid gebruikmaak? Ik ga terug naar de kamer.' Jace draaide zich om en smeet de badkamerdeur achter zich dicht.

Kon Jace niet zien wat voor een soort man Landers echt was? Kat beet op haar tanden en staarde naar haar zichzelf in de spiegel. Ze hield niet van de persoon die ze geworden was. Ondanks dat ze Jace zeker niet de kans op een goed verhaal misgunde, kon ze niet toestaan dat dat ten koste zou gaan van haar eigen onderzoek.

Kat draaide de badkamerkraan dicht en drukte haar oor tegen de deur. Ze spande zich in om flarden van de conversatie in de kamer op te vangen.

'Laten we naar de aangrenzende kamer gaan,' zei Jace tegen Landers. 'Kat is moe en we kunnen ons gesprek daar voortzetten.'

'Oké.'

'Je kunt daar ook slapen. De kamer is leeg en het is beter dan die opbergruimte.'

Kats mond viel open. Hoe kon Jace de kamer aan Landers aanbieden? Zelfs als hij te vertrouwen was, waar ze sterk aan twijfelde, zou een extra persoon de kans op ontdekking vergroten.

Ze spoelde haar mond en deed de deur open, klaar om haar bezwaren te uiten. Maar Jace en Landers waren al weg. En dat gold ook voor de documenten op het tafeltje.

Kat drukte haar oor tegen de deur van de aangrenzende kamer en luisterde. Ze hoorde hun stemmen; ze voerden een geanimeerd gesprek. Ze overwoog om op de deur te kloppen, maar besloot dat niet te doen.

Laat Jace zijn verhaal maar krijgen, dacht ze. Ze moest hem vertrouwen met de documenten. Hoewel ze het er niet mee eens was dat Landers alles te horen kreeg, wist ze ook dat Jace de papieren niet

uit handen zou geven. Zolang het haar eigen onderzoek niet over-
hoopgooide, was het goed om te zien dat zijn enthousiasme weer was
teruggekeerd na zijn ontslag bij de *Sentinel*. Ze schuifelde naar het bed
en liet zich gewoon neervallen, zo moe was ze. Hij zou vannacht de
informatie krijgen die hij nodig had en morgen konden ze de zaak
afronden en hier weggaan.

# HOOFDSTUK 33

*K*at schrok wakker, badend in het zweet. Haar hart bonsde en ze trapte de dekens van zich af. Toen zag ze het lampje van de rookdetector boven het bed en het gevoel van paniek verdween; ze besefte dat ze zich in de hotelkamer bevond.

Ze had gewoon een nare droom gehad. Hillary had met een bulldozer Harry's huis in een puinhoop veranderd en hem achtergelaten in een opvanghuis voor daklozen. Zelfs Hillary zou zo ver niet gaan, dacht ze toen ze in haar ogen wreef.

Ze keek op de klok op het nachtkastje. Het was drie uur 's nachts en er lag niemand naast haar. Toen wist ze het weer: Jace was met Roger Landers naar de kamer hiernaast gegaan. De herinneringen aan de discussie over het World Institute en de daaropvolgende ruzie kwamen weer bij haar boven. Ze was niet blij met Jace' nieuwe verbond met Landers, maar ze had niet zo tegen hem uit moeten varen. Hij had alle recht om achter een verhaal aan te gaan dat potentieel opzienbarend nieuws zou opleveren, maar toch: ze had allerlei belemmeringen opgeworpen. Dacht ze echt dat hij haar vertrouwen zou beschamen? Natuurlijk dacht ze dat niet. Ze schaamde zich voor haar egoïstische gedrag.

Nadat ze een T-shirt en een broek had aangetrokken, deed ze ook nog haar schoenen aan; je wist maar nooit. Ze liep naar de deur van de aangrenzende kamer en luisterde. Ze hoorde geen stemmen. Lagen ze te slapen? Nee – Jace zou zeker naar hun kamer terug zijn gekomen, ruzie of geen ruzie.

Ze klopte zachtjes op de deur en wachtte.

Een paar tellen later hoorde ze zachte stemmen. 'Jace?'

Ze probeerde de knop van de deur, maar de deur was op slot. Ze klopte nog een keer zachtjes op de deur. De deur ging open en stond nu op een kier. Ze voelde een tinteling achter in haar nek, toen ze besefte dat de kamer in duisternis was gehuld. Het was te donker om te kunnen zeggen of de schimmige figuur die ze zag Jace of Landers was.

'Jace? Ben jij dat?' De deur ging verder open. Plotseling werd ze beetgepakt en de aangrenzende kamer ingetrokken.

'Wat...?' Sterke armen pakten haar bij de schouders en duwden haar verder de kamer in. Ze struikelde naar voren en viel bijna doordat haar rubberen zolen aan het tapijt vast bleven kleven. Dit zou Jace nooit doen. 'Roger?'

'Kop houden.' Hij sloeg haar in het gezicht. 'Straks hoort iemand je nog.'

Kat hervond haar evenwicht en draaide zich om hem aan te kijken. Haar intuïtie was juist geweest. Landers was niet te vertrouwen. 'Je doet me pijn! Waar ben je mee...?' Kat kreeg niet de kans haar zin af te maken.

Landers gooide de deur achter haar dicht. Het licht ging aan en Kat staarde recht in de ogen van het kwaad.

Deze keer had Nathan Barron wel gewoon kleren aan; hij droeg een zwarte smoking onder een trenchcoat. Hij had ook rubberen handschoenen aan.

Kats hart begon te bonzen toen ze zijn handen zag. Handschoenen konden maar een ding betekenen: geen vingerafdrukken en geen bewijzen. Ze zakte door haar benen en deed struikelend een halve pas naar achteren, voordat ze haar evenwicht weer hervond.

'Bent u hier helemaal naar toe gekomen om Victoria's gangen na te gaan?' Nathan Barron pakte haar beet, toen Roger Landers haar losliet. Hij stond bij het nachtkastje en Kat kon niet goed zien wie de derde persoon was die op het bed zat. 'Wat ontroerend!'

'Wat wilt u van me?' Zou het kunnen dat Nathan niets afwist van haar fraudeonderzoek? Kat keek de kamer rond.

Jace was er niet. Ze zag ook de documenten niet die ze uit Nathans kamer had weggenomen.

Landers bleef achter haar staan, zodat ze niet naar de deur kon lopen. Nathan deed een klein stapje naar rechts en ze kon eindelijk zien wie er achter hem op het bed zat.

Het was Victoria. Ze zat op het randje van het bed en keek Kat spottend aan. In ieder geval zo spottend als de Botox toeliet. 'Het duurde even, maar toen wist ik wie u was. Zal ik u eens wat vertellen? U bent echt een waardeloos kamermeisje.'

'Dit hoeft niet heel vervelend te worden, mevrouw Carter,' zei Nathan. 'U gaat hier nu weg, u stopt met het onderzoek, en we vergeten allebei dat dit gebeurd is.' Nathans glimlachte, maar zijn ijskoude ogen keken haar strak aan. 'Als u tenminste volledig meewerkt.'

Kat beantwoordde zijn blik.

*Rustig blijven.*

Twee keer ademde ze rustig in en uit; ze probeerde haar hartslag naar beneden te krijgen. Ze zou niet toegeven aan zijn bangmakerij. Ze was in staat om zich hieruit te denken.

Dacht Nathan echt dat ze hier was in het kader van de scheidingszaak van Zachary en Victoria? Nee, het oordeel was al geveld, dus hij loog. Landers zou hem al hebben ingelicht over haar onderzoek.

'Wat bedoelt u met meewerken?' In ieder geval had ze Landers niet verteld naar welk lid van het World Institute ze onderzoek deed. Jace zou haar nooit verraden, maar Landers had misschien wel andere aanwijzingen gevonden in de documenten op het tafeltje in de kamer van Kat en Jace, toen ze allebei in de badkamer waren.

'Roger heeft me alles verteld.' Nathan hield haar nu niet meer zo stevig vast, maar hij liet haar nog steeds niet los. 'Dit gaat u niet lukken.'

Nathan Barron was een zakenman en niet iemand die met mensen afrekende. Kat was ervan overtuigd dat hij zijn handen niet vuil zou maken en zich met onaangename details zou bezighouden. Maar één blik op zijn handschoenen en ze trok die conclusie in twijfel. Slachtte hij tijdens zijn jachtpartijen zijn prooi zelf af, of liet hij dat aan anderen over? Ze voelde zich net een prooi die geen kant meer op kon.

'Wat gaat me niet lukken?' Dus hij wist van haar onderzoek – en wat dan nog? Ze liet zich niet door hem intimideren. Ze keek nog eens de kamer door op zoek naar aanwijzingen voor waar Jace zou kunnen zijn en zag haar laptop staan met de screensaver aan.

Ze vloekte binnensmonds. Hoe veel informatie had Jace gedeeld met Landers? De aanwezigheid van haar laptop in deze kamer betekende dat Nathan, Victoria en Landers mogelijk toegang hadden gekregen tot de Edgewater-bestanden die op de laptop waren opgeslagen.

'Ik heb het over uw onderzoek, of hoe u dit belachelijke reisje hiernaartoe ook mag noemen. U verdoet uw tijd en ook de onze. Maar ik mag u wel. Ik zal u helpen een uitweg te vinden uit de lastige positie waarin u zichzelf hebt gemanoeuvreerd.'

'Hoe dan?' Kat bleef rustig praten. Had Nathan Barron Jace ook op deze wijze benaderd? En Svensson?

Nathan liet Kat gaan en ze schudde haar armen los.

'Door nu en in de toekomst dit onderzoek te laten rusten. Wat Zachary u ook betaalt, ik zal dat bedrag verdubbelen. Nu ermee ophouden en niet meer voor Zachary werken. Dan kunt u voortaan voor mij werken.'

Naar hem overlopen voor het dubbele honorarium? Het honorarium dat Zachary haar betaalde, was al heel royaal. Het dubbele hield in dat ze een jaar lang niemand meer een factuur hoefde te sturen en dus geen nieuwe zaken hoefde aan te nemen. Natuurlijk kon ze dat honorarium van Zachary niet meer serieus nemen, nu ze wist dat hij dat toch niet kon betalen. Geen wonder dat Nathan en het World Institute zonder enig risico op vervolging hun zaken regelden. En dat ze zich ook een moord konden veroorloven.

'Wat had u precies in gedachten?' De dood van Svensson had hier op de een of andere manier mee te maken. En het ging om moord. Ze twijfelde of Svensson op zijn aanbod zou zijn ingegaan. Maar Landers had dat wel gedaan.

'Een onderzoek instellen naar Zachary wegens fraude. Hij maakt zich schuldig aan ponzifraude en ik kan dat ook bewijzen.'

'U bent bereid uw eigen zoon te laten opdraaien voor uw misdaden?'

Nathan kneep zijn ogen samen. 'Hij is schuldig en ik heb de bewijzen. Zachary's onzorgvuldige en agressieve handelstransacties hebben Edgewater bijna aan het randje van de afgrond gebracht. We zouden failliet zijn gegaan als ik zijn toegang tot contant geld niet aan banden had gelegd.'

'U bedoelt de honderden miljoenen dollars die u hebt verduisterd en doorgesluisd naar Research Analytics en het World Institute?' Het had geen zin om nog geheimzinnig te doen. Het was duidelijk dat Nathan wist dat haar onderzoek hem betrof. Kat draaide zich om naar Landers. 'Waar is Jace?'

Landers leunde tegen de deur. Hij zei niets en keek naar de grond.

Kat sprong op Landers af, maar Nathan pakte haar bij de armen en trok haar terug.

'Uw vriend Jace heeft een ongelukje gehad.' Nathan verstevigde zijn grip. 'Wilt u dat u ook zoiets overkomt?'

Haar hart sloeg een slag over. 'U komt hier niet mee weg. De politie weet wat u aan het doen bent.'

'De politie?' Nathan lachte. 'Ik heb niets onwettigs gedaan.'

'Daar ben ik het niet mee eens.' Kat probeerde om geen emotie te tonen. Ze wilde hem die voldoening niet geven.

Victoria glimlachte naar haar. Alleen had de glimlach door de Botox meer weg van een gemene grijns.

'U denkt echt dat ik de misdadiger ben?' Nathan duwde haar naar beneden op het bed. 'Edgewater is mijn bedrijf en ik doe met mijn geld wat ik wil.'

'Het is het geld van de beleggers, niet uw geld. Maar dat kan u niets schelen, hè? U bedondert de gemeenschap niet alleen, u doet dat ook nog eens met het geld van anderen.'

'Dat is belachelijk!'

Kat ging rechtop zitten. 'O ja? Eén munteenheid voor de hele wereld waarover beslist wordt buiten regeringen om? Het is gewoon te gevaarlijk om dat te laten gebeuren. Het betekent de ondergang van de democratie. Svensson dacht dat ook en u legde hem het zwijgen op, zodat u uw plannen kon doorzetten.'

Het deed haar pijn die dingen hardop uit te spreken. Het was namelijk precies wat Jace haar had proberen uit te leggen, maar ze had meer belangstelling gehad voor haar eigen onderzoek.

'Laat ook maar – het doet er nu niet meer toe. Alles is al in gang gezet en er is niets dat u kunt doen om het tegen te houden.'

Ze keek Nathan aan terwijl ze paniek voelde opkomen. 'Laat me gaan.'

Nathan pakte haar nog steviger beet en drukte haar polsen tegen elkaar. Hij duwde haar gemakkelijk naar beneden op het bed. 'Wilt u dezelfde behandeling? Ga zo door en dan krijgt u die ook.'

Nathan had zo ongeveer toegegeven dat hij betrokken was geweest bij de dood van Svensson. Hij hield haar polsen stevig vast, terwijl hij probeerde iets uit zijn zak te halen. Een koord. Het nylonkoord sneed in haar huid toen hij dat om haar polsen wikkelde en het stevig aantrok. Hij knoopte het vast en trok het nog steviger aan tot ze het uitschreeuwde van de pijn. Kat kon even geen adem halen en ze voelde hoe de muren op haar afkwamen.

'Heb je de injectiespuit?' Nathan bewoog zijn hand in de richting van Victoria, terwijl hij op Kats benen zat en haar naar beneden drukte.

Victoria stond op. 'Ja, schat,' zei ze met een walgelijk zoet stemmetje. Ze rommelde in haar oversized designer handtas en haalde een injectiespuit tevoorschijn.

Kat probeerde zich los te trappen, maar het had geen zin. Haar gedachten gingen terug naar de dingen die Roger Landers gisteravond had gezegd. Had hij van begin af aan toneel gespeeld, of had hij zich overgegeven aan deze haai omdat hij in een steeds kleiner aquarium rondzwom?

'Hoeveel heeft hij je betaald, Roger? Voor hoeveel ben jij te koop?'

Ze worstelde zich op haar zij om Landers aan te kijken. Niemand leek hem hier tegen zijn wil vast te houden.

Hij zei niets.

'Hou je kop, trut.' Victoria tikte op de injectiespuit met een gemanicuurde nagel. 'Tijd voor je medicijn.'

Kat vertrok van pijn toen de naald in haar arm werd gestoken. Toen voelde ze ijzige warmte door haar bovenarm en aderen stromen. Ze kreeg een brandend gevoel in haar borst en daarna in haar nek en hoofd. Alles werd warm, warm, steeds warmer en toen vervaagden de stemmen. Geen geluid meer, geen kleuren meer. Niets deed er nog toe.

# HOOFDSTUK 34

Kat gaf een gil toen ze met iets scherps een por kreeg in haar ribbenkast. Ze rolde opzij, zodat ze haar rug naar haar aanvaller draaide.

'Opstaan,' zei de man. Hij sprak Engels met een zwaar accent.

Kat trok haar ellebogen op voor haar borst om zich te verdedigen. Toen besefte ze dat haar polsen niet meer waren samengebonden. Nathan en Victoria waren weg. Roger Landers was er ook niet meer. In plaats daarvan zag ze tegenover zich een bewaker met een tulband en een lichtgeel jack van Gore-Tex. Hij torende boven haar uit en zag eruit alsof hij niet goed wist wat hij moest doen.

Kat kneep haar ogen samen, omdat de bewaker met zijn zaklantaarn in haar gezicht scheen.

'Ik zei opstaan en wegwezen, juffrouw. Nu.'

Kats mond viel open toen ze rondkeek en de omgeving in zich opnam. Er klonken echo's van stemmen; mensen haastten zich over de betegelde vloer naar hun bestemming. Ze lag op een oude, eiken bank, een van de banken die de open ruimte afschermden. Ze zag bewerkte ijzeren bogen boven schilderijen van Canadese landschappen met bossen en bergen. Het duurde even voordat ze besefte dat ze zich bevond in het Waterfront treinstation in het centrum van

Vancouver. Te oordelen naar de horden forensen was het spitsuur, misschien halfacht of acht uur 's morgens. Het was maandagmorgen. Nog maar een paar uur en dan verstreek Zachary's deadline.

'Het spijt me, mijnheer. Ik ga al.' Kat stond op en snoof de geur op van verse koffie en muffins afkomstig van de Starbucks aan de andere kant van de stationshal. Ze voelde in haar broekzak of ze kleingeld had om koffie te kopen. Niets. Ze keek naar haar kleren. De joggingbroek en het T-shirt die ze vannacht aan had gehad. Godzijdank had ze schoenen aangetrokken voordat ze naar de aangrenzende hotelkamer was gegaan.

Ze voelde in haar andere zak om haar mobieltje te pakken, maar ook die zak was leeg. Natuurlijk, dat lag nog in het Tides Resort, samen met haar portemonnee, geld, laptop en de documenten van het World Institute. Hadden Nathan, Victoria of misschien ook Landers haar Edgewater-rapport gevonden? Ze huiverde bij de gedachte.

Zouden ze haar ook hebben ontvoerd als ze gisteravond niet naar die andere kamer was gegaan? Waarschijnlijk wel. Landers wist waar ze was en die werkte duidelijk samen met Nathan en Victoria. En hoe zat het met Jace? Hij was ook weg; misschien had hem nog wel een erger lot getroffen dan haarzelf.

Jace zou nooit zonder haar zijn weggegaan, ook al hadden ze ruzie gemaakt. De enige mensen die wisten waar hij was, waren diegenen die gisteravond in de kamer waren – Nathan en Victoria Barron en Roger Landers. Hadden ze Jace ook ergens achtergelaten? Dat moest wel. Als ze hem echt hadden vermoord, dan zouden ze haar dat wel duidelijk hebben gemaakt om haar bang te maken. Misschien was Nathans gepraat over dat 'ongelukje' gewoon bluf geweest. Misschien was Jace er toch vandoor gegaan om de informatie te beschermen die ze hadden ontdekt. Kat zag het iets zonniger in toen ze zich realiseerde dat dat inhield dat ze hem misschien zou kunnen vinden. De enige vraag was waar ze moest zoeken.

De blokhut van Kurt misschien, omdat Jace daar vanaf Hideaway Bay naar toe kon lopen. Maar dat was niet waarschijnlijk. Hij zou nooit zonder de juiste uitrusting die bergtocht zijn gaan maken. Hadden Nathan en zijn helpers Jace ook op het station achtergelaten?

Dan was hij misschien naar huis gegaan. En zou haar hebben gebeld, maar natuurlijk lag haar mobieltje nog in het conferentieoord. Het was zeer onwaarschijnlijk dat ze Jace thuis zou aantreffen, maar het was niet helemaal onmogelijk.

Ze voelde zich beter toen ze besefte hoe dicht ze bij haar huis was. Ze had alleen geld nodig voor de bus om thuis te komen. Misschien lag er wat kleingeld op haar kantoor acht straten verderop.

Kat verliet het station en voelde direct een koude windvlaag tegen haar gezicht toen ze de zware deur openduwde. De regen viel schuin naar beneden door de harde wind. De natte sneeuw prikte tegen haar wangen en haar haren waaiden voor haar ogen. Forensen sjokten voorbij en hielden de kraag van hun jas voor hun gezicht ter bescherming. Ze rilde toen de ijskoude lucht dwars door haar dunne T-shirt sneed.

In de verte klampte een bedelaar een stel aan dat voorbijliep. De man stak een honkbalpetje naar hen uit in de hoop wat kleingeld te krijgen. Het stel ging vlugger lopen en maakte aan hem duidelijk dat hij moest maken dat hij weg kwam. Kat liep over de parkeerplaats naar de hoek van de straat waar de zwerver zich bevond. Zijn uitgestrekte hand deed haar eraan denken dat ze zelf minstens een paar dollar nodig had voor de bus naar huis. Een taxi kon ze wel uit haar hoofd zetten.

De bedelaar zag haar kijken en trok zijn petje dichter naar zich toe, omdat hij dacht dat zij dat weleens af zou willen pakken. 'Dit is mijn plek. Zoek je eigen plek.' Hij keek haar vuil aan. Er ontbraken een paar voortanden.

'Hè?' Plotseling kreeg ze door dat hij dacht dat zij ook aan het bedelen was. Met andere woorden: dat ze concurrentie was. Zag ze er echt zó erg uit? Het was pas acht uur in de ochtend, maar ze had zich al twee keer diep waardeloos gevoeld vandaag.

Kat liep over Water Street naar haar kantoor in de buurt Gastown, haar armen gekruist voor zich als bescherming tegen de wind. De keien van de stoep waren glad onder haar sportschoenen, omdat de sneeuw aan het smelten was. Het water sijpelde haar schoenen in, wat haar deed denken aan haar warme laarzen die nog in het conferentie-oord stonden, samen met de rest van haar bezittingen.

Hoewel de temperatuur boven nul was, raakte ze door de harde wind en regen tot op het bot versteend. Tandenklapperend en rillend liep ze door de verlaten straat. De meeste daklozen waren naar binnen gegaan om beschutting te zoeken tegen de vochtige kou. Ze passeerde het Café Marseilles. Een groepje zwervers stond tegen het gebouw aan met hun handen gevouwen om papieren koffiebekertjes.

Tegen de tijd dat ze aankwam bij het gebouw waar ook haar kantoor was gevestigd, was ze door en door verkleumd. Haar handen waren zo gevoelloos geworden dat ze niet eens voelde dat ze met haar knokkels op de glazen deur klopte. Het gebouw zat 's morgens gewoonlijk op slot, vooral 's winters als daklozen beschutting zochten tegen de kou.

Na wat een eeuwigheid leek te zijn, kwam de conciërge binnen ergens uit een zijdeur tevoorschijn om te kijken waar het lawaai vandaan kwam. Hij wierp een snelle blik en gebaarde dat ze weg moest gaan.

'Marcus, ik ben het – laat me naar binnen.' Kat zwaaide uit alle macht naar hem, maar hij liep terug zijn kamer in. Carter & Partners was al drie jaar een van de huurders van Hudson House. Hoe kon hij haar nou niet herkennen? Ze bonsde opnieuw op de deur, zo hard als ze kon. 'Marcus!'

Verschillende voorbijgangers met regenjassen en paraplu's keken Kat minachtend aan en haastten zich verder. Ze vermeed hun blikken, omdat ze zich schaamde voor hoe ze eruitzag. Ze had geen spiegel nodig om te weten dat ze door haar gescheurde kleren, piekhaar en onopgemaakte gezicht deed denken aan een dakloze. Was dit hoe het voelde als de mensen je de hele dag als oud vuil behandelden?

Eindelijk verscheen Marcus weer. Hij liep met grote stappen op de deur af en zwaaide hem open.

'Nou wegwezen of ik bel de –'

'Marcus, zie je niet wie ik ben? Kat? Van de vierde verdieping?'

Eindelijk begon het bij hem te dagen en hij stond opeens stil. Zijn mond viel open. 'Wat is er in hemelsnaam met jou gebeurd?' Hij hield de deur open en gebaarde dat ze naar binnen kon komen.

'Ik kan nu even niet praten.' Kat wurmde zich langs hem heen en liep naar de lift; ze kreeg langzaam weer gevoel in haar benen. Ze drukte op de knop om naar boven te gaan en wachtte, met haar rug naar Marcus gekeerd. Ze was nu even niet in de stemming om nadere uitleg te geven en hij verdiende die ook niet echt.

Hij liep achter haar aan. 'Kat – het spijt me. Ik had geen idee dat jij het was.'

Ze reageerde niet en stapte de lift in. Ze drukte op het knopje van de vierde verdieping.

Nathan en Victoria zouden hier niet mee wegkomen. Wat hadden ze met Jace gedaan? En waarom was hij wel verdwenen en Landers niet? Nathan wist dat beide mannen de plannen van het World Institute hadden gezien. Tenzij Landers al deel uitmaakte van het complot, wat dat dan ook inhield. Het was eigenlijk wel duidelijk dat Landers met hen onder een hoedje had gespeeld. Zoals gewoonlijk had hij alleen zijn eigen belang op het oog gehad.

Nathan Barron had gezegd dat Jace een 'ongelukje' was overkomen. Dat klonk onheilspellender dan datgene wat haar was overkomen. Ze was er betrekkelijk onbeschadigd van afgekomen, afgezien van een paar blauwe plekken en hoofdpijn als gevolg van het spul waarmee ze haar hadden geïnjecteerd. Was Jace hetzelfde overkomen als Svensson? Ze hadden dan wel een heel verschillende achtergrond, maar beiden hadden ze zich uitgesproken tegen het World Institute en de machtselite. Was dat voldoende reden om uit de weg geruimd te worden? Kat huiverde bij de gedachte. Nee, daar wilde ze niet aan denken.

Svensson was om het leven gekomen kort nadat hij van mening was veranderd en zich niet langer meer kon vinden in het dogma van het World Institute. Jace' verdwijning kon te maken hebben met zijn artikel over de hypotheekfraude. Tenslotte was het zo dat er om die reden een brandbom bij hen naar binnen was gegooid. Maar Jace was verdwenen in Hideaway Bay. Betekende dit dat het intrekken van zijn verhaal over het onroerend goed in Vancouver verband hield met het

World Institute? En zo ja, hoe dan? Of was het doel simpeler: gewoon al diegenen die zich verzetten tegen leden van het WI het zwijgen opleggen? Als hun stemmen niet meer werden gehoord, dan kon het World Institute zonder risico op vervolging zijn plannen doorzetten. Zo liepen de dingen in de kringen waar echte macht werd uitgeoefend. Belemmeringen moesten uit de weg worden geruimd. Hebzucht deed lelijke dingen met mensen.

Misschien ging het hun wel helemaal niet om de documenten van het World Institute. De publiciteit daarover was misschien heel onwelkom, maar het was niet per se het artikel van Jace dat ze wilden tegenhouden. Er stond een groter belang op het spel. Het ging om zijn mening, om het geluid dat hij liet horen. Hij was een gerespecteerd journalist naar wie de mensen luisterden, net zoals ze naar Svensson luisterden. De stem van zulke mensen kon niet zomaar worden afgedaan of ontkend. Maar die mensen konden wel uit de weg worden geruimd.

Hoewel ze het ruwe concept waaraan hij zaterdag in het conferentieoord had gewerkt niet had gelezen, wist ze dat zijn artikel over het World Institute alle leden van het instituut gezamenlijk op de korrel zou nemen, maar dat de aandacht speciaal zou uitgaan naar Nathan Barron en Gordon Pinslett. Naar Nathan omdat hij geld van beleggers in Edgewater had doorgesluisd om het World Institute en zijn doelstellingen te financieren, en naar Gordon Pinslett omdat hij artikelen die ongunstig waren voor het WI tegenhield. Het was één ding om te proberen een politiek onwelkome theorie door te drukken, maar het was heel iets anders om daar buitensporig veel aan te verdienen door middel van het manipuleren van valuta en het handelen met voorkennis. En dan was er ook nog de censuur van de media en de corruptie die daaraan gekoppeld was.

Eén ding was duidelijk. Degenen die de moed hadden om zich ertegen uit te spreken werd het zwijgen opgelegd. Jace was ontslagen en zijn artikel was door de *Sentinel* ingetrokken, een krant die 'toevallig' het eigendom was van Gordon Pinslett. Was Jace definitief het zwijgen opgelegd? Ze kon de gedachte niet verdragen.

Jace had gelijk. Je kon natuurlijk je mond houden zo lang jou niets overkwam. Maar dan zou er ook niemand voor jóú opkomen. Door je mond te houden liep je het risico dat je je vrijheid zou verliezen, je economische welvaart, je recht op vrije meningsuiting. Als zij zich niet zou uitspreken, wie dan wel?

Sommige dingen waren het waard om voor te vechten ongeacht de mogelijke consequenties.

# HOOFDSTUK 35

*H*illary stond bij de keukendeur en keek toe hoe haar vader de vuile vaat uit de vaatwasser haalde. Een voor een werden de vuile spullen in de kast gezet: borden, koffiekopjes en glazen. Inruimen en leegruimen, steeds dezelfde vuile vaat. Net alsof je de terugspoelknop steeds opnieuw indrukte. Tjonge, wat was die gek geworden. Was dit hoe zijn leven er tegenwoordig uitzag?

'Je moet weg uit dit huis, pap.' Ze keek op haar horloge. Het was al tegen twaalven en het enige wat ze die ochtend na de terugkeer uit het conferentieoord hadden gedaan was koffie drnken waar nog een vage zeepsmaak aan had gezeten. Ze had wel wat beters te doen op haar zondagochtend. 'Je moet naar een van die verzorgingstehuizen.'

'Verzorgingstehuis? Geen denken aan.' Harry gooide vuile messen in de bestekbak. 'Ik heb geen verzorgingstehuis nodig. Ik zit hier heel goed.'

'Kijk eens om je heen – je bent een oude gek! Je snapt niet eens meer hoe een vaatwasser werkt. Kijk eens naar al die rotzooi!' Hillary wees naar het aanrecht waar van alles op lag. 'Je kunt het allemaal niet meer aan.'

'Ik kan het wel aan. Het is mijn rotzooi en ik vind het prima.' Hij wreef met zijn mouw over zijn voorhoofd. 'Ik houd mijn huis bij zoals ik dat wil.'

Niet als zij er iets over te zeggen had. Het was te zielig voor woorden – stond hij echt op het punt in huilen uit te barsten? Hillary veegde met haar arm de stapels boeken van de keukentafel; ze vielen met een smak op de vloer. Ze ging zitten, helemaal uit haar humeur. Hij had geen geld meer om zijn rekeningen te betalen en zijn huis schoonhouden.kon hij ook niet meer. Sinds wanneer was dat haar probleem geworden? 'Er is niet eens een plekje vrij op tafel. Hoe kun je eten in deze varkensstal?'

'Ach, Hillary, waarom heb je dat nou gedaan? Ik zei je toch dat je die boeken moest laten liggen.' Harry deed de deur van de vaatwasser dicht en schuifelde naar de tafel, met een vaatdoek over zijn schouder. Hij keek naar de boeken die op het zeil lagen met de bladzijden naar boven. Het leken wel gewonde soldaten, met gekreukte ledematen en ingedeukte ruggen.

'Omdat je knettergek bent, papa. Je leeft op een soort vuilnisbelt.' Hillary hief haar ogen ten hemel. Waarom zadelde hij haar op met zoveel problemen? Het werd tijd dat dit afgelopen was. Zíj ging in ieder geval niet voor hem koken en schoonmaken.

'Het is geen vuilnis, Hillary. Sommige van die boeken zijn veel geld waard, het zijn verzamelobjecten. Leg ze weer terug op tafel,' zei Harry. 'We eten wel in de woonkamer.'

'Ik in dit huis eten? Vergeet het maar. Het is hier walgelijk.' Hillary zette haar koffiebeker met een klap neer. 'Hoe kun je zo leven?'

'Simpel. Ik vind het prettig dat de dingen blijven zoals ze altijd geweest zijn. Jij woont hier niet in huis, dus ga me nu niet vertellen wat ik moet doen.'

'En als ik hier wel zou wonen? Zou ik dan iets te zeggen krijgen over hoe de dingen hier gaan?'

Zijn gezicht lichtte op.

Precies het effect dat ze had beoogd. 'Misschien kom ik weer thuis wonen.'

'Echt waar? Dat zou fijn zijn. Het is hier eenzaam sinds je moeder dood is.'

'Ik wil dat best overwegen. Maar dan moeten we wel een paar afspraken maken.' Hillary stond op van tafel en liep naar de koelkast. Ze moest het hier nog een week uit zien te houden, maximaal. Net lang genoeg om zaken af te wikkelen en haar achterstallige termijnen op de Porsche te voldoen.

'Natuurlijk kunnen we afspraken maken,' zei hij.

'Mooi.' Hillary pakte de kan met jus d'orange uit de koelkast en schonk een glas in. Ze deed er een lepel van het spul in en roerde totdat het was opgelost. Ze stopte het potje terug in haar zak, voordat ze zich weer omdraaide naar Harry.

'Alsjeblieft. Drink dit maar op.' Ze gaf het glas aan haar vader. Niet dat ze echt stiekem hoefde te doen. Ze had net zo goed een of ander kanon kunnen afschieten in de keuken en dan zou hij nog niets door hebben gehad. Hij was echt gek.

'Dank je wel.' Hij nam een slok van de jus en glimlachte.

Hillary zuchtte. Nog vijf minuten en dan zou hij in die lelijke, beklede stoel van hem in slaap vallen. Dan kon ze beginnen met het weggooien van een deel van zijn rotzooi. Ze was zeker niet van plan daarmee te wachten totdat hij dood was. De puinhoop verstikte haar gewoon.

Hij gaf meer om dit achterlijke huis met al die rotzooi dan om haar, ook al had zij alles opzijgezet om terug te keren naar deze klotestad en naar deze stomme buurt. En waarvoor? Er was hier in tien jaar niets veranderd. Behalve dat de buren ouder en nog gekker waren geworden en dat Kat haar klauwen nog dieper in haar vader had gezet. Kat deed net of ze iets om haar vader gaf, maar Hillary wist wel beter. Natuurlijk niet. Hij was toch niets anders dan een demente, oude man?

Als Kat dacht dat ze door bij Harry te slijmen een aandeel in zijn erfenis zou krijgen, dan zou ze nog raar opkijken. Daarom kreeg ze nu vast geen cheques meer. Kat hield al het geld voor zichzelf. Ze was er absoluut van overtuigd. Waarom zou ze hier anders nog rond-hangen op haar vierendertigste? Was het niet genoeg dat haar ouders Kat hadden geadopteerd nadat haar vader haar in de steek had gelaten? Wie adopteerde er nu een kind van veertien? Nog even en Kat zou ook nog haar vaders testament aanvechten.

Daar zou ze een stokje voor steken.

# HOOFDSTUK 36

Hillary verplaatste haar gewicht van haar rechtervoet naar haar linker. Ze durfde haar schoenen niet uit te doen in dit afbraakpand. Haar Manolo Blahnikschoenen met de naaldhakken van tien centimeter deden ontzettend pijn, maar ze kon die onmogelijk uitdoen. Wist zij veel wat er wel niet allemaal aan ongedierte kon rondkruipen tussen al die rotzooi?

'Opeten, papa,' zei ze en zette nog een glas jus d'orange neer naast zijn bord.

'Ik heb al gegeten. Ik heb genoeg gehad. Ik zit vol.' Harry zat aan de keukentafel met een vork in zijn hand en een servet in zijn kraag gestopt.

'Je moet. Eet het op.' Hillary voelde dat haar gezicht rood werd. Hij had eigenlijk iedere dag dezelfde dosis nodig. Het spul werkte in dit laatste stadium cumulatief en als hij meer dan een dag niets kreeg, dan kon ze weer opnieuw beginnen. Daarom had ze hem opgehaald uit dat conferentieoord. Ze had echt geen zin om nog meer tijd of geld te investeren in haar plannetje dan ze al deed.

'Ik ben klaar met eten, Hillary. Ik heb geen honger meer. Wil jij soms de rest?' Harry wees met zijn vork naar de rösti op zijn bord.

'Nee, ik heb al gegeten.' Hillary stelde zich haar leven voor zoals dat er over een paar weken uit zou zien. Als ze dit huis verkocht had, dan zou ze weer volop geld hebben. Misschien kon ze gaan skiën in Zwitserland net als de mensen van de vorstenhuizen. Wie weet zou ze wel een prins tegenkomen!

'Wanneer dan? Ik heb je niet zien eten.'

'Natuurlijk wel. Je bent het gewoon vergeten. Je hebt alzheimer, ouwe.' Hillary draaide met haar wijsvinger kringetjes om haar oor. 'Je bent knetter, weet je nog? Of ben je dat ook al vergeten?'

Harry schudde zijn hoofd en legde zijn vork neer.

Nijdig pakte ze de vork en deed daar een schep rösti op van zijn bord. Ze hield de vork een paar centimeter van zijn mond. 'Doe je mond open. Eet de rest op.'

Harry deed zijn hand omhoog in protest.

'Ik zei –opeten!' Hillary schoof de rösti in haar vaders mond, toen hij die opendeed om bezwaar te maken.

'Hou op!' Harry hield met zijn onderarm haar hand tegen. Hij spuugde de rösti uit, die op de tafel en de vloer terechtkwam.

'Kijk nou wat je gedaan hebt!' schreeuwde Hillary toen ze de vork op de tafel smeet. 'Wie gaat die troep opruimen? Je verdient het gewoon niet dat iemand voor je zorgt.'

Haar vader liet zijn arm zakken en zakte terug in zijn stoel. Dit was zo'n zonde van haar tijd. Het huis was walgelijk; met alle rotzooi, vuil en stof was het bijna net zo erg als de huizen op die ene televisie-show over mensen die nooit iets weg deden. Behalve dan dat het versleten meubilair van Sears nog steeds zichtbaar was tussen de ouderwetse jaren-zeventig-aankleding. Ze werd er gewoon ziek van om hier te moeten wonen.

Elke dag in de Denton-dump was weer een dag in haar nieuwe leven die haar werd ontnomen; haar nieuwe leven dat ze zo verdiende en waar ze zo lang op had gewacht. Ze had zich nu meer dan een week verborgen weten te houden voor de buren en voor Kat en tot nu toe had haar plan uitstekend gewerkt. Er wachtte haar een nieuw leven. Het was binnen handbereik, nu ze de man had ontmoet met wie ze dat leven zou gaan delen. Hij zou haar vanavond komen helpen om het huis leeg te maken.

Maar ze moest er eerst voor zorgen dat ze van haar vader af was. En ze moest hem tegen elke prijs weghouden van Kat, die bemoeizuchtige bitch. Er was geen tijd te verliezen.

# HOOFDSTUK 37

illary stond in de deuropening van de woonkamer en keek naar haar vader. Zijn gesnurk was in het hele huis te horen en het was de vraag waar het meeste geluid vandaan kwam, van hem of van de televisie, waarop CNN aan stond. Hij lag in zijn luie stoel, met zijn hoofd op zijn borst. Zijn hoofd bewoog mee met het gesnurk.

De verslaggever bleef maar doorzeuren over de relletjes in Parijs; hij had een gesprek met een snotterende winkeleigenaar in het Quartier Latin, terwijl achter hen gemaskerd tuig etalages intrapte. Het was avond en het regende. Ze hoorde het gehuil van een sirene toen er op de achtergrond een politiewagen met zwaailicht voorbij scheurde, die gekleurde strepen op het beeld achterliet.

Hillary schrok van het geluid. Ze liep op haar tenen de kamer in en pakte de afstandsbediening van de armleuning van de luie stoel. Ze zette het geluid zachter, omdat ze niet wilde dat haar vader wakker zou worden. Ze ontspande zich wat toen ze zich bedacht hoe hoog de dosis was geweest. Die was sterk genoeg om een olifant in slaap te krijgen.

Ze had minstens een paar uur. Waar moest ze beginnen? Waar was de sleutel van de safe? Ze wist inmiddels dat de safe die ze nodig had in Kats kantoor stond. Hillary besloot om te beginnen met zoeken in de slaapkamer. Dan zou ze klaar zijn tegen de tijd dat haar vader wakker werd. Ze zou hem wel zo ver kunnen krijgen om naar boven te gaan voor een dutje, terwijl zij de rest van het huis doorzocht. Daarna zou ze hem een paar nachten bij de daklozenopvang stallen.

Ze trok haar sportschoenen aan, waarbij ze erop lette dat haar voeten niet de vuile vloer zouden raken. Toen liep ze met twee treden tegelijk de trap op naar haar vaders slaapkamer, omdat ze zo snel mogelijk wilde beginnen.

Ze doorzocht eerst de laden van zijn bureau en daarna zijn kast. Haar inspanningen leverden niets anders op dan oude kleren, schoenen en een doos met foto's. Ze keerde de doos om op het bed en ging er doorheen. Babyfoto's van haarzelf, en foto's van het hele gezin, later met Kat er ook bij. Ze pakte een plastic vuilniszak open en gooide daar de foto's in. Haar vader zou die toch niet nodig hebben waar hij naar toe ging. En het zou niet lang meer duren voor hij de mensen op de foto's toch niet meer zou herkennen.

Al snel besefte ze dat ze hier niet zou vinden waar ze naar zocht. En ze had die papieren echt dringend nodig. De makelaar had haar wel geloofd toen ze hem gisteren vertelde dat zij de eigenaar was van het huis, maar dat moest wel officieel geregistreerd staan in het kadaster. Anders kon ze het huis niet verkopen. Hopelijk zou de geplande bezichtiging morgen gunstig verlopen. Ze liep naar de gang en hoorde tot haar genoegen hoe haar vader nog steeds beneden lag te snurken. Ze deed de deur van de linnenkast op de gang open en voelde langs de achterkant van de kast tot ze de kleine safe had gevonden. Die stond al vele jaren op dezelfde plaats. Ze trok aan het deurtje. De safe zat niet op slot. Ze pakte de papieren die erin zaten, samen met vijfhonderd dollar in nieuwe biljetten van vijftig dollar. Dat geld zou vroeg of laat toch van haar zijn.

Ze moest Kat een paar dagen hier weg zien te houden, terwijl zij haar plan verder uitvoerde. Ze sleepte de zwarte vuilniszakken de trap af en bracht ze naar de achtertuin. Zestien zakken, allemaal met spullen van één kamer. Haar vader zou niet eens merken dat de rotzooi weg was. Ze ging terug naar de keuken en veegde het zweet van haar voorhoofd.

De kalender in de keuken stond nog op juni. Ze bladerde door naar december en zag de briefjes die Kat op de kalender had geplakt. Kats telefoonnummer, Jace' telefoonnummer, een boodschappenlijst en briefjes om haar vader eraan te herinneren welke maaltijden er in de koelkast stonden. Die slijmbal had overal haar klauwen ingezet en ze was het spuugzat. Ze trok de briefjes van de kalender en verfrommelde die tot een bal.

Toen haalde ze diep adem en hield zichzelf voor dat alles deze keer anders zou gaan. Ze moest kalm blijven en haar plan ten uitvoer brengen Als ze van die oude man af was, dan kon haar nieuwe leven beginnen.

Ze keek nog eens naar de kalender. De maand december toonde een waterverfschilderijtje met kerststerren, dat eruitzag alsof het was geschilderd door een kind van twee. Wat een waardeloos prul.

Toen ze de kalender van de muur trok, zag ze waar ze al die tijd naar op zoek was geweest. Achter de kalender hing de sleutel van de andere kluis. De sleutel die haar het eigendomsbewijs zou opleveren dat in haar vaders kluis op Kats kantoor lag.

De sleutel die toegang gaf tot haar nieuwe leven.

# HOOFDSTUK 38

Kat wreef haar handen over elkaar terwijl ze uit de lift stapte op de vierde verdieping. Ze liep naar haar kantoor, blij dat ze verlost was van de kou buiten. Ze bleef staan toen ze de deur naar haar kantoor zag. Hij stond op een kier en de beschadigde deurstijl maakte duidelijk dat de deur was opengebroken. Er was iemand binnen geweest. Dat moest in het weekend zijn gebeurd.

Ze vroeg zich af of ze Marcus moest laten komen voor ze naar binnen ging. Maar dat zou alleen maar leiden tot nog meer vragen en nog meer oponthoud. Daar had ze nu even geen tijd voor. Eerst moest ze andere kleren aantrekken, haar Edgewater-rapport uit de externe dataopslag zien te krijgen en haar wachtwoorden veranderen om de verdere toegang van Nathan en Victoria tot haar bestanden onmogelijk te maken.

Ze duwde de deur langzaam open en luisterde. Toen ze niemand hoorde, stapte ze naar binnen en keek rond, eerst in de receptieruimte en daarna in de keuken en de twee werkkamers. Ze ontspande zich enigszins toen ze besefte dat wie er ook geweest mocht zijn, er nu niet meer was.

Het hele kantoor zag er net zo uit als voor het weekend, behalve dan dat Harry en Jace opvallend afwezig waren. De gedachte aan Harry knaagde aan haar. In ieder geval was Hillary bij hem.

Kat toetste Jace' mobiele nummer in. Haar ongerustheid nam toe toen ze zag dat er geen berichten van hem waren op haar antwoordapparaat hier. Er waren echter wel een stuk of vijf berichten van Zachary. Boze berichten, met de vraag waarom ze in godsnaam niet terugbelde.

Ze wist dat ze Zachary moest bellen. Ook zijn telefoontjes naar haar mobieltje waren natuurlijk niet beantwoord en gezien de onduidelijkheid over zijn financiële situatie had hij er alle recht op te weten waar hij aan toe was. Maar hij moest maar wachten tot hun afspraak later vandaag. Op dit moment maakte ze zich zorgen over zaken die nog urgenter waren. Zoals Jace vinden.

Jace zou hier en thuis een voicemail inspreken als hij haar mobieltje niet kon bereiken. Daar was ze zeker van. Ze werd overvallen door angst. Eerst zijn mobiel maar eens bellen.

Ze hing op, nadat ze de telefoon een keer of tien had laten overgaan en wierp een blik op het berichtenblok naast de telefoon. Nijdige, niet te ontcijferen krabbels tot het einde van het blaadje. De paar woorden die ze wel kon lezen waren verkeerd gespeld en ze waren twee of drie keer opgeschreven. Harry was altijd heel precies geweest met zijn handschrift en taalgebruik, maar in een tijdsbestek van niet meer dan twee, drie maanden hadden de complicaties van de dementie bezit van hem genomen. Het brak haar hart om hem zo achteruit te zien gaan.

Toen viel haar pas de vierkante lege plek op het bureau op. Harry's kantoorcomputer was er niet meer. Kat vloekte binnensmonds. Zonder haar laptop of Harry's computer kon ze haar Edgewaterrapport en de bijbehorende documenten niet van de externe computer afhalen. Ze moest naar huis.

Kat belde naar huis en hoorde een opname van Jace' stem. Ze kreeg tranen in haar ogen toen ze ernaar luisterde. Stel dat ze hem nooit meer zag. Waar hij ook was, hij zou erop rekenen dat zij hem zou proberen te vinden.

Ze zocht het nummer op van het politiebureau in Hideaway Bay en belde dat. Ze wachtte ongeduldig. Na zes keer te zijn overgegaan, schakelde de telefoon over op voicemail. Ze liet zich in Harry's stoel zakken. Wat voor politiebureau nam de telefoon nou niet op? Ze liet uit pure wanhoop maar een bericht achter over de vermissing van Jace en zette de telefoon nijdig terug in de houder. Jace was vermist en ze had geen idee wat ze moest doen.

Op Harry's huistelefoon en mobieltje kreeg ze ook geen antwoord. Ze bedacht dat ze niet eens een telefoonnummer van Hillary had. Harry kon zich telefoonnummers niet meer herinneren, dus lag het niet voor de hand dat hij het kantoor zou bellen, ook al waren haar nummers van kantoor en thuis in zijn mobieltje voorgeprogrammeerd. Hij had problemen gehad met het gebruik van zijn nieuwe telefoon, die een vervanging was van het mobieltje dat hij een paar maanden terug was kwijtgeraakt. Misschien zou Hillary wel bellen. Op zeker moment zou haar geduld wel opraken en zou ze Harry bij Kat willen droppen, zodat ze door kon gaan met haar eigen leventje.

Ze dacht nog eens na over de afspraak met Zachary en belde hem om die nog even uit te stellen. Ze was tamelijk opgelucht toen ze zijn voicemail kreeg. Voor iemand die praktisch met zijn mobiel in zijn hand leefde, was Zachary nu verrassend moeilijk te pakken te krijgen. Ze zag ervan af een bericht achter te laten. Ze had net genoeg tijd om naar huis te gaan, haar andere laptop te halen en hier weer terug te komen. Bovendien moest ze Zachary recht in de ogen kunnen kijken als ze met hem sprak over Nathan en Victoria en de gebeurtenissen van de afgelopen nacht. Ze moest nog wel even nadenken over hoe ze het gesprek zou aanpakken. Stel dat Nathans beschuldigingen ten aanzien van zijn zoon ook echt klopten?

Het was ook bijna onmogelijk dat Zachary in fictieve bedragen handelde zonder dat te weten. Hoe kon hij zich niet bewust zijn van zo'n gigantische ponzifraude? Je moest wel gek zijn om niet te weten dat je transacties niet daadwerkelijk werden uitgevoerd.

Ze keek op haar horloge en besefte dat ze moest opschieten als ze op tijd terug wilde zijn. Maar eerst liep ze even snel door de rest van het kantoor. Verder leek er niets te zijn verdwenen.

Ze bleef staan bij de spiegel in de wc. Haar haren zaten door de war en haar gezicht was vuil en zat vol schrammen door haar worsteling met Victoria. Ze had geen idee waarom haar gezicht zo vuil was. Geen wonder dat Marcus haar niet had willen binnenlaten.

Ze doorzocht de rieten mand waarin ze haar joggingkleren bewaarde en vond een trainingspak, sokken en een oud jasje. Dat was genoeg om thuis te komen zonder het opnieuw steenkoud te krijgen.

Nu had ze nog steeds geld nodig voor de bus of de taxi. Nadat ze in haar werkkamer niets kon vinden, wandelde ze door de hal naar Harry's bureau. Ze doorzocht zijn bureauladen in de hoop genoeg kleingeld te vinden voor de bus.

In de bovenste la was het een rommeltje. Elastiekjes en paperclips zaten in hoopjes aan elkaar vast. Een voor een haalde ze alle spullen uit de la en legde die op het bureau. Twee kleine nietmachines. Plakband met vuil eraan vastgeplakt, drie leesbrillen en een doosje met ibuprofentabletten die over de datum waren. Ze stopte er twee in haar mond en hoopte dat ze nog tegen haar doffe hoofdpijn zouden helpen.

Kat pakte een klein, metalen busje op en schudde dat heen en weer. Het was helemaal verroest, maar het geluid dat ze hoorde was veelbelovend. Ze deed het open en vond wat kleingeld en twee biljetten van twintig dollar. Ze telde het geld, deed het in haar zak en stopte een briefje met het bedrag erop terug in het busje.

Toen zag ze de twee sleutels. De eerste was een reservesleutel van het kantoor. De tweede leek identiek te zijn aan Harry's huissleutel – zo een had ze ook aan haar eigen sleutelring. Plotseling drong het tot haar door dat haar eigen huissleutel in haar portemonnee zat en die lag nog in het conferentieoord. Ze nam Harry's sleutel mee. Bij hem thuis kon ze in ieder geval haar eigen reservesleutel pakken als hij niet thuis was.

Ze deed de bovenste la dicht en deed de tweede la open. Die was bijna leeg, wat heel opvallend was aangezien Harry meestal een rotzooi van zijn laden maakte. Eigenlijk lag er bijna niets in de la. Vreemd. Ze kon zich herinneren dat Harry iets in deze la had om dingen veilig te bewaren maar ze wist niet meer precies wat het was.

Het moest wel iets belangrijks zijn, omdat Harry nooit een lege la had. Net zoals hijzelf een kamer vulde met zijn aanwezigheid, deden zijn spullen dat ook.

Ze was zich nog nooit zo bewust geweest van zijn afwezigheid als op dit moment.

# HOOFDSTUK 39

Twintig minuten later rekende Kat af met de taxichauffeur en sjokte de trap op naar Harry's huis. Ze klopte op de voordeur en wachtte.

Ze hoorde niets.

Ze probeerde het opnieuw en keek door het zijraam. Geen enkele beweging. Ze ging de trap af en liep naar de achtertuin. Misschien was Harry in de garage en deed hij iets met de Lincoln. Of misschien in de tuin, ook al was het december. Zijn dementie hield hem in een soort wurggreep en niets verbaasde haar nog.

Ze deed de zijdeur van de garage open en bleef stokstijf staan. De Lincoln was weg. Was Harry erachter gekomen hoe hij de garagedeur weer open moest krijgen? Dat was niet waarschijnlijk met het oog op zijn huidige geestelijke gesteldheid. Iemand anders moest hem daarbij geholpen hebben. Haar hart sloeg over bij de gedachte dat Harry rondreed in de sneeuw. Dat zou hoe dan ook tot ongelukken leiden.

Hillary's Porsche stond ook niet voor de deur. Harry was misschien nog steeds bij haar. Maar Hillary zou voor geen geld gezien willen worden in een Lincoln model eind jaren zeventig, of ze nu bestuurder was of passagier. Kat drukte met haar duim op de afstandsbediening en de deur zwaaide open. Dit was waar ze al bang voor was geweest: iemand had de verbinding hersteld.

Ze liep door de open garagedeur naar buiten in de hoop de auto ergens te zien staan. In plaats daarvan zag ze tientallen plastic vuilniszakken opgestapeld liggen tegen de schutting.van de achtertuin. Haar maag kromp ineen toen ze ernaartoe liep om beter te kijken. Ergens in de hoek zag ze oude, versleten bekleding uitsteken. Ze tilde een zak op en gooide die opzij. Harry's geliefde leunstoel was helemaal doorweekt en dichter bij het definitieve einde gekomen. Waarom stond zijn favoriete stoel hier, afgedankt als oud vuil?

Kat verstijfde helemaal. Haar oom zou nooit afstand doen van zijn leunstoel. Die stoel en zijn andere meubelen zaten hem en het huis als gegoten. Hier moest Hillary achter zitten. En ook achter de verdwijning van de Lincoln. Hillary overschreed altijd grenzen en Kat was er zeker van dat Harry geen idee had dat zijn geliefde bezittingen bij het oud vuil lagen. Het zou hem vreselijk aan het hart gaan.

Ze hoorde de geluiden van de vuilniswagen een straat verderop en ze realiseerde zich dat het vuilnis vandaag werd opgehaald. Ze keek op haar horloge. Het belangrijkste was nu om Harry's spullen te redden van de stort.

Ze pakte zak na zak weg van de oprijlaan en zette die in de lege garage. Ze stopte met tellen bij de vijftigste zak. Daarmee had ze nauwelijks een hoek vrijgemaakt in de stapel, maar dat was genoeg om Harry's leunstoel weg te trekken. Er moesten wel honderd zakken liggen.

In ieder geval was ze op tijd gekomen om het grootste deel van zijn bezittingen te redden, maar wat moest ze verder doen? Daar zou ze zich later zorgen over maken. Ze haalde de leunstoel weg uit de stapel zakken en sleepte hem centimeter voor centimeter met de poten over het ongelijke asfalt uit de regen de garage in. Ze gooide de laatste zak net in Harry's garage toen de vuilniswagen de oprijlaan in kwam rijden. Ze bleef staan en veegde met de achterkant van haar hand het zweet van haar voorhoofd. Door de regen was haar haar kletsnat en zat het nu helemaal in de war, maar dat kon haar niet schelen. Ze had vandaag in ieder geval iets goed gedaan.

De vuilnisman zwaaide naar haar. Ze stak haar arm op, zo langzaam dat het minder een groet leek dan een teken van overgave. Het was nog geen tien uur en ze was nu al doodop. Jace was weg, net als de documenten van het World Institute, haar laptop en de bestanden van de Edgewater-zaak. Haar cliënt was woedend op haar, ook al zou het andersom moeten zijn. Ze had aangenomen dat Harry in ieder geval nog bij Hillary was, maar nu begon ze zich dat af te vragen. Hoe dan ook, ze moest naar huis.

Ze sjokte terug naar de garage en tikte op het apparaatje waarmee de garagedeur werd bediend om de deur achter zich te sluiten. Met veel gekraak sloeg hij dicht. Ze ging met haar hand langs de plank boven Harry's werkbank op zoek naar haar reservehuissleutel. Ze haalde opgelucht adem toen haar hand tegen iets van metaal ging. Er lagen twee sleutels. Haar sleutel en nog een andere reservesleutel van Harry. In ieder geval had Hillary die niet te pakken gekregen.

Ze stopte haar sleutel in haar zak, liep de garage uit en ging de trap op naar Harry's keukendeur. Ze klopte en wachtte een minuut voor het geval hij lag te slapen. Dat zou best kunnen, nu al zijn wereldse bezittingen in de achtertuin waren gedumpt. Ze had er een onprettig gevoel bij.

Ze had lang genoeg gewacht. Stel dat Harry nog binnen was, gewond of nog erger! Ze stak de sleutel in het slot en deed de keukendeur open.

Het huis was leeg.

Weg waren tante Elsies kookboeken op de planken naast de koelkast. De beeldjes boven het aanrecht waren ook weg, net als de kalender die Harry gebruikte om zijn leven te plannen.

Zelfs de keukentafel stond er niet meer, hoewel ze die niet had aangetroffen bij de stapel meubels buiten. Waren er al plunderaars geweest die Harry's bezittingen hadden doorzocht? Wat was er in vredesnaam aan de hand?

Ze wist het antwoord al op die vraag. Een leven gevuld met eenvoudige bezittingen betekende niets voor Hillary. Vooral niet de bezittingen van een zuinige oude man, die altijd weinig voor zichzelf had uitgegeven om zijn dochter zo veel mogelijk te kunnen geven.

Hillary's designerkleren en dure auto's werden ook met grote regelmatig afgedankt om plaats te maken voor de nieuwste statussymbolen, ongeacht hoe duur die waren. Alles en iedereen kon worden afgedankt als ze een bepaald doel hadden gediend. Haar gehele bestaan draaide om het opnieuw uitvinden van haar imago, om het zichzelf positioneren als een vrouw uit een bepaalde sociaaleconomische klasse, als een vrouw die ongebonden was. Ze had alleen anderen nodig om haar imago te financieren.

Voor haar waren Harry's favoriete stoel en de spulletjes uit zijn verleden gewoon afval; een onaangename herinnering aan waar ze vandaan kwam. Dus dankte zij die af, hoewel ze heel goed wist hoe zeer haar vader eraan gehecht was. Kat voelde langzaam woede in zich opkomen. Hillary had domweg het recht niet om uit te maken wat wel en wat niet in Harry's huis stond. Ook al was het een zootje, het was wel zíjn zootje en hij had gewoon het recht om te leven zoals hij wilde.

Maar Hillary's egoïstische karakter was slechts een deel van het probleem. Kat maakte zich meer zorgen over de onderliggende reden voor wat ze aan het doen was. Hoe paste het weggooien van Harry's spullen in Hillary's echte plan?

Was Harry zich bewust van wat ze had gedaan? Hoe dan ook, dit was rampzalig. Een vertrouwde omgeving was heel belangrijk voor iemand met dementie. Alleen al een kleine ontregeling van oom Harry's routinebestaan zou hem de genadeklap kunnen geven. Even aangenomen dat hij er bij was geweest, toen ze zijn spullen had weggegooid.

Haar gedachten gingen terug naar de Lincoln. Ze rende naar de woonkamer en keek de straat in. Misschien had ze Hillary's Porsche niet zien staan. Dat was echter niet zo. Het enige voertuig buiten was een F-150 pick-uptruck van een buurman.

De woonkamer was ook helemaal leeggehaald. Niet alleen was de luie stoel verdwenen: alles was verdwenen. Het hele huis was leeggehaald; wat restte waren de eikenhouten vloeren en de kale muren. Bij de haard stonden een lege emmer en een zwabber.

Haar gedachten sloegen op hol. Als Hillary hier echt achter zat, waar was Harry dan? Het zou verschrikkelijk voor hem zijn als hij zijn huis zo zag, maar het zou nog verschrikkelijker voor hem zijn als ze hem ergens alleen had achtergelaten. De plotselinge terugkeer van haar nichtje na tien jaar afwezigheid was een schok geweest. Hillary had altijd gevonden dat deze stad en ook de familie Denton beneden haar stand waren. Nu was ze terug als een van de plagen van Egypte.

'Hallo?' Haar stem echode door het lege huis.

Ze ging naar boven. Stel dat Hillary weer was verdwenen en Harry mee had genomen? Die gedachte verwierp ze. Hij zou haar te veel beperken in de manier waarop ze gewend was haar leven te leiden.

Kat besefte dat dit allemaal door haar kon komen. Door Harry's creditcards op te zeggen had ze Hillary gedwongen terug te komen. Als ze eenmaal weer wat geld had, zou ze vertrekken en Harry gedesillusioneerd achterlaten. En dat zou niet lang meer duren, aangezien Harry bijna geen geld meer had.

Hillary was niet in staat om van iemand te houden behalve van zichzelf. Ergens wist Harry dat wel, maar toch gaf hij haar geld. Dat was zijn manier om de waarheid niet onder ogen te hoeven zien, een soort ontkenning dus.

Kat schrok toen ze een sleutel in het slot hoorde. Ze waren terug. Ze slaakte een zucht van opluchting en rende naar beneden.

Maar het was niet Harry of Hillary die in de hal stond. Ze stond oog in oog met iemand die ze niet kende.

# HOOFDSTUK 40

De man was in de dertig en zag er gladgeschoren uit. Het jasje van zijn pak zat strak bij de knoopsgaten omdat het werd gedragen door iemand die te veel zakenlunches had genuttigd. Hij stopte zijn mobieltje terug in de zak van zijn jasje en staarde Kat aan.

'Wat krijgen we nu? Wie bent u? Hoe bent u hier binnengekomen?' Hij glimlachte naar haar, maar zijn koude blik klopte niet met zijn glimlach. Een stel van begin dertig kwam achter hem aan naar binnen; de vrouw was duidelijk zwanger.

Het feit dat ze er uitzag als een zwerver gaf hem nog niet het recht om haar zo aan te spreken.

'Ik zou u hetzelfde kunnen vragen. Ik ben Katerina Carter, de nicht van Harry Denton.' Dit kon Harry niet gedaan hebben. Hij was voortdurend in haar nabijheid geweest, totdat hij gistermorgen samen met Hillary uit Hideaway Bay was vertrokken.

Hillary.

Waar was Hillary mee bezig?

Waarom stond ze dit uit te leggen aan vreemden?

'Denton? Oh, oké. Moet u niet ergens anders zijn? Omdat ik deze mensen het huis laat zien..?' Zijn pupillen verwijdden zich als opgezwollen dollartekens.

'U bent makelaar?' Kat deed haar armen over elkaar en blokkeerde de gang. 'Harry's huis staat niet te koop.'

'Het staat wel te koop en ik heb van Hillary gehoord dat het ook leegstaat. Dus als u het niet erg vindt...'

De vrouw snoof en hield zich vast aan de muur toen ze langs Kat schommelde.

'Dit huis is niet van Hillary.' Kat bleef staan. 'Het is van Harry Denton. Tenzij hij u toestemming heeft gegeven, stel ik voor dat u vertrekt. We zoeken dit dan wel later uit.'

'Katerina, zei je dat je heette?' De makelaar wachtte niet op Kats bevestiging. 'Hillary – de eigenaar – heeft dit huis in de verkoop gedaan en deze aardige mensen,' hij wees naar het stel, die al aan het praten waren over hoe ze de keuken zouden aanpakken, 'willen het huis bezichtigen.' Hij pakte zijn mobieltje. 'En graag zonder te worden gestoord. Ik wil geen problemen, dus als u gewoon rustig weggaat...'

Alle energie die haar nog restte, vloeide uit haar weg. Ze wilde wel protesteren, maar ze had geen kracht meer over. Dus Hillary had haar hand ook op Harry's huis weten te leggen? Dat zou kunnen verklaren waarom Harry's bezittingen buiten stonden. Een ding was duidelijk, de makelaar was niet van plan verdere details te geven. Ze had trouwens niet langer de moed om die aan te horen.

Daarom vertrok ze maar. Zelfs als het huis nog van Harry was, dan was het nu niet de tijd of de plaats om de strijd aan te binden. Die zou ze wel met Hillary aangaan, maar op dit moment had ze dringender zaken op haar bordje. Zoals Jace terugvinden en te weten komen wat Zachary nu wel of niet had gedaan.

# HOOFDSTUK 41

Kat sloeg de hoek van haar straat om en slaakte een zucht van opluchting toen ze haar eigen huis zag. Het oude Victoriaanse huis lag ingeklemd tussen een bungalow uit de jaren veertig en een Craftsman-huis van begin 1900. Zelfs van honderd meter afstand was het duidelijk dat Jace niet thuis was. Zijn truck stond nog op dezelfde plek waar hij had gestaan toen ze naar Hideaway Bay vertrokken. Een dun laagje half gesmolten sneeuw op de voorruit was een stukje naar beneden gegleden. De afwezigheid van sporen op de oprit hield in dat de Subaru hier ook niet had gestaan. Sinds hun vertrek was niemand hier geweest.

Ze sjokte de treden naar de trap op, met een steen in haar maag vanwege de omvang van haar problemen. Harry's huis, de verdwijning van Jace en de steeds meer sinistere vormen aannemende Edgewater-zaak begonnen hun tol te eisen.

Jace had gelijk gehad ten aanzien van het World Institute. Waarom had ze zijn argumenten afgedaan als een halfbakken samenzweringstheorie? Als ze die WI-stukken die zouden bewijzen dat Nathan fraude had gepleegd niet was kwijtgeraakt, dan zouden sommige zaken anders zijn verlopen, maar het eindresultaat was niet anders geweest.

Ze had nog het meeste spijt van de beslissing naar Hideaway Bay te gaan. Het was verder overduidelijk dat Landers ook een onfrisse rol speelde. Als ze maar niet zo graag met hem had willen praten.

Kat stak de sleutel in het slot en duwde de deur open. Ze bereidde zich half en half voor op een nieuwe inbraak. In plaats daarvan lag er alleen wat post en reclame; hier was niemand geweest. Ze bukte zich om de post van de houten vloer op te rapen en bleef staan, zich plotseling bewust van het getik van de keukenklok. Het geluid was haar nog nooit eerder zo erg opgevallen.

De stilte in huis deed haar alleen nog meer aan Jace denken. Misschien was hij gewond of nog erger. Stel dat ze hem nooit meer zou zien! Die gedachte overviel haar alsof het een onstuitbare golf was.

Jace had zijn stempel op het huis gedrukt. Vooral aan het restaureren van het houtsnijwerk en de houten panelen bij de trap had hij vele uren besteed; nu waren daar de sporen van brandschade te zien. Een paar vezels waren het enige wat nog restte van het verwoeste kleed; ze lagen verspreid over de houten planken die krom waren getrokken door de waterschade.

Kat voelde een brok in haar keel. Die ruzie met Jace over zijn artikel over het World Institute leek nu zo onbelangrijk.

Ze legde de post op het esdoornhouten tafeltje in de hal en liep de gang door naar de keuken. Het hielp niet als ze zich liep op te vreten van de zenuwen; ze moest vooral iets doen. Maar wat dan? Jace als vermist opgeven had de politie tot nu toe niet in beweging gekregen en ze kon niet gaan zitten afwachten.

In de keuken was niemand geweest, ook Jace niet. Dezelfde vuile vaat in de gootsteen en de krant nog open op de pagina waar Jace was gestopt met lezen. De *Sentinel*. Nu bracht de krant gevoelens van woede bij haar boven in plaats van onverschilligheid.

Haar gevoel van urgentie kwam weer terug toen ze zich haar verdwenen laptop herinnerde. Als Nathan en Victoria tot nu toe nog niet hadden bekeken wat erop stond, dan zouden ze dat vast snel gaan doen. Ze moest als de bliksem haar wachtwoorden veranderen en haar gegevens weghalen van de externe server voordat Nathan en

Victoria dat deden. Ongetwijfeld zouden al haar bestanden anders worden gewist.

Kat liep met grote stappen de trap op en zette haar desktopcomputer aan. Terwijl ze wachtte, belde ze Marcus, de conciërge van het kantoorgebouw, en liet een bericht achter over de kapotte toegangsdeur van haar kantoor.

De computer was opgestart en ze logde in. Ze slaakte een zucht van opluchting en voerde snel een nieuw wachtwoord in. Daarna klikte ze op het Edgewater-bestand en zag dat de laatste keer dat iemand toegang tot het bestand had gehad gisteren was geweest, aan het begin van de avond en nog voordat ze naar bed was gegaan. Niemand had aan haar bestanden gezeten, in ieder geval tot nu toe. Ze selecteerde al haar laptopbestanden en kopieerde die naar haar desktopcomputer en ook naar haar draagbare, externe harddrive.

Terwijl ze daarop wachtte, besefte ze dat ze een computer nodig had op haar kantoor, aangezien zowel haar laptop als Harry's computer verdwenen waren. Ze pakte Jace' laptop van het bureau en stopte die samen met de externe harddrive in haar tas. Nu kon ze het Edgewater-rapport afmaken en uitprinten en dat aan Zachary geven. Ze keek op haar horloge. Nog exact veertig minuten en dan had ze haar afspraak met Zachary.

DERTIG MINUTEN LATER WAS KAT TERUG OP HAAR KANTOOR. De deur was nog steeds kapot, dus schreef ze een kort briefje voor Marcus in de hoop dat hij de deur snel zou repareren. Ze had nog steeds geen zin om hem te spreken. Ze legde Harry's sleutel terug in zijn la.

Ineens wist ze weer wat er nog meer verdwenen was. Harry had een sleutel bewaard achter de kalender in de keuken. Het was de sleutel van het metalen kluisje in Harry's tweede la. Zowel de sleutel als het kluisje waren weg. Harry was te zuinig om geld uit te geven voor een kluis bij zijn bank en gaf er de voorkeur aan om belangrijke documenten te bewaren in zijn eigen metalen kluisje. Die kluis bevatte zijn paspoort, zijn testament en allerlei juridische documenten. En ook het eigendomsbewijs van zijn huis.

Harry's tweede la had opengestaan toen ze zijn chequeboek had gecontroleerd. Ze dacht zeker te weten dat het kluisje toen in de la had gestaan.

Harry kon de kluis alleen maar weghalen als iemand hem naar kantoor had gebracht. Dat betekende dat hij hier samen met Hillary was geweest. Wanneer was dat gebeurd? Gisteren?

En dan was er nog wat de makelaar had gezegd – dat het huis van Hillary was en niet van Harry. Een groeiend angstgevoel bekroop haar. Ze moest met een advocaat praten. Harry had bescherming nodig.

Kat startte Jace' laptop op en belde Harry's mobieltje, terwijl ze wachtte. Ze kreeg direct de voicemail. Of Harry had zijn mobiel uitgeschakeld, of zijn batterij was leeg. Kats gevoel van onrust werd sterker. Het was al bijna anderhalve dag geleden dat Harry en Hillary het conferentiehotel hadden verlaten. Dat was te lang. Hillary zou binnen een paar uur genoeg moeten hebben gekregen van Harry. Waar hingen ze uit?

Kat kopieerde haar Edgewater-bestanden van de draagbare harde schijf naar Jace' laptop. Toen viel haar iets op. Op de harde schijf stond ook een document dat niet van haar was.

Haar hart sloeg over toen ze het bestand bekeek. Het bestand was afgelopen nacht bijgewerkt, na middernacht. Dat was nadat zij naar bed was gegaan en Jace naar de andere kamer was gegaan. Ze hield haar adem in en opende het bestand.

Het was Jace' artikel over het onroerend goed, het artikel dat door de Sentinel was ingetrokken vlak voordat de krant werd gedrukt:


*Global Financial mogelijk betrokken bij onroerend-goedfraude*
*Global Financial, een holdingmaatschappij, heeft gebruikgemaakt van frauduleuze taxaties van onroerend goed; de taxaties gaven een te hoge waarde aan van tientallen bedrijfspanden in het centrum van Vancouver. De holdingmaatschappij kocht panden, die vervolgens meerdere keren snel*

*werden doorverkocht aan een groot aantal zogenaamde kopers voor steeds hogere prijzen. Aangezien de kopers allemaal met elkaar in verband stonden, werden de prijzen kunstmatig opgedreven. Als de waarde van de panden op deze wijze aanzienlijk was gestegen, sloot Global Financial hoge hypotheken af op de bedrijfspanden om vervolgens af te zien van enige aflossing. De omvang van de fraude moet nog worden bepaald, maar wordt voorlopig geschat op meer dan vierhonderd miljoen dollar. Bij Global Financial was niemand beschikbaar voor een reactie. De maatschappij is gevestigd op het adres 422 Cedar Street, maar een gecompliceerd netwerk van holdingmaatschappijen maakt het moeilijk om na te gaan wie de uiteindelijke eigenaar is.*

Kat viel zowat van haar stoel. Dat adres... 422 Cedar Street was hetzelfde adres als van het leegstaande bouwterrein waar ze eerder was geweest. Hetzelfde adres dat Nathan Barron had gebruikt voor de accountants van Edgewater en ook het adres waar de betalingen aan Fredrick Svensson naar toe waren gestuurd. Er was dus een verband tussen enerzijds de onroerend-goedfraude van Jace en anderzijds Edgewater en Research Analytics, en er bestond een rechtstreeks verband tussen die laatste organisatie en het World Institute. Geen wonder dat Jace' artikel was tegengehouden.

Had Jace dat verband ook gelegd? In tegenstelling tot haar was hij niet naar het leegstaande bouwterrein gegaan. Ze betwijfelde of hij aandacht had besteed aan het adres.

Ze huiverde. Het lidmaatschap van het World Institute was dus niet het enige dat Gordon Pinslett en Nathan gemeen hadden.

Dat zou kunnen verklaren waarom iemand het speciaal op Jace had gemunt en hem had laten verdwijnen. De enige mensen die wisten dat Jace in het conferentieoord aanwezig was geweest, waren Roger Landers, Hillary en Harry. Hillary was veel te veel met zichzelf bezig en kwam niet in aanmerking en het gegeven dat Harry afwist van Jace' aanwezigheid was geen probleem.

Dan bleef Roger Landers over. In minder dan twee dagen was Jace op het toneel verschenen als mogelijke concurrent voor het verhaal waar Landers al jaren mee bezig was. Tenminste, dat was waarschijn-lijk hoe Landers het zag.

Jace kennende had hij Landers, een collega-journalist, gevraagd om feedback op zijn verhaal over de onroerend-goedfraude, toen hij eenmaal achter het verband met Beecham was gekomen. Daarom had hij het bestand die nacht geopend. Had Landers Jace soms verraden?

Kat huiverde en deed een trui over haar schouders. Het klonk nogal vergezocht, maar was dat ook echt zo?

Dan was er nog de zaak van Fredrick Svensson, voormalig lid van het World Institute, die ook iets te maken had met hetzelfde adres. Iemand had Svensson het zwijgen opgelegd. Zou Jace ook het zwijgen zijn opgelegd..?

# HOOFDSTUK 42

'Waar ben jij verdorie geweest?' Zachary liep heen en weer in Kats werkkamer, zijn gezicht rood aangelopen van woede. 'Ik probeer je al twee dagen te bereiken. Eerst vertel je me dat ik geruïneerd ben en vervolgens beantwoord je mijn telefoontjes niet. Heb je enig idee wat dat allemaal met me doet?'

Zachary werd geconfronteerd met een miljardenverlies, maar Kat moest haar eigen hel onder ogen zien. Ze wist niet waar Jace was en ook niet waar ze hem moest zoeken. Het was allemaal haar schuld. Dit zou allemaal niet gebeurd zijn als ze Jace niet om hulp had gevraagd en als ze niet naar Hideaway Bay waren gegaan.

'Het spijt me, Zachary. Natuurlijk wilde ik je terugbellen, maar dat was niet mogelijk.' Kat vertelde hem alles, te beginnen bij Research Analytics en eindigend bij Nathan en Victoria.

'En je kon niet even bellen?'

'Dat heb ik wel geprobeerd, maar –' Kon het hem dan niets schelen dat zijn vader en zijn ex-vrouw een relatie hadden?

'En ik had ondertussen geen idee hoe ver je gevorderd was met je onderzoek, wat er gaat gebeuren met Edgewater, of er genoeg geld is om nog een dag of zelfs nog maar een uur zaken te doen met mijn klanten. Ik kan helemaal niets doen.'

'Hoor eens, Zachary, ik had wel dóód kunnen zijn. Haal me maar van de zaak af als je dat zonodig wil – mij kan het niet meer schelen.' Kat begon te transpireren. Waarom had ze ook verwacht dat hij begrip zou tonen? Edgewater en het World Institute hielden veel meer in dan wat ze ooit had kunnen verwachten. Eigenlijk zou zij kwaad op Zachary moeten zijn. Als hij niet zo stom was geweest om helemaal niet op te letten wat er om hem heen gebeurde, dan zou dit überhaupt niet zijn gebeurd.

'Oké. Vertel me wat ik moet doen en ik doe het. Maar je moet me wel op de hoogte houden in het vervolg.'

Had hij helemaal niet geluisterd naar wat ze hem net had verteld? Nam hij het haar echt kwalijk dat ze hem niet had kunnen bellen toen ze platgespoten op een bankje in het station was achtergelaten zonder geld en zonder mobieltje?

'Het komt er in het kort op neer dat je failliet bent, Zachary. Je moet alle financiële handelingen stopzetten en waar mogelijk je bankrekeningen laten bevriezen.'

'Hoeveel tijd heb ik nog?'

'Je hebt helemaal geen tijd meer. Je moet onmiddellijk overal mee stoppen.' Kat schetste hoe Nathan de beleggingsopbrengsten had vervalst met behulp van in elkaar geflanste cliëntafschriften en hoe hij die resultaten heel gunstig had voorgesteld. En verder hoe hij de inleg van beleggers had doorgesluisd naar Research Analytics. Ze vertelde hem ook over de banden tussen Research Analytics en het geheimzinnige World Institute.

'Hoe is het mogelijk dat Nathan hiermee weg kon komen?' Zachary leunde naar voren en sloeg met zijn vuist op het bureau. 'Waarom heeft de accountant dit niet gezien?'

'Dat heb ik al verteld tijdens ons vorige gesprek. Die accountant bestaat niet echt, Beecham is een bedrijf dat Nathan heeft verzonnen en Research Analytics is een dekmantel voor het World Institute. Nathan heeft geld weggehaald uit de beleggingsrekeningen van de cliënten en dat doorgesluisd naar Research Analytics. Hij verbergt dat voor de cliënten door middel van vervalste beleggingsafschriften. Hou je je helemaal nooit bezig met administratieve zaken? Dat zou je wel moeten doen.'

Zachary zuchtte. 'Ik weet het. Maar ik kan niet overal tegelijk zijn. Bovendien was de afspraak dat ik me zou bezighouden met de handelstransacties, terwijl Nathan zich vooral zou richten op de back-officezaken. In ieder geval behaalde ik astronomisch hoge opbrengsten met mijn model van voor eigen rekening handelen.'

Kat haalde diep adem. 'Nog even over dat handelsmodel – dat werkt niet echt zoals jij denkt dat het werkt.' Nu zou hij echt van haar af willen.

'Waar heb je het over?'

'Ik heb al jouw transacties over de afgelopen twee jaar gereconstrueerd. Die leveren niet de twaalf procent winst op waarmee je reclame maakt voor je hedgefonds. De opbrengst is veel lager – in feite lijd je verlies.'

'Dat is belachelijk. Ik geloof je niet.'

Kat overhandigde Zachary haar analyse. 'Over de afgelopen twee jaar heb je in werkelijkheid vijf procent verloren. Maar het is nog erger. Geen enkele van jouw transacties is uitgevoerd.' Ze wachtte even op Zachary's reactie. 'Geen een. Nathan heeft ze niet uitgevoerd.'

Zachary stond woedend op. 'Dat is belachelijk. Ik zou toch gek zijn als ik dat niet had gemerkt? Hoe kan dat allemaal onder mijn neus zijn gebeurd?

Het beleggingsresultaat van het fonds leek Zachary nog het meest te storen, meer dan het nieuws dat hij failliet was of dat Nathan en Victoria een relatie hadden. Kat kon niet geloven dat Zachary zich totaal niet bewust was van het bedrog van zijn vader, maar zijn verbazing leek echt te zijn.

Ze overhandigde Zachary een dikke stapel bankafschriften. 'Kijk zelf maar. De enige transacties die je ziet zijn bedragen die door cliënten in het fonds worden belegd of die worden opgenomen. Verder is er niets. Geen gegevens over het verkopen of aankopen van dollars, of yens, of ponden, of enige andere valuta.'

Zachary bladerde door de stapel. Hij liet zijn schouders zakken en hij zei niets. Hij zag er verslagen uit. 'Dit kan gewoon niet waar zijn.'

'Het gaat om een geval van ponzifraude, Zachary. Er vinden geen echte transacties plaats. Eigenlijk gebeurt er helemaal niet zo veel, behalve dan dat je vader al het geld wegsluist. Geen wonder dat alles gladjes verliep als hij op een van zijn vele reizen was. Dat kwam omdat er geen echte transacties plaatsvonden.'

Zachary Barron liep rood aan. 'Ponzifraude? Dat is onmogelijk.'

'Ik ben bang dat het toch zo is.' Het was vele malen onmogelijker dat Zachary helemaal niets door had gehad van de enorme fraude die zich onder zijn neus had afgespeeld. 'Nathan haalt geld van beleggingsrekeningen van cliënten en sluist dat door naar Research Analytics. Dat doet hij al jaren.' Ze keek hoe Zachary daarop reageerde. Hij zei niets, dus ging ze door. 'Zo lang er veel nieuwe beleggers zijn, werkt die fraude prima. Nathan betaalt de beleggers die uit het fonds stappen met het geld van nieuwe beleggers. Dat gaat allemaal prima als er meer geld binnenkomt dan er uitgaat. En het ging ook allemaal goed, totdat de bankencrisis losbarstte. Plotseling raakten beleggers hun baan kwijt, moesten ze leningen terugbetalen of verliezen op andere beleggingen compenseren. Ze hadden geld nodig en waren gedwongen zelfs hun best renderende beleggingen op te geven. Zoals het hedgefonds van Edgewater.'

'Hoe heeft dit mij kunnen overkomen?' Zachary stond voor het raam met zijn rug naar Kat.

'Je had geen reden om ergens vraagtekens bij te zetten. Dat doet niemand als alles goed gaat. Nathans vervalste afschriften gaven cliënten een rendement van twaalf procent, dus niemand haalde ooit zijn belegging uit het fonds. Waarom zouden ze? Het rendement was beter dan bij andere fondsen. Toen kregen veel van je beleggers te maken met hun eigen financiële crisis. Om die reden moesten ze zelfs van hun best renderende beleggingen af. Zoals van het Edgewaterfonds. En toen ging het banksaldo heel hard naar beneden.'

'Het kan toch niet allemaal doorgestoken kaart zijn. Je moet iets over het hoofd hebben gezien – een bankrekening, boekhoudgegevens. Kun je ook aantonen wat je zegt?'

Kat haalde de knip-en-plakafschriften tevoorschijn. 'Hier zijn de cliëntafschriften. Nathan pleegt die fraude al minstens tien jaar. Hij is er waarschijnlijk mee begonnen voordat jij bij het bedrijf kwam. Zo lang de nieuwe inleg van beleggers hoger was dan de bedragen die weer werden opgenomen, werkte alles prima.' Kat slikte. Ze had de manager van het op een na grootste hedgefonds ter wereld zojuist verteld dat zijn hele succesverhaal gebaseerd was op leugens.

'Ik snap het niet. Hoe zit het dan met al mijn valutatransacties? Ik voer die zelf in – direct bij de handelsplatformen.'

'Het is allemaal bedrog, Zachary. Het is gewoon grootschalige fraude. Die platformen? Die zijn niet gekoppeld aan een extern netwerk. Het is een slim opgezet softwareprogramma dat alleen draait op het eigen netwerk van Edgewater. Geld speelt geen rol als je een miljardenfraude wilt verbergen.'

Kat had de software aangetroffen op de handelsplatformen na de computers van Edgewater te hebben afgezocht. Haar verdenkingen werden bevestigd toen ze geen enkele koper had gevonden voor het speciaal voor Edgewater ontwikkelde softwareprogramma.

'Vertel je me nu dat ik alleen maar een spelletje heb zitten spelen?' Zachary smeet het rapport op Kats bureau en liep het grote passen naar de deur. Hij draaide zich om en keek Kat aan. 'Ik weet gewoon niet wat ik moet geloven. Of jij bent volstrekt incompetent, of ik ben zelf de grootste idioot van de hele wereld.'

'Het spijt me, Zachary. Ik heb het gecontroleerd en nog eens gecontroleerd. Ik wilde dat ik ongelijk had.' Kat rilde toen ze Zachary het bestand over Research Analytics overhandigde. 'Het geld gaat eerst naar Research Analytics. Dan wordt het bijna onmiddellijk over-gemaakt naar het World Institute.'

'Dus Edgewater is betrokken is bij een wereldwijde samenzwe-ring?' Zachary kneep zijn lippen samen, alsof hij uit elkaar zou barsten. Maar dat deed hij niet.

'Daar lijkt het wel op. Ik denk ook dat iedereen hierin zou kunnen trappen. Torenhoge opbrengsten leiden tot blije beleggers. Blije beleggers stellen geen vragen en verzilveren hun beleggingen niet. Zo lang mensen blijven inleggen, kan Nathan de fraude voortzetten.'

Zachary liet zich weer in de stoel tegenover Kats bureau vallen. Hij zei niets en keek alleen voor zich uit. Er verzamelden zich druppeltjes zweet op zijn voorhoofd.

'Er is één positief punt,' zei Kat. 'Je scheidingsregeling was gebaseerd op een frauduleuze voorstelling van zaken. Die regeling kunnen we misschien terug laten draaien.'

Zachary haalde een zakdoek uit zijn jasje en veegde er zijn voorhoofd mee af. 'Daar ga ik me later wel druk om maken. Waar is het geld van Edgewater op dit moment?'

'Het geld bevindt zich op een bank op de Kaaimaneilanden, tenminste als het World Institute nog over het geld beschikt. Of het terug te vorderen is, is een heel ander verhaal. De wetgeving ten aanzien van het bankgeheim op de Kaaimaneilanden maakt het lastig om het geld op te sporen.'

'Waarom zou het World Institute überhaupt mijn vader als lid willen hebben?' Zachary stond op en liep naar het raam. 'Het is niet logisch.'

'Kijk maar naar het geld dat hij inbrengt,' zei Kat. 'Hij ontmoet de machtigste mensen ter wereld.'

Zachary snoof minachtend. 'Mijn vader hoort daar niet bij. Hij is alleen maar rijk door mijn toedoen. Waar zijn trouwens de bewijzen voor wat je me hebt verteld?'

Zachary snapte het nog steeds niet. Kat haalde een stapel documenten uit de printer en gaf die aan Zachary. Er zat een overzicht bij van haar bevindingen, maar helaas niet de documenten die ze uit de kamer van Nathan had gehaald. 'Er was nog meer, maar dat is nog in Hideaway Bay.' Ze beschreef wat ze had gelezen in de agenda van de jaarvergadering van het World Institute en in het verslag van de vergadering van vorig jaar.

Zachary zei niets terwijl hij het rapport pagina voor pagina doornam. Zijn verbazing leek echt. Tien minuten later opende hij pas weer zijn mond.

'Je bent Nathan dus echt gevolgd?' Zachary keek Kat met grote ogen aan.

'Dat niet echt. Ik ben gewoon het geld gevolgd – letterlijk. Dat leidde me naar hem en naar het World Institute. Aangezien de conferentie hier in de buurt plaatsvond, was het niet meer dan normaal dat ik er ook heenging.'

'Niet meer dan normaal?' Zachary trok zijn wenkbrauwen op. 'Je neemt niet echt halve maatregelen. En wat gaat er nu gebeuren?'

'We hebben de documenten van Nathan nodig – de agenda, de notulen en het jaarverslag. We moeten het spoor van het accountantsrapport volgen als we Nathans schuld willen aantonen. Dat niet alleen – we moeten ook aantonen dat jij er niet bij betrokken was. Zonder die documenten zullen de mensen aannemen dat jij dat wel was.' Kat vertelde Zachary niet hoe ze aan de documenten was gekomen. Rondsnuffelen op Nathans hotelkamer was niet echt iets waar ze trots op was.

'Ik weet niet eens waar ik moet beginnen.' Hij rustte met zijn ellebogen op het bureau en zat met zijn hoofd tussen zijn handen.

'Daar hoef je je geen zorgen over te maken – dat zoek ik wel uit.' Misschien was Jace toch uit Hideaway Bay weggekomen met de documenten in zijn bezit. Ze had te doen met Zachary. Zijn hele wereldbeeld en gevoel van eigenwaarde hadden een dreun gekregen. Ze zag in zijn ogen hoe verslagen hij zich voelde. 'Maar er is nog iets. Mijn partner, Jace Burton, is verdwenen en ik denk dat Nathan daar op de een of andere manier mee te maken heeft.' Ze aarzelde. Kon ze Zachary wel vertrouwen? Ze had geen keuze. 'Ik vermoed ook dat Nathan weleens betrokken zou kunnen zijn bij de moord op Fredrick Svensson.'

Zachary knikte. 'Als wat je zegt waar is, dan zou hij iedereen uit de weg ruimen die hem zou kunnen ontmaskeren.'

De kring waarin Nathan zich bewoog was zo hard en meedogenloos dat alleen al verschillen van opvattingen tot moord konden leiden. De dood van Svensson leek die theorie te bevestigen.

Kat klikte met haar muis op een podcast en draaide de laptop om zodat Zachary ernaar kon kijken. In de clip praatte Svensson over munthervorming. Hij sprak op een economische top in Europa, een paar dagen voor hij van Zweden via Londen naar Canada reisde. Het was zijn laatste toespraak in het openbaar, tien dagen voordat hij de dood vond bij Hideaway Bay.

Zachary wuifde het scherm weg. 'Ik ben bekend met Svensson. Heb je het artikel in de *Herald* gelezen? In zijn afscheidsbriefje staat dat hij van mening was veranderd over de wenselijkheid van één wereldmunt. Hij was eindelijk verstandig geworden.'

Kat haalde haar schouders op. 'Wel vreemd aangezien die theorie zijn leven bepaalde.' Ze draaide het scherm weer naar zich toe. Ze bleef ineens doodstil zitten, toen ze een in het fimpje iemand opmerkte die achter Svensson stond. Kat had het groepje mensen dat om hem heen stond wel eerder gezien tijdens de vijf of zes keer dat ze de clip al had bekeken, maar had niet echt aandacht aan hen besteed. Maar die kleine vrouw kwam haar bekend voor. Kat zoomde in op het beeld, totdat de vrouw en Svensson samen het scherm vulden.

Kat zette het beeld stil. Svensson leek wat onzeker en draaide zich om naar de vrouw ter geruststelling. Ze knikte naar hem. Het was een uitdrukking die zo intiem overkwam dat Kat onmiddellijk wist dat ze een relatie hadden. Ze wist het heel zeker en ze wist ook zeker wie de vrouw was. Zonder de video zou Kat hen in nog geen honderd jaar met elkaar in verband hebben gebracht.

# HOOFDSTUK 43

Kat had nooit verwacht dat ze Connor Whitehall weer zo snel opnieuw zou zien. En toch zat ze hier op maandagmiddag in zijn werkkamer. Direct nadat Zachary was vertrokken, had ze zich zo snel mogelijk hiernaartoe gehaast. In ieder geval was het niet zo dat Connor Whitehall en zij het opnieuw tegen elkaar opnamen in een rechtszaal.

Ze kon niets anders meer bedenken en ze kwam ook tijd te kort. Afgezien van het feit dat hij de enige advocaat was die bereid was haar zonder eerdere afspraak te ontvangen, was hij ook gespecialiseerd in ouderenrecht. Kat zat tegenover hem en keek om zich heen, terwijl ze wachtte totdat hij zijn telefoontje had afgerond. De muren van zijn werkkamer waren neutraal lichtgroen en hingen vol met ingelijste landschapsfoto's. Op de hoek van zijn bureau lagen fotoboeken. Ze had er zelfs nog nooit bij stilgestaan dat haar tegenstander in de rechtszaal interesses zou kunnen hebben buiten zijn werk, laat staan dat die interesses kunstzinnig van aard zouden zijn.

'Mijn excuses.' Connor legde de telefoon op de haak en glimlachte naar haar. 'Ik herinner me je oom uit de rechtszaal. Hij is, eh, een beetje vergeetachtig?'

Kat knikte. De advocaat was totaal anders dan hoe hij bij de rechtbank was geweest. En dat in positieve zin. Ze leunde naar voren en haalde de papieren met betrekking tot Harry's financiële situatie uit haar koffertje. 'Zijn dementie is de laatste paar maanden steeds erger geworden. Ik ben hem de laatste tijd steeds meer gaan helpen: zorgen dat zijn chequeboek klopt, dat hij eet, dat soort dingen. Toen ben ik erachter gekomen dat hij zijn rekeningen niet meer betaalde. Nu is hij niet alleen praktisch failliet, maar staat hij ook op het punt zijn huis kwijt te raken.'

Kat vertelde over haar ontmoeting met de makelaar in Harry's huis, zijn lening bij de bank en de ongebruikelijke creditcardschulden. En haar verdenking dat Hillary ermee te maken had.

'Kun je bewijzen dat Hillary dat geld krijgt?' Connor keek haar over zijn bril aan en trok zijn wenkbrauwen op.

'Ja, dat kan ik.' Kat was zich heel goed bewust van Hillary's neiging om zich tegenover anderen als een parasiet te gedragen, maar ze had geen directe fraude vermoed totdat ze door Jace' toedoen keihard met haar neus op de feiten was gedrukt. Ze overhandigde Connor kopieën van Harry's bankafschriften met daarop duidelijk aangegeven de talrijke overschrijvingen naar wat Hillary's bankrekening leek te zijn.

'Ik heb de bank gebeld waarnaar de bedragen waren overgemaakt en me als Hillary voorgedaan. Aangezien ze ermee instemden uit te zoeken hoe het zat met een ontbrekende overschrijving, was het bewijs al praktisch geleverd. Harry's bank had die overschrijving geweigerd, omdat het saldo op Harry's bankrekening niet hoog genoeg was. En dan is het ook nog zo dat Hillary blijkbaar iets meer dan een week geleden weer is komen opdagen, toen de bank weigerde de overschrijving uit te voeren.'

Whitehall fronste zijn wenkbrauwen toen hij Harry's afschriften bekeek. 'Harry mag doen wat hij wil met zijn geld. Hij mag het ook weggeven, ook al vinden jij en ik dat hij zichzelf te gronde richt. Worden deze bedragen nog steeds regelmatig overgemaakt?'

'Dat zou het geval zijn, ware het niet dat er geen geld meer op zijn rekening staat.' Ze legde uit dat Harry rood stond en een grote lening had afgesloten. 'Tenzij de bank besluit om hem nog meer te lenen.' Ze huiverde bij de gedachte. Ze zouden dat zomaar kunnen doen en hem daarna nog meer kunnen lenen, totdat ze alle overwaarde van het huis in leningen hadden omgezet.

'Daarmee overtreden ze de wet niet.'

'Ik moet een einde maken aan deze slachting, Connor.' Kat vertelde over Harry's creditcards die allemaal het maximaal op te nemen bedrag lieten zien, creditcards die in het laatste half jaar waren aangevraagd. Ze vertelde over de duizenden dollars aan kleding, uitgaan en luxereisjes waarvoor Harry had betaald. Ze dacht met afschuw aan alle schulden die Hillary op dit moment vast weer namens Harry aan het maken was zonder dat iemand haar tegen kon houden. 'Kan de rechterlijke macht niets voor hem doen? Kan jij niets regelen?'

'Dat hangt van Harry af. Als hij zelf niet aangeeft dat hij geen toestemming heeft gegeven voor die uitgaven, dan moeten we ervan uitgaan dat hij die toestemming wel heeft gegeven.'

'Maar hij weet niet meer wat hij doet. Als hij dat wel wist, dan zou hij dit nooit hebben laten gebeuren. En geld was de reden waarom Hillary er destijds vandoor is gegaan. Toen hij haar geen geld meer wilde geven. Hij wilde nooit schulden of een hypotheek op zijn huis hebben.' Kat deed haar armen omhoog. 'Vijftig jaar zuinig leven, allemaal tenietgedaan in een paar maanden tijd. Hij heeft dringend hulp nodig.'

'Het simpele feit dat hij verkeerde beslissingen neemt is nog geen reden om hem die beslissingsbevoegdheid te ontnemen. Het is een zeer serieuze stap, Kat. Iemand kan alzheimer hebben in meer of minder ernstige mate. Hij wordt geacht zelf beslissingen te kunnen nemen, totdat het tegendeel wordt bewezen.'

'Maar hij heeft alzheimer in zeer ernstige mate. Hij kan zich sommige dingen van een paar minuten geleden al niet meer herinneren en hij kan niet meer voor zichzelf zorgen.' Ze vertelde over de recente brand in zijn keuken en zijn volledig gebrek aan besef van zijn omgeving. 'Iemand moet nu tussenbeide komen en hem helpen. Hij kan de simpelste dingen niet meer zelf regelen. En hij heeft ook nooit geregeld dat iemand namens hem beslissingen mag nemen.'

'Het is allemaal niet zo eenvoudig. Er is niets dat je kunt doen op basis van de wet, tenzij kan worden aangetoond dat hij niet in staat is zijn eigen zaken te regelen. Het klikt wel alsof het daar zo langzamerhand op neerkomt. Heb je het hier met hem over gehad?'

'Dat heb ik wel geprobeerd, maar dat is moeilijk. Eerst ontkent hij altijd alles, maar als ik hem de afschriften laat zien, dan beseft hij wel wat er is gebeurd. Het maakt hem van streek, maar zijn dementie maakt de zaak gecompliceerd. Binnen een paar minuten is hij ons gesprek vergeten en dan kan ik weer opnieuw beginnen. Ondertussen raakt hij alles kwijt. Er staat niets meer op zijn bankrekening en hij kan zelfs niet meer verder in het rood staan.'

'De bank zou zijn rekening moeten bevriezen.'

'Dat heb ik gevraagd, maar naar mij luisteren ze niet. Ze zeggen dat Harry dat initiatief moet nemen, maar hij begrijpt niet wat er gebeurt. Het is gewoon een vicieuze cirkel.'

Alleen al de gedachte aan al die schulden die op Harry's naam stonden deed Kat gruwen. 'Hoe kan het dat zijn eigen dochter van hem steelt?'

Connor zuchtte. 'Dat gebeurt in de beste families. Ik zie het vaak genoeg.'

Kat wees op het afschrift van Harry's Visa-creditcard. 'Zijn hele leven is hij zuinig geweest. En wat gebeurt er nu? Alles waar hij voor heeft gewerkt wordt gespendeerd aan juwelen van Tiffany, tripjes naar Las Vegas en reparaties in de Porschegarage. Harry heeft geen Porsche, Hillary wel. Nu staat hij op het punt zijn huis kwijt te raken.' Ze keek op haar horloge. 'Als dat al niet gebeurd is. Het is financieel misbruik.'

'Dat zou zomaar kunnen. Het is gewoon droevig hoe vaak dat gebeurt.' Whitehall keek haar over zijn bril aan. 'Je moet met hem praten over hoe hij er geestelijk aan toe is voordat we juridische stappen zetten.'

'En wat moet ik hem dan zeggen? Dat hij zijn zaken niet meer zelf mag regelen? Dat geeft hem de genadeklap.' Kat stond op en keek uit het kamerhoge raam. Het bood een spectaculair uitzicht op de Lions Gate Bridge en de met sneeuw bedekte North Shore Mountains in de verte.

'Hij heeft er recht op zo veel mogelijk te weten. En jij helpt hem toch?'

'Maar Harry hecht zo aan zijn onafhankelijkheid. Hij zal zich vernederd voelen.'

'Misschien wel, ja. Maar het alternatief is veel erger.'

Kat wist dat Whitehall gelijk had. Maar Harry's eerste reactie op de recente bevestiging door zijn huisarts van de diagnose alzheimer was geweest dat hij was weggevlucht uit de wachtkamer. Daarna was hij verdwaald en bijna doodgevroren in een ondergrondse parkeergarage. Dat risico wilde ze niet nog een keer lopen.

'Hij moet worden onderzocht door artsen die vertrouwd zijn met geriatrische patiënten. Die stellen hem vragen en doen een aantal testjes. Als ze van mening zijn dat hij niet meer wilsbekwaam is, dan kunnen ze verklaren dat hij niet meer handelingsbevoegd is. Dat beschermt hem tegen eventuele verdere financiële transacties. De bank kan hem dan geen geld meer lenen en Hillary kan geen geld meer van zijn rekening halen. Natuurlijk betekent dat ook dat hij zelf geen enkele financiële handeling meer mag verrichten.'

Kat wreef over haar voorhoofd. Ze had inmiddels vreselijke hoofdpijn. 'Hoe snel kunnen we dat regelen? Ik denk dat er al een bod is uitgebracht op zijn huis.' Kat had Whitehalls rustige manier van doen net nog prettig gevonden, maar nu was zijn gebrek aan urgentie een aanslag op haar zenuwen. 'Wat kunnen we doen? Kunnen we de politie niet bellen?'

'Het is niet zo simpel.'

'Mij lijkt het wel simpel. Hillary maakt misbruik van mijn oom.'

'We hebben hier te maken met iemands geestelijke gesteldheid, Kat. De wet zegt dat Harry het recht heeft om zijn eigen zaken te regelen zolang hij wilsbekwaam is. Iemand dat recht ontzeggen is een zeer ernstige stap.'

'Het is duidelijk dat hij niet wilsbekwaam is. Een weldenkend persoon zou dit nooit doen.'

'Misschien niet, maar een wettige beoordeling van Harry's wilsbekwaamheid berust op de mening van twee artsen. Eén daarvan kan zijn eigen huisarts zijn.'

'Zijn eigen huisarts heeft vorige week dinsdag besloten hem niet langer als patiënt te willen hebben. Waar vind ik twee artsen die bereid zijn hem op korte termijn te onderzoeken? Ik weet niet eens waar ik moet beginnen.'

'Ik ken er wel een paar.' Whitehall klopte haar bemoedigend op de hand. 'Ik pleeg wel wat telefoontjes.'

Kat voelde zich lichamelijk onwel. 'Hoe zit het met de schade tot nu toe? Wordt Hillary niet vervolgd? Moet ze het geld niet teruggeven?'

'Waarschijnlijk niet, omdat er geen bewijs is dat hij wilsonbekwaam was toen de transacties plaatsvonden.'

'Dus ze komt er gewoon mee weg alsof er niets gebeurd is?' Kat snoof verontwaardigd. 'Het is nog gemakkelijker dan de bank beroven.'

Whitehall zuchtte. 'Misschien lijkt de wet niet eerlijk, maar een oordeel over Harry's wilsbekwaamheid moet objectief en verifieerbaar worden vastgesteld. Dat oordeel heeft geen terugwerkende kracht; wat in het verleden verkeerd is gegaan kan niet meer worden teruggedraaid. Ik ben bang dat financieel misbruik veel voorkomt in families.'

'Ik dacht altijd dat de wet geacht werd om kwetsbare mensen als Harry te beschermen?'

'Als het medisch oordeel echt zo is dat hij wilsonbekwaam is, dan kunnen we bij de rechtbank een aanvraag doen om hem handelingsonbevoegd te laten verklaren. Dat geeft hem bescherming voor de toekomst. We kunnen niets meer doen aan het verleden. Het kan allemaal geregeld worden in nog geen drie weken.'

'Drie weken? Dan heeft hij helemaal niets meer over.'

Whitehall keek haar vriendelijk aan. 'Ik werk zo snel als ik kan. Wanneer kan ik Harry spreken?'

'Dat is nu juist het probleem. Ik weet niet waar hij is.'

# HOOFDSTUK 44

*B*uiten was de regen overgegaan in hagel en die kletterde nu tegen het keukenraam. Kat stond te koken en roerde in de pasta. Het gestage getik tegen het raam werd steeds luider en mondde uiteindelijk uit in een kakafonie van lawaai, waardoor alles werd overstemd behalve haar gedachten. Ze was blij dat ze thuis was gekomen voordat de storm losbarstte.

Kat rilde en vroeg zich af of Jace ergens alleen buiten was. Waarom had de politie nog niet gebeld? De knoop in haar maag zat er nog steeds. Was hij gewond? Of nog erger, had hij hetzelfde lot ondergaan als Svensson? Daar durfde ze niet aan te denken en toch kon ze de gedachte niet loslaten.

Kat schrok toen haar gedachten werden onderbroken door een harde bons. Waarschijnlijk van takken die door de harde wind waren losgerukt van de bomen. Ze zette het fornuis lager en goot de pasta in het vergiet om die in de gootsteen te laten uitdruipen.

Het gebons begon opnieuw. Deze keer besefte ze dat het bij de voordeur was. Haar hart sloeg over toen ze zich omdraaide en naar de deur rende. Misschien was het Jace. Of nee, waarschijnlijk was het Hillary. Klaar om Harry te dumpen.

Maar zij was het niet. Connor Whitehall stond op de drempel; er zaten druppels op zijn regenjas. Zijn haar was nat, hoewel de veranda maar een paar stappen verwijderd was van de stoep waar zijn Volvo geparkeerd stond.

Kat nodigde hem uit binnen te komen en hing zijn jas op in de halkast, die gelukkig niet was aangetast door de brand. Ze wenkte hem achter haar aan te lopen naar de keuken. 'Ik ben met het eten bezig. Wil je blijven eten?'

Connor keek naar de houten panelen en de trapleuning, waarop de sporen van de brand nog duidelijk te zien waren. 'Helaas kan ik niet. Maar er is iets waarvan ik dacht dat je dat zo snel mogelijk moest weten.' Connor keek naar zijn schoenen. 'Ik heb in het kadaster de gegevens van Harry's huis opgevraagd.'

'En?' Kat voelde hoe het bloed wegtrok uit haar gezicht. Er rustte al een hoge hypotheek op en het was alles wat Harry nog aan bezittingen had. 'Is het verkocht? Heeft Hillary het verkocht?'

'Dat niet. Maar Hillary's naam staat op het eigendomsbewijs. Harry heeft het eigendom aan haar overgedragen.' Hij keek Kat aan. 'Het komt erop neer dat het huis al verkocht is. Aan Hillary. Harry is niet langer de eigenaar.'

'Dat kan niet. Dat zou hij nooit doen.' Ze had zulke schaamteloze fraude niet verwacht, zelfs niet van Hillary. Aan de andere kant verklaarde dit veel. Het kon niet anders of Hillary had het afgelopen weekend op haar kantoor ingebroken. Dat stond dus in verband met Harry's verdwenen kluisje met het eigendomsbewijs van zijn huis en zijn andere papieren en met de sleutel die nu niet meer achter de kalender hing. Hillary was natuurlijk manipulatief, maar Kat had nooit vermoed dat ze zo ver zou gaan.

Connor legde zijn koffertje neer op de keukentafel en pakte er een envelop uit. Daarin zat een stapel papieren, die hij aan Kat overhandigde. 'Kijk maar.'

Kat bestudeerde Harry's handtekening, met de grote gekrulde y en de t met het streepje erdoor. Dit was inderdaad zijn handtekening. En dit document was vanmorgen getekend.

Het was dus echt te laat.

'Hij weet niet wat hij doet. Hij zou niet hebben begrepen wat hij tekende. Dit kan niet geldig zijn.'

'Ik ben bang dat dit wel geldig is. Zonder bewijs dat hij wilsonbekwaam is of dat er sprake is geweest van enige dwang, is dit een geldig document.'

'Wacht even.' Kat hield de handtekening tegen het licht. Hoewel het inderdaad ging om Harry's handtekening, leek deze op de handtekening die hij twee jaar geleden zou hebben gezet. Het handschrift klopte met de rest van de papieren en met zijn identiteitsbewijs, maar leek niet op zijn beverige handschrift van de laatste tijd. Al maanden had ze heel veel moeite met het lezen van zijn handschrift op het werk. Hetzelfde gold voor zijn gekrabbel in zijn chequeboek, dat al langer bijna onleesbaar was. Zelfs de handtekening onder het leencontract voor de zogenaamde verbouwing liet die beverige krabbel zien. 'Deze handtekening is te mooi. Dit moet een vervalsing zijn.'

'Vervalsing? Hoe weet je dat zo zeker?'

'Harry's hand beeft tegenwoordig wanneer hij schrijft. Deze handtekening is rustig en vloeiend; zo schreef hij een paar jaar geleden.' Hillary was nog dieper gezonken.

'Ben je er zeker van dat Harry dit niet zou willen tekenen? Soms maken ouders hun kinderen mede-eigenaar van het huis om allerlei belastingen en dergelijke te ontlopen. Heeft hij het daar ooit over gehad?'

'Nee, en dat zou hij ook nooit doen.' Vooral niet in het geval van Hillary. Harry hield wel van zijn dochter, maar hij was zich ook bewust van de donkere kant van de egoïstische Hillary.

'Kat, het spijt me echt dat ik je zulk slecht nieuws moest brengen.' Connor Whitehall keek op zijn horloge. 'Ik moest maar eens gaan.'

Kat liep met hem mee naar de hal en gaf hem zijn jas. 'Je moet haar tegenhouden.'

'Eerst moet je Harry zien te vinden. Ik kan niets doen voordat hij is onderzocht.' Hij draaide zich om en liep de veranda af naar zijn auto.

Het was nu donker. De Volvo reed weg van de stoeprand; de achterlichten werden weerspiegeld op het natte asfalt. Door de windvlagen gingen de takken bij de straatlantaarn heen en weer. Daardoor leek het licht onregelmatig, net alsof iemand een bericht stuurde met behulp van morsetekens. Kat huiverde en deed de deur dicht. Het was nu al te laat om oom Harry in financieel opzicht te redden. Het enige goede aan dementie was de vergetelheid. Je hoefde nooit te weten te komen hoe groot je problemen waren. En uiteindelijk konden die problemen je ook helemaal niets meer schelen.

# HOOFDSTUK 45

Kat arriveerde dinsdagmorgen om zeven uur bij het kantoorgebouw. Het gebouw was nog donker en vreemd rustig. Ze liep de trap op naar haar kantoor en rommelde een beetje met het slot in het schaarse licht. Marcus had de deur gerepareerd, maar ze had wel een paar pogingen nodig om de sleutel om te draaien.

Ze stond meestal niet vroeg op, maar na een onrustige nacht en voor de tweede keer alleen ontwaken kon ze er niet meer tegen nog langer thuis te blijven. Het huis deed haar gewoon te veel aan Jace denken.

Ook de podcast van Svensson op de conferentie in Zweden liet haar niet los. De vrouw die bij hem was, leek sprekend op Angelika, dat kamermeisje in het conferentieoord. Eigenlijk wist ze wel zeker dat zij het was. Maar waarom was ze in Zweden geweest? Had ze op de een of andere manier iets te maken met de dood van Svensson?

Kat deed de deur achter zich dicht en leunde er tegenaan. Door de kamerhoge ramen zag ze heel vaag het silhouet van de North Shore Mountains. Ze zag een paar lichtjes aan de overkant van het water; de haven kwam langzaam tot leven. Ze had vandaag, net als gisteren, overleg met Zachary. Deze keer ging het erom een strategie af te spreken om de beleggers en de bank op de hoogte te stellen van de fraude. Zodra ze haar overleg met Zachary – dat gepland stond voor de vroege ochtend – had afgerond, zou ze op weg gaan naar Hideaway Bay.

Haar telefoontjes naar de politie waren onbeantwoord gebleven en ze snapte niet hoe dat in vredesnaam kon. Welk politiebureau liet er nou telefoontjes direct naar de voicemail gaan? Jace was spoorloos en ze had recht op een antwoord, ook al was het maar om haar te vertellen dat er geen ontwikkelingen waren. Het was gewoon te belachelijk voor woorden. Aangezien de politie haar bericht niet serieus nam, wilde ze zelf stappen ondernemen. Zelf naar Jace gaan zoeken.

Maar voordat ze vertrok, moest ze eerst haar zoekgebied beter in kaart brengen.

Kat bestudeerde de kaart die aan de muur was geprikt. Wat zag ze over het hoofd? De kaart van Hideaway Bay was simpel genoeg. De enige manier om er via land te komen was een enkele weg. Die begon bij waar de veerboot aanlegde, liep door het stadje, en liep vervolgens door naar de afslag die naar het Tides Resort leidde. Je kon er ook via het water of via de lucht komen, maar dat was minder waarschijnlijk.

Ze had tijdens hun verblijf wel een helicopter horen landen, maar van een tweede helicopter midden in de nacht zou ze zeker wakker zijn geworden. Dat betekende dat Jace te voet of per boot moest zijn vertrokken. Het conferentieoord lag aan zee, maar er was geen mogelijkheid daar vlakbij aan te leggen, en al helemaal niet 's nachts. Er liep een aantal wandelroutes naar het conferentieoord, zoals de Summit Trail waar Svensson dodelijk was verongelukt. In de winter waren die routes niet gemakkelijk af te leggen, maar met de juiste uitrusting was het niet onmogelijk. Bij die uitrusting hoorde ook een koplamp.

Er was nog een scenario, één waarvan ze dacht dat de politie dat waarschijnlijk niet zou nagaan. Het was mogelijk dat Jace naar de blokhut van Kurt was gegaan. Die was in de buurt. Kat betwijfelde of Jace zonder de juiste uitrusting aan zo'n bergwandelroute zou zijn begonnen. Hij zou ook niet zijn weggegaan zonder dat aan haar te vertellen... tenzij hij geen keuze had.

Ze kon de mogelijkheid van Kurts blokhut echter niet uitsluiten zonder er zelf naar toe te gaan, aangezien er bij de blokhut geen mobiel bereik was en ook geen vaste telefoonlijn.

Was Landers' enthousiasme een list geweest? Had hij de hele tijd al de bedoeling gehad om Kat en Jace te bedriegen en hen uit te leveren?

Kat prikte spelden in de kaart voor iedere route die uitkwam op de weg naar het conferentieoord. Ze zou daar later vandaag naar toerijden en de routes nagaan die de meeste kans boden. De moed zonk haar in de schoenen tegen de tijd dat ze de laatste speld in de kaart prikte. Leefde Jace überhaupt nog wel?

Langzaam deed het daglicht zijn intrede in het kantoor. Buiten werd het weerkaatst door de witte rijp die overal op zat behalve op het water. Nu de stad aan het ontwaken was, steeg het geluid van verkeer, machines en stemmen op naar het kantoor op de vierde verdieping. Kat rilde. Eindelijk was de verwarming aangegaan, maar die kon het niet winnen van de tocht die langs de ramen naar binnen drong; de ramen in het gebouw waren oud en van enkelglas.

Een hijskraan in de haven tilde een Maersk-container van een Chinees vrachtschip en liet die zakken op de kade. De containers werden driehoog opgestapeld en zouden wel vol zitten met electronica, meubilair en allerlei andere zaken. De drukte in de haven hield nooit op; het gevolg van goedkope invoer en de onverzadigbare vraag van consumenten.

Kat schrok toen de buitenste deur van het kantoor met enig geknars openging.

'Zachary? Ik zit hier.'

Maar het was Zachary helemaal niet. Het was Hillary. Haar naaldhakken lieten een klikkend geluid horen en ze verscheen in de deuropening. Kat had absoluut geen zin om Hillary te spreken, maar haar verschijning betekende in ieder geval dat ze nu kon achterhalen waar Harry was. Dan kon ze stappen gaan zetten om een einde te maken aan Hillary's financiële misbruik.

'Hallo, nichtje.' Hillary wees naar de kaart en lachte. 'Zit je op de kleuterschool? Is dit echt wat je de hele dag doet?'

'Hillary, wat doe jij hier? Waar is Harry?' Kat stond op en liep naar de kaart. Ze ging ervoor staan en stak haar arm uit, zodat Hillary geen spelden uit de kaart kon trekken.

'Kan ik niet even op bezoek komen zonder dat je me van die domme vragen stelt?' Hillary tilde haar rechtervoet op en vervolgens haar linker en klopte met haar handpalm het stof van de zolen van haar Gucci-schoenen. Ze vertrok haar gezicht in een grimas toen ze haar handpalmen tegen elkaar wreef. 'Maak je hier nooit schoon?'

'De conciërge maakt iedere avond schoon.' Ze moest Hillary zien kwijt te raken voordat Zachary arriveerde. De gedachte dat Hillary een van haar cliënten zou ontmoeten was verre van aangenaam. Ze was veel te manipulatief en onvoorspelbaar.

'Waar is je vader, Hillary?' Ze zou het nu nog niet gaan hebben over Harry's huis. Ze wilde niet het risico lopen dat Hillary er vandoor zou gaan, zonder dat ze had verteld waar Harry zich bevond.

Hillary reageerde niet op haar vraag. 'Dit kantoor is smerig. En je meubels zien eruit alsof ze tweede keus waren in een goedkope winkel. En dan al die rotzooi.' Ze pakte het stapeltje tijdschriften op het bijzettafeltje op en gooide die in de papierbak. 'Geen wonder dat niemand je serieus neemt.'

'Er is niets mis met mijn kantoor. Waar is Harry?' Hillary was nog geen minuut binnen en Kat stond al op ontploffen. Ze moest maar bedenken dat slechts één van hen beiden een honorarium van zes cijfers kon vragen, en dat was Hillary zeker niet. Zíj kon in ieder geval in haar eigen levensonderhoud voorzien. 'Ik heb hem opgebeld en hij was niet thuis. Hij beantwoordt ook zijn mobieltje niet.'

Ze had nog heel veel andere vragen, zoals waar Hillary de afgelopen tien jaar in godsnaam was geweest, maar daar was het nu niet de tijd voor.

'Hoe zou ik moeten weten waar papa is? Ik ben zijn mantelzorger niet. Waarschijnlijk is hij boodschappen gaan doen of zoiets.'

'Hillary, je weet net zo goed als ik dat hij niet thuis is of boodschappen loopt te doen. Hij was bij jou.' Was Hillary echt zo onverantwoordelijk, of was er meer aan de hand? Iedere keer dat Kat Hillary het voordeel van de twijfel gaf, kreeg ze de kous op de kop. In ieder geval was ze er zeker van dat Hillary niet was teruggekomen omdat ze zich zorgen maakte om haar vader.

'Waarom denk je dat hij niet thuis is?' Hillary fronste en haar gezicht stond op storm.

Kat wees op de leren leunstoel. Het had totaal geen zin om de strijd aan te gaan met Hillary, dus ze veranderde van toon. 'Ga zitten. Je zal wel moe zijn.'

'Denk je echt dat ik ga zitten in die vieze stoel? Dat dacht ik niet.Er zitten vast vlooien in.' Hillary deed haar kapsel goed met een gemanicuurde hand.

'Met die stoel is niets mis. Maar als je wilt blijven staan, dan ga je je gang maar.'

Hillary bekeek Kat van top tot teen: haar kleren, haar kapsel en haar make-up. 'Je moet echts eens gaan nadenken over een make-over.' Ze grijnsde. 'Een complete. Die kleren waren vijf jaar geleden al uit de mode. Waarom ben je in dat kloffie van huis gegaan? Je hebt echt iets nieuws nodig.'

Kat zei niets en draaide zich om naar de kaart. Hillary kon er niet tegen als iemand haar negeerde.

'Wat doe je met die spelden?'

'Ik probeer gewoon wat uit.' Kat keek uit het raam. In een paar minuten tijd was de zon verdwenen en had plaatsgemaakt voor lage bewolking. Er dwarrelden sneeuwvlokken langs het raam en ze kon nog maar nauwelijks de North Shore Mountains zien aan de andere kant van het water. Waar bleef Zachary in hemelsnaam?

'Uitproberen?' Hillary haalde handcrème uit haar tasje en deed een beetje op haar handen. Ze wreef het in haar handpalmen en staarde naar de kaart. 'Hé, dat is de plek waar je mijn vader verborgen hield.'

'Hillary, hou op met die onzin. Dat deed ik niet en dat weet je echt wel.'

'Natuurlijk was dat wel zo. Is dat niet vlak bij de plek waar die man die kandidaat was voor de Nobelprijs is verdwenen?'

'Fredrick Svensson?' Kat was stomverbaasd dat Hillary überhaupt van hem had gehoord.

'Ja, die vent. Hij zag er goed uit voor zo'n oude man.'

Svensson moest midden zestig zijn.

Oké, ze was het zat. Kat ontplofte bijna. 'Waar is hij?'

'Die Nobelkerel?'

'Allemachtig, nee! Harry natuurlijk!' Kat masseerde haar slapen, want ze voelde hoofdpijn opkomen.

Aan de overkant van het water ontwikkelde zich een tweede stormdepressie, die in de richting van Hideaway Bay trok. Kat rilde ondanks haar dikke wollen trui en panty. Ze moest zo snel mogelijk vertrekken, anders liep ze het risico van wegafsluitingen. Jace' pick-uptruck stond voor de deur geparkeerd, volgepakt met warme kleren, wandelspullen en alles wat ze ook maar nodig zou kunnen hebben.

'Niet zo sarcastisch doen, Kat.' Hillary haalde een nagelvijl uit haar tasje en begon haar nagels te doen. Ze wees met haar nagelvijltje naar Kat en kneep haar ogen samen. 'Je mag wel wat rustiger doen. Hoe zou ik moeten weten waar hij is?'

'De laatste keer dat ik hem zag was hij bij jou. Als dat nu niet meer zo is, waar is hij dan?'

Hillary trok haar wenkbrauwen op en haar mondhoeken krulden omhoog in een grijns. 'Rustig maar. Wat kan het jou schelen? Het is mijn vader, niet de jouwe.'

Die woorden deden Kat altijd pijn, ongeacht hoe vaak ze die al van Hillary had gehoord. De Dentons hadden Kat officieel geadopteerd, nadat haar moeder was gestorven en haar vader er vandoor was gegaan. Toen Hillary eenmaal besefte dat die regeling permanent was, had ze al het mogelijke gedaan om Kat het gevoel te geven dat ze niet welkom was.

'Kat, het gaat jou helemaal niet aan wat papa en ik doen.' Hillary tuitte haar lippen. 'Zet je eroverheen.'

'O, nee, het gaat me wel aan.' Kat deed haar armen over elkaar. 'Hij is niet thuis. Hij is niet bij jou en hij is niet hier. Waar hij ook is, hij is in de war en voelt zich verloren. Ik heb er recht op te weten waar hij is.'

'Je hebt er helemaal geen recht op. Zoek je eigen familie om voor te zorgen.' Hillary deed zogenaamd geshockeerd haar hand voor haar mond. 'O ja, dat is waar ook... je hebt geen familie.'

'Hillary, Harry is ook míjn familie. Ik ben degene die voor hem heeft gezorgd terwijl jij er vandoor was. Je maakt al jaren geen deel meer uit van zijn leven.'

'En daar komt nu verandering in.' Hillary keek Kat spottend aan.

De buitendeur van het kantoor ging open en een paar tellen later liep Zachary al telefonerend met grote stappen door de hal op weg naar Kats werkkamer. Op de schouders van zijn wollen jas lag nog wat sneeuw.

Hillary's mond zakte open en een glimlach vormde zich langzaam op haar gezicht. 'Hallo.' Ze draaide zich naar hem toe en glimlachte; ze zoog haar wangen een klein beetje naar binnen. Ze nam Zachary van top tot teen in zich op en merkte daarbij zijn maatkleding op, de schoenen met leren zolen en de afwezigheid van een trouwring om zijn vinger.

Kat zag dollartekens in Hillary's ogen verschijnen.

Zachary leek Hillary niet te horen. Hij bleef gebiologeerd staan voor Kats televisie. Demonstranten in New York hadden Grand Central Station geblokkeerd; ze eisten het ingrijpen van de regering en verlaging van de voedselprijzen. Toen de reclame begon, keek Zachary om zich heen en zag Hillary voor de eerste keer. Hij beëindigde zijn telefoontje. 'Het spijt me dat ik stoor. Ik zag u niet.'

'U hoeft zich niet te verontschuldigen.' Hillary deed een stap naar voren en stak haar hand uit met de handpalm naar beneden alsof ze verwachtte dat een prins die zou kussen. 'Ik kwam alleen even langs om te zien of ik mijn nichtje mee kon nemen om te ontbijten.'

De schijnheil, dacht Kat. Hillary bewaarde haar toneelstukjes voor mannen waar ze iets aan kon hebben, of het nu ging om het tegen een bodemprijs laten repareren van haar auto of om een mogelijke echtgenoot met geld. Mannen kwamen daar uiteindelijk wel achter, maar pas nadat Hillary ze geld afhandig had gemaakt.

'O, als jullie al plannen hadden, dan kan ik natuurlijk later terugkomen.' Zachary glimlachte naar Hillary, die nu was gaan zitten in de leren fauteuil. Kennelijk had ze haar eerdere bezwaren tegen de stoel uit een dumpzaak ineens opzijgezet.

'Nee.' Kat maakte een handbeweging. Ze moest met Zachary praten, en wel zo snel mogelijk. 'Hillary ging net weg.'

Hillary deed haar benen over elkaar en liet haar rok een beetje omhoogschuiven zodat ze een stukje van haar been liet zien. Het leek er niet op dat ze weg zou gaan.

'We kunnen natuurlijk ook met z'n drieën gaan ontbijten,' zei Zachary. 'We kunnen het over de zaak hebben en tegelijkertijd eten.'

Kat ging staan. Dit begon op een nachtmerrie uit te draaien. Ze had minstens een uur nodig om met Zachary te praten en daarna moest ze op weg naar Hideaway Bay. De steeds heviger wordende sneeuwval verminderde haar kansen om daar vandaag nog aan te komen. Nog meer uitstel en het was absoluut zeker dat ze het niet zou halen. 'Hillary, kan ik je later bellen?'

'Onzin. Ze kan best met ons mee.' Zachary wees met zijn duim naar de hal.

Kat moest Hillary wegwerken. Ze kon de Edgewater-zaak of het lot van Jace niet bespreken waar Hillary bij zat. Ze wist niet precies hoe, maar ze was er zeker van dat Hillary Jace' verdwijning op de een of andere manier tegen haar zou gebruiken. Waarom zou Zachary ook maar overwegen zijn persoonlijke, financiële situatie te bespreken in aanwezigheid van Hillary, iemand die hij helemaal niet kende?

Ze bleef staan in de deuropening en keek Hillary aan. 'Zeg, ik dacht dat je je vader zou ophalen. Waar is oom Harry trouwens?'

'Die oude man met de Lincoln?' vroeg Zachary. 'Hij is een beetje in de war, hè? Die kan je niet alleen laten.'

Hillary kneep haar ogen samen. 'Ik zei dat net ook al tegen Kat. Kat, waar is mijn vader?' Hillary draaide een haarlok om haar vinger, trok haar wenkbrauwen op en keek Kat aan met een uitdrukking van gespeelde bezorgdheid op haar gezicht.

Kat beet op haar lippen en liet haar gebalde vuist langzaam ontspannen. Hoe bestond het dat iemand haar niet direct doorhad? 'Ik dacht dat jij hem zou ophalen, Hillary. Waar had je hem ook al weer naartoe gebracht?'

Hillary keek Kat woedend aan. 'Naar de dagopvang voor senioren. Ik was juist op weg daarnaartoe.'

'Dat dacht ik al.' In ieder geval moest Hillary zich in het bijzijn van Zachary gedragen.

'Ik kom na de lunch nog wel terug.' Hillary glimlachte.

Mooi. Dat gaf Kat genoeg tijd om met Zachary te overleggen en daarna kon ze op weg naar Hideaway Bay.

# HOOFDSTUK 46

Kat keek uit het raam van haar werkkamer, ongeduldig en gefrustreerd vanwege het gebrek aan vooruitgang in de zaak. Opnieuw werd de stad bedekt door een dikke sneeuwlaag en nog steeds gaf Zachary niet toe.

'Laten we nog niets naar buiten brengen, Kat. Ik weet zeker dat ik het grootste deel van het geld weer terug kan halen.'

Zachary bleef ervan overtuigd dat zijn handelsmodel niet kon mislukken. 'Waar ga je dan mee handelen, Zachary? Er is geen geld.'

'Ik ken mensen die me geld willen lenen. Genoeg geld om een aantal transacties te doen en een deel van het geld terug te halen.' Zachary legde haar rapport bovenop een stapel ordners op haar bureau. Toen hij dat deed, begon de stapel te schuiven en een paar ordners vielen op de grond. Zachary boog zich voorover om ze op te pakken.

Kat wuifde hem weg. 'Laat maar, dat doe ik wel.' Ze stond op. 'Hoe zit het met de beleggers, Zachary? Het is hun geld. Hebben ze er geen recht op om te weten dat er fraude is gepleegd?'

Hij stond ook op. 'Natuurlijk hebben ze dat – maar ik haal het geld weer terug voordat ze er iets over te horen krijgen. Het is in hun eigen belang, ook al beseffen ze dat niet. Ik verdien het geld terug en ze zullen zelfs nooit te weten komen dat er problemen waren. Gewoon een paar goede transacties en alles is weer normaal.'

Wat normaal ook mocht betekenen... Het was niet te geloven wat mensen op een zinkend schip nog deden. 'Nee, Zachary. Je moet hiermee stoppen.'

'Kat, je zei zelf dat we nog een deel van het bewijs missen. Als we mijn vaders argwaan wekken zonder dat we bewijzen hebben, brengen we de zaak dan niet in gevaar? Hij zou er vandoor kunnen gaan voordat de autoriteiten voldoende bewijs hebben om hem te arresteren.'

En met die woorden nam Zachary afscheid.

Met zijn laatste opmerking had Zachary natuurlijk gelijk, bedacht Kat peinzend. En als ze zouden wachten, hield dat ook in dat zij Nathans agenda en de onderliggende stukken weer in handen zou kunnen krijgen. Als ze tenminste Jace vond en hij alles nog in zijn bezit had. Dat lag niet zo voor de hand, zo langzamerhand. En bovendien voelde het niet goed om de fraude niet onmiddellijk openbaar te maken.

Aan de andere kant was het wel zo dat het onderzoek nog aan de gang was, en als Nathan en eventuele andere mensen vervolgd zouden worden, kon ze de zaak maar beter goed op een rijtje hebben. Dat was nu nog niet het geval. De zaak nu in de openbaarheid brengen zou de positie waarin Jace zich op dit moment bevond op de een of andere manier ook moeilijker kunnen maken, waar hij dan ook was. Ze zou ook meer tijd hebben om Jace te zoeken.

Ze zuchtte en bukte zich om de ordners op te pakken. Waarom moest Zachary altijd de grenzen opzoeken? Ze nam aan dat dat de reden was waarom hij zo rijk was. En zo meedogenloos.

Haar hand kwam tegen iets hards aan in de band van een van de Edgewater-mappen die ze bij Nathan had gevonden. Ze deed de map open en vond een stapeltje creditcards met een elastiekje eromheen. In haar haast had ze die nog niet eerder opgemerkt. Ze deed het elastiekje ervan af en keek naar de bovenste kaart. Geen naam. Dat was ook zo bij de andere kaarten. Ze waren allemaal hetzelfde – prepaid creditcards. Net als het kaartje dat ze had gevonden in hoteluniform in Hideaway Bay. Was er een verband?

❧

Twee uur later was Kat eindelijk op weg. Ze reed in noordelijke richting op weg naar Hideaway Bay, dankbaar dat Jace' truck vierwielaandrijving had. Er waren diepe sporen in het sneeuwdek op de autoweg en het sneeuwde nu steeds harder, waardoor het zicht beperkt bleef tot een meter of veertig.

Het verkeer reed stapvoets op weg naar de veerboot en daardoor miste ze de overtocht. Ze had geluk dat ze de volgende kon nemen. Toen ze eenmaal was gearriveerd, reed ze achter de auto's aan die van de veerboot afkwamen tot aan de afslag naar Hideaway Bay.

Na de afslag reed er geen verkeer meer. Ondanks de nietgeruimde weg en het geringe zicht voelde ze zich door de afwezigheid van andere auto's veel zekerder achter het stuur. Ze hield het stuur wat losser vast en beet in een appel. Ze keek in de achteruitkijkspiegel en zag honderd meter van haar vandaan een sneeuwschuiver de hoek omkomen. Het was het eerste voertuig dat ze had gezien na de afslag.

Haar grootste zorg was de beperkte tijd die ze had voordat het donker zou worden. In deze tijd van het jaar werd het al om vier uur donker. Ze had dus maar een paar uur de tijd om Jace te zoeken op een van de routes. Misschien had hij een ongeluk gehad en was hij van de route geraakt. Ze huiverde. Als dat was gebeurd, dan was de kans op overleving bij de lage temperaturen na een paar uur praktisch nihil.

Ze dacht weer aan Svensson en zijn toespraak in Stockholm. De sneeuwschuiver reed nu nog maar een meter of vijftien achter haar en werd steeds groter in de achteruitkijkspiegel.

Svensson was van mening veranderd over de munthervorming, In plaats van één wereldmunt gaf hij de voorkeur aan het voortbestaan van een groot aantal onafhankelijke valuta. Waarom zou Nathan Barron daar dan moeite mee hebben? Het gebruikmaken van verschillen tussen de diverse munten was hoe Nathan Barron en

Edgewater hun geld verdienden. Het streven van het World Institute naar een wereldwijde munteenheid betekende de doodsteek voor zijn onderneming. Zakelijk gezien had hij er niets aan. En dat wierp de vraag op waarom Nathan überhaupt lid zou willen worden van een organisatie die zijn eigen financiële ambities dwarsboomde?

Ze was er zeker van dat zowel de dood van Svensson als de verdwijning van Jace verband hield met het World Institute en Nathan Barron.

Was de vrouw die achter Svensson had gestaan in dat filmpje echt Angelika, het kamermeisje? Een meer voor de hand liggende verklaring was dat de vrouw heel veel op Angelika leek. Tenslotte had ze achter Svensson gestaan en gedeeltelijk in de schaduw. Onder de miljarden mensen op aarde zouden zich altijd wel een paar dubbelgangers bevinden. Of was het toch te toevallig?

Kat keek in het achteruitkijkspiegeltje. De sneeuwschuiver reed nu zowat op haar bumper. Waarschijnlijk wilde de chauffeur heel graag zijn dienst afmaken en naar huis gaan. Kat pakte het stuur steviger beet; ze wilde niet harder gaan rijden, maar voelde wel de druk om dat te doen. Er was nergens plek om langs de kant van de weg te gaan staan. Een steile rotswand rechts van haar en aan de andere kant van de weg een steile helling naar beneden, naar de zee. Kon hij haar niet gewoon passeren? Er kwam geen verkeer van de andere kant.

Plotseling raakte de sneeuwschuiver haar achterbumper.

Ze schoot naar voren. Ze liet de appel los, die via de passagiersstoel op de grond viel. Met bonzend hart pakte ze het stuur stevig vast. De veiligheidsgordel zat nu strak om haar heen. Ze deed haar uiterste best om de truck niet te laten slippen. De besneeuwde autoweg was veel te gevaarlijk om roekeloze spelletjes te spelen. Wat de chauffeur op een bochtige weg tijdens een sneeuwstorm aan het doen was, kwam gewoon neer op suïcidaal gedrag. Waar was hij in godsnaam mee bezig? Was hij achter het stuur in slaap gevallen? Ze keek in het spiegeltje maar ze kon de chauffeur niet zien.

Ze zou zijn kentekennummer opnemen en een klacht tegen hem indienen bij de autoriteiten. Het conferentieoord was nog tien minuten rijden en dat was de eerste gelegenheid om langs de kant te gaan staan. Ze trok haar veiligheidsriem wat losser en ademde rustig uit. De sneeuwschuiver minderde enige vaart en daardoor kon ze zien dat er iemand achter het stuur zat, maar niet heel duidelijk. Een tengere man of een tiener misschien? Een honkbalpetje schermde zijn ogen af.

De afstand werd weer kleiner. De sneeuwschuiver reed opnieuw achterop de truck, harder deze keer.

De truck begon te slingeren. Ze kwam op de andere weghelft terecht. Automatisch ging ze met haar voet naar de rem. Ze wist dat ze een fout had gemaakt, nog voor haar voet het rempedaal stevig intrapte.

# HOOFDSTUK 47

De sneeuwschuiver raakte de truck aan de zijkant, waardoor die over de rijbaan naar de andere kant gleed. Kat pakte het stuur stevig vast toen Jace' truck overhelde en op twee wielen doorreed. Hij slingerde even totdat hij met een klap weer op vier wielen terechtkwam. Door de klap sloeg Kats hoofd naar achteren. Opnieuw zocht haar voet naar het rempedaal. Maar dat had helemaal geen zin.

De truck slipte en draaide half om zijn as. Kat werd meegezogen als in een draaikolk en de sneeuw stoof langs de voorruit. Ze schoot naar voren en sloeg met haar hoofd tegen de achteruitkijkspiegel. Onmiddellijk daarna trok de veiligheidsgordel haar weer terug in haar stoel.

De sneeuwschuiver hield even in en trok daarna weer op. Hij ramde de truck, waardoor er een grote barst in de voorruit ontstond. De truck ging even op en neer, voordat hij tot stilstand kwam, schuin naar links hangend. Kat keek door het zijraam. De truck stond gevaarlijk klem tegen de vangrail. Als ze nog een keer geraakt werd, zou ze over de rand worden geduwd en honderd meter naar beneden storten

Ze zette zich schrap voor de volgende botsing. Haar maag draaide zich om.

Er gebeurde niets.

Kat deed haar veiligheidsgordel los en luisterde. Ze klom naar de passagiersstoel. De truck kraakte en de appel rolde naar de verste hoek.

Stilte.

Als gevolg van de botsing was de motor afgeslagen.

Ze keek door de gebarsten voorruit en zocht naar de sneeuwschuiver.

Ze zag niets.

Helemaal niets. Alleen maar witte sneeuw die naar beneden kwam.

Een gedempte stilte.

Ze draaide zich om in haar stoel en keek door de achterruit of ze de sneeuwschuiver kon zien.

Hij was weg.

Alles wat restte was zijzelf, en ze zat in een truck tegen een gammele, ingedeukte vangrail aan die ervoor zorgde dat ze niet langs de rotswand naar beneden stortte.

Heel voorzichtig en heel langzaam schoof ze naar voren en voelde hoe de truck steviger tegen het metaal van de vangrail kwam te staan.

De truck bleef staan. Ondanks haar angst van zojuist stonden de vier wielen van de truck nog op het asfalt.

Ze was opgelucht en tegelijk ook bang. Was de sneeuwschuiver weggereden of in de afgrond gestort? Ze keek weer uit het raam. De vangrail was nog heel, in ieder geval het deel dat zij kon zien. Ze was niet van plan uit te stappen en verder onderzoek te doen. Stel dat daardoor het evenwicht van de auto zou worden verstoord? Of stel dat die vent nog in de buurt was...

Ze klauterde terug naar de bestuurdersstoel, draaide het sleuteltje om in het contactslot en startte de motor. Ze manoeuvreerde de truck langzaam voor- en achteruit, totdat ze loskwam van de vangrail. Toen stuurde ze de truck weg van de rand en keerde de auto, zodat ze weer de goede kant op stond.

Kat reed een kilometer of drie door en bleef staan bij een bosweg, die in de winter niet werd gebruikt. Haar handen trilden nog altijd toen ze het stuur losliet. Ze haalde diep adem en automatisch pakte ze het reservemobieltje dat ze mee had genomen van kantoor en toetste een nummer in. Zonder erbij na te denken, had ze Jace gebeld. Ze stond op het punt de verbinding te verbreken, toen ze ineens een vrouw hoorde antwoordde.

'Ja?'

Kat probeerde het achtergrondgeluid te plaatsen. Het was lawaaierig, alsof er machines aan het draaien waren. Het zou overal kunnen zijn – een fabriek, een bouwplaats. Waar precies kon ze niet zeggen.

'Met wie spreek ik?' Maar de vrouw verbrak de verbinding zodra Kat haar mond opendeed. De stem kwam haar bekend voor, maar ze wist niet waarvan. Het was moeilijk te zeggen met al die herrie. Het was een drukke plek, misschien een vliegveld of een winkelcentrum.

Al haar andere telefoontjes naar Jace waren rechtstreeks naar zijn voicemail gegaan. Had ze een verkeerd nummer ingetoetst? Dat kon niet, want zijn nummer stond ook in dit mobieltje geprogrammeerd. Wie gebruikte Jace' telefoon en waarom? Was het iemand die te maken had met zijn verdwijning of gewoon iemand die zijn mobieltje had gevonden?

In ieder geval kon ze hier niet blijven staan. Ze vroeg zich af of ze terug moest gaan naar het stadje. Ze moest de chauffeur van de sneeuwschuiver aangeven bij de politie. Aan de andere kant: de politie had tot nu toe helemaal niets gedaan met haar aangifte toen Jace verdwenen was, dus dat zou vast zonde van de moeite zijn. Dan liep haar zoektocht naar Jace ook weer vertraging op.

Stel dat de sneeuwschuiver verderop op haar wachtte om nog meer schade aan te richten. Maar dan zou ze hier nog uren moeten blijven staan; de sneeuw viel te dik om heel ver te kunnen zien.

Uiteindelijk besloot ze maar door te rijden. Het conferentieoord was nog maar een paar minuten hier vandaan en als ze daar eenmaal was, dan had ze geen last meer van die idioot van een chauffeur. Ze zou hem morgen aangeven bij de politie, nadat ze de Pinnacle Trail had afgezocht en in Kurts blokhut was geweest. Dan had ze Jace misschien wel gevonden.

Kat reed langzaam door en lette goed op of ze sporen van de sneeuwschuiver kon zien. Maar de nieuwe sneeuw had alle sporen al uitgewist. De weg voor haar zag eruit alsof er al uren geen sneeuwschuiver was geweest. Maar de chauffeur had toch met de klep van de schuiver naar beneden gereden? Ze wist het niet meer.

Eén ding stond vast: ze zou zich veiliger voelen als ze eenmaal van de weg af was. Het daglicht werd al zwakker en ze had niet veel tijd meer om bij het begin van de skiroute te komen en te beginnen aan de bergwandeling naar Kurts blokhut. In de vrije natuur wist je tenminste wie je vijanden waren.

# HOOFDSTUK 48

Kat haalde diep adem, terwijl ze met enige moeite de laatste meters aflegde van de Summit Trail; haar sneeuwschoenen voelden zwaar aan haar voeten. Het was maar een omweg van dertig minuten van de hoofdroute naar de plek waar Svensson naar beneden was gevallen, maar die omweg had niets opgeleverd. Geen enkel spoor van de econoom of zijn mysterieuze vrouwelijke metgezel. Ook geen sporen achtergelaten door de politie of de opsporings- en reddingsbrigade.

Had Jace vóór haar dezelfde route afgelegd? Er was geen manier waarop ze dat te weten kon komen, nu er nieuwe sneeuw was gevallen. Afgezien van wat hertensporen aan weerszijden van de bergroute was er niets te vinden; de berg zou zijn geheimen niet aan haar prijsgeven.

Ze bleef even staan en nam het magnifieke uitzicht op de zeeinham in zich op. Niet bepaald een plek die je tot zelfmoord aan zou zetten, als er al überhaupt zulke plekken waren. Het was hier ook heel afgelegen – iemand die een eind aan zijn leven wilde maken, moest een behoorlijk grote inspanning leveren om hier te komen. Ze was flink moe na twee uur lang bijna voortdurend bergopwaarts te hebben gelopen. Maar toch was het niet de lichamelijke inspanning die haar zo moe maakte. Het was haar ongerustheid, het niet weten waar Harry en Jace zich bevonden. Ze had zich altijd tot Jace gewend als ze problemen had, maar deze keer was hij er niet om haar te helpen.

Na haar aankomst in Hideaway Bay had ze toch besloten eerst aangifte te doen van het incident met de sneeuwschuiver en pas daarna de bergroute te gaan lopen. Maar het politiebureau van Hideaway Bay had op slot gezeten; er was een briefje op de deur geplakt met daarop *We zijn spoedig terug.*

Wat voor een politiebureau deed de deur nou op slot? Eenzelfde soort politiebureau dat telefoontjes over vermiste personen niet beantwoordt, dacht ze bij zichzelf. Het was onbegrijpelijk. Maar Hideaway Bay was natuurlijk ook wel een beetje een slaapstadje. Ze hadden dat conferentieoord, maar verder gebeurde er niet veel. Morgen zou ze er weer naartoe gaan, maar eerst wilde ze naar de enige plek waar ze Jace dacht te kunnen vinden.

Kat koesterde nog steeds een sprankje hoop dat Jace naar de blokhut van Kurt was gegaan. Even aangenomen dat hij op de een of andere manier aan Nathan was ontsnapt, was de blokhut van Kurt de enige schuilplaats binnen loopafstand.

Jace had Svenssons laatste tocht willen nalopen. Ze hadden er zelfs ruzie over gemaakt; Kat had het zonde van de tijd gevonden. Jace had zijn uitrusting van de reddingsbrigade altijd bij zich, dus het was mogelijk dat hij die uit de auto op de parkeerplaats had gehaald. Misschien hield hij zich verborgen in de blokhut?

De blokhut van Kurt was nog vijfenveertig minuten lopen vanaf het punt waarop ze vanaf hier weer terug zou zijn op de hoofdroute. Kat en Jace hadden er vaak de nacht doorgebracht als ze samen een tocht maakten in de bergen. Ook vannacht moest ze daar slapen, aangezien de zon al bijna onderging. Zelfs op de negenenveertigste breedtegraad viel de avond snel in deze tijd van het jaar.

Het feit dat er in de blokhut geen mobiel bereik was, betekende ook dat degene die Jace' mobieltje had beantwoord daar niet aanwezig kon zijn. Ze voelde een sprankje hoop toen ze zich bukte om haar sneeuwschoenen weer vast te maken. Ze draaide zich om en ging op weg naar beneden.

Omlaag ging veel sneller dan omhoog. Ze hoefde zich nu niet in te spannen en doordat haar kleren tijdens de weg omhoog door het transpireren vochtig waren geworden, kreeg ze het koud. Haar gedachten dwaalden af naar Jace. Als hij er niet zo op had gestaan het World Institute te onderzoeken, had ze het fraudeonderzoek bij Edgewater inmiddels afgerond. Ze had niet meer nodig gehad dan de documenten waar ze al beschikking over had gehad, maar Jace had per se willen samenwerken met Roger Landers. Ze hadden niet naar de jaarvergadering van het World Institute moeten gaan. Ze wist toch dat een nieuwsprimeur heel belangrijk was voor Jace, vooral nadat hij de laan uit was gestuurd door de *Sentinel*? Maar zij had de macht van het World Institute onderschat en wat die macht betekende voor mensen.

Eindelijk kwam de blokhut in zicht en dat gaf Kat een fijn gevoel. Kurt had de blokhut zelf gebouwd met hout uit de buurt. Hij was eenvoudig en functioneel ingericht, maar was heel behaaglijk. Kat zou de blokhut niet hebben geruild voor een luxesuite. Toen ze de voordeur bereikte, werd ze overvallen door vermoeidheid. Ze kon geen stap meer verzetten. Ze deed haar sneeuwschoenen uit en voelde onder de bloempot om de geheime sleutel te pakken. Kat plaagde Kurt er altijd mee dat hij een bloempot had neergezet bij een blokhut te midden van bergweiden. Door het dikke sneeuwdek was er nu geen bloempot te zien en ook geen bergweiden.

Ze was doodop. Ze deed de deur open en stommelde naar binnen. Ze keek of de reservesleutel naast de deur hing. Toen dat zo was, legde ze de andere sleutel weer onder de bloempot.

De kleine blokhut was duidelijk ingericht door een man. Het A-vormige frame bood voldoende ruimte voor een zolder met twee slaapkamers. In de zomer van vorig jaar had ze samen met Jace in een van die kamers boven geslapen.

Ze keek de kamer door en voelde een zware last op haar schouders drukken. Jace was ook niet hier, ze wist niet waar Harry was, en

Hillary voerde iets in haar schild wat alleen maar tot moeilijkheden kon leiden. Ze had zich nog nooit zo alleen gevoeld.

Kat zuchtte en zette haar rugzak op de grote, grenen tafel. Ze bukte zich om een armvol hout te pakken van de stapel naast de houtkachel. De kachel was koud. Hier was dus al een poosje niemand geweest. Ze maakte de kachel aan en stookte het vuur op, totdat het rustig bleef branden. Toen ging ze naar buiten om het brandhout aan te vullen voordat het donker werd. Er stroomde koude lucht naar binnen toen ze de deur opendeed. De warmte van de kachel was nog niet in de hele ruimte doorgedrongen, maar de constructie van de blokhut zorgde voor een zeer goede isolatie tegen de kou.

Ze liep om de blokhut heen, ploeterend door de sneeuw. Ze hoopte tegen beter weten in dat ze een spoor zou vinden van Jace, Kurt of een andere bezoeker. Er vielen in de buurt van de blokhut echter geen sporen van mensen of dieren te ontdekken. Zelfs met de stapel hout tegen de zijkant van de blokhut leek niets te zijn gebeurd sinds Jace en zij hier in september op bezoek waren geweest.

Onaangeroerd.

Er knapte een twijg. Ze schrok toen ze in haar ooghoek iets zag bewegen. Het was alleen maar een konijn, dat naar de beschutting rende van een paar struiken een paar meter verderop. Ze bleef even staan om te wennen aan de stilte. Er viel wat sneeuw van de takken van de hoge pijnbomen. Er klonken zachte plofgeluiden. De bomen rondom het huis creëerden gewoonlijk een soort gezelligheid. Maar deze late namiddag was het anders: de sfeer was eerder eng, met de bomen die lange schaduwen over het witte landschap wierpen.

Ze laadde haar armen vol met hout en ploeterde terug naar de voordeur; ze gaf een kreet van pijn toen ze tegen de deurpost ging. Haar bovenarm was nog steeds gevoelig als gevolg van de injectie die Victoria haar had toegediend. Er was genoeg hout om de nacht door te komen. Ze liet het hout naast de kachel vallen. Morgen zou ze teruggaan via een andere route; hopelijk vond ze een spoor van Jace. Misschien was hij gewond geraakt en was hij niet in staat de blokhut te bereiken. Er was maar een heel kleine kans, maar ze had verder geen aanknopingspunt.

Ze trapte haar laarzen uit, legde haar natte kleren voor de kachel en liet zich onderuit zakken in de grote leunstoel voor de kachel. Ze wist dat ze iets moest eten, maar ze kon niet eens de puf opbrengen om haar rugzak open te doen, die een paar meter van haar vandaan op tafel lag. In plaats daarvan deed ze haar ogen dicht en voelde hoe de hitte van de kachel langzaam haar botten verwarmde. Als ze in de open natuur wandelde, moest ze altijd denken aan hoe enorm groot de wereld was. Waarom was de groep mensen die de touwtjes in handen hadden zo klein?

# HOOFDSTUK 49

Kat werd wakker, omdat er iemand beneden op de voordeur van de blokhut stond te bonzen. Iemand was met geweld bezig de deur open te krijgen. Ze sprong uit bed en stootte haar hoofd tegen het lage plafond. Ze vloekte binnensmonds toen ze zich herinnerde waar ze was: in Kurts blokhut in de tweede slaapkamer op zolder. Haar hart bonsde. Degene die buiten stond wilde wel heel graag naar binnen.

Ze bewoog langzaam naar de ladder en keek over de rand van de zolderverdieping. Zelfs in het donker gaf het zicht van boven haar een voordeel boven een indringer. De deur van de blokhut was al een beetje open, waardoor het silhouet van de deur afstak tegen het maanlicht dat van buiten kwam. Ze zat hier gevangen. Er was geen ontsnappingsroute.

De deur bezweek met een luide krak. Een man drong naar binnen; in de deuropening stak zijn donkere gestalte af tegen het maanlicht. Kat hield haar adem in toen hij zich omdraaide om de deur dicht te doen.

Kurt had verteld dat er al eens eerder iemand was binnengedrongen. Mensen op doortocht zochten soms naar blokhutten waar ze binnen konden komen. Misschien zou deze knaap gewoon wat te eten pakken en weer weggaan. Dat leek niet waarschijnlijk zo midden in de nacht, aangezien het te donker was om te reizen en er geen andere blokhutten in de buurt waren. Hij zou wel tot de ochtend willen blijven en dan zou hij natuurlijk de hele blokhut doorzoeken, met inbegrip van de zolder. Als hij dat deed, kon zij zich daar maar beter op voorbereiden. Ze voelde om zich heen op de vloer, maar ze vond niets. Ze wilde dat ze niet zo stom was geweest om haar rugzak met daarin haar zakmes beneden te laten liggen.

De kachel! Zelfs al brandde hij niet, de kachel was nog wel warm als je eraan voelde en dat was een duidelijk teken dat er iemand aanwezig was in de blokhut. En haar rugzak stond in het volle zicht op de keukentafel. Nu de deur weer dicht was, was het binnen weer donker, maar Kat kon de vage gestalte zien van de indringer, die de blokhut aan het verkennen was. Hij liep de kamer door en stevende rechtstreeks af op de ladder naar de zolder. Hij stapte op de onderste tree, aarzelde even en keek rond.

Kat ging vlug terug naar de slaapkamer en pakte een van de twee skistokken die aan de muur hingen. Ze liep op haar tenen terug naar de ladder en ging ernaast staan. Ze wachtte totdat de man met zijn handen de bovenste tree van de ladder bereikte. Hij zou natuurlijk sterker zijn dan zij en het enige punt in haar voordeel was het verrassingselement. Haar hartslag werd sneller, terwijl ze wachtte in de wetenschap dat ze maar één kans zou krijgen.

Ze stak met de skistok tegen zijn knokkels, duwde de stok in het vlees van zijn hand en draaide de stok rond. Tot haar afschuw bleef de man omhoogkomen en legde zijn vrije hand op de vloer van de zolder.

'Wat krijgen we—' Hij was opeens stil.

'Wegwezen!' riep ze.

Maar de man had zijn hand al losgetrokken. Ze stak met de skistok naar zijn andere hand toen hij een tree naar benden ging. Ze herkende hem zodra hij haar aankeek.

'Jij!' Landers staarde haar aan, zijn ogen wijd opengesperd door de schok. 'Wat doe jij hier?' Hij werd stil en schudde met zijn rechterhand, die vast pijn moest doen.

'Ik zou jou hetzelfde kunnen vragen.' Kat stak met de skistok naar zijn andere hand. Deze keer liet ze hem in zijn hand staan en stak met de punt van de skistok in het zachte vlees van zijn hand. 'Ophoepelen!'

'Kat, wat krijgen we nu? Je doet me pijn. Haal dat ding van mijn hand af.'

'Vergeet het maar. Draai je om en ga weg. Nu!'

'Blijf nou kalm, ik kan alles uitleggen.'

Ze duwde de stok nog een stukje verder. 'Wat uitleggen? Dat je ons hebt verraden? Rot op!'

'Ik kan nergens naartoe als je mijn hand niet laat gaan.'

Kat tilde de skistok op en hield die omhoog terwijl Roger Landers de ladder afdaalde. Maar hij ging maar twee treden naar beneden, net ver genoeg om buiten bereik van de skistok te komen. 'Niet blijven staan,' snauwde ze.

'We moeten eerst praten.' Hij keek haar aan.

'Er valt niets te zeggen.' Ze wees met de skistok in zijn richting, maar hield de stok net buiten zijn bereik.

Landers bleef staan. 'Je begrijpt het niet. Kom naar beneden en dan leg ik het uit.'

'Vergeet het maar.' Ze was niet van plan hem nog op wat voor manier dan ook tegemoet te komen.

'Ik weet waar Jace is. Kun je niet gewoon naar beneden komen? Ik beloof je dat ik niets zal doen.'

Kat liet de skistok zakken. Hij wist waar Jace was? Maar was dat niet gewoon een truc om haar naar beneden te krijgen?

Aan de andere kant: stel dat hij Jace echt kon vinden. Op zeker moment was Landers bij Jace in de kamer geweest. En het lag voor de hand dat Nathan en Victoria iets te maken hadden met de verdwijning van Jace. 'Waar is hij dan?'

'Hij zit opgesloten in de gevangenis van Hideaway Bay. Hij heeft me gezegd om hierheen te komen als de zaken verkeerd liepen. Om ons te verbergen voor Nathan.'

Had Jace opgesloten gezeten in het politiebureau toen zij daar had gestaan? Had hij maar een paar meter bij haar vandaan gezeten?

Landers kon niets afweten van de blokhut van Kurt tenzij Jace hem erover had verteld. In ieder geval moest dat deel van zijn verhaal kloppen. Kat liet de skistok zakken en kwam langzaam de ladder af, waarbij ze er goed op lette dat ze Landers in het oog hield. Ze liep achter hem aan naar de tafel en wachtte tot hij ging zitten. Zelf bleef ze staan, volledig op haar hoede.

'Ik geef je vijf minuten om me te overtuigen. Daarna moet je weg.' Ze wist dat ze zonder wapen geen bedreiging vormde voor Roger Landers. De skistok werkte alleen maar als ze op zolder was, waar ze in het voordeel verkeerde vanwege het hoogteverschil. Toch gaf ze zich niet zomaar gewonnen.

Had Kurt ergens een geweer in de blokhut? Als dat zo was, dan kon ze dat maar beter vinden voordat Landers dat deed. Zelfs al wist ze niet hoe ze een wapen moest gebruiken.

'Waarom zit Jace in de gevangenis?' begon ze.

'Nathan liet hem meenemen naar Hideaway Bay voor ondervraging.' Landers deed zijn jack open en legde dat op de stoel die het dichtst bij de deur stond, alsof hij van plan was nog wel even te blijven.

'Waarom? Jace heeft niets verkeerds gedaan.' Nathan Barron was dan misschien wel machtig, maar tenzij de politie van Hideaway Bay corrupt was, zouden ze Jace niet arresteren zonder dat er enige aanwijzing was dat hij een misdaad had gepleegd.

'Nathan wilde dat hij werd gearresteerd voor diefstal. Voor het stelen van de documenten uit zijn hotelkamer.' Roger Landers zat aan tafel en hield zijn hand vast. 'Ik denk trouwens dat je een paar botjes in mijn hand hebt gebroken. En hij bloedt ook.'

Heel even voelde Kat zich schuldig. Toen herinnerde ze zich dat Landers geen vinger had uitgestoken toen zij die injectie kreeg toegediend door Victoria. Hij had Victoria op geen enkele manier tegengehouden, wat ertoe had geleid dat zij bewusteloos was achtergelaten op een of ander treinstation. Ze was Roger Landers niets verschuldigd, en al helemaal geen sympathie.

In feite was het zo dat hij bij haar in het krijt stond. Ze deed haar armen over elkaar en ging niet op zijn opmerking in.

'Heb je me niet gehoord? Ik bloed. Waar is de EHBO-trommel?

Kat keek Landers boos aan. 'Waarom hebben ze jou niet gearresteerd? Jij was toch ook in die kamer.' Had hij met hen samengewerkt? Jace was verdwenen en zij had een injectie gekregen. Alleen Landers was er ongeschonden van afgekomen. Er waren te veel dingen in zijn verhaal die niet klopten.

'Jace zei dat hij alleen werkte. Ik heb geen idee waarom ik erbuiten werd gelaten, maar we moeten samenwerken. Laten we ons concentreren op het vrij krijgen van Jace en op het achter de tralies krijgen van de echte misdadigers.'

'De echte misdadigers?' Hij had geen antwoord gegeven op haar vraag.

'Nathan en het World Institute natuurlijk.' Hij vertrok van pijn en bewoog zijn vingers heen en weer. 'Het World Institute begaat de grootste misdaad die je je kunt voorstellen.'

'Ze hebben geen enkele wet overtreden,' zei Kat. Op Nathan, Victoria en het World Institute was misschien wel het nodige aan te merken, maar het World Institute zelf had niets illegaals gedaan. Alleen Nathan had de wet overtreden door de fraude met Research Analytics, en niet te vergeten door geweld tegen haar te gebruiken en waarschijnlijk tegen Jace. Je kon allerlei bezwaren hebben tegen de ideeën van het World Institute, maar praten over hoe je de wereld kon overnemen was geen misdaad. Ze werd doodziek van Landers en zijn samenzweringstheorieën. Het was zijn schuld dat Jace en zij nu in de problemen zaten.

'Maar dat gaan ze wel doen. Of anders veranderen ze de wet op zo'n manier dat hun doelen het beste worden gediend. Nu al zijn ze bezig hun plan ten uitvoer te brengen. De schuldencrisis was nog maar het begin; die crisis is veroorzaakt door leden van het World Institute. De banken waarvan zij de baas waren maakten heel veel winst met riskante leningen; het kon hun niet schelen of ze wel of niet omvielen. Als ze voldoende slechte leningen hadden, dan kon een regering niets anders dan zo'n bank redden. Waarom? Omdat als ze zouden omvallen, er een kettingreactie zou ontstaan. Dezelfde mensen die de regeringen leiden, staan of stonden aan het hoofd van de banken. Al die ministers van financiën en bankdirecteuren zijn afkomstig uit de bankenwereld. Het is gewoon incestueus.'

'Bedoel je te zeggen dat de bankencrisis met opzet is veroorzaakt?' Kat liep naar de keukentafel en streek een lucifer af. Ze stak de gaslamp aan en ging tegenover Landers aan tafel zitten. Bah, ze wilde dat ze deze man nooit had ontmoet.

'Ja, inderdaad. Een kleine minderheid profiteert, maar de grote meerderheid draait voor de kosten op. Niet alleen worden bankiers rijker van slechte leningen, de doelstellingen van het World Institute worden tegelijk bevorderd. Als regeringen de banken redden, dan verhogen ze de belastingen om zelf niet failliet te gaan. Als ze de belastingen niet verder kunnen verhogen, dan drukken ze gewoon meer geld. Op zijn best gaat de waarde van de munt naar beneden. Op zijn slechtst wordt de munt waardeloos. Wat ze ook doen, het zijn de belastingbetalers zoals wij die uiteindelijk de rekening moeten betalen. En het eind van het liedje is dat de munt helemaal onderuitgaat en dat het World Institute als de grote redder aan komt zetten.'

'Waarom heb je dit niet allemaal gezegd tegen Nathan Barron toen je de kans had?' Hier zat ze dan, min of meer opgesloten in een blokhut zonder elektriciteit en zonder bereik. Zat ze hier met iemand die haar vriendelijk of vijandig gezind was? Roger Landers sprak wel de juiste woorden, maar zijn daden pasten daar niet bij. 'Waarom zou ik überhaupt naar je luisteren? In het hotel heb je me toch ook niet geholpen?'

'Dat ligt gecompliceerd.' Landers leunde achterover in zijn stoel en streek over zijn hand.

'O ja? Hoe moeilijk kan het zijn?' Dit was precies wat mensen altijd zeiden als ze niet helemaal eerlijk waren.

'Als ik te snel iets naar buiten breng, dan houden ze dat tegen. Als mijn nieuwe boek eenmaal uit is, dan kunnen ze het nieuws niet meer tegenhouden. Dan worden ze ontmaskerd en kunnen ze worden aangeklaagd.'

'Waarmee, precies? Dit gaat allemaal alleen maar om jou – jouw boek, jouw onderzoek. Beroemd worden en lof toegezwaaid krijgen.'

Wat er met andere mensen gebeurde, was bijkomende schade. Zoals met Jace.

'Ik weet het niet – dat moeten de advocaten maar uitzoeken.'

'Je hebt me net verteld dat ze mensen kapotmaken. En toch ben je bereid hen daarmee te laten doorgaan, zodat jij je tweede boek kan laten uitkomen?' Kat stond op. Ze had wel genoeg leugens aangehoord.

'Hoor eens, ik geef jaren van onderzoek niet zomaar op. Door het boek word ik voor die tijd gecompenseerd. Als andere mensen daaronder lijden, dan kan ik daar niets aan doen.'

'Natuurlijk kun je dat wel. Als het schrijven van een verhaal de oplossing is, waarom heb je dat dan niet direct gedaan, zodat die mensen worden ontmaskerd? Hoe eerder, hoe beter.' Plotseling besefte ze dat dat precies was wat Jace had willen doen. Jace vormde een bedreiging voor Landers. Nu het verhaal naar buiten brengen betekende dat Jace de primeur zou kunnen krijgen en niet Landers.

'Een paar weken of maanden meer of minder maakt niet veel verschil. Ze gaan niet van vandaag op morgen de valuta's ontmantelen en de regeringen aan de kant schuiven. Waar is die EHBO-trommel? Ik moet echt mijn hand verbinden.'

Kat schudde haar hoofd. Plotseling wist ze wat haar dwars zat. Als Jace echt aan Roger Landers had verteld om elkaar in de blokhut te treffen, waarom wist Landers dan niets af van de sleutel onder de bloempot?

# HOOFDSTUK 50

Kat voelde al dat het ochtend was voordat ze haar ogen opendeed. Ze knipperde tegen het zachte, gefilterde licht dat door de gordijnen van de zolder naar binnen scheen. Rillend trok ze de gewatteerde deken naar boven over haar schouders. Ze voelde hierboven geen warmte van de kachel; op een bepaald moment tijdens de nacht moest het hout in de kachel op zijn gegaan. De harde matras deed zeer aan haar rug. Ze vertrok van pijn en rolde op haar zij. Haar adem maakte wolkjes in de lucht van de koude, vochtige zolder. Ze ging naar het raam en maakte met haar vinger een klein rondje in het dunne ijslaagje dat zich had gevormd aan de binnenkant van de ruit. Ze keek naar buiten en zag precies hetzelfde als gisteren. Een rustig, verlaten en bedrieglijk vredig landschap. Te rustig voor het drama dat zich in haar leven afspeelde.

Ze had onrustig geslapen, bezorgd om Jace. Vertelde Landers echt de waarheid over waar Jace zich bevond of was het gewoon weer de zoveelste leugen? Hij had misschien al tegen haar gelogen over zijn zogenaamde afspraak met Jace in de blokhut. Loog hij ook over de aanwezigheid van Jace in de cel van het politiebureau in Hideaway Bay? Het feit dat het bureau gesloten was toen zij daar was betekende natuurlijk niet dat er niemand opgesloten zat in de cel... Ze wilde wel geloven dat Landers de waarheid sprak, maar misschien was dat wel erg naïef.

Maat stel dat Landers wél de waarheid sprak. Dan zou ze Jace ervan overtuigen het verhaal over het World Institute te laten rusten en haar rapport aan Zachary overhandigen. Dan was het over en uit met deze hele zaak. Dan kon Landers zijn verhaal krijgen. Niets was dit allemaal waard.

Ze rilde toen ze onder de dekens vandaan kwam. Hoe eerder ze hier weg was, hoe eerder ze Jace misschien zag. Ze stond op en kleedde zich snel aan. Ze trok dezelfde kleren aan als gisteren. Ze zou gisteravond weg zijn gegaan als ze had gekund, maar de winterse weers- en terreinomstandigheden hadden het onmogelijk gemaakt om in het donker te gaan lopen. Het was voor Landers al een heel risico geweest om de tocht bij het licht van de volle maan te ondernemen.

Beneden klonk het geluid van kopjes en schoteltjes, wat haar eraan herinnerde dat ze niet alleen was. Ze voelde een steen in haar maag bij de gedachte dat ze nog meer tijd moest doorbrengen met Roger Landers.

Ze tuurde over het randje van de zolder en voelde nu hoe de warme lucht opsteeg van de kachel. De geur van koffie en toast kwam haar tegemoet en deed haar denken aan oom Harry. Was hij bij Hillary? Het idee dat Hillary ontbijt voor hem klaarmaakte, laat staan langer dan een paar uur tijd met hem doorbracht leek haar niet echt logisch. Ze zette de gedachte van zich af en deed haar andere kleren in haar rugzak. Daarna ging Kat met haar rugzak de ladder af.

Landers keek op van de tafel en glimlachte. 'Koffie?'

'Graag.' Kat zette haar rugzak bij de deur. Als ze nog een paar uur met hem moest doorbrengen op de wandelroute naar Hideaway Bay, dan zou ze in ieder geval niet onaardig hoeven te doen. En dan kon ze zich definitief een oordeel vormen over de vraag of hij een vriend of een vijand was.

~

Een half uur later stond Kat buiten de blokhut te wachten. Landers sloeg spijkers in de kapotte voordeur met een bijl. Kurt zou niet blij zijn met hoe Landers zijn mooie, handgesneden deur had ontwricht, ook al was de blokhut nu wel weer veilig dicht. Ze zou de deur laten maken voordat Kurt weer bij de blokhut kwam, aangezien het niet waarschijnlijk was dat Landers iets zou bijdragen aan het herstel ervan. Behalve de provisorische reparatie die hij nu uitvoerde, natuurlijk. Hij was niet de soort man die zich verplicht of schuldig genoeg voelde om de deur echt goed te laten maken. Hij zou goed bij Hillary passen. Ze hadden beiden dat gevoel dat anderen hun iets verschuldigd waren en ze waren nooit bereid om iets voor een ander te doen. Of nee, misschien niet. Misschien was zelfs hij nog te goed voor haar vreselijke nicht.

'Wacht even – ik ben iets vergeten.' Kat ploeterde door de sneeuw naar de zijkant van de blokhut en pakte uit haar zak een stuk papier en een pen. Ze krabbelde een paar woorden op het papiertje en stopte dat tussen de stapel hout; zo dat het genoeg uitstak om te worden opgemerkt en klem genoeg zat om niet te worden weggeblazen. Wat er verder ook gebeurde, in ieder geval zou Jace of Kurt weten dat ze hier geweest was.

Tien minuten later waren ze op weg. Het was een koude, heldere dag en de route werd vlakker nadat ze de eerste heuvel uit de vallei achter zich hadden gelaten. Kat maakte gebruik van de sporen van haar sneeuwschoenen van gisteren, sporen waar na haar nog niemand had gelopen. Sporen van kleine dieren naast de route liepen kriskras van het ene groepje dennenbomen naar het volgende; de bomen boden de diertjes de mogelijkheid om uit het zicht te blijven van coyotes en poema's.

De route terug naar Hideaway Bay liep voor het grootste deel naar beneden, gemakkelijk te doen afgezien van een paar technisch pittige afdalingen. Landers had Kurts sneeuwschoenen gepakt en Kat vroeg zich af hoe hij er in hemelsnaam zonder sneeuwschoenen of ski's in geslaagd was de route omhoog naar de blokhut van Kurt af te leggen. Ze moest niet vergeten Kurts sneeuwschoenen mee terug te nemen als ze weer naar de blokhut toeging om de deur te laten maken.

Landers was nu al buiten adem. Ze zou hem binnen een minuut kwijt kunnen zijn als ze dat wilde, maar hij was haar enige overgebleven kans om Jace te vinden. Alleen hij kende de waarheid over wat er zondagnacht was gebeurd in aanwezigheid van Nathan en Victoria. Maar iedere keer dat ze erover begon, draaide hij eromheen en gaf hij geen direct antwoord. Hij benadrukte dat hij net zo goed een slacht-offer was van Nathan en Victoria, maar hij zei er verder bar weinig over.

'Kan onze democratie je dan niets schelen, Kat?' Landers draaide zich om bij een splitsing in de route en keek Kat aan. Het zweet parelde op zijn voorhoofd en hij had zijn ritssluiting al opengedaan.

'Natuurlijk vind ik democratie belangrijk. Maar het World Insti-tute staat op dit moment niet bovenaan mijn prioriteitenlijstje.' Alsof Landers het idee van democratie zélf zo belangrijk vond. Hij zou haar gedachten over democratie waarschijnlijk gewoon gebruiken als materiaal voor zijn boek. De hele tijd was hij al bezig om haar mening over het World Institute te weten te komen of die te beïnvloeden. Je hoefde niet heel knap te zijn om door te hebben dat wat hij deed alleen bedoeld was om te bereiken wat voor hemzelf, Roger Landers, het beste was. Dáár ging het hem om.

'Hoe kun je dat zeggen? Geef ze de vrije hand en ze maken de dienst uit wat betreft de munteenheden. De euro was alleen nog maar een begin. Ze zijn bezig met een gemeenschappelijke Aziatische munt. Daarna is Noord-Amerika aan de beurt. Regeringen zullen nog maar weinig zeggenschap hebben.'

'Wat is er eigenlijk mis met een gemeenschappelijke munt?' Kat prikte met haar skistok in de sneeuw. 'Dan zouden er minder fluctue-rende wisselkoersen zijn, minder kosten in verband met het omre-kenen van valuta. De consument heeft er baat bij.'

'In theorie klinkt dat wel aardig. Maar één munt houdt ook in dat minder mensen iets te zeggen hebben over die munt. In plaats van tientallen landen met hun centrale bank, duizenden handelaren en speculanten, zijn er nog maar een paar.'

'En is dat zo erg?'

'Het is erg als het World Institute aan de touwtjes trekt. Het gaat om dezelfde mensen die zeggenschap hebben over de wereldhandel, de wereldwijde media en –'

Kat onderbrak hem. 'Weet je, het kan me niet schelen. Wat me wél kan schelen is waarom je niets hebt gedaan toen Nathan en Victoria met mij bezig waren. Is het omdat je met hen samenwerkt?'

'Helemaal niet. Ik moest meewerken, anders zouden ze ervoor zorgen dat ik nooit meer ergens aan de bak zou komen. En ze beloofden mij plechtig dat ze jou niets zouden doen.'

Kat kon zich niet voorstellen dat Nathan of Victoria zoiets hadden gezegd. Dacht Landers echt dat ze dat zou geloven? Ze prikte met haar skistok in een hoopje sneeuw. 'En hoe zit het met Jace?'

'Dat heb ik toch al verteld. De politie heeft hem meegenomen.'

'Waarom Jace wel en jou niet?'

'Dat hoorde bij ons plan. Als we zouden worden ontdekt, dan zou Jace de schuld op zich nemen zodat ik de samenzwering zou kunnen onthullen.'

Die mogelijkheid – dat Jace haar in de steek had gelaten voor een verhaal – was ondenkbaar. Dat zou hij nooit doen. Zelfs niet voor een sensationeel verhaal. Of misschien toch?

'Ik geloof je niet. Hou op me al die onzin over het World Institute te voeren en vertel me wat er echt met Jace is gebeurd. Jij was in die kamer. Hoe wist Nathan dat jullie daar met z'n tweeën waren? Wat heb je hem verteld?' Kat trok haar skistok uit de harde sneeuw en draaide zich om om verder te gaan.

Landers kwam achter haar aan. 'Niets. Ik zweer het.'

'Ik geloof je niet.' Net als de meeste mensen had Landers een prijs. Ze wist alleen nog niet hoe hoog die prijs was. Waarom zou Jace in hemelsnaam bereid zijn zich te laten arresteren om Landers te helpen? Kat gebaarde dat hij op moest schieten. Als ze samen met hem de route moest lopen, dan zou ze ervoor zorgen dat hij het niet gemakkelijk had. 'Vertel me wat er in die kamer gebeurd is.'

'Ik heb Nathan niet gewaarschuwd. Hij kwam gewoon binnen.' Landers ging langzamer lopen en friemelde met zijn handschoenen. Hij trok ze uit. 'Het is warmer dan ik dacht.'

Kat staarde naar zijn blote handen, maar besloot om niets te zeggen. Bevriezing zou hem wellicht een lesje leren.

'Nathan had een masterkey. Hij werd vergezeld door twee politie-agenten.'

'Politieagenten? Waarom?'

'Dat zei ik al. Vanwege de diefstal in zijn kamer. Maar ik weet het niet zeker. Ze wilden niets zeggen.'

Kat bespeurde een aarzeling in zijn stem. 'De politie komt niet zomaar. Iemand moet ze gebeld hebben.' Waarom Jace wel meenemen en Landers niet?

'Ik heb het in ieder geval niet gedaan. Ik weet niet hoe het kan, maar ze wisten Jace' naam.' Landers kneep zijn handen samen en ontspande ze weer. Toen deed hij zijn handschoenen toch maar weer aan.

Dat was een leugen. Dat moest wel. Jace was bij aankomst niet eens om zijn ID gevraagd. Met uitzondering van de medewerker bij de receptiebalie en van Angelika, het kamermeisje, had niemand in het hotel Jace zelfs maar gezien. En afgezien van Kat wist alleen Roger Landers zijn echte naam. Het conferentiecentrum wist alleen de naam van het AV-bedrijf. 'Waarom is er niets met jou gebeurd? Jij was ook in die kamer.'

'Jace zei tegen hen dat ik er niets mee te maken had. Daardoor was een van ons in de gelegenheid de samenzwering aan het licht te brengen.'

Of ervan te profiteren? Landers kon niet toestaan dat Jace met zijn primeur zou komen, voordat híj klaar was met zijn boek. Jace was een concurrent. Hoe ver zou Roger Landers gaan om zijn verhaal te beschermen? Zou hij er een moord voor plegen?

'We moeten weer verder.' Ze kon niet nog meer tijd verdoen en vond ook dat Landers geen rustpauze verdiende. Kat wees met haar skistok naar de splitsing van de route. 'Ik geloof er niets van. Nathan zou niet weten waar hij Jace überhaupt moest vinden. Hij zou ook geen reden hebben om achter hem aan te gaan. Tenzij jij hem dat hebt verteld.' Alleen het hotelpersoneel wist welke kamers bezet waren en zij hadden nota bene iets moeten ondertekenen dat hen verbood informatie over gasten met anderen te delen.

Landers zuchtte en volgde haar. 'Jij vindt dat ík rare ideeën heb? Je moet jezelf eens horen. Waarom zou ik met hen samenwerken? Ik sta aan dezelfde kant als jij.'

Kat zei niets terug en verhoogde het tempo. Ze kon hem gemakkelijk afschudden als ze dat wilde. Hij had geen goede conditie en het ploeteren door deze zware, ongeprepareerde sneeuw zou hij niet lang meer volhouden.

'Oké, goed. Goed dan! Het was een truc. Ik deed alsof ik met Nathan wilde samenwerken om hem zover te krijgen dat hij zich blootgaf. Hij beloofde mij een verhaal als ik kon aantonen dat iemand het World Institute had geïnfiltreerd en afwist van hun agenda. Jace was er natuurlijk van op de hoogte.' Landers raakte steeds meer buiten adem bij zijn pogingen Kat bij te houden.

'Echt waar?' Kats intuïtie met betrekking tot Landers klopte. Hij had dus toch niet meteen de hele waarheid verteld. Hoeveel informatie had Jace met hem gedeeld?

'Ik volg Nathan Barron al jaren. Hij is vreselijk zelfzuchtig. Toen ik hem vertelde dat ik een verhaal schreef over de machtigste mensen van de wereld, stemde hij in met een interview.'

'Wat heeft Jace daar allemaal mee te maken?'

Landers kuchte. 'Om iets van hem los te krijgen, moest ik hem iets geven. Ik zou laten zien hoe Jace zogenaamd de infiltrant was, op die manier het vertrouwen van Barron winnen en hem vervolgens laten praten over het World Institute. Als Barron openlijk toegeeft dat het bestaat, maakt dat ons verhaal geloofwaardiger.'

'En daar is Jace mee akkoord gegaan?' Kat moest de neiging onderdrukken om hem met haar skistok te doorboren. Ze wilde geen moment langer meer met deze man praten nu ze wist dat hij Jace in gevaar had gebracht.

'Natuurlijk deed hij dat. En ons plan werkte goed ook. Nathan was zo nijdig dat Jace was binnengedrongen bij de conferentie dat hij een paar geheimen prijs heeft gegeven.'

'Zoals?' De route volgde een scherpe bocht naar rechts. Ze bereikten een open plek en beneden konden ze Hideaway Bay zien liggen. Het stadje lag op minder dan een kilometer afstand, maar door de talrijke bochten zou het nog wel twintig minuten duren voordat ze er waren.

'Lees mijn boek maar. Tot die tijd zeg ik niets.'

# HOOFDSTUK 51

Net na de middag arriveerden ze bij het bureau van de Koninklijke Canadese Bereden Politie. Kat deed haar sneeuwschoenen uit en stampte plakken sneeuw van haar wandelschoenen en beenkappen. Ze trok aan de hendel van de deur die tot haar verrassing deze keer wel openging. Met Roger Landers vlak achter haar stapte ze de verlaten ruimte binnen. Een rij stoelen aan een kant van de ruimte stond tegenover een onbemande balie. Een praatprogramma op de radio schalde uit een apparaat dat op de linkerkant van de balie stond. De ontvangst was gestoord.

'Hallo?' Geen reactie.

De commentator op de radio mompelde wat over de wereldeconomie.

Kat spitste haar oren toen ze de naam van Svensson hoorde noemen in verband met de Nobelprijs voor economie. In verband met de dood van Svensson was de prijs toegekend aan een andere econoom. Een econoom die toevallig ook voorstander was van een gemeenschappelijke wereldmunt.

Ze wierp een blik op Landers, die een grimas trok terwijl hij in zijn handen wreef. Hij scheen niet naar de radio te luisteren. Dat was maar goed ook, aangezien ze zelf ook geen reden had om met hem te praten.

Hun ruzie was zo uit de hand gelopen dat ze op dit moment niet meer met elkaar spraken. Kat wist niet wat ze moest geloven, omdat Landers iedere keer weer met een ander verhaal kwam. Was de arrestatie van Jace een van zijn leugens?

Landers slaakte een luide zucht toen hij zich liet neervallen op een van de kunstleren stoeltjes. Kat keek naar hem vanuit haar ooghoek, terwijl ze bij de balie ging staan. Ze keek of er een bel op de balie stond, maar die stond er niet. Behalve dat het licht en de verwarming aan waren, was er hier geen teken van leven. Ze had natuurlijk geen welkomstcomité verwacht, maar na een tocht van drie uur bij een temperatuur van twintig graden onder nul was ze ook niet van plan om hier geduldig te gaan staan wachten.

Kat nam aan dat de houten deur achter de balie leidde naar het kantoor en wat er verder zoal te vinden was in een politiebureau. Misschien een cel met Jace erin?

'Is daar iemand?' Kat verplaatste haar gewicht van de ene op de andere voet en leunde op de balie. Er gleed sneeuw van haar broek en er ontstonden plasjes op de versleten linoleumvloer. Ze keek over haar schouder naar Landers, die nog steeds zijn bevroren vingers aan het masseren was, zijn gezicht vertrokken van pijn. De ruiten boven hem begonnen te beslaan vanwege de vochtige kleren en de verwarming, die op de hoogste stand stond.

Ze was ongelooflijk boos. Boos op Landers die haar erin had laten lopen en dat vervolgens ontkende. Boos op Nathan en Victoria. En ze wilde boos zijn op Jace, omdat hij kennelijk achter een verhaal was aangegaan. Maar ze kon niet boos zijn op Jace. Ze wilde hem gewoon terug hebben.

Ze draaide zich om naar de deur en nam zich net voor om dan maar over de balie te klimmen, toen op dat moment de deur openging en een agent tevoorschijn kwam die veel te dik was.

'Kan ik u helpen?' Zijn moeizame ademhaling was duidelijk te horen toen hij zich liet zakken in een versleten stoel van kunstleer. De onderste twee knopen van zijn uniform konden met moeite een buik tegenhouden die op het punt stond te ontsnappen.

'Ik kom voor Jace Burton.'

'Wie zegt u?' Zijn gezicht werd rood toen hij met zijn hand over zijn voorhoofd wreef. Hij veegde die hand af aan zijn overhemd en haalde van onder de balie een oude map tevoorschijn. Hij deed hem open en bladerde door een stapel papieren, voordat hij zich weer in zijn stoel liet zakken.

'Jace Burton. Hij is gearresteerd in Tides Resort, het conferentiecentrum.'

'Jason Burton?' Hij keek haar aan over zijn bril. 'Er is hier niemand die zo heet. Waarom denkt u dat hij hier is?'

Kat las de naam op zijn uniform. *Kravitz.*

Dezelfde agent met wie Roger Landers op de tv een gesprek had gevoerd.

'Jace Burton – u heeft hem gearresteerd. Een paar dagen geleden. Mij is verteld dat u hem hier vasthoudt.'

'Daar weet ik niets vanaf,' zei Kravitz. 'Als ik iemand had gearresteerd, dan zou ik dat wel weten.'

'Misschien een andere agent.'

Kravitz snoof. 'Dat ligt niet voor de hand. Ik ben hier de enige.'

'Roger, vertel jij hem wat je mij hebt verteld.' Kat draaide zich om naar Landers, maar het rijtje kunstleren stoelen was leeg. Het enige wat restte, waren Kurts sneeuwschoenen, te midden van een plasje gesmolten sneeuw op de vloer. 'Die man die hier net was – hij zei dat hij erbij was toen u Jace arresteerde.'

'Ik zie niemand.'

'Pardon? Hoe heeft u hem nu niet kunnen zien? Hij zat in een van die stoelen daar, een paar tellen geleden nog.' Kat wees naar de rij stoelen.

'Er is hier niemand behalve u en ik. Wat was uw naam ook weer?'

Agent Kravitz zette de radio harder. Het nieuws had plaatsgemaakt voor de presentator van een praatprogramma, die aan het zeuren was over consumentenschulden.

Kat ging dichter bij Kravitz staan en ging luider praten. 'Katerina Carter. Agent Kravitz, Roger Landers was net hier. Hij is journalist en werkt voor...' Ze hield op met praten, toen ze besefte dat hij niet luisterde.

Kravitz liet de ordner die hij onder zijn arm droeg op zijn bureau vallen. Hij haalde een opschrijfboekje uit het borstzakje van zijn overhemd en klapte het open. Hij schreef wat op en vermeed heel bewust Kat aan te kijken.

'Neemt u mij niet kwalijk, agent Kravitz.'

'Gaat u door. Ik luister.' Hij deed de ordner open en likte zijn vinger, telkens als hij een bladzijde omsloeg.

'Nee, dat doet u niet. U wacht gewoon totdat ik ophoud met praten en wegga. Maar ik ga hier niet weg. Jace móét hier zijn. Ik wil dat u aantoont dat hij hier niet is.' De klok boven Kravitz' hoofd stond op kwart voor een. Over anderhalf uur ging de veerboot.

'Bent u dezelfde mevrouw Carter die een paar dagen geleden iemand anders als vermist op heeft gegeven?' Hij keek haar aan en trok zijn wenkbrauwen op. Toen begon hij weer door de ordner te bladeren. 'Hier staat dat het om Roger Landers ging. Nu bent u hem weer kwijt en ook nog iemand anders?'

'Ik ben hier nu vanwege Jace Burton. Is hij hier wel of niet?'

Kravitz glimlachte. 'De politie maakt er geen gewoonte van om mededelingen te doen over wie ze wel of niet in hechtenis hebben.'

Kat deed haar armen over elkaar en glimlachte moeizaam terug. Ze kon haar boosheid nauwelijks bedwingen. 'Dan wacht ik hier totdat u dat wel doet.' Wat deed de politie in deze kleine plaatsjes überhaupt? Kruiswoordpuzzels maken? Waar had Kravitz het verder zo druk mee?

'Best.'

Ze liep naar het rijtje stoelen en liet daar haar rugzak op vallen. Ze maakte zo veel mogelijk lawaai in de hoop hem kwaad te maken.

Dat lukte. Kravitz keek haar woedend aan. 'Blijft u hier rondhangen?' Hij zette de radio zachter.

'Ik heb u verteld dat ik hier niet wegga zonder eerst een paar antwoorden te krijgen.'

Hij perste zijn lippen op elkaar, maar zei niets.

Kat beantwoordde zijn blik. 'Ik weet dat u Jace hier hebt. Roger Landers heeft gezien dat u Jace arresteerde. U hebt hem hierheen gebracht. Waar zou hij anders kunnen zijn?'

Zijn gezicht werd rood. 'Hij is hier niet en hij is hier ook nooit geweest.'

'Bewijs dat dan. Dit is al de tweede keer dat ik hier ben. Ik ga niet weg voordat ik zeker weet dat Jace hier niet is.'

De telefoon ging. Kravitz reageerde direct. Hij stak zijn hand uit en pakte de hoorn van de haak.

Kat deed haar best te horen wat er werd gezegd. Iets over een ongeluk en het afsluiten van de autoweg.

'Hoe snel kunnen ze hem daar weghalen?' Er volgde een lange stilte, terwijl agent Kravitz luisterde naar de persoon aan de andere kant van de lijn. 'Wanneer? Oké. Ik ontvang ze hier.' Hij luisterde even. 'Ik snap het. Ik laat om vijf uur een persbericht uitgaan. Dan zou je voldoende tijd moeten hebben.'

Waarom zou er in vredesnaam een persbericht moeten uitgaan in dit prutsstadje? Winkeldiefstal? Gestolen ski's?

Het persbericht moest te maken hebben met het World Institute. Hoe groot was de kans dat er in dit stadje een andere gebeurtenis plaatsvond die nieuwswaarde had?

Kravitz keek haar nijdig aan toen hij de hoorn neerlegde. 'U bent hier nog steeds?'

'U weet het: ik ga niet weg.' Alles wees erop dat ze hier moest zijn.

Aan de andere kant was het wel zo dat ze beter thuis kon zitten. Als er een noodgeval was in verband met Jace, zou iemand naar huis bellen om dat door te geven. Vooral aangezien haar eigen mobiel in het conferentieoord was achtergebleven.

'Als ik laat zien dat er niemand in hechtenis zit, houdt u dan op? Het is gewoon zo dat er hier al wekenlang niemand opgesloten heeft gezeten.' Hij wenkte haar om door het klapdeurtje naast de balie te komen. Op de een of andere manier had dat telefoontje iets veranderd.

Ze stapte door het hekje en liep achter Kravitz aan naar de ruimte achter de balie. Er was één grote ruimte met nog een deur die naar een enkele cel leidde. Die cel was leeg.

'Gelooft u me nu?'

Kat staarde naar de lege cel, totaal verslagen. Ze was er zo zeker van geweest dat Jace hier zat dat ze geen andere mogelijkheid had overwogen. 'Wanneer heeft u hem vrijgelaten?'

Kravitz deed zijn handen omhoog. 'Hoort u mij niet? Hij is hier niet en hij is hier nooit geweest. Ik weet niets af van iemand genaamd – hoe was zijn naam ook weer?

'Jace Burton. En ik wil aangifte doen van een vermissing.'

'Prima. Gaat u dan weg?'

Kat gaf geen antwoord, maar liep achter hem aan naar de andere ruimte.

Er was iemand die loog, Was het Landers of was het de politie? Ze wist niet wie, maar een ding wist ze zeker. Roger Landers had iets te maken met de verdwijning van Jace. Hij had gewoon een te grote vinger in de pap.

# HOOFDSTUK 52

Kat leunde tegen de voordeur en duwde hem dicht. Buiten gierde de wind en de oude, enkelglas ramen ratelden in de sponningen. Ze schopte haar laarzen uit en liet haar spullen vallen in de hal, helemaal uitgeput. Ze had de laatste veerboot die vandaag was vertrokken op het nippertje gehaald. Ze had nog steeds last van haar maag, zo onstuimig was de overtocht geweest. De verdere afvaarten die voor vandaag op het programma hadden gestaan, waren geannuleerd en ze vroeg zich af wat er met Landers was gebeurd. Ze had hem niet aan boord gezien.

Ze legde de sleutels op het tafeltje in de hal en deed het licht aan. Ze keek naast de deur in de hoop Jace' schoenen te zien of een ander teken van zijn aanwezigheid.

Niets.

De kroonluchter in de hal verlichtte de lege plek op de door de brand beschadigde houten vloer en verdreef iedere hoop hem thuis aan te treffen. Haar hart sloeg over toen ze Jace' trui zag hangen op de mahoniehouten trapleuning. Toen herinnerde ze zich weer dat die trui precies op die plek had gehangen toen ze naar Hideaway Bay gingen. Het was dus heel duidelijk dat er niets was veranderd.

Het oude huis kraakte als gevolg van de wind die buiten tekeerging. Ze liep naar de slaapkamer en pakte de eerste de beste warme kleren die ze kon vinden. Ze keek uit het slaapkamerraam terwijl ze fleecekleren en sloffen aantrok. Het was alweer donker en de wind blies de blaadjes op in kleine windhoosjes. Ze was blij dat ze binnen was, eindelijk warm en droog.

Kat ging naar beneden naar de keuken en besefte dat ze niet meer had gegeten sinds het ontbijt. Ze deed de koelkast open en keek of er iets was, maar alleen al het zien van eten maakte haar misselijk. Ze deed de deur van de koelkast dicht zonder iets te pakken.

Ze ging weer naar boven naar haar studeerkamer en zette de computer aan. Op de een of andere manier was er een verband tussen Roger Landers en de verdwijning van Jace. Ze moest alleen uitzoeken wat dat verband precies was.

Een ding was zeker. Landers wilde van Jace af, omdat hij een concurrent was. Maar was er nog een andere reden? Misschien zat Roger Landers helemaal niet achter een verhaal aan. Misschien was hij een deel van het verhaal, een deel van de hele doofpotaffaire. Kat zocht naar alles wat ze over Roger Landers kon vinden. Afgezien van zijn boek van een paar jaar geleden vond ze niet veel. Als hij echt een nieuw boek aan het schrijven was, dan had ze in ieder geval een paar artikelen verwacht, maar die waren er niet.

Ze ging zo op in haar speurtocht dat ze niet had opgemerkt dat het donker was geworden in huis. Buiten gierde de wind. Ze deed de bureaulamp aan en zag dat hij even flikkerde. Ze vroeg zich af hoe het met Harry was. Van een storm werd hij zenuwachtig en hij zou zich zorgen maken over zijn huis. Ze belde Harry's mobieltje, maar ze kreeg geen antwoord.

Het kon niet anders dan dat Hillary zo langzamerhand wel genoeg van hem had en dat ze hem wilde lozen. Voor de zekerheid belde ze zijn huis. Ook daar kreeg ze geen antwoord en Hillary's mobiele nummer had ze niet eens. Ze legde de telefoon weer in de houder en werd heen weer geslingerd tussen wachten op nieuws over Jace en zich naar buiten wagen om bij Harry's huis te gaan kijken. Uiteindelijk besloot ze thuis te blijven. Ze zou hen beiden kunnen missen, als ze hiernaartoe kwamen terwijl zij weg was.

De lichten flikkerden weer; deze keer duurde de stroomstoring een paar tellen langer.

Agent Kravitz had uiteindelijk toegegeven en een formulier ingevuld over de vermissing van Jace. Het was eigenlijk niet meer dan een formaliteit, aangezien hij er niet van overtuigd was dat Jace echt vermist was. Waarschijnlijk zou hij geen enkele poging doen om naar Jace te zoeken.

Was Kravitz, zoals Roger Landers beweerde, überhaupt betrokken geweest bij de arrestatie van Jace? Kat wist niet meer wat ze kon geloven of wie ze kon vertrouwen. Ze had Jace' eigen verhaal nodig om bewijs in handen te krijgen. En dat was niet mogelijk als ze Jace niet eerst vond.

Kat werkte een uur lang aan het rapport over Edgewater, maar ze kon zich niet concentreren. Het was een neerwaartse spiraal, bedacht ze zich, terwijl ze haar uiterste best deed om wakker te blijven. Het licht van de computer, haar droge ogen en pure, lichamelijke uitputting eisten hun tol. Ze was Hideaway Bay, het World Institute en Edgewater Beleggingen spuugzat. Ze had haar eigen problemen die ze moest oplossen.

Het enige wat ze wilde was dat Jace weer thuis zou zijn en dat Harry veilig was.

Dat sloeg natuurlijk nergens op. De wereld draaide gewoon door en ze moest nog steeds in haar onderhoud voorzien. Hoe eerder ze klaar was met het rapport voor Zachary, hoe eerder ze al haar energie kon steken in Jace en Harry vinden. Ze was echt bijna klaar. Het enige wat ze nog moest doen was het updaten van het Edgewater-rapport door de conclusies van het afgelopen weekend daarin op te nemen en de agenda van de vergadering van het World Institute eraan toe te voegen; die leverde het bewijs voor Nathans betrokkenheid. Dat zou Zachary genoeg in handen geven om zijn vader te laten vervolgen voor fraude, zelfs al waren sommige van de belangrijke documenten niet aanwezig. Uiteindelijk was het zijn beslissing om het rapport onmiddellijk te gebruiken of nog even te wachten.

Maar toch knaagde er nog iets aan haar.

Dat had met Zachary te maken. Aan de ene kant noemde hij het gedrag van Nathan onethisch, maar aan de andere kant maakte hij zich daar ook schuldig aan; andere mensen uitbuiten voor zijn eigen gewin. Net als ieder ander was hij uit op zijn deel van de taart. Ongeacht wat dat voor anderen betekende.

Haar oogleden werden zwaar en ze vocht tegen de slaap. Ze moest het rapport vanavond afmaken als ze het morgenochtend aan Zachary wilde overhandigen.

De wind beukte tegen de ramen van de studeerkamer en het licht flikkerde voordat het helemaal uitging. Ook de computer gaf het op. Kat vloekte binnensmonds toen ze besefte dat ze de laatste versie van haar rapport nog niet had opgeslagen. Het zou wel tot de ochtend duren voordat de stroomstoring was hersteld. Ze kon net zo goed een paar uur gaan slapen.

Kat stommelde op de tast over de gang naar haar slaapkamer en viel neer op bed zonder zich uit te kleden. Ze viel in slaap en droomde over Jace. Deze keer vond ze hem wel in de blokhut van Kurt, maar iedere keer dat ze dichter bij hem kwam, kwam er iemand tussenbeide.

# HOOFDSTUK 53

Kat werd met een schok wakker. Iemand bonsde beneden op de voordeur. Een auto reed met grote snelheid en met piepende banden weg. Toen hoorde ze het geluid van brekend glas. Weer een brandbom? Of nog erger, probeerde er iemand binnen te dringen?

Ze liep vlug de trap af en ging naar de voordeur. Ze gleed uit over het kleedje in de hal en tegelijk hoorde ze hoe er nog meer glas brak. De wind blies door het gebroken ruitje van de voordeur. Ze zag het glas op de houten vloer liggen, maar het was al te laat: ze stapte met haar voet in het glas.

'Au!' Kat ging op haar andere voet staan. Ze tilde haar gewonde voet op en voelde aan haar voetzool. Er stak een glasscherf uit het zachte deel van haar zool. Ze trok hem eruit. Er druppelde bloed naar beneden op haar andere voet. Ze hield haar hand onder haar voet, zodat er tenminste geen bloed viel op het kleed in de hal. 'Au! Wat krijgen we...?'

Ze pakte het enige wat binnen haar bereik lag – Jace' trui – om het bloeden te stelpen. Toen ze de trui om haar voet wikkelde, zag ze de draadloze telefoon op het kleedje liggen. Het projectiel waarmee het ruitje was gebroken. Opluchting stroomde door haar heen. Het was tenminste geen brandbom.

Het was nog steeds donker buiten en ze kon niet meer dan een paar uur hebben geslapen. Was er alweer stroom? Moest ze de politie bellen? Haar instinct won het van haar gezond verstand. Ze pakte de deurknop beet en deed de deur open, in de hoop degene die hiervoor verantwoordelijk was te pakken te krijgen voor die weg kon komen.

Ze hoefde niet ver te zoeken. Oom Harry stond voor haar, in zijn eentje op de veranda midden in een winterstorm. 'Oom Harry? Wat doe jij nou hier?'

'Dat is wel erg hartelijk, Kat. Tjonge.' Hij wreef zijn handen samen en rilde.

'Het spijt me, oom Harry. Ik – ik ben gewoon verbaasd je hier te zien. Waar is Hillary?' Die piepende banden moesten van Hillary's Porsche zijn geweest.

Kat wreef de slaap uit haar ogen. Stel dat ze de veerboot had gemist en ze hier niet was geweest om de deur open te doen. Harry zou niet hebben geweten wat hij moest doen. Hij had de weg naar zijn eigen huis niet kunnen vinden en hij zou hier helemaal alleen voor de deur hebben gestaan. Ze probeerde het licht en dat deed het gelukkig.

'Ik zie geen Hillary, jij wel?' Harry zwaaide met zijn arm. 'Mag ik nu binnenkomen?'

'Natuurlijk.' Kat trok hem aan zijn arm naar binnen. 'Ik ben juist heel erg blij je te zien – ik had je gewoon niet verwacht.'

Harry's gezondheid was er de laatste dagen beslist niet beter op geworden. Kwam dat door de stress over de terugkomst van Hillary? De dokter had gewaarschuwd voor ingrijpende veranderingen, en de terugkeer van Hillary was absoluut zo'n ingrijpende verandering.

'Ik neem aan dat je me niet hoorde kloppen. Wat was je aan het doen?' Harry stond te klappertanden in de hal.

'Gewoon boven aan het werk.' Kat deed de deur achter hem dicht. Het had geen zin Harry te vertellen hoe laat het was. 'Heeft iemand je hiernaartoe gebracht?'

Oom Harry droeg een licht katoenen windjack en een katoenen broek en hij had geen handschoenen aan. Dat paste meer bij de late lente in Vancouver dan bij de maand december. Ondanks de lage temperaturen en de ijzel was zijn kleding nog bijna droog. Als hij langer buiten was geweest dan de tijd die nodig was voor een sprintje van de stoep naar de voordeur, dan zou hij drijfnat zijn geweest.

'Nee, ik ben gewoon van mijn huis hiernaartoe gelopen. Wat eten Jace en jij? Ik had gedacht dat we uit eten konden gaan.' Harry deed zijn schoenen uit en hing zijn jasje op in de halkast.

Kat liet haar schouders zakken. Ze had koffie nodig om wakker te worden. 'Ja, eh, dat zou leuk zijn, maar Jace is op dit moment niet thuis. Zal ik iets voor je klaarmaken?' Ze keek hem aandachtig aan. Zijn gezicht was asgrauw. 'Voel je je wel goed? Je ziet er niet goed uit.'

'Ik voel me prima. Wat is er met je voet gebeurd?'

'Oh, niks. Ik ben in dat glas getrapt.' Ze wees naar de glassplinters die in het midden van de hal lagen.

'Dat is ook niet slim. Als je dat had opgeruimd, dan zou je jezelf niet bezeerd hebben.'

'Ik weet het, oom Harry.' Kat zuchtte en liep achter hem aan, waarbij ze heel zorgvuldig het glas vermeed. Hoe kon het dat hij zich niet herinnerde dat hij een paar minuten geleden zelf dat ruitje had gebroken?

'Weet je zeker dat Hillary je niet hiernaartoe heeft gebracht? Je was bij haar, herinner je je dat nog?' Dat herinneren flapte ze eruit voor ze het wist, maar Harry scheen het niet op te merken.

'Nee. Ik heb haar al een hele poos niet gezien.' Harry wreef met zijn hand over zijn voorhoofd. 'Zullen we wat gaan eten?'

'Oom Harry, zal ik in plaats daarvan een sandwich voor je maken? Ga zitten, terwijl ik me even opfris.' Ze bracht hem naar de keuken en zorgde ervoor dat hij niet in het glas kon trappen.

'Oké.' Harry schuifelde naar de keukentafel en ging zitten.

Kat strompelde naar boven richting de badkamer en probeerde te voorkomen dat er bloed op de vloerbedekking kwam. Ze hield haar voet langs haar knie terwijl ze de ehbo-trommel in de badkamer doorzocht. Het glas was nog verder in haar voet gekomen bij het naar boven lopen, ondanks de moeite die ze had gedaan om niet op haar voet te gaan staan. Ze keek naar de snee onder haar voet. Die was zo'n acht centimeter lang. Ze kromp ineen van de pijn toen ze probeerde de het resterende glas met een pincet te verwijderen.

Ze kon het niet goed zien door al het bloed, maar het lukte haar uiteindelijk een glassplinter van een paar centimeter uit haar voet te halen.

Een kwartier later, nadat ze haar voet had schoongemaakt en verbonden, hobbelde ze naar beneden en terug naar de keuken.

Harry stond op. 'Je loopt mank – wat is er gebeurd?'

'Het gaat wel. Oom Harry, waarom heb je niet gewoon geklopt?' Kat sleepte zich met haar verbonden voet naar de koelkast en haalde er kaas en tomaat uit.

'Dat heb ik gedaan, maar je reageerde niet. Toen dacht ik dat er misschien iets mis was. Het spijt me van het ruitje.'

'Het is al goed.' Die alzheimer was onvoorspelbaar. Soms herinnerde Harry zich niets van een paar minuten geleden, maar als je hem dezelfde vraag een paar minuten later stelde, kon hij zich weer alles herinneren. Ze sneed plakken kaas en tomaat en legde die op twee sneden volkorenbrood.

'Ben je hier echt naar toe gelopen? Het hele eind vanaf je huis?' Haar voet klopte en ze vond het moeilijk om zich op iets anders te concentreren. Door de lagen wit verband heen zag ze donkerrode bloedvlekken tevoorschijn komen.

'Dat heb ik je toch gezegd, Kat. Ben je dat al vergeten?' Harry stond op en liep heen en weer.

'Sorry. Ik ben moe en kan niet goed nadenken. Weet je echt niet waar Hillary is?' Het kon niet anders dan dat Hillary hem hiernaartoe had gebracht, aangezien ze hem niet naar zijn huis kon brengen nadat ze dat helemaal had leeggeruimd en te koop had gezet. Ongeacht hoe Harry er geestelijk aan toe was, hij zou zeker hebben gezien dat al zijn spullen weg waren.

'Hillary? Die is op haar werk.' Harry hield zich vast aan het aanrecht. 'Ik moet even zitten. De kamer draait om me heen. Ik voel me ziek.'

Kat hielp hem terug naar de keukentafel. Wat ze had aangezien voor regendruppels op zijn voorhoofd, waren in werkelijkheid zweetdruppeltjes. Ze voelde aan zijn voorhoofd. Hij was warm ondanks zijn gebibber. 'Je voelt warm aan. Is alles wel goed met je?'

'Het gaat wel.' Harry zuchtte en liet zich in de stoel vallen.

'Weet je het zeker?' Ze schonk een glas water in en gaf dat aan hem. Ze zag dat zijn voorhoofd een blauwige glans had. 'Je ziet er niet erg goed uit. Misschien dat je opknapt van een boterham.'

'Dat lijkt me wel lekker – ik heb heel erg honger. Heb je een boterham met kaas en tomaat?'

'Die heb ik wel. Ga maar rustig zitten.' Ze moest onmiddellijk iemand vinden die voor hem kon zorgen. Ze sneed de sandwich doormidden, nam hem mee naar de tafel en zette die voor hem neer. Het dikke verband om haar voet was nu helemaal rood van het bloed. Telkens als ze erop ging staan, voelde ze dat er nog steeds glas in haar voet zat.

Harry nam een paar happen van de boterham en legde die toen weer neer. Hij duwde het bord weg. 'Ik kan nu niet eten, Kat. Ik kan geen eten zien.'

'Maar je zei dat je honger had.'

'Nee, dat is niet zo. Hoe kan ik nu alweer honger hebben? Ik heb net mijn avondeten door mijn keel.'

Kat zuchtte. Zo ging dat met dementie. Het ene ogenblik had hij honger en het volgende lustte hij niets meer. Het had geen zin daarover met hem in discussie te gaan. 'Oké, we gaan.'

'Waarnaartoe?'

'Gewoon een eindje rijden.' Het provisorische verband was niet afdoende om het bloeden te stelpen. Haar voet moest gehecht worden. En helaas moest ze ook nog zelf naar het ziekenhuis rijden. Gelukkig was het niet de voet waarmee ze reed in haar automaat.

Toen ze de sleuteltjes van Jace' truck van het tafeltje in de hal pakte, viel haar oog op Harry's draadloze telefoon. Het projectiel waarmee het ruitje was ingegooid, lag nog steeds midden tussen de glasscherven. Hoe die telefoon aan de opruimoperatie van Hillary was ontsnapt was haar een raadsel, tenzij Harry hem in zijn zak had gehad. In ieder geval had je er niets aan zonder het basisstation. Kat pakte de telefoon op en legde hem op het tafeltje. Ze zou het raam morgenochtend laten repareren. Ze dacht erover om iets voor het raam te doen, maar ze had gewoon de energie niet om naar tape te zoeken.

Het maakte ook niets uit. Er was niets in het huis dat ze niet kon missen. Alles waar ze waarde aan hechtte was weg—Jace, de oude Harry voordat hij ten prooi viel aan dementie, en vooral ieder sprankje hoop. Ze was gewoon zo uitgeput dat ze niet meer kon vechten.

# HOOFDSTUK 54

Kat legde haar hoofd in haar nek om naar de televisie te kunnen kijken die aan de muur van de wachtkamer van de Eerste Hulp was bevestigd. Met moeren en bouten, net als de beklede stoelen die vol vlekken zaten. Kennelijk was er bij de televisie geen rekening gehouden met ergonomische overwegingen, want hij hing in een rare hoek, bijna tegen het plafond. Waren er ooit patiënten bij de Eerste Hulp geweest die een televisie of stoel mee naar huis hadden genomen waardoor zo'n beslissing gerechtvaardigd was?

Oom Harry staarde afwezig voor zich uit, zich niet bewust van de achtergrondgeluiden van schreeuwende baby's, dronkenlappen en het algehele lawaai van de overvolle wachtkamer.

Kat spitste haar oren om het nieuwskanaal te kunnen horen boven het lawaaierige geklets uit. Onderaan het beeld rolde er tekst langs en rechts in het scherm verschenen oplichtend de updates. Op wat er restte van het beeld stond een verslaggeefster voor het Tides Resort in Hideaway Bay.

'Oom Harry – daar zijn we kort geleden geweest!' Kat wees naar de televisie, waar het beeld weggleed van de verslaggeefster, een kleine blonde vrouw met een Gore-Tex jack met daarop het logo van de televisiemaatschappij, en zich richtte op een man. Het was Roger

Landers, die dezelfde kleren droeg als gisteren. Het was nog licht, dus de opname moest zijn gemaakt enige tijd nadat hij was verdwenen van het politiebureau.

'Hè?' Harry schrok min of meer wakker.

'Op de televisie. Kijk.' Kat wees naar het scherm.

'Waarnaar kijken?'

'Oh, laat maar.' Kat stond op en strompelde naar de televisie om het beter te kunnen horen.

'Ik heb gezien hoe Svensson zonder enige voorbereidingen voor zijn wandeling wegging bij het conferentieoord. Toen vreesde ik al het ergste.' Roger Landers gebaarde met één hand achter zich en in de andere hand hield hij een exemplaar vast van zijn boek.

'Wat?' flapte Kat er hardop uit.

Een paar vrouwen tegenover haar wierpen Kat vernietigende blikken toe.

De leugenaar. Landers was niet eens in Hideaway Bay geweest op de dag dat Svensson verdween. Hij had met geen mogelijkheid kunnen zien hoe Svensson vertrok voor zijn noodlottige tocht, aangezien hij met dezelfde veerboot was gekomen als Kat. En toen was Svensson al dood.

De verslaggeefster spoorde hem aan. 'En dat was toen u de autoriteiten alarmeerde. Dat het niet om zelfmoord ging.'

'Ja, dat klopt. Heel veel mensen wilden Svensson uit de weg hebben. Zijn ideeën over munthervorming waren zeer omstreden.'

De camera zoomde in op de verslaggeefster. 'Fredrick Svensson was genomineerd voor de Nobelprijs. Zijn onderzoek naar munteenheden en monetaire hervorming was revolutionair en lag ten grondslag aan de huidige discussies over munthervorming. Hij had gedurende zijn dertigjarige loopbaan steeds voorgesteld om tot één munt voor de hele wereld te komen, en toen veranderde hij plotseling van mening. Dat bleek ook uit een briefje dat hij kort voor zijn dood schreef.'

Op het scherm verscheen een clip van Svenssons toespraak in Stockholm. Opnieuw zag Kat de vrouw die achter Svensson stond.

Deze keer wist ze het absoluut zeker: het was Angelika, het kamer-meisje dat ze gezien had in het conferentieoord.

Kat vroeg zich nog steeds af waarom Angelika zich als kamer-meisje had vermomd. Als zij en Svensson een relatie met elkaar hadden, en daar ging Kat wel van uit, dan verklaarde dat Angelika's aanwezigheid in Hideaway Bay. Had ze iets te maken met de moord op Svensson? Zou zij de vrouw kunnen zijn met wie Svensson was gezien op de dag van zijn verdwijning?

Moest Angelika nog meer zaken afhandelen in Hideaway Bay?

Kat begreep nu nog iets anders: waarom Landers voor haar was weggelopen op de veerboot naar Hideaway Bay. Als hij werd gezien op de veerboot, dan klopte zijn versie van de gebeurtenissen niet. Landers kon nooit beweren dat hij Svensson had gezien als hij toen nog niet in Hide-away Bay was geweest. Maar volgens de politie was Landers de enige getuige, afgezien van de onbekende vrouw, die wist wanneer Svensson precies was verdwenen. Als dat niet zo was, was het echte tijdstip van zijn verdwijning twijfelachtig. Stel dat hij al veel eerder was verdwenen?

Kat hinkte terug naar de stoelen en merkte plotseling weer hoe haar voet klopte. Ze legde haar voet op de tafel voor haar en schonk geen aandacht aan de boze blikken van een man van middelbare leef-tijd tegenover haar.

Landers was bezig met een verhaal fabriceren. Was het soms zo dat de volgorde van de gebeurtenissen die hij schetste moest kloppen met wat hij in zijn boek beweerde? Of zat er nog iets anders achter?

De camera richtte zich weer op Landers en de verslaggeefster hield de microfoon voor zijn mond.

'Zijn plotselinge verandering van mening kwam voor iedereen als een schok,' zei Landers. 'Tenslotte verwierp hij nu zijn eigen theorie over munthervorming. De theorie die hem zijn kandidatuur voor de Nobelprijs had opgeleverd.'

'Heeft de politie nog nieuwe aanwijzingen voor de moord op Svensson?'

Kat vond het maar vreemd dat deze vragen aan Landers werden gesteld en niet aan de politie. Was het niet logisch dat de politie van zo'n klein plaatsje zelf voor de camera zou willen verschijnen? De moord op Svensson was de belangrijkste gebeurtenis die zich de laatste tientallen jaren in Hideaway Bay had voorgedaan; misschien wel de belangrijkste gebeurtenis ooit. Dus waar was agent Kravitz?

'Er is één bepaalde aanwijzing in het bijzonder,' zei Landers. 'Ongeveer tegelijkertijd met de verdwijning van Svensson is er nog iemand anders verdwenen.'

Daar had Landers het in hun hotelkamer niet over gehad,

Kat keek even naar Harry. Die was weggedommeld en zat met zijn hoofd op zijn borst gezakt.

'En wie is dat dan?' Het leek alsof de verslaggeefster samen met Landers een gesprekje aan het opzeggen was, alsof ze het antwoord al wist.

'Jace Burton. Hij is vrijwilliger bij de opsporings- en reddingsbrigade en kent het gebied. Hij is kort geleden zijn baan kwijtgeraakt en was daar misschien overstuur door geraakt. Hij kent alle gevaarlijke plekken, ook de plek waar Svensson naar beneden is gevallen. Of geduwd.' Op het scherm was een foto van Jace te zien.

Kats mond viel open. Landers was bezig Jace de dood van Svensson in de schoenen te schuiven? Hij wist dat Jace daar toen niet was geweest. Zou hij zó ver gaan voor een interessant verhaal? Was hij daarom naar de blokhut van Kurt gegaan? Om daar bewijsmateriaal achter te laten?

Dus Landers was echt een misdadiger; hij had ingebroken in Kurts blokhut. Was hij ook betrokken bij de verdwijning van Svensson of probeerde hij iemand anders buiten beeld te houden? Nathan Barron misschien?

Jace had gelijk.

Niets deed ertoe totdat je er in je eigen leven tegenaan liep. Dan was het altijd de moeite waard om voor te vechten. Kat hoopte alleen maar dat het niet te laat was...

# HOOFDSTUK 55

'Kat? De verpleegster roept.' Harry wees naar de forse verpleegster die stond te wachten voor de dubbele klapdeuren. Haar uniform met bloemetjesmotief was niet erg flatteus; daardoor zag je nog beter de vetrollen om haar middel. Ze verplaatste haar gewicht van de ene voet op de andere en zag er moe uit.

Kat kon niet geloven dat ze midden in de wachtkamer in slaap was gevallen. Een slaaptekort en de stress van het heen en weer reizen tussen haar huis en Hideaway Bay eisten nu hun tol. Ze stond op en liep achter de verpleegster aan; ze gebaarde dat Harry met haar mee moest komen.

Hij schuifelde naast haar voort. Zelfs al liep ze mank, ze moest toch nog inhouden.

De verpleegster trok haar wenkbrauwen op en keek naar Harry.

'Hij komt met mij mee,' zei Kat. Ze ging hem niet meer alleen achterlaten in een wachtkamer.

De verpleegster keek haar aan en knikte na een vlugge blik op Harry. Ze ging hen voor naar een grote afdeling met tegen iedere muur een rij bedden. Tussen de bedden hingen gordijnen maar die boden niet meer dan een illusie van privacy. Er klonken stemmen die omhoog en omlaag gingen in toonhoogte en volume en Kat pikte een aantal gesprekslijnen op, terwijl ze langs de bedden hobbelde.

Halverwege de afdeling bleef de verpleegster staan en gebaarde dat Kat op een leeg bed kon gaan liggen. Ze legde een aantal kussens onder Kats gewonde voet en haalde het verband eraf. Harry zat op de plastic stoel naast het bed en staarde voor zich uit.

Een paar minuten later verscheen de arts. Hij was in de dertig, dun, met een vettige huid en een kalend voorhoofd. Kat vertelde hoe het ongeluk was gebeurd, terwijl hij haar voet onderzocht.

Hij pakte een pincet en hield dat daarna omhoog met een glasscherf. 'Dit is het probleem. Er zat nog een stuk glas in uw voet. Uw voet moet gehecht worden en u krijgt een tetanusinjectie.' Hij glimlachte en schreef iets in een notitieboekje. 'Volgende keer moet u schoenen dragen.'

Hij draaide zich snel om en legde het pincet op het draaiblad naast het bed. Hij draaide zich om, maar deze keer bleef hij bij Harry staan. 'U ziet er niet goed uit. Hoe voelt u zich?'

Harry's gezicht was rood en hij transpireerde ondanks het feit dat het niet warm was in de grote ruimte.

'Het gaat wel.' Harry wreef over zijn voorhoofd. 'Mijn maag is gewoon een beetje van streek.'

De dokter pakte een tongspatel van het blad en rolde op zijn stoel naar Harry. 'Kunt u uw mond opendoen?'

Harry deed wat hij zei.

'Wanneer heeft u voor het laatst gegeten?'

'Alweer een tijdje geleden. Ik heb de hele dag nog niet gegeten.'

Kat onderbrak hem. 'Dat klopt niet echt. Hij heeft anderhalf uur geleden gegeten. Een paar hapjes van een boterham met kaas en tomaat?' Ze ging omhoog zitten en glimlachte naar de dokter. 'Hij vergeet soms dingen.'

Harry staarde recht voor zich uit en was zich duidelijk aan het concentreren, terwijl de dokter met de spatel over zijn tong ging.

De dokter draaide zich om naar Kat. Zijn gezicht leek wel een masker; de vriendelijke glimlach was verdwenen. 'Ik wil hem graag hier houden en een paar testjes doen. Misschien is het de griep, misschien is het ernstiger. We moeten hem vannacht verder hier houden.'

Harry had het gehoord. 'Ik blijf hier vannacht niet. Ik moet naar huis.'

'U bent niet in orde, mijnheer...' Hij keek Kat vragend aan.

'Denton,' zei Kat.

'Mijnheer Denton. Ik raad u aan hier te blijven.'

'Nou, in dat geval...' Harry liet zijn schouders zakken. 'Ik kan natuurlijk niet naar huis, als dat niet veilig is.'

'We moeten gewoon uitsluiten dat er iets ernstigs aan de hand is, mijnheer Denton.'

'Goed, dokter.' Harry haalde zijn schouders op en keek Kat aan.

Ze knikte instemmend.

De dokter klopte Harry op zijn schouder en ging weg, waarbij hij vermeed Kat aan te kijken.

'Maak je geen zorgen, oom Harry. Ik kijk wel of bij je thuis alles in orde is en ik zorg ervoor dat het goed afgesloten is. Ik kom morgen terug en dan neem ik je mee naar huis.' Harry zag er inderdaad ziek uit. Zelfs als je zijn dementie in aanmerking nam, gedroeg hij zich vreemd. Het zou goed voor hem zijn als hij werd onderzocht. Het loste ook een ander probleem op; ze kon Harry natuurlijk niet meenemen naar zijn lege huis. Misschien kon ze Hillary zien te vinden en haar aanspreken op wat er met het huis van haar vader was gebeurd.

'Weet je het zeker, Kat? Vind je het niet erg?'

'Natuurlijk vind ik het niet erg. En er is geen betere plek voor je dan in het ziekenhuis, als je je niet goed voelt. Ze zorgen hier goed voor je.'

De dikke zuster verscheen weer en gebaarde naar Harry. 'Komt u maar mee, mijnheer Denton.'

Harry draaide zich onzeker om naar Kat. 'Oké, Kat. Dan denk ik dat ik blijf.'

'Het is goed, oom Harry. Ik zie je gauw.' Kat omhelsde Harry en de verpleegster nam hem mee.

Maar het was helemaal niet goed. Harry was ziek, al zijn bezittingen waren verdwenen en zijn financiële situatie was hopeloos. Jace was vermist en werd verdacht van moord; tenminste, dat werd door Landers gesuggereerd. Wat kon ze nu nog doen? Het leven van hun alledrie lag helemaal overhoop en ze wist niet hoe ze het weer op de rails kon krijgen.

# HOOFDSTUK 56

Op donderdagmorgen stapte Kat uit de lift op de tiende verdieping. Ze voelde zich redelijk relaxed, hoewel ze maar een paar uur ononderbroken had geslapen. Haar voet voelde veel beter aan en ze was erin geslaagd het gebroken raam met een stuk hardboard dicht te spijkeren. Het was zelfs opgehouden met regenen. Ze was daarna direct naar het ziekenhuis gegaan. Ze wilde pas weer naar Harry's huis toe gaan nadat ze met Hillary had gesproken.

Ze volgde de bordjes naar de afdeling voor geriatrische patiënten en zag Harry zitten in een stoel bij de verpleegsterskamer. Hij was druk aan het praten met twee verpleegsters. Ze glimlachte en liep ernaartoe. Nu al zag oom Harry er beter uit en zijn gelaatskleur was weer normaal.

'Oom Harry? Ik ben er weer.'

Harry draaide zich om en er kwam een brede grijns op zijn gezicht, toen hij haar zag. 'Wat doe jij hier, Kat?'

'Ik kwam op bezoek. Hoe voel je je?'

'Ik voel me goed.' Harry ging wat zachter praten. 'Zie je niet dat ik aan het werk ben? Ik kan nu even niet praten.'

'Je bent in het ziekenhuis, oom Harry.'

'Het ziekenhuis? Doe niet zo raar.' Harry wees op een rijtje stoelen aan de overkant van de gang. 'Als je daar wacht, dan kom ik met je praten tijdens mijn koffiepauze.'

De twee verpleegsters keken naar Kat, maar de uitdrukking op hun gezicht veranderde niet. De oudste zei iets tegen de tweede verpleegster, stond toen op en liep naar Kat toe. 'Dokter Konig wil u graag even spreken. Wilt u hier even wachten?'

'Goed.' Kat liep net op Harry af toen een slanke, roodharige vrouw met een vaart de hoek om kwam zetten en bijna tegen Kat en de verpleegster aanbotste.

'Aha, dokter Konig, dit is de nicht van Harry Denton. Hij kwam gisteravond met haar mee.' De verpleegster ging terug naar de verpleegsterskamer en liet Kat en de dokter alleen.

De dokter knikte en keek Kat aandachtig aan. Ze zei niets.

Kat stak haar hand uit, maar de dokter negeerde dat en ging met haar armen over elkaar staan.

'We hebben de voorlopige resultaten terug van de testjes die we bij uw oom hebben gedaan.' De ogen van de dokter boorden zich in die van Kat in afwachting van een reactie.

'Is het inderdaad nog steeds de griep?' Kat verplaatste haar gewicht van haar zere voet naar de andere. 'Een paar weken geleden had hij er veel last van, hoewel hij er wel overheen leek te komen.'

'Niet echt. Hij is vergiftigd.'

Kat viel zowat achterover. 'Wat... vergiftigd? Dat kan niet. Weet u het zeker?'

'Ja, ik weet het zeker.' De dokter knikte en haar mond vertrok in een dunne, harde lijn. 'Dat is wat de tests laten zien. Harry heeft verteld dat hij alleen woont – is dat echt zo?'

'Ja, dat is waar – maar ik begrijp het niet. Ik maak al zijn maaltijden klaar. Normaal gesproken ontbijten we en lunchen we samen. Hij gaat iedere dag met mij mee naar mijn werk en daarna is hij bij ons thuis voor het avondeten. Normaal gesproken. Ik ben een paar dagen weggeweest.'

'U hebt hem een paar dagen niet gezien? Ik dacht dat u voor hem zorgde?' Ze snoof. 'Hoe vaak ziet u hem eigenlijk?'

Kat stelde de toon van de dokter niet op prijs. 'Zoals ik al zei, ik zie hem iedere dag. Maar ik was de afgelopen dagen weg voor mijn werk. Het kon niet anders. Maar we eten hetzelfde voedsel. Zou ik dan niet ook ziek moeten zijn?'

De dokter keek haar onderzoekend aan. 'In theorie wel, ja.'

Kat voelde zich niet op haar gemak door de manier waarop dokter Konig haar aanstaarde. 'U kunt toch niet denken dat ik – Nee!' Kat deed een stapje naar achteren. 'U denkt dat ík hem heb vergiftigd? Dat is te gek voor woorden.'

'Het doet er niet toe wat ik denk, mevrouw Carter. Ik heb mijn medisch oordeel medegedeeld aan de autoriteiten. Zij moeten beslissen over de verdere stappen.'

'Wat bedoelt u met verdere stappen?'

Dokter Konig keek Kat onvriendelijk aan en overhandigde haar een visitekaartje. 'Hier vindt u het nummer. Er wordt een dezer dagen contact met u opgenomen door een maatschappelijk werker. Ik hoop dat u begrijpt dat we uw oom niet met u mee kunnen laten gaan. Verder zal er beveiliging aanwezig zijn bij al uw bezoeken.'

Kat keek naar Harry. Een meter of vijf, zes bij haar vandaan, bij de ingang, stond iemand van de beveiliging. Hij keek Kat aan voordat hij zijn blik afwendde.

'Beveiliging? Kats stem brak. 'Dat slaat nergens op. U denkt toch niet dat ik hem heb vergiftigd?'

Dokter Konig klemde haar lippen op elkaar en zei niets.

'Ik zou mijn oom nooit kwaad kunnen doen. Dit moet een vergissing zijn.'

'Ik moet voorzorgsmaatregelen nemen. Als u me nu wilt verontschuldigen.' Dokter Konig draaide zich om en liep met grote stappen weg. Kat volgde haar met haar ogen, terwijl ze de gang afliep.

'U begrijpt het niet. Ik heb niets gedaan.' Kat liep achter dokter Konig aan. Ze bleef staan toen ze zag dat de man van de beveiliging op haar afkwam. Een brok leek vast te zitten in haar keel. Ze voelde zich net een misdadiger. Ze riep de dokter na: 'Kunt u de labuitslagen niet nog een keer controleren? Er moet iets mis zijn gegaan.'

Maar de dokter liep door. Aan het eind van de gang ging ze de hoek om en verdween.

Kat rilde. Als Harry echt vergiftigd was en zij dat niet had gedaan, was er nog maar één andere persoon die voortdurend toegang had gehad tot Harry. Hillary. Maar zelfs zij zou niet zo ver gaan om haar eigen vader te vergiftigen. Of misschien toch?

'Kat?' Harry sprak met stemverheffing en klonk bezorgd. 'Neem me alsjeblieft mee naar huis.'

De man van de beveiliging bleef staan en keek weer naar de grond om oogcontact te vermijden. Hij stond bij de verpleegsterskamer, maar een meter van Harry vandaan. Waarschijnlijk stond hij te wachten totdat ze vertrok.

'Dat gaat nu niet, oom Harry.' Kats gezicht werd rood en ze vocht tegen de tranen. Dit was niet zoals het moest zijn. Een voor een raakte ze de mensen kwijt om wie ze gaf. Ze keek op het kaartje dat dokter Konig haar had gegeven. Ze kon door haar tranen nauwelijks lezen wat er stond: de een of andere gemeentelijke gezondheidsdienst met een lange naam. Waarom zouden die haar geloven? Ze draaide zich om en wilde weggaan. Ze schaamde zich, ook al wist ze niet echt waarom.

'Waarom gaat het nu niet, wat bedoel je?' Zijn gezicht werd rood. 'Je kunt me hier niet achterlaten, Kat. Je moet me meenemen.'

'Het spijt me, oom Harry. Ik kom terug zodra ik kan.' Overmand door emotie draaide Kat zich om. Harry zou het niet begrijpen als ze het uitlegde.

Ze bleef ineens staan en knipperde met haar ogen, ervan overtuigd dat ze spoken zag. Maar dat was niet zo.

Hillary kwam aanlopen met rinkelende armbanden. Ze droeg een lange, zwarte designerjas en designerlaarzen met naaldhakken van tien centimeter. Ongetwijfeld gekocht met de creditcard van Harry. Hillary wuifde in de richting van de verpleegsterskamer en keek daarna Kat aan met haar prachtige, witte tanden. Kat negeerde haar.

Hillary haastte zich in de richting van dokter Konig. Ze keek spottend naar Kat voordat ze samen met dokter Konig verdween in een klein kantoortje. Ze deed de deur achter zich dicht.

Toen herinnerde Kat zich ineens de bitter smakende jus d'orange uit Harry's koelkast. Ze had die geproefd op dezelfde dag dat ze ziek werd. Ze had gewoon aangenomen dat de jus over de datum was.

Harry dronk iedere dag een paar glazen jus, veel meer dan het kleine slokje dat Kat meestal nam. Hoe lang werd er al vergif gedaan in Harry's sinaasappelsap? Ze moest haar hand zien te leggen op die jus d'orange en die laten testen. Ze hoopte maar dat ze niet te laat was.

# HOOFDSTUK 57

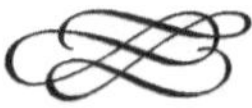

Kat zat tegenover Zachary Barron, maar ze dacht meer aan Harry's vooruitzichten en de beschuldigingen van dokter Konig. En vooral aan het sap in Harry's huis. Zou die nog steeds in de koelkast staan..?

Zachary leunde achterover in zijn leren bureaustoel met zijn handen in zijn nek. 'Heb je het bewijs al?'

'Ja en nee.' Kat herhaalde nog maar eens in het kort wat er was gebeurd in de hotelkamer in aanwezigheid van Nathan en Victoria. 'Ik heb de papieren van het World Institute niet meer, maar wat erin stond, staat allemaal in mijn rapport.' Ze had het rapport vanmorgen snel weer bijgewerkt, nadat ze Harry had achtergelaten in het ziekenhuis. Ze was absoluut niet van plan Zachary nog langer te laten wachten met het openbaar maken van de ponzifraude die Nathan had gepleegd.

'Als je die documenten van Nathan met betrekking tot het World Institute weer terug hebt, dan kunnen we het hebben over de volgende stappen.' Zachary ging staan en wilde haar wegsturen.

Kat bleef zitten waar ze zat. Hij kon die documenten niet als excuus gebruiken om het onvermijdelijke uit te stellen. 'Zachary, je kunt dit niet voor je uit blijven schuiven. Je hebt voldoende bewijs zónder de documenten van het WI. Die voegen alleen nog iets toe aan de bewijslast. We weten allebei dat er bij Edgewater sprake is van ponzifraude. Je bent het aan je beleggers verschuldigd om daar nú over te communiceren.'

'Ik weet niet zeker of verschuldigd het juiste woord is, Kat. Moet je dit eens zien.' Zachary draaide zijn computerscherm om, zodat Kat kon kijken. 'Vergeleken met gisteren sta ik tien procent hoger. Tien procent. Ik handel voor mijn eigen rekening en ik kan al mijn winst gebruiken om het fonds aan te vullen en zo de verliezen terug te brengen. Als ik nog een week zo doorga, dan hebben de beleggers al hun geld terug en nog meer. Ik maak alles goed, net alsof het allemaal niet is gebeurd.'

'Zoiets als dit kan niet buiten de openbaarheid blijven.' Hoe dacht Zachary in hemelsnaam in minder dan een week miljarden goed te maken? En zelfs al was dat mogelijk, waarom had hij dat al niet eerder met het fonds gedaan? Geen van zijn eerdere transacties kwam ook maar in de buurt van zo'n soort resultaat. Of tenminste: ze zouden dat resultaat nooit hebben behaald als de transacties daadwerkelijk waren uitgevoerd. 'Dit is geen spelletje, Zachary.'

'Natuurlijk is het wel een spelletje. Het hele monetaire systeem is een groot spel. De munteenheid van ieder land is onderhevig aan manipulatie. Zo naïef ben je toch niet? Ik zal melding maken van Nathans fraude, maar pas als ik al het geld van de beleggers terug heb verdiend.'

'Zachary, het gaat hier om echte mensen. Die echte verliezen hebben geleden. Ze hebben er recht op dat onmiddellijk te weten. Nu, en niet over drie weken.'

'Denk je dat ik dat niet weet? Mijn eigen belegging in het fonds is groter dan die van ieder ander.'

Dus dat was de reden! Nu kon ze Zachary's verandering van opstelling wel verklaren. Het was allemaal eigenbelang.

Zachary liep heen en weer achter zijn bureau. 'Kijk er eens op de volgende manier naar: zodra we Nathan ontmaskeren als fraudeur, kan het fonds niet meer handelen, worden de bezittingen van Edgewater bevroren en zijn de verliezen onomkeerbaar. Edgewater verklaart zichzelf failliet en de hele zaak loopt uit op jaren van aanklachten en rechtszaken.'

Kat schudde haar hoofd. 'Dit kun je niet menen.'

'Natuurlijk meen ik het wel. Ik moet eerst het geld terug zien te krijgen. Nathan kan nergens heen. Hij wordt nog steeds aangeklaagd voor fraude, maar in ieder geval worden de beleggers niet geruïneerd.'

'Hoe kun je zoveel geld in twee weken terugverdienen?

'Dat is inderdaad niet gemakkelijk, maar het is wel mogelijk. Het hele wereldwijde financiële stelsel is maar schijn: mijn transacties, de waardebepaling van de munteenheid van ieder individueel land.... Zelfs van de wereldmunteenheid van het World Institute, ongeacht het niveau waarop ze die munt introduceren. Het heeft allemaal niets te maken met de reële waarde van dingen en dat is al tientallen jaren zo. Kijk.' Zachary haalde zijn portemonnee uit zijn achterzak en haalde er een biljet van een dollar uit. Hij gooide het biljet op het bureau. 'Wat zie je hier?'

Kat speelde het spelletje mee. 'Een dollar.'

'Dat staat er wel op, maar wat is een dollar eigenlijk? Het is niets meer dan een belofte om te betalen. Een mooie schuldbekentenis van de regering. In essentie is dit biljet waardeloos.'

'Het is wel gek als iemand als jij dat zegt. Je verdient je boterham met die papiertjes.'

'Nee, wat gek is, is dat we ons papieren geld überhaupt kunnen omruilen voor dingen die echt iets waard zijn. Ooit stond tegenover dat papieren biljet een bepaalde hoeveelheid goud. Maar dat is nu niet meer zo. Voordat er goud was, bestond er ruilhandel. Misschien ruilden we toen goud voor voedsel. In ieder geval werd iets van waarde omgeruild voor iets anders van waarde. Nu is dat anders. De belofte waar ik het over had is nog niet eens de prijs van het papier waard waarop het biljet is gedrukt. Het papieren geld dat tegenwoordig wordt gedrukt, vertegenwoordigt een waarde die duizendmaal meer waard is dan de echte onderliggende waarde.'

'Maar wat heeft dat te maken met Edgewater of met Nathans fraude?'

'Het heeft er alles mee te maken. Het naar buiten brengen van Nathans fraude houdt in dat we aan die fraude een eind maken. We hebben het dan over een enorme som geld. Zo veel geld dat er repercussies zijn die veel verder gaan dan Edgewater en het fonds. Er is geld gebruikt dat op zijn beurt is hergebruikt dat op zijn beurt is hergebruikt enzovoort, tot een punt waarop niemand meer weet wat er echt aan de hand is. Als er dan plotseling iets totaal onverwachts gebeurt, stort het hele financiële systeem in elkaar.'

'Je overdrijft. Het Edgewater-fonds vertegenwoordigt maar een fractie van het geld dat in omloop is. Je kunt niet serieus menen dat de ineenstorting van Edgewater het hele wereldwijde financiële stelsel zou ondermijnen. Dat gaat echt niet gebeuren.'

'Maar, Kat, ik heb het niet over Edgewater zelf. Kijk waar het gestolen geld naartoe is gegaan: naar een geheime organisatie die de munteenheden van de wereld wil vervangen. Als de mensen daar lucht van krijgen, dan verliezen ze het vertrouwen in hun regering, in hun eigen monetair stelsel. Dan nemen ze allemaal hun beleggingen op. Er komt een run op de banken. En er is niet genoeg geld in de wereld om daar het hoofd aan te bieden.'

'Dat meen je niet. En gebruik dit nu niet als excuus om het onvermijdelijke uit te stellen!'

'Daar gaat het niet om. Ik zeg gewoon dat alles met alles te maken heeft.'

'Dus het hele wereldwijde financiële stelsel is gewoon gebakken lucht, volgens jou?'

'Daar komt het wel op neer, ja. Het is één groot spelletje poker. Iedereen denkt dat zijn kaarten het beste zijn. Zolang dat het geval is, houden ze die kaarten vast en gaat alles goed. Op het moment dat ze de kaarten op tafel gooien – als ze stoppen met spelen – komen we in problemen. We kunnen het gewoon niet aan als iedereen tegelijkertijd zijn fiches inwisselt.'

'Maar Nathan heeft Edgewater beroofd. Je zei zelf dat je hem wilde ruïneren.'

Hij zei niets.

Op dat moment begreep Kat dat Zachary precies hetzelfde wilde als Nathan: absolute macht. Hij gebruikte gewoon een andere manier om die te krijgen. Nathan wilde het monetaire stelsel zelf in zijn macht krijgen. Daarentegen gebruikte Zachary de handel in geld als een manier om dat systeem juist naar zijn hand te zetten. Beiden stond hetzelfde einddoel voor ogen. Munteenheden die werden gemanipuleerd voor eigengewin.

'Ik ga hem ook ruïneren. Maar niet ten koste van de geldmarkt en van mijn broodwinning. Eerst wil ik het geld terug zien te krijgen, en dan ga ik de fraude openbaren. Je moet de beleggers van Edgewater niet benadelen, Kat. En je benadeelt ook jezelf. Je benadeelt iedereen.'

'Wie benadeelt wie? Vroeg of laat moeten ze inleveren. Wachten maakt het onvermijdelijke alleen maar erger.'

'Het is niet onvermijdelijk.' Zachary draaide de monitor weer naar zich toe. 'Hoeveel gevallen van ponzifraude denk je dat zich op dit moment in de wereld voordoen?' Zachary wachtte niet eens op haar antwoord. 'Honderden? Nee, duizenden. In de hele wereld, op kleine en op grote schaal. De meeste daarvan worden nooit ontdekt, tenzij er een tekort aan geld ontstaat. Zolang de opbrengst, het geldaanbod en het aantal beleggers blijven groeien, komt niemand er ooit achter. En zo is het ook met het wereldwijde monetaire stelsel. Het onderliggende reële bezit vormt maar een klein deel van het in omloop zijnde papiergeld. Het stelsel is erop gebaseerd dat niet iedereen tegelijkertijd zijn geld opneemt. Zolang er maar niemand in paniek raakt, er genoeg wordt belegd en alles blijft werken, blijft het geld op de bank staan en houden beleggers hun geld in onze fondsen. Als dát geen spelletje is, dan weet ik het ook niet meer. Het is gevaarlijk om iemand te dwingen zijn kaarten op tafel te leggen als dat niet in jouw voordeel is.'

'Ik snap het niet, Zachary. Je wilde je vader toch ontmaskeren?'

'Hij krijgt zijn verdiende loon. Maar pas nádat ik de verliezen heb teruggehaald.'

Kat schrok toen haar reservemobieltje ging. Ze keek op het schermpje. Het was het ziekenhuis. Ze zou later wel de zaken met

Zachary afhandelen. 'Sorry, ik moet deze even opnemen.' Ze liep de kamer uit.

De vrouw aan de telefoon leek haast te hebben. 'Ik heb een patiënt hier die erop staat u te spreken. Hoe snel kunt u hier zijn?'

Oom Harry voelde zich zeker beter. De verpleegster klonk een stuk beleefder dan de twee van vanmorgen. 'Hoe gaat het met hem?'

'Niet zo slecht. Wel een beetje warrig. Hij mompelt iets over globalisering en geld.'

Dat was raar. Oom Harry sloot zich meestal af voor haar opmerkingen over financiën. In ieder geval was ze er zeker van dat hij zich die niet zou herinneren.

'Ik was van plan om over een paar uur langs te komen,' zei ze. De manier waarop deze verpleegster haar benaderde, paste helemaal niet bij bezoeken onder toezicht en wantrouwende blikken. Waarom deden ze nu anders?

'Ik hoop eigenlijk dat u hier sneller kunt zijn, zodat u hem misschien kunt kalmeren. Hij dreigt weg te lopen en ik kan hem niet tegenhouden. Hij heeft echt medische verzorging nodig.'

'Het is zijn dementie,' zei Kat. 'Hij raakt gauw van streek op plekken die hij niet kent.' Kat was verbaasd dat Harry het überhaupt over financiële zaken had.

'Dementie? Dat denk ik niet. Hij komt op mij heel normaal over.'

'Eerst lijkt het dat hij in orde is, maar binnen een paar minuten begint hij dingen te herhalen, geloof me.' Hoe kon iemand die in een ziekenhuis werkte de symptomen nou niet herkennen? Harry kwam al snel verward over als je een paar minuten met hem in gesprek was.

'Tot nu toe is dat niet het geval. Ik verzeker u dat deze man niet aan dementie lijdt. In ieder geval is hij daar nog veel te jong voor.'

'Te jong?' Oom Harry kon zeker doorgaan voor iemand die een stuk jonger was, maar hij was toch echt een oude man. 'Hij is tachtig.'

De verpleegster lachte. 'Tachtig? Dat denk ik niet. Hebben we het wel over dezelfde persoon?' Ze wachtte niet op Kats antwoord. 'Hij heeft geen ID bij zich. Alleen maar een mobieltje. Zo heb ik uw nummer gevonden. Dat staat in zijn telefoon geprogrammeerd als contactpersoon in noodgevallen.'

Kats hart sloeg over. 'Bruin haar, blauwe ogen? Een meter vijfentachtig?'

'Dat klopt wel ongeveer.'

*Hij is niet dood.*

'Hij heet Jace. Jace Burton.'

# HOOFDSTUK 58

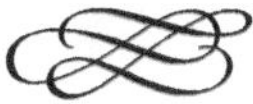

K at racete naar het ziekenhuis in recordtijd, ondanks het drukke verkeer en een ongeluk met vier auto's op de weg. En toen kon ze de truck niet kwijt. Ze zette hem uiteindelijk maar neer in een wegsleepzone, hoewel ze zich afvroeg of hij daar nog zou staan als ze terugkwam. Wat maakte het uit? Dat was het wel waard om hier te zijn.

Jace staarde haar aan vanaf zijn ziekenhuisbed. De rechterkant van zijn gezicht zat vol blauwe plekken en zijn oog zat dicht. 'Neem me mee naar huis, alsjeblieft.'

'Wie heeft dit gedaan?' Kat ging zitten op de zijkant van het bed, sloeg haar armen even heel stevig om hem heen en streek over zijn voorhoofd. 'Nathan Barron?'

Jace vertrok van pijn. 'Wat heeft Nathan Barron er mee te maken?'

'Hideaway Bay? De hotelkamer? Weet je het nog? Je ging naar de aangrenzende kamer met Roger Landers.'

Hij krabde zijn voorhoofd. 'Het enige wat ik nog weet is dat ik samen met jou en Roger Landers in de kamer was. Jij was kwaad omdat hij alles opat uit onze minibar. Ik heb Nathan Barron niet gezien. Tenminste, dat denk ik niet.' Jace fronste zijn wenkbrauwen. 'Hoe ben ik hier in godsnaam terechtgekomen?'

'Dat weet ik niet.' Kat probeerde de brok in haar keel weg te slikken. 'Maar je bent al dagenlang weg. Ik dacht dat ik je nooit meer zou zien.'

'Dagenlang?' Hij keek haar aan, pakte haar hand en kneep erin.

'Weet je niet meer dat je naar de andere kamer bent gegaan?'

'Nee.' Jace schudde zijn hoofd. 'Ik kan me er niets van herinneren. Alles is vaag.'

Kat vertelde hem over haar ruzie met Nathan en Victoria. 'Waarschijnlijk is met jou hetzelfde gebeurd. Weet je of je Nathan gezien hebt? Of Victoria Barron misschien?'

'Ik – ik weet het niet. Er gebeurde wel iets anders – ik kan het me gewoon niet goed voor de geest halen.' Jace spande zich zichtbaar in. 'Ik geloof dat er iemand op de deur klopte.'

'Probeer het je te herinneren, Jace. Je bent met Roger de andere kamer ingegaan en je hebt de documenten van het World Institute en mijn laptop met je meegenomen. De laptop lag nog in die andere kamer, toen ik daar was. Weet je wat er gebeurd is met de documenten? Heeft Roger die meegenomen? Of Nathan Barron?'

Jace keek de kamer door. 'Ik doe mijn best – maar het lukt me niet. Waar zijn mijn kleren?'

Kat stond op en voelde een sprankje hoop. Zaten de documenten misschien nog in zijn zak? Met behulp daarvan kon ze het verband aantonen tussen Nathan Barron enerzijds en Research Analytics en het World Institute anderzijds. Vooral de agenda en de notulen van de vergadering van vorig jaar maakten hem verdacht en konden een belangrijk onderdeel uitmaken van Zachary's zaak tegen zijn vader.

Ze keek rond, maar ze zag geen persoonlijke bezittingen van Jace in de kleine ziekenhuiskamer.

'Je was iets aan het schrijven over het World Institute. Jij en Landers hadden het over het wereldwijde monetaire stelsel en het plan van het World Institute om een enkele munteenheid voor de hele wereld in te voeren. Je had mijn laptop en de documenten.'

*En we hadden ruzie.* Ze hoopte maar dat Jace zich die ruzie niet zou herinneren.

'De agenda? Je wilde niet dat Landers die zou krijgen.' Jace probeerde te gaan zitten. Hij vloekte zachtjes en liet zijn hoofd weer op het kussen zakken.

Kat stak haar hand op om hem tegen te houden. Ze drukte de knop naast het bed in totdat het bed langzaam omhoogkwam en Jace half zat.

'Je weet het nog wel! Wat is ermee gebeurd?' Kat keek de kamer door en zag een aantal laden in de muur links van het bed. Ze liep om het bed heen en deed ze een voor een open.

'Ik weet het niet.' Jace geeuwde en strekte zijn armen uit. 'Ik herinner me de kamer een klein beetje, maar alles is zo vaag.'

Jace had zijn half voltooide artikel ook nog niet genoemd. Was hij dat ook vergeten? 'Ik ben erachter gekomen waarom de *Sentinel* jouw verhaal over de hypotheekfraude niet heeft gepubliceerd. Zie je dit?' Kat liet hem het artikel zien. 'Kijk naar het adres – 422 Cedar Street.'

Jace keek haar nietbegrijpend aan.

'Het adres van Global Financial is ook 422 Cedar Street.'

'Ik kan je niet volgen.' Jace pakte een plastic beker van het blad naast zijn bed en slurpte wat naar binnen door het rietje.

'Global Financial, het bedrijf dat jij in je artikel over de hypotheek-fraude aan de kaak stelde, heeft hetzelfde adres als Beecham, de zoge-naamde accountants van Edgewater.' Hoewel Jace onderzoek naar Beecham had gedaan, was alleen Kat daadwerkelijk naar 422 Cedar Street toe geweest.

'Bestaat er een verband?' Jace ging rechtop zitten in bed en gooide per ongeluk water over zijn ziekenhuisjasje. 'Dat is wel heel veel acti-viteit voor een leeg bouwterrein.'

'Je had gelijk over Pinslett, Jace. Ik ben nog bezig met de details, maar het lijkt erop dat de opbrengst van de fraude bij Global Finan-cial Pinsletts bijdrage was aan het World Institute. Global Financial sluist geld door aan het World Institute dat afkomstig is van Pinslett.'

'Je hebt het geldspoor gevolgd en dat heeft je bij de misdadigers gebracht.' Jace veegde met zijn handpalm het water weg.

Kat knikte. Dat ze erachter was gekomen dat het adres hetzelfde was, was gewoon stom geluk geweest. Aan de andere kant: het onder-zoek van een forensisch accountant kwam er ook vaak op neer dat je je eigen geluk creëerde. Het zoeken naar bepaalde patronen in de data leverde vaak aanwijzingen op, en in dit geval was dat een gedeeld adres. Dat was de katalysator die de zaak wijd open had gegooid.

'Het toont aan dat degene die achter de hypotheekfraude zit ook iets te maken heeft met het World Institute. De vraag is dus wie er zowel iets te maken heeft met het World Institute als over de mogelijkheid beschikt om, als hij dat wil, een artikel tegen te houden dat in de *Sentinel* gaat verschijnen.'

'Gordon Pinslett.' Jace trok de dekens van zich af en zwaaide zijn benen over de rand van het bed. 'Mijn artikel. Ik moet hier weg.'

'U gaat helemaal nergens heen, mijnheer.'

Kat stopte met het doorzoeken van de lades en draaide zich om naar de deuropening.

Een mollige verpleegster kwam de kamer in. Haar rubberen zolen maakten een piepend geluid op de linoleumvloer toen ze naar het bed toeliep. 'Gaat u nu maar weer liggen. Hoe meer u uitrust, hoe sneller u hier weer weg bent.'

De verpleegster hield Jace' arm omhoog. Op dezelfde onderarm met blaren van de brand was nu een paarse plek van vijftien centimeter te zien aan de binnenkant van zijn elleboog. Op precies dezelfde plek als op haar eigen onderarm. Verder zat er net als bij haar een klein krasje op de bovenkant van Jace' onderarm. Dat wees op het slordig toedienen van een injectie of op verzet door de patiënt. Waarschijnlijk was het allebei gedeeltelijk waar.

'Ik zie dat u bezoek hebt.' De verpleegster knikte naar Kat en liep om het bed heen om Jace' onbeschadigde arm op te tillen. Ze deed de manchet van een bloedrukapparaat om zijn arm en pompte die op.

'Hij was in de war toen we hem van straat oppikten. Wist niet eens zijn eigen naam.' De verpleegster wierp een blik op het scherm en deed de manchet weer los. 'Alles is in orde, alleen is hij door de hersenschudding nog niet helemaal goed bij. In de komende paar dagen zal hij zijn geheugen wel weer terugkrijgen. Je weet nooit hoe lang het precies duurt.'

Jace protesteerde: 'Mijn geheugen is al weer terug. Ik voel me nu al weer goed.'

De verpleegster nam dat niet serieus.

Kat ook niet. 'Hoe is Jace hier terechtgekomen? Ik bedoel in het ziekenhuis.'

'Op dezelfde manier als alle anderen, mevrouw. Met de ambulance.

'Weet u dat eigenlijk zeker? Ik bedoel, staat het op zijn kaart of heeft u gezien hoe hij werd binnengebracht?'

'Ik was hier niet aanwezig, maar ik heb er wel alles over gehoord. U soms niet?' De verpleegster scheen zich wat te verbazen over Kats vraag. 'Het is uitgebreid in het nieuws geweest.'

De verpleegster merkte hoe Kat aarzelde en keek haar afkeurend aan.

Kat schudde haar hoofd. Ze was zelf ook ergens achtergelaten, behalve dan dat zij het geluk had gehad wakker te worden op een bank in het Waterford treinstation. Maar als ze dat ging uitleggen aan de verpleegster, zou ze overkomen als een volslagen idioot.

Het lag voor de hand dat Jace gisteren ergens was achtergelaten. Misschien was het telefoontje dat Kravitz gistermiddag had gekregen wel over Jace gegaan. De vraag was dan waar hij tussen zondagnacht en woensdagmiddag was geweest. In ieder geval was het hele verhaal over de gevangenis dat Landers had verteld duidelijk gelogen. Ze snapte niet dat ze zo dom had kunnen zijn om ook maar iets te geloven van de leugens die Landers had verteld. Die vent was een dwangmatige leugenaar. Ze hervatte haar speurtocht in de lades.

'Ik weet zelf niets,' zei Jace. 'Ik kan me niets herinneren van wat er is gebeurd voordat ik hier wakker werd.'

De verpleegster zette de kaart weer terug en draaide zich om. 'U lag aan de kant van de snelweg, bewusteloos. De politie zei dat iemand u daar had achtergelaten. U hebt geluk gehad dat u niet bent doodgevroren. Of overreden.' Ze draaide zich om naar Kat. 'Hij is pas een uur geleden wakker geworden.'

'Het voelt niet echt alsof ik geluk heb gehad,' zei Jace met een grimas en ging anders liggen.

Kat glimlachte en deed intussen de onderste la open. Jace' kleren!

Ze pakte zijn jasje uit de la en klopte op de zakken. Niets. Ze vouwde het jasje weer op en legde dat op de grond.

'Geloof me maar, u hebt geluk gehad,' zei de verpleegster. 'Lichte onderkoeling, bevriezing van drie vingers en een hersenschudding. Het had veel erger kunnen zijn.'

De verpleegster draaide zich om en liep de kamer uit. Opnieuw piepten haar schoenen op de linoleumvloer.

Kat haalde Jace' overhemd uit de la en doorzocht de zakken. Ook niets. Alleen zijn broek was nog over. Ze haalde die uit de la en deed haar hand in een van de achterzakken. In die zak vond ze, netjes in vieren gevouwen, een kopie van de notulen van de vergadering van het World Institute. De andere documenten ontbraken. Waarschijnlijk had Landers of Nathan Barron de stukken. Wie van de twee deed er niet toe, aangezien ze waarschijnlijk met elkaar samenspanden.

'Wat ik net zei, was dat ik het in die andere kamer aan de stok kreeg met Nathan en Victoria,' vertelde Kat aan Jace. 'Landers stond erbij en keek ernaar.'

'Victoria... is dat de ex-vrouw van je cliënt?'

Kat knikte en besefte dat Jace Victoria nog nooit had gezien. Ze vertelde Jace over de relatie tussen Nathan en Victoria.

'Nu weet ik het weer,' zei hij. 'Ze was er inderdaad met Nathan. Ik wist niet dat ze Russisch was.'

'Russisch?'

'Ja. Spreekt Angelika niet met een Russisch accent?'

'Angelika? Bedoel je het kamermeisje bij het conferentieoord? Die zondag onze kamer inkwam?'

'Zij is degene die me die injectie heeft gegeven.' Hij wreef over zijn arm. 'Ze was in de kamer samen met Nathan. En Roger.' Jace kneep zijn ogen half dicht. 'Die verrader.'

'Angelika?' Was dat de reden waarom het kamermeisje hun kamer zo vroeg op zondagmorgen was binnengenkomen? Ze was op zoek geweest naar iets of iemand. En ze wist daarna natuurlijk ook in welke kamer Jace en zij verbleven.

Jace knikte. 'Ja, zij was het, ik weet het weer.'

Svensson en Angelika. Angelika en Nathan. Had Nathan inderdaad iets te maken met de dood van Svensson?

De verpleegster kwam terug met een kartonnen bekertje en een paar pillen.

Jace glimlachte toen hij de pillen innam. Wat er ook in de pillen zat, hij zakte gauw weg en kon voorlopig niet meer denken aan het World Institute, de *Sentinel* of zijn artikel.

Kats hart ging sneller slaan. De prepaid creditcards... Nathan had een heel stapeltje gehad en precies zo'n kaart had ze gevonden in het hoteluniform. Een uniform dat ongeveer Angelika's maat was. Wat het een soort betaling geweest? En zo ja, had ze dan nog meer dingen voor Nathan gedaan?

De verpleegster onderbrak haar gedachten. 'Voorlopig gaat hij nergens heen.'

Het was het beste nieuws dat Kat in tijden had gehoord.

# HOOFDSTUK 59

Kat kwam even na tweeën aan bij Harry's huis. Op de stoep aan de voorkant van het huis lag nog steeds sneeuw, in tegenstelling tot de keurig geruimde stoep bij de huizen in de rest van de straat. Ze ging de voortrap op en klopte. Als er enige kans bestond dat Hillary de koelkast nog niet had uitgeruimd, moest ze die jus d'orange te pakken zien te krijgen. Daar moest het vergif in hebben gezeten. Maar er moest nog meer aan de hand zijn. Voedselvergiftiging misschien. Ze wilde het sap laten testen om zo na te gaan of het klopte met de conclusies van dokter Konig. Als er met de jus was geknoeid, hield dat in dat zij dat gif ook binnen had gekregen. Maar dan was die vergiftiging ook al een poosje bezig.

Er kwam geen reactie. Kat slaakte een zucht van opluchting. Hopelijk had Hillary het huis nog niet verkocht aan het echtpaar of aan iemand anders. Het was onwaarschijnlijk dat de verkoop zo snel was afgehandeld, maar met Hillary was alles mogelijk. Vooral als ze dringend geld nodig had.

Het afsnijden van Hillary's geldaanvoerlijn had desastreus uitgepakt. Zo leek het in ieder geval. Daardoor had Hillary moeten terugkeren naar Vancouver, was Harry nu geruïneerd en had hij bijna het leven verloren. Als Kat Hillary's toegang tot Harry's bankrekening en creditcards niet had geblokkeerd, dan zou dit allemaal niet gebeurd zijn. Maar ze had geen keus gehad. En het was natuurlijk ook zo dat het leegplunderen van Harry's rekening al maanden geleden was begonnen en dat de 'verbouwingslening' en de hypotheek ook al eerder waren afgesloten. Maar het leek er wel op dat de zaak de laatste anderhalve week in een stroomversnelling terecht was gekomen.

Ze moest echt naar binnen. Kat klopte nog een keer en dwong zichzelf nog een minuutje te wachten. Nog steeds kwam er niemand naar de deur. Ze leunde tegen de deur en luisterde of ze enig teken van leven kon horen.

De diagnose dat Harry acute vergiftigingsverschijnselen vertoonde, leek nog steeds onwerkelijk. Aangezien zij en Jace op zondag samen in Hideaway Bay waren geweest en Harry daarna niet bij haar was geweest tot gisteravond, bleef alleen Hillary over als verdachte voor de vier afgelopen dagen. Waarom was Hillary dan geen potentiële verdachte en waarom mocht zij Harry wél zonder toezicht bezoeken? Misschien had ze een verhaal bedacht om Kat verdacht te maken, nadat het ziekenhuis contact met haar had opgenomen.

Kat huiverde. Harry liep op dit moment groot gevaar, aangezien Hillary vrije en onbeperkte toegang tot hem had in het ziekenhuis. Hillary moest hem hebben vergiftigd; er was gewoon geen andere verklaring.

Kat keek door het zijraam. Nog steeds kwam er niemand naar de deur en nog steeds was er geen teken van leven te zien door de vitrages. Dat was goed.

Kat ging de voortrap af en liep over het pad naar de achterkant van het huis. Er had niemand door de sneeuw gelopen. Hier was sinds gisteravond niemand geweest.

Ze keek door het keukenraam. Niemand. Er stond nog steeds geen meubilair, net als afgelopen maandag. Ook de borden die op het aanrecht stonden, stonden daar nog. Ze deed de sleutel in het slot en ging naar binnen.

Ze liep rechtstreeks op de koelkast af en trok een grimas toen ze zich de bittere nasmaak herinnerde van het sinaasappelsap. Ze had gedacht dat de jus over de datum was en het was niet bij haar opgekomen dat er iets anders mee aan de hand was geweest, totdat de dokter de diagnose vergiftiging had gesteld. Zowel zij als Harry waren niet goed geworden nadat ze bij Harry thuis sap bij het ontbijt hadden gedronken. Harry had meer gehad dan zij en dat kon verklaren waarom zij er minder last van had gehad, maar de misselijkheid was onmiskenbaar geweest. En dat gold ook voor de bittere smaak. Kat besefte dat ze Harry's jus d'orange al een paar weken niet voor hem had klaargemaakt. Er had de laatste tijd steeds een hele karaf in de koelkast gestaan. En dat ondanks het feit dat Harry niet thuis had gegeten, de afwas niet had gedaan en geen maaltijden in de koelkast had gezet. Waarom was haar dat niet eerder opgevallen?

De laatste paar weken had Harry steeds geklaagd over maagpijn. De dokter had daar vorige week geen aandacht aan besteed en had zich alleen geconcentreerd op zijn alzheimer. Als hij werd vergiftigd, verklaarde dat veel – zijn bleke gelaatskleur, zijn transpireren en het feit dat hij zich steeds maar niet goed voelde. Zijn symptomen fluctueerden en dat was niet wat je bij griep kon verwachten. Maaar zou Hillary echt zover gaan dat ze haar eigen vader zou vergiftigen? Er was eigenlijk geen andere verklaring.

Kat deed de koelkast open. Alles was leeg. Waar kon ze nog meer zoeken? Ze vloekte binnensmonds.

Ongetwijfeld had Hillary de bewijzen willen vernietigen nadat bij Harry de diagnose van vergiftiging was vastgesteld. Maar dat kon ze nog niet gedaan hebben. De uitslagen van het lab waren pas deze ochtend bekend geworden, en de afwezigheid van sporen in de sneeuw betekende dat de karaf al eerder dan gisteravond moest zijn weggegooid.

Kat pakte haar mobieltje en belde Connor Whitehall. De belangrijkste reden was dat ze iemand nodig had om over de zaak te praten. Iemand die haar zou begrijpen. Ze kreeg hem niet te pakken en werd doorgeschakeld naar zijn voicemail. Ze liet geen boodschap achter. In plaats daarvan liet ze zich langs de keukenmuur op de vloer zakken en begroef haar hoofd in haar handen.

Ze wist niet meer wat ze verder kon doen, maar ze wist wel dat ze íéts moest doen. Het leek erg vergezocht dat Harry was vergiftigd, maar volgens het ziekenhuis was dat wel het geval. Het voelde net alsof ze in een wrede realityshow zat waar ze nooit aan had willen deelnemen.

Ze zou een andere dokter kunnen vragen om Harry te onderzoeken. Maar ze geloofde de diagnose van de dokter in het ziekenhuis wel. Vergiftiging klopte met de symptomen. Het probleem was dat zolang ze haar verdachten, ze nooit naar iemand anders zouden kijken.

Misschien lag de karaf bij het vuilnis. Kat stond zo snel op dat ze duizelig werd. Nadat ze weer was bijgekomen, keek ze of er nog keukenafval was.

Niets.

Ze deed de keukendeur open en rende de achtertrap af. Toen ze in het straatje achter het huis was, tilde ze het deksel van de vuilnisemmer op. Zelfs ondanks de kou kwam de doordringende stank van vuilnis haar tegemoet, een stank die een aanslag deed op haar zintuigen. Ze deed de garagedeur open en pakte Harry's tuinhandschoenen van de werkbank.

Ze ging terug naar de vuilnisemmer en begon aan haar smerige werkje: het uitzoeken van de volle vuilnisemmer. Ze graaide met haar hand door de lagen vuilnis, door de vette papieren zakken en vieze plastic zakken. Het duurde niet lang voordat ze een glasscherf tegen haar leren handschoen voelde drukken.

Ze haalde de bovenste lagen vuilnis uit de vuilnisemmer en gooide ze op het deksel, dat ze op de grond had gelegd. Toen ze nog niet halverwege was, kwam ze een hoop glas tegen. Het was de gebroken karaf.

Wat nu? Zelfs al zou ze de karaf laten onderzoeken, wat zou dat opleveren? Het zou de verdenkingen van de dokter kunnen bevestigen, maar het zou zeker niet haar onschuld bewijzen. Sterker nog, waarschijnlijk zou dat haar nog meer verdacht maken, aangezien ze er in het ziekenhuis toch al van overtuigd waren dat zij de schuldige was. Ze had immers verteld dat zij bijna altijd samen met Harry at. Ze bedacht dat het in ieder geval beter was om de scherven te bewaren dan om ze met het vuilnis mee te geven. Ze verzamelde de stukken glas en legde ze op de grond.

Ze zou Connor Whitehall kunnen vragen wat ze nu moest doen.

Kalt voelde dat iemand naar haar keek en keek het straatje af. Harry's buurvrouw, mevrouw Brantford, stond bij haar hek en keek Kat aan met een mengeling van achterdocht en nieuwgierigheid.

Kat zwaaide.

Mevrouw Brantford stak haar arm langzaam omhoog en keek onzeker. Ze zwaaide aarzelend, draaide zich om en deed het hek dicht.

Vreemd. Mevrouw Brantford kwam gewoonlijk naar haar toe om een praatje te maken. Maar goed, ze had daar nu sowieso geen tijd voor. Ze keerde terug naar de garage en zocht naar iets om het glas in te doen. Ze zag een klein kartonnen doosje op een plank en ging op haar tenen staan om het te pakken. Kat liep terug om het glas daarin te doen en liep toen weer terug naar de garage, omdat ze op de werkbank een plastic tas van Garden Heaven had zien liggen. Ze was er zeker van dat ze die nog niet eerder had gezien.

Ze keek in de tas. Een paar kilozakken No/Gro bestrijdingsmiddel. Ze haalde een van de zakken uit de tas en zag het symbool met de doodskop en beenderen om aan te geven dat het om vergif ging. Had Harry weleens bestrijdingsmiddel in zijn tuin gebruikt? Ze wist het niet. Hoe dan ook, een paar kilozakken was genoeg om op een kleine boerderij alles dood te maken, laat staan in een tuin van een doodnormaal huis in de stad.

Ze keek naar de kassabon. Het bestrijdingsmiddel was twee weken geleden gekocht, kort voor sluitingstijd. Waar was Harry toen? Had hij het bestrijdingsmiddel gekocht? Ze kon het zich niet voorstellen.

Garden Heaven was de naam van een tuincentrum, een half uur rijden hiervandaan. Op de datum die op de kassabon stond, kon Harry de garagedeur al niet meer opendoen. Dat betekende dat hij de Lincoln niet naar buiten had kunnen rijden. Het bestrijdingsmiddel was ook gekocht omstreeks etenstijd, en op die tijd was hij altijd bij haar en Jace.

Ze keek aandachtig naar het etiket. Net onder het vergifsymbool stond een overzicht van de bestanddelen, allemaal chemische namen die zij niet kende en die ze niet kon uitspreken.

Ze stopte de kassabon van Garden Heaven in haar zak. Wie kocht er eind november in hemelsnaam een bestrijdingsmiddel?

# HOOFDSTUK 60

Kat kwam om een uur of vier bij het kantoor van Connor Whitehall aan. Ze liep zonder iets te zeggen langs de receptioniste en liep direct Connors kamer in.

'Je moet me helpen. Ik weet zeker dat Hillary probeert haar vader te vergiftigen.' Ze liet zich in de stoel tegenover zijn bureau vallen.

Connor keek naar zijn computerscherm. Hij draaide zich een beetje om en keek haar aan. 'Jij ook goedemiddag. Dat is nogal een beschuldiging! Weet je het echt zeker?'

Kat vertelde hem over haar verdenkingen met betrekking tot de jus d'orange en Hillary. 'Het enige probleem is dat het sap er niet meer is. Alles wat ik heb is het gebroken glas van de karaf. In dit doosje.' Ze noemde het bestrijdingsmiddel niet, omdat ze zeker wilde zijn van haar zaak. Ze zou eerst uitzoeken hoe het zat met Garden Heaven. Misschien kon ze achterhalen wie het bestrijdingsmiddel had gekocht.

Ze overhandigde hem het kartonnen doosje met de scherven van de karaf. Er zaten verscheidene stukken glas van een paar centimeter in en een deel van de plastic handgreep. 'Ik denk dat ze probeert hem te vermoorden.'

'Dit is niet genoeg bewijs. Je hebt meer nodig.'

'Maar Connor, het bewijs is gelegen in het motief. Ze zit wanhopig om geld verlegen en is haar vader zat. Ze wil hem uit de weg hebben. Zodat ze kan krijgen wat er nog over is van zijn bezittingen.'

Connor schudde zijn hoofd. 'Je hebt niet genoeg. Als deze stukken glas zouden worden onderzocht op vingerafdrukken, wat zou dat dan aantonen? Waarschijnlijk zouden jouw vingerafdrukken erop staan, die van Harry en die van Hillary. Precies die mensen van wie je zou verwachten dat ze een glas jus inschenken. Je hebt echt meer nodig om te bewijzen dat Hillary de hand heeft in het vergiftigen van haar vader.'

'Maar hoe dan? Ik weet het echt niet meer.'

'Dat weet ik niet precies. Maar ik vertrouw erop dat je wel een manier vindt. Je zult ook wel moeten. Waarschijnlijk zal het ziekenhuis tegen de politie zeggen dat jij in staat van beschuldiging moet worden gesteld.'

'Verdenkingen zijn geen feiten. Er is ook niets wat op mij wijst.'

Connor wuifde haar opmerkingen weg. 'Harry is de hele tijd bij jou. Je maakt zijn maaltijden klaar en op basis van wat je zelf aangeeft is Hillary er nooit. Dat hij steeds in jouw nabijheid is, is genoeg om je verdacht te maken. En dat leidt me direct tot het volgende. Ik ben geen strafrechtadvocaat. Als je wordt aangeklaagd, heb je wel een goede advocaat nodig om jouw belangen te behartigen.'

'Dit is niet te geloven. Ik ben de enige die voor Harry zorgt, die hem in de gaten houdt. En om die reden zou ik ervan worden beschuldigd dat ik hem vergiftig!' Kat sprong op uit haar stoel. 'Het is gewoon niet eerlijk!'

Connor gebaarde dat ze weer moest gaan zitten. 'Rustig. Je bent nog niet in staat van beschuldiging gesteld. Het is misschien zo dat de mensen van het ziekenhuis jou verdenken, maar er is meer nodig dan alleen hun verdenking om echt tot een aanklacht over te gaan. Ik bereid je alleen maar voor op wat er zou kunnen gebeuren.'

Kat ging weer zitten. 'Maar ze zien Hillary helemaal over het hoofd. Waarom is er bij háár bezoeken geen toezicht? Zouden niet alle bezoeken aan Harry onder toezicht moeten plaatsvinden? Uit voorzorg?

'Waarschijnlijk wel, maar niemand heeft hun een reden gegeven om dat te doen. En om de een of andere reden verdenkt de arts jou. Héb je hem vergiftigd?' Hij keek haar aan over zijn bril.

'Natuurlijk niet!' Kat schoof naar voren en gooide een glas water om dat op de rand van het bureau stond. 'Hoe kun je zoiets zeggen?'

'Het spijt me, maar ik moet het wel vragen.' Connor stond op en pakte een golfshirt dat aan de kapstok hing. Hij depte het water op met het shirt en gooide het op de grond. 'Je moet echt kalmeren, Kat. Dit helpt gewoon niet.'

'Het spijt me.' Connor had gelijk. 'Sorry van het water.'

Hij wuifde het weg. 'Ik heb een van de artsen vanmorgen meegenomen naar het ziekenhuis om met Harry te spreken. Het lijkt er in ieder geval op dat hij in het ziekenhuis opknapt.'

'Dat is omdat Hillary hem geen vergif kan toedienen zolang hij daar is.' Kat leunde voorover en zette haar ellebogen op het bureau. 'Ik besef hoe raar dit allemaal klinkt. Zelfs ik kan niet geloven dat Harry is vergiftigd. Maar ik heb het niet gedaan en degene die het wel heeft gedaan moet worden tegengehouden. Waarom neemt de dokter aan dat ik het was?'

'Omdat je de logische verdachte bent. Je hebt zelf gezegd dat je voor hem zorgt. Harry is de hele dag bij jou op kantoor en is daarna ook bij je. Praktisch de hele tijd.'

'Ik moet het wel zo regelen. Harry kan niet alleen worden gelaten, Connor. Je hebt in de rechtszaal gezien hoe hij eraan toe is.'

'Ik weet het. Maar je moet toch begrip hebben voor de verdenkingen van de dokter. Zij moet de belangen van haar patiënt op de eerste plaats stellen en op de koop toe nemen dat ze zich misschien in jou vergist. Hoe dan ook, ik heb wel de kans gehad om met Harry te praten over hoe hij er geestelijk aan toe is. Hij houdt vol dat er helemaal niets met hem aan de hand is.'

'Natuurlijk zegt hij dat. Hij begrijpt gewoon niet wat er mis is.' Kat voelde een brok in haar keel. Het was een vicieuze cirkel.

'Maar hij heeft wel ingestemd met een medisch onderzoek. Om, zoals hij het formuleerde, 'te laten zien dat die stomme dokters ongelijk hebben'. Ik zal proberen om dat morgen of desnoods overmorgen op zaterdag te laten plaatsvinden.'

'Dank je wel. Ik hoop maar dat het snel genoeg is, Connor. Hij is inmiddels straatarm. Niemand lijkt financieel misbruik serieus te nemen. Waarom niet?' Hillary had hem misschien niet onder bedreiging van een wapen beroofd, maar ze had hem wel degelijk bestolen.

'Dat gebeurt wél, Kat, maar het is nu eenmaal zo dat de bewijslast bij het slachtoffer ligt.'

'Een slachtoffer dat niet meer in staat is voor zichzelf te zorgen.? Het is zo oneerlijk.' Kat voelde zich machteloos. Ze kon niets meer doen aan het huis, aangezien niet juridisch kon worden aangetoond dat Harry wilsonbekwaam was toen het eigendom van het huis werd overgeschreven. De vervalste handtekening bood misschien een mogelijkheid, maar een eventuele aanklacht en een rechtszaak was iets voor de verre toekomst. Tegen die tijd zou Hillary allang zijn verdwenen.

'De politie moet hier toch iets aan kunnen doen?'

'Maar Kat, op basis van wat je eigen verklaringen is er geen concreet bewijs.'

Kat gooide haar armen in de lucht. 'Hij is zijn huis kwijt, Connor. Zijn bankrekening is leeg en hij heeft leningen die hij nooit meer kan terugbetalen. Hillary is nu eigenaar van zijn huis. Ze rijdt rond in een Porsche en draagt juwelen waar hij voor heeft betaald. Kijk nu eens wie er profiteert. Hoe voor de hand liggend moet het motief zijn?'

'Ik weet het. Maar voor de rechtbank is het allemaal zwart of wit. Dat weet jij ook. Je moet een zaak opbouwen en de bewijzen leveren dat zij zich het geld heeft toegeëigend zonder zijn medeweten of instemming. Of bewijzen dat hij niet in staat was zijn toestemming te geven, omdat hij wilsonbekwaam was. Je moet je oordeel niet laten overschaduwen door je emoties.'

'Maar hij heeft niet langer het vermogen om te begrijpen wat ze aan het doen is. Ze heeft hem geruïneerd.'

'Misschien wel. Maar we kunnen alleen iets voor hem doen nadat hij wilsonbekwaam is verklaard.'

'Dus aan alle financiële schade die hij tot nu toe heeft opgelopen, kan niets meer worden gedaan? Ik kan het gewoon niet geloven. Hoe kan de wet zo onrechtvaardig zijn?'

'Het kan onrechtvaardig overkomen. Maar we kunnen niet terug-gaan naar een bepaald moment in het verleden en zijn geestelijke gesteldheid op dat moment ter discussie stellen. Toen heeft er name-lijk geen objectieve beoordeling van die gesteldheid plaatsgevonden. En het doet er niet toe wat jij je herinnert van zijn geestelijke gesteld-heid. Zonder het oordeel van een gekwalificeerde arts is dat gewoon niet meer dan een indruk.' Hij klopte op haar hand. 'Het spijt me. Ik vind het echt heel erg voor je.'

Harry was zijn geld kwijt en zijn gezondheid liep gevaar. Wat was er nodig om Hillary tegen te houden? Als niemand haar kon helpen, dan moest ze het zelf hard aanpakken. De enige manier om háár onschuld te bewijzen was aantonen dat Hillary schuldig was.

# HOOFDSTUK 61

Tegen halfzes reed Kat de met grind bedekte parkeerplaats van het tuincentrum op. Er stonden maar twee andere auto's op de verlaten parkeerplaats van Garden Heaven. Wie kocht er midden in de winter dan ook planten en tuinvoorraden?

Het grind knarste onder haar voeten toen ze op weg ging naar de voordeur. Een windvlaag trok aan een gescheurde vlag die aan de voorkant van de winkel hing. Ze ritste haar jack open en ging naar binnen.

'Kan ik u helpen?'

Er was kennelijk niet zo veel te doen in de winkel. De vrouw van in de vijftig klampte haar aan voordat ze nog maar goed en wel over de drempel was. Ze droeg een groen golfshirt van Garden Heaven met een badge waarop de naam *Rosemary* te lezen was. Ze veegde haar handen af aan de pijpen van een fladderige spijkerbroek en glimlachte naar Kat.

Kat glimlachte terug en haalde de kassabon uit haar zak. 'Dat kunt u inderdaad. Ik wil graag iets weten.' Ze liet de kassabon zien.

Rosemary fronste. 'Ik ben bang dat u dit niet kunt ruilen. Dit is gekocht vóór de termijn van veertien dagen die wij hanteren.' Ze keek Kat aan in afwachting van een reactie.

'Ik wil ook niet ruilen. Ik vroeg me af of u degene bent die dit product heeft verkocht.'

'Maakt dat wat uit?' Maar toch trok Rosemary de bril die ze op haar voorhoofd had naar beneden en zette die op haar neus. Ze bekeek het bonnetje aandachtig. 'Ja, ik heb dit verkocht. Ik kan me die dag herinneren.'

Kat kreeg ineens hoop. 'Kunt u zich degene herinneren die dit heeft gekocht?'

'Meestal is dat niet het geval, maar haar kan ik me nog wel herinneren. Het was mijn trouwdag. Ik had de winkel iets vroeger dichtgedaan. Ineens kwam een vrouw haastig de winkel binnen en liep de winkel door op zoek naar iets. Ik had de deur nog niet op slot gedaan. Ik vertelde haar dat we al dicht waren maar ze luisterde niet naar me. Ze wilde de winkel niet uit, dus toen hield ik maar op met mijn poging haar weg te krijgen. Omdat ik de kassa nog niet had afgesloten, heb ik het bedrag van haar aankoop maar aangeslagen. Dat was de gemakkelijkste manier om van haar af te komen. Ze stond binnen een paar minuten weer buiten.'

Kat haalde een foto van Hillary uit haar zak. 'Is dit de vrouw die u heeft gezien?'

'Eh...misschien. Misschien ook niet. Ik ben niet goed met gezichten. Ik weet het niet zeker.'

'Oké.' Kat liet haar schouders zakken; haar hoop op een getuige was verdwenen. Ze bedankte Rosemary en liep naar de deur.

Toen zag ze iets. Garden Heaven had een beveiligingscamera, precies boven de deur. Ze draaide zich om en wees naar de camera. 'Rosemary, staat die camera permanent aan?'

'Dat zou wel moeten. Waarom?'

'Ik onderzoek een geval van fraude. Wil je de beelden alsjeblieft bewaren en niets wissen? Het kan belangrijk zijn voor de zaak.'

Rosemary deed haar ogen wijd open. 'Wat voor een zaak? Een strafzaak?'

'Ja.' Het was niet echt een leugen. Als het aan Hillary lag, was dit inderdaad een misdaad. En Rosemary had niet specifiek gevraagd of ze van de politie was. Ze ging daar verder ook niets over zeggen.

'Iemand loopt misschien gevaar. Maar ik denk niet dat je voor mij, eh...'

'Wat bedoel je?' Rosemary's ogen lichtten op.

Precies het sprankje nieuwsgierigheid waar Kat op had gehoopt. Ze tikte op haar horloge. 'Nou, ja, voor mij is het een race tegen de klok en ik heb een aantal aanwijzingen die ik moet onderzoeken. Als ik even snel naar je bewakingsbeelden kan kijken, dan kan ik deze aanwijzing meenemen of uitsluiten. Maar ik wil je niet in problemen brengen of zoiets.' Kat slaakte een diepe zucht in de hoop Rosemary's sympathie te wekken.

Het werkte. 'Dat is geen probleem. Ik ben de eigenaar van de winkel, dus ik kan doen wat ik wil. Vandaag is er bijna niets te doen in de winkel. We kunnen de bewakingsbeelden bekijken op mijn computer.' Ze gebaarde Kat met haar mee te lopen naar een bureau op de bloemenafdeling.

Minder dan een minuut later zaten ze te kijken naar Rosemary's monitor. Ze startte een programma op en na een paar muisklikken zagen ze de opnames van de bewuste dag. Ook een rustige dag, voor zover Kat kon zien. Rosemary spoelde de beelden snel door. In hoog tempo ging de deur open en dicht en kwamen de mensen naar binnen en gingen ze naar buiten. Minder dan een stuk of tien klanten. Precies wat je zou verwachten in november.

'Wacht. Ga eens even terug.' De laatste vrouw stond er onduidelijk op, maar Kat dacht dat die haar bekend voorkwam. Haar hartslag ging sneller.

Rosemary zette de opname op de normale snelheid.

Het geluid op de opname was gestoord, maar het beeld was wel duidelijk. Een in het zwart geklede vrouw kwam de winkel binnen en liep verder de winkel in. Rosemary liep achter haar aan, wees naar de deur en zei iets dat Kat niet kon verstaan. Waarschijnlijk zei ze dat de winkel dicht was. De rug van de vrouw was naar de camera gekeerd en ze droeg een lange jas. Hillary droeg altijd zwarte kleren.

Niemand kwam de winkel binnen of ging de winkel uit gedurende de volgende paar minuten. Rosemary spoelde de opname snel door totdat de persoon in kwestie naar de kassa kwam om af te rekenen. Ze had een winkelwagentje waarin een paar zakken stonden die dezelfde omvang en kleur hadden als de zakken met bestrijdingsmiddel in Harry's garage.

'Nu kan ik me haar weer herinneren,' zei Rosemary. 'Ze ging zo anders gekleed, snap je? De meeste mensen die graag tuinieren, dragen geen hoge hakken. Af en toe komt er iemand die er zo uitziet, als ze even binnenlopen tijdens hun lunchpauze of onderweg zijn naar huis. Maar dit was net voor sluitingstijd. En nog iets – er is echt nooit iemand die in november bestrijdingsmiddel koopt.'

'Waar wordt het voor gebruikt?'

'Je kunt het voor heel veel gebruiken, wat wil zeggen dat het zowat alles doodt. Maar je moet wel echt te maken hebben met een serieuze plaag, als je iets gaat gebruiken dat zo sterk is. Het doodt echt alles waarmee het in contact komt.'

Kat rilde. 'Ook mensen?'

Rosemary's mond viel open. 'Nou, ja, het is wel vergif. Is er iemand overleden?'

'Bijna wel, ja. Bestaat er een kans dat ik een kopie van de opname kan krijgen?'

DE AVONDSPITS WAS HEEL DRUK EN HET DUURDE LANG VOORDAT KAT EINDELIJK THUIS WAS. Ze zat in haar studeerkamer en vroeg zich af hoe ze het bestrijdingsmiddel in verband kon brengen met de labuitslagen van Harry. Ze had die uitslagen niet. Een usb-stick met een kopie van de opname van Garden Heaven lag op de rand van haar bureau.

Het feit dat ze een video-opname had van Hillary die bestrijdingsmiddel kocht, betekende een grote stap vooruit. Het was nog niet genoeg om een aanklacht tegen Hillary in te dienen, maar het was wel genoeg om haar de stuipen op het lijf te jagen. Kat wilde ervoor zorgen dat Hillary zich voor de rechter zou moeten verantwoorden voor haar daden.

Morgenochtend zou ze naar Connor Whitehall gaan met de opname en hem om advies vragen wat betreft haar volgende stappen.

Was de kassabon voldoende bewijs? Ze dacht er niet aan om het bonnetje gewoon aan de politie te geven. Na alles wat er in Hideaway Bay was gebeurd, kon ze de politie niet blindelings vertrouwen zonder ergens op terug te kunnen vallen.

Ze richtte haar aandacht nu op het bestrijdingsmiddel zelf. Een voor een typte ze in de computer de bestanddelen in die op het etiket vermeld stonden. Ze wilde zo snel mogelijk naar het ziekenhuis – en naar de politie – met haar verdenkingen, maar ze wist dat ze eerst een zaak tegen Hillary moest opbouwen. Anders bestond het risico dat ze haar nooit zouden geloven.

Ze voerde een zoekopdracht uit op basis van de bestanddelen die ze had ingetypt en kreeg de tekst van de officiële bijsluiter van het bestrijdingsmiddel op het scherm. Hoewel ze het al had verwacht, kwamen de woorden op het scherm niet minder hard binnen:

*Neem onmiddellijk contact op met een dokter als dit product wordt ingenomen of ingeademd of als het in aanraking komt met de huid, de ogen of slijmvliezen. Kan blindheid veroorzaken.*

*Het innemen van dit product kan leiden tot maag- en darmklachten zoals maagkrampen, misselijkheid, overgeven, een bleke gelaatskleur, duizeligheid, flauwvallen, toevallen, verwardheid, delirium of de dood.*

Kat keek naar het laatste woord. Ze had nog maar weinig tijd. En dat gold ook voor Harry.

# HOOFDSTUK 62

Kat rende de twee straten naar Harry's huis door de regen. Na het ongeval met de sneeuwschuiver had ze zoveel mogelijk vermeden om in Jace' pick-uptruck te rijden. Er was nog geen tijd geweest de grote barst in de voorruit te laten maken en ze voelde zich ook niet meer op haar gemak in de truck na de gerichte aanslag door de chauffeur van de sneeuwschuiver. Ze sprintte de hoek om en voelde opluchting toen ze zag dat Hillary's zwarte Porsche niet voor de deur stond. Dat gold ook voor Harry's Lincoln, en verder stonden er ook geen auto's geparkeerd.

Ze hoopte maar dat ze niet te laat was. Het was haar eigen stomme schuld dat ze het bestrijdingsmiddel in Harry's huis had achtergelaten. Een grote fout, omdat het aanvullend bewijs leverde voor de vergiftiging. Wat moest ze doen als het er niet meer was? Alleen het kassabonnetje was niet voldoende om te bewijzen dat iemand probeerde Harry iets aan te doen. En bovendien betekende het achterlaten van het spul dat er ook nog voldoende voorraad lag voor verdere doses vergif. Waarom had ze daar niet aan gedacht?

Misschien was Hillary er nu allang vandoor. Tenslotte had ze Harry's geld al te pakken, zijn krediet opgebruikt en zich al zijn bezittingen toegeëigend. Met inbegrip van zijn huis; zijn laatste waardevolle bezitting. En misschien zou ze hem binnenkort zelfs van het leven hebben beroofd.

Kat verbaasde zich erover dat Hillary de extreme stap had gezet haar vader te vergidtigen. Ze had zijn geld en zijn huis al. Dacht ze soms dat er nog meer te halen was als haar vader dood was?

Een halve tel later besefte ze dat er inderdaad nog meer was. Harry had een levensverzekering. Ze rende de oprit naar de garage op. Hillary zou hier niet mee weg komen... niet als het aan haar lag.

De onderkoelde regen sloeg tegen het wegdek en liet modderspetters op haar loopschoenen terechtkomen. Kat huiverde en wilde dat ze waterdichte kleding had aangetrokken.

Ze stapte in een plas en slaakte een kreet toen het ijskoude water in haar schoenen terechtkwam. Ze maakten een soppend geluid toen ze de laatste paar stappen zette op de oprit naar de garage. Er zat een hangslot op de deur. Ze stak haar inmiddels ijskoude handen in haar zak en viste daar de sleutel uit. Met haar gevoelloze vingers rommelde ze met het roestige slot tot ze erin slaagde de sleutel om te draaien.

Ze deed de zijdeur van de garage open en hing het hangslot aan de deurhendel. Opgelucht haalde ze adem toen ze de zakken met bestrijdingsmiddel nog op de plank boven de werkbank zag staan. Niemand had eraan gezeten. Ze aarzelde, onzeker van haar zaak. Was dit een plaats delict? Als dat zo was, stond het weghalen van een zak met bestrijdingsmiddel dan gelijk aan knoeien met bewijsmateriaal? Maar ze kon niet toestaan dat het nog een keer werd gebruikt.

Het begon steeds harder te regenen toen ze de garage inliep, net alsof er een seintje was gegeven. Het geluid overstemde haar gedachten als het luide slotakkoord van een dirigent. Kat keek naar de open deur. Buiten was het donker; er was alleen koud neonlicht van een straatlantaarn aan de overkant van de straat. Door het licht zag je de langwerpige regendruppels keihard tegen de grond slaan. Ze kon maar beter opschieten voordat ze bevangen werd door de kou.

Moest ze de twee zakken met bestrijdingsmiddel wel of niet meenemen?

Na enig aarzelen besloot ze de zakken mee te nemen. Natuurlijk kon Hillary gewoon weer een nieuwe zak kopen, maar in ieder geval kon ze zo de bron van de vergiftiging verwijderen en het bewijsmateriaal veiligstellen. Ze haalde een volle en een aangebroken, bijna lege zak van de plank en legde die op de werkbank.

Bewijsmateriaal. Ze had de zakken aangeraakt.

Maar het allerbelangrijkste was toch dat ze het vergif hier weghaalde. Misschien kon ze aantonen dat deze twee zakken dezelfde waren als op de opname van Garden Heaven. Een serienummer kon worden gekoppeld aan een datum enzovoort. Natuurlijk hing het allemaal wel af van haar idee dat het om dit bestrijdingsmiddel ging. Er was nog niets bewezen.

Ze had er nu spijt van dat ze hier niet naartoe was gekomen met de truck. De gedachte dat ze twee straten met deze zakken moest lopen slepen was niet erg aantrekkelijk. Ze zocht in Harry's garage naar plastic tassen om de zakken tegen de regen te beschermen. Door het plastic zouden ook de vingerafdrukken op de papieren zak behouden blijven. Daar zaten nu natuurlijk ook haar vingerafdrukken bij.

Ze bukte zich en zocht in een emmer met plastic zakken.

Plots stond er iemand voor het licht dat van buiten kwam. Kat draaide zich om naar de deur.

'Wat doe jij hier?' Het geluid van Hillary's stem was onmiskenbaar.

Kat stond op en keek Hillary aan. Ze kon zichzelf wel voor haar hoofd slaan dat ze niet eerder had bedacht dat Hillary terug zou komen voor het gif. En om haar sporen uit te wissen.

'Geef antwoord. Waarom ben je hier, Kat? Dit is jouw huis niet.' Hillary stond in de deuropening met haar armen voor haar borst. Ze droeg een spijkerbroek, laarzen en een zwarte trui. 'Jij hoort hier niet.'

'Ik, eh, ik kijk iets na voor Harry.' Kat rilde.

Hillary snoof toen ze de garage inliep. 'Wát kijk je precies na? Mijn vader heeft niets nodig. En al helemaal niet van jou.'

Kat keek naar de werkbank, blij dat ze de ene zak nog niet had opgepakt. In ieder geval kon Hillary dan niet weten dat het haar te doen was om het bestrijdingsmiddel. 'Waarom ben jij hier eigenlijk, Hillary? Het is ook niet jouw huis.'

Hillary liet een onnozel lachje horen en zei niets. In plaats daarvan schudde ze haar plastic waterflesje en liep op de werkbank af. 'Ik heb geen tijd voor jouw domme vragen, Kat. Ik heb genoeg aan mijn eigen problemen zonder dat jij tegen me tekeergaat.' Hillary keek op haar horloge.

'Dat geloof ik graag. Ben je ergens te laat voor? Of loopt alles niet zo voorspoedig als je had gehoopt?'

Hillary zette haar waterflesje op de werkbank, vlak naast de zak met bestrijdingsmiddel. Ze droeg tuinhandschoenen. Had ze die ook steeds gedragen als ze met het vergif bezig was geweest?

Kat dacht terug aan de opname van Garden Heaven. Toen had Hillary ook handschoenen aangehad. Waren haar eigen vingerafdrukken soms de enige op de zak van het bestrijdingsmiddel? Ze huiverde. Misschien zag ze spoken. Het bezoek aan het tuincentrum was eigenlijk het enige wat niet op een gemakkelijke andere manier kon worden verklaard. Hillary had nooit iets in de tuin gedaan. In ieder geval verzorgde ze geen plantjes; ze liet ze doodgaan.

'Ik vind dat je nu maar weg moet gaan,' zei Hillary.

'Ik ga hier niet weg.' Kat bleef staan.

Hillary wees met haar vinger naar Kat alsof ze een trekker overhaalde en lachte. 'Ik geef je dertig tellen om te verdwijnen, of anders.' Ze liep op Kat af waardoor die geen licht van buiten meer kon zien.

Kat voelde hoe ze haar zelfbeheersing verloor. Dit was de druppel. 'Hoe heb je dit kunnen doen, Hillary?'

'Waar heb je het over?' Hillary liet haar witte tanden zien, maar haar lach was koud.

'Denk je echt dat ik niet weet wat je aan het doen bent?' Kat begon niet over het vergif. 'De creditcards, de rekeningen? Jouw naam op het eigendomsbewijs van Harry's huis? Zo diep ben zelfs jij nog nooit gezonken. Ben je zo wanhopig dat je een oude man zijn laatste kans op een fatsoenlijke oude dag moet ontnemen?'

'Hoe durf jij mij te beschuldigen van diefstal! Jíj bent de dief. Je hebt mijn leven gestolen.' Hillary stond met haar rug tegen de werkbank, vlak voor de zakken met bestrijdingsmiddel.

'Waar slaat dat op?' Kat liep naar haar toe. 'Jij bent zelf verantwoordelijk voor hoe je je leven leidt. Niets wat ik doe brengt daar verandering in.'

'Het is mijn vader, Kat, niet de jouwe. Ik ben het spuugzat dat jij daartussen komt en de helft van alles krijgt.'

'De helft van wat?'

Hillary gaf geen antwoord. Ze pakte een schroevendraaier van Harry's werkbank en stak daarmee in de volle zak met bestrijdingsmiddel. Ze scheurde hem open en tilde de zak boven haar hoofd, waardoor een deel van het poeder naar beneden dwarrelde.

Toen kwam ze op Kat af.

Er ontsnapte een wolk van poeder uit de zak en kwam op Kat terecht. Kat snakte naar adem toen het poeder op haar gezicht, nek en schouders viel en in haar neus en longen drong. Ze liet haar hoofd zakken en beschermde haar ogen met haar armen. Maar ze was te laat. Het poeder bleef plakken aan haar natte kleren, bedekte haar schoenen en vormde een laag op de vloer van de garage. Ze stikte zowat en daarna ademde ze het bestrijdingsmiddel in. Ze sloeg wild met haar armen om zich heen en zag even niets toen het poeder in haar ogen brandde.

Kats ogen deden pijn, toen ze één oog langzaam opendeed. Ze wreef voorzichtig in haar ogen en strompelde naar voren. Ze moest het bestrijdingsmiddel nu meteen uit haar ogen spoelen, maar de dichtstbijzijnde kraan was in het huis.

'Alles hier is van mij. Snap je het nu eindelijk?' Hillary draaide zich om en liep weg, met de halflege zak in haar ene hand en de aangebroken zak in de andere.

'O, en lief nichtje? Ik zal papa de hartelijke groeten van je doen.'

Toen viel de deur keihard in het slot en klikte het hangslot dicht.

# HOOFDSTUK 63

Kat strompelde blindelings naar de werkbank en ging met haar hand over het oppervlak. Ze slaakte een zucht van opluchting toen ze tegen Hillary's waterflesje aansloeg. Ze pakte het op, spoot een druppel op haar vinger en proefde het om er zeker van te zijn dat er niets mis mee was. Gewoon water.

Waarom had ze Hillary het voordeel van de twijfel gegeven? Ze had zo langzamerhand kunnen weten dat alles wat Hillary deed, gericht was op eigenbelang. Zelfs als dat betekende dat ze Kat verraadde, of haar vader, of wie dan ook.

Ze hield het flesje omhoog en spoot water in haar ogen, een voor een. Ze spoelde ze uit tot het branderige gevoel verdween. Toen gebruikte ze de rest van het water om zo goed mogelijk haar gezicht schoon te maken. Haar ogen traanden nog wel, maar ze kon ze nu wel opendoen en om zich heen kijken.

De twee zakken met bestrijdingsmiddel waren weg.

Kat duwde tegen de zijdeur, in de wetenschap dat dat geen zin had. Ze had gehoord hoe Hillary het hangslot weer dicht had geklikt. Hoe kon Hillary haar hier gewoon achterlaten? Kat keek rond in de garage. Ze overwoog het raampje kapot te slaan, toen ze besefte dat ze ook op een andere manier naar buiten kon komen. De afstandsbediening van de kanteldeur!

Ze drukte erop. Een halve minuut later stond ze buiten in het achterstraatje. Ze snoof de frisse lucht op en liet de regen het vergif van haar huid en kleren spoelen.

Ze had niet langer de zakken die ze als bewijsmateriaal had willen ophalen. Hillary had dat voorkomen. Toch moest ze wat poeder verzamelen om dat te laten testen. Ze liep terug naar de garage en pakte een leeg yoghurtpak van de stapel die Harry onder de werkbank bewaarde. Ze schepte zoveel mogelijk op van de garagevloer.

Ze belde Connor Whitehall, maar er werd niet opgenomen, dus liet ze een boodschap achter waarin ze vertelde waar ze het poeder en de video-opname had neergelegd en waar haar reservesleutel te vinden was. Ze had geen tijd om op hem te wachten. Ze moest in het ziekenhuis zijn, voordat Hillary daar aan zou komen.

EEN UUR LATER RENDE KAT DOOR DE GANG VAN HET ZIEKENHUIS, maar Hillary was er al. Ze zat te wachten op een stoel naast Harry's kamer.

Ondanks haar natte kleren brak het zweet haar uit. Had Hillary het voor elkaar gekregen? Had ze hem vermoord? Ze stond als aan de grond genageld naast Harry's kamer. Kon ze iets doen?

Op dat moment keek Hillary op. Als ze al was geschrokken van de aanblik van Kat, liet ze dat niet merken. 'Jij hoort hier niet.' Ze maakte een wegwerpgebaar met een keurig verzorgde hand.

Kat negeerde haar en rende Harry's kamer in. Een stuk of zes verpleegsters en dokters stonden om Harry's bed met karretjes vol instrumenten en andere spullen. Een van de verpleegsters keek haar aan toen ze binnenkwam. Het was dezelfde verpleegster die eerder zo onvriendelijk tegen haar was geweest. Ze stak haar hand op en gebaarde dat Kat niet verder mocht komen.

Kats hart sloeg over. Was het al te laat? Ze ging weer naar buiten, waar Hillary zat met een gezicht dat geen enkele emotie verraadde.

Hillary's publiek was verdwenen en daarmee ook haar tranen.

Haar wangen waren droog en haar make-up zat nog netjes op zijn plaats. Kat wist dat het geen zin had om met Hillary te praten, maar ze kon zich niet bedwingen. 'Wat heb je met hem gedaan?'

Hillary glimlachte. 'Waarom denk je dat ik iets heb gedaan?'

'Ik denk het niet, Hillary, ik wéét het.'

De verpleegster kwam tevoorschijn uit Harry's kamer. Ze besteedde geen aandacht aan Hillary's gesnotter en keek Kat recht aan. 'Het gaat slechter met hem.'

'Hè?' Kat was verbaasd dat de verpleegster haar aansprak. Dat niet alleen, maar in haar ogen stond medeleven te lezen. Waarom vertelde ze dit niet aan Hillary? 'Hoezo slechter?'

'Hij is in een shock geraakt. Alle symptomen zijn terug, maar ze zijn nu nog ernstiger. Hij heeft weer vergif naar binnen gekregen.'

*En zonder dat ik erbij was.* Plotseling besefte Kat waarom de verpleegster zo aardig deed. Ze wist nu dat Kat geen vergif aan Harry had gegeven. Maar besefte ze ook dat Hillary dat dus wel had gedaan?

De verpleegster keek naar Hillary; haar gesnotter was nu overgegaan in luid gehuil.

Hillary's gejank klonk overtuigend, maar haar ogen lieten zien dat het niet echt was. Haar blik ging van de verpleegster naar Kat en weer terug in de hoop op een reactie.

Hillary moest haar vader een laatste dosis hebben gegeven. Een grotere dosis dan de vorige. Terwijl de medische staf probeerde een leven te redden, was Hillary eropuit geweest om een leven te beëindigen. En het was haar al bijna gelukt.

Hopelijk had Connor Whitehall inmiddels de video-opname in handen, samen met het monster van het bestrijdingsmiddel. Als alles volgens plan verliep, overhandigde hij die vanavond aan de politie. Het bestrijdingsmiddel zou overeenkomen met het vergif dat was aangetroffen in Harry's bloedmonster en de autoriteiten zouden gedwongen zijn om actie te ondernemen.

Hillary brulde steeds harder alsof ze de enige overlevende was van een ramp. Om de paar seconden keek ze om zich heen om na te gaan of er nog iemand aandacht aan haar besteedde. Aangezien de artsen en verpleegsters zich allemaal met Harry bezighielden, bestond haar publiek alleen nog uit Kat.

Hillary's krokodillentranen vervulden Kat met walging. Dacht ze echt dat ze daarmee mensen voor de gek kon houden? 'Waarom heb je het gedaan, Hillary?'

'Wat gedaan?' Een sluwe glimlach verscheen op Hillary's gezicht. 'Ik heb geen idee waar je het over hebt. En zelfs als ik iets heb gedaan, dan kom jij daar nooit achter. Dan komt niemand erachter.'

'Ik weet wat je hebt gedaan. Ik heb de bewijzen in handen.'

Hillary trok haar wenkbrauwen op. 'O, ja? Wat heb ik dan gedaan?'

'Ze weten dat jij het bent, Hillary. Ze weten van het geld en het vergif.'

'Ze? Wie bedoel je met ze?'

'De artsen, de politie. Bloedmonsters hebben aangetoond welk vergif is gebruikt en de politie heeft de bewijzen in handen. Er zijn opnamen van jou bij Garden Heaven. Er is bewijs dat jij vergif in Harry's jus d'orange hebt gedaan. Ze hebben je door en je komt er niet mee weg.' Kat noemde het sap om te zien hoe Hillary zou reageren.

'Je bluft.'

'De politie is al op weg hiernaartoe.' Zelfs al had Connor de opname al aan de politie gegeven, dacht Kat niet dat ze zo snel hier zouden zijn. Maar dat kon Hillary niet weten.

'Als jij iets waagt te zeggen, dan zorg ik dat je er spijt van krijgt, Kat, hele erge spijt,' fluisterde Hillary, terwijl ze om de hoek van Harry's kamer keek of iemand haar kon horen.

Maar niemand hoorde haar behalve Kat. De medische staf was nog steeds druk bezig met Harry.

Hillary haalde een klein make-upsetje uit haar tas en klapte dat open. Ze fatsoeneerde haar mascara met een tissue en keek Kat woedend aan. Weg waren de hysterische tranen, zoals altijd als er geen publiek meer was.

'In de stad blijven, Hillary. Je hebt heel wat uit te leggen.'

Hillary staarde haar aan, doodrustig. 'Probeer me maar eens tegen te houden.'

'Ik heb je al tegengehouden.'

Hillary keek Kat aan met haat in haar ogen. 'Ik krijg je nog wel.'

'Daar ben je te laat voor.' Kat beantwoordde Hillary's blik en vroeg zich af waarom ze ooit überhaupt bang voor haar was geweest. Ze was blind geweest voor het feit dat Hillary niet in staat was om ook maar iets om een ander te geven. Ze dacht alleen aan zichzelf. Door dat besef had Kat niets meer van Hillary te vrezen. Wat Hillary zei, liet haar koud.

Kat hoorde hier wel degelijk; ze had het recht hier bij Harry te zijn. Ongeacht wat Hillary zei of dacht.

'Als je me ergens van beschuldigt, wacht dan maar eens af.' Hillary keek Kat aan met een dreigende blik.

'De waarheid komt altijd aan het licht, Hillary. Dus ook in dit geval.'

Hillary keek nog eens Harry's kamer in en rolde met haar ogen. Ze bleef nog even staan, maar draaide zich toen om en liep de hal uit door de dubbele deuren van de afdeling. Het geluid van haar hakken echode tegen de muren. Toen hoorde Kat het belletje van de lift.

Kat hoefde haar nooit meer te zien.

# HOOFDSTUK 64

Op vrijdagmorgen zat Kat verbijsterd in Zachary's werkkamer, helemaal geschokt door wat Zachary haar net had verteld.

'Heb je ál je geld ingezet?' Kats mond viel open, stomverbaasd dat Zachary alles kon inzetten op één enkele transactie. 'Waarom, Zachary?'

Zachary stond met opgerolde hemdsmouwen voor zijn computer-terminal. Er zat een koffievlek op zijn gekreukte overhemd en hij zag eruit alsof hij al dagen niet had geslapen. Dit was de eerste keer dat Kat vond dat ze beter gekleed ging dan hij.

'Ik kan het geld allemaal terughalen, Kat.' Hij glimlachte. 'Mijn model werkt echt. Ik moet alleen aantonen dat...'

'Zachary, het is te laat. Het doet er niet meer toe of je model wel of niet werkt. De beleggers in Edgewater en de autoriteiten moeten op de hoogte worden gebracht van Nathans ponzifraude. En dat moet nu.'

Zachary wees naar zijn transactiescherm. 'Dat wórden ze ook, maar pas nadat ik genoeg geld heb verdiend om de beleggers te betalen. Kijk maar naar het scherm. De euro is aan het stijgen en ik heb al een deel van het verlies terugverdiend. Bijna een miljard tot nu toe.' Hij haalde een zakdoek tevoorschijn en veegde ermee over zijn voorhoofd. 'Een miljard, Kat. Ik moet hiervan profiteren zolang het kan.'

Achter Zachary klonk het brommende geluid van een televisierapportage. De dollar ging sterk naar beneden tegenover de euro. Tientallen bezorgd uitziende handelaren zaten gekluisterd aan hun computerscherm, in directe tegenstelling tot wat zich voor haar eigen ogen afspeelde.

'Het is het geld van de beleggers, Zachary. Neem je verlies en stap eruit zolang het nog kan.'

'Dat is belachelijk. Ik verdien honderd miljoen voor iedere tien basispunten dat de euro in waarde stijgt tegenover de dollar. Waarom zou ik nu stoppen?'

Honderd basispunten stond gelijk aan één procent in handelstermen. Een miljard dollar stond gelijk aan de helft van het verlies dat Edgewater had geleden als gevolg van Nathans fraude. 'Maar het kan ook gemakkelijk de andere kant opgaan, Zachary. Je moet uitstappen. Nu.'

Verdwenen was de pure paniek die op Zachary's gezicht verschenen was toen ze hem vertelde over de ponzifraude gepleegd door Nathan. Zijn gezichtsuitdrukking was veranderd van kwetsbaar in zelfgenoegzaam.

Kat staarde naar de grafiek op het scherm. De euro vertoonde een opwaartse, groene, trend; de munt had vandaag al één procent gewonnen tegenover de dollar.

'Je moet verkopen, Zachary. Stap eruit nu je op winst staat en maak de fraude bekend. De beleggers zullen wel begrijpen dat Nathan er schuldig aan is en niet jij.'

'Nu nog niet.'

'Stel dat je het weinige geld verliest dat nog resteert. Je neemt een gok die helemaal verkeerd kan aflopen.'

'Zit me niet zo dwars. Het is helemaal geen gok. Mijn inzet is groot genoeg om de hele markt te laten bewegen. Als mijn inzet eenmaal de zaak in gang zet, ben ik binnen dagen, of misschien wel uren, terug in de plus.'

'Dit kun je niet menen. Na al dat geklaag over Nathan die Edgewater te gronde richt, sta je op het punt hetzelfde te doen!'

Zachary snoof. 'Rijke mensen hebben geen begrip voor een verlies op deze schaal, Kat. Ze zullen bloed willen zien als ze eenmaal horen wat Nathan heeft gedaan. Ze zullen aannemen dat Nathan ook de verantwoordelijkheid op zich neemt voor wat ikzelf fout heb gedaan. Of dat ik volslagen idioot ben; te dom om door te hebben dat zich onder mijn ogen fraude op grote schaal afspeelde. Of ik ben incompetent, of ik ben een dief. Hoe dan ook, ik verlies. Ik ga eraan.'

'Als er genoeg bewijzen zijn, dan geloven ze je wel.' Kat wees naar het scherm. 'Die winst staat nog niet vast. Het kan zomaar omdraaien en in verlies veranderen. In plaats van een verlies van twee miljard, zou je nog meer kunnen verliezen. Verkoop nu, Zachary, en accepteer wat er gebeurt. Jij hebt nog niets verkeerd gedaan – tot nu toe.'

'En ik doe ook niets verkeerd. Wat ik doe, is volledig binnen de wet. Er is niets in de informatie van het fonds wat mij belet dit te doen.'

Technisch gezien was het legaal, maar was het ook zoals het hoorde? 'Maar je beleggers zouden toch niet willen dat je al hun geld inzet op één enkele transactie. Wat zouden ze doen, als ze dat wisten?'

Zachary gaf daar geen antwoord op, dus Kat beantwoordde haar eigen vraag. 'Ze zouden hun geld weghalen.' De grafiek van de euro liet weer een sterk dalende lijn zien, waardoor alle winst van een paar minuten geleden weer verdwenen was.

In moreel opzicht was Zachary net zo corrupt als zijn vader. Het enige verschil was dat hij de wet niet overtrad.

'Ze hoeven hier niets van te weten,' meende Zachary.

'Dit is geen schiettent in Las Vegas!' Kat staarde naar het scherm. De euro-grafiek was nu in het rood terechtgekomen en liet een verlies zien van één procent. Ook bijna alle winst van gisteren was weer weg. 'Zoals ik al zei – je gaat verliezen.'

'Kun je nu eindelijk je mond houden?' Zachary gooide zijn armen in de lucht. 'Dit is niet zomaar een ingeving – het gaat om mijn model en dat model werkt echt. Tenminste, dat was zo, totdat jij je ermee ging bemoeien.'

Hij gebaarde dat ze in een stoel tegenover hem moest gaan zitten. 'Je leidt me af. Of je gaat zitten, of je vertrekt. Als je wilt zien hoe er geschiedenis wordt gemaakt, moet je gaan zitten en dan zie je wat ik bedoel.'

Kat zuchtte en ging zitten. Het laatste wat ze wilde zien was hoe Zachary geschiedenis zou schrijven. Rampspoed leek nabij, toen de euro nog eens honderd punten daalde. Nu bedroeg het verlies twee miljard.

Ze staarden allebei naar het scherm en zeiden niets.

Net toen alles verloren leek te zijn, daalde de euro niet verder. Langzaam begon de munt weer te stijgen, eerst een paar basispunten, toen tien, toen dertig. Nu bedroeg het verlies slechts 1,7 miljard. Slechts.

'Zie je dat, Kat?' Zachary's bezorgde gezicht van zonet had plaatsgemaakt voor een zelfvoldane uitdrukking. 'Dat komt door mij. Mijn inzet begint nu te werken.'

'Hoe kun je dat zo zeker weten?' Wat Kat betreft maakte de lijn op de grafiek een beweging die leek op de steilste klim van een oneindige achtbaan. Binnen een paar seconden viel de lijn de afgrond in en daarna vond een herhaling plaats van de woeste rit van de laatste twintig minuten.

'Het gaat om het juiste moment, Kat. De trend keert om.' Zachary wees naar een scherpe daling op de lijn van de grafiek gevolgd door een stijging. 'Alles gaat goed als de inzet hoog genoeg is.'

In minder dan tien minuten was de koers weer terug op het eerdere niveau. Nu had Zachary nog een miljard nodig.

'Hoe kan het zo eenvoudig zijn?'

'De totale inzet blijft gelijk. Het bedrag dat ik win, wordt door iemand anders verloren. Als ik genoeg inzet op een bepaalde verandering, dan kan ik de markt elke door mij gewenste richting op laten gaan. Als de trend verandert, dan bewegen andere beleggers mee.'

De lijn van de grafiek bleef stijgen. Nu kwam hij uit het rood en ging Zachary steeds meer winst maken.

'Maar de economen voorspellen...'

'Wat maakt het uit wat de economen voorspellen? Het zijn de

hándelaren die bepalen wat er op de markten gebeurt. Iedereen die denkt dat het niet zo werkt, is gek.'

'Hoe zit het dan met Svensson en de andere economen? Als hun werk betekenisloos is, waarom worden er dan geen Nobelprijzen uitgereikt aan de handelaren?'

'Denk je dat de markten gebaseerd zijn op wetenschappelijke principes?' Zachary lachte. 'Het lijkt meer op een spelletje poker. Je kunt met bluffen een fortuin verdienen.'

Hij leunde achterover in zijn stoel, legde zijn handen in zijn nek en glimlachte.

Volgens de lijn van de grafiek stond Zachary nu twee procent in de plus. Hij had het volledige verlies van Edgewater goedgemaakt. Kat zou niet hebben geloofd dat het zo vlug zou kunnen gebeuren als ze het niet met eigen ogen had gezien.

'Maar jouw model; je vertelde dat het gebaseerd was op kwantumspeltheorie. Dat het model altijd goede resultaten opleverde.'

Zachary lachte. 'Dat is gewoon marketinggeklets. Ik zeg dat om indruk op mensen te maken, en het werkt fantastisch. Uiteindelijk gok ik gewoon op de menselijke hebzucht. Niemand wil iets wat absoluut zeker winst oplevert aan zijn neus voorbij laten gaan.'

'Maar het is helemaal niet absoluut zeker.'

'Natuurlijk wel. Wie denk je dat de fluctuaties in de waarde van valuta überhaupt veroorzaakt? Als die fluctuaties groot genoeg zijn, kan ik die vastzetten. Ik verkoop zodra kleinere beleggers mij volgen.'

'Net als het World Institute zou doen? Ten nadele van de beleggers in Edgewater?'

'Slimme beleggers die weten wat de risico's zijn. En als ze niet slim zijn, dan moeten ze niet meespelen. Zo simpel is het. Iedereen is op eigen voordeel uit. Het gaat er gewoon om wiens belegging het meeste gewicht in de schaal legt.'

'Alles wordt dus gemanipuleerd? Het eindresultaat staat al bij voorbaat vast?'

'Natuurlijk. Alles is al besloten, Kat. Net als in Las Vegas. Alleen ben ik de bank.'

Kat zei niets en keek gebiologeerd naar het scherm. De euro bleef maar stijgen, schijnbaar onverbiddelijk. Zachary had in het laatste half uur niet alleen het gehele verlies van Nathan goedgemaakt; hij had ook een extra miljard gewonnen.

'Ik heb alles weer terug.' Zachary klapte in zijn handen en floot zachtjes. 'Niet alleen is het fonds weer helemaal bij kas, maar ik heb zelf winst gemaakt. En Edgewater houdt er ook iets leuks aan over. Wat vind je van zulke winstkansen?'

Net als de kans op winst in Las Vegas. In het voordeel van de bank, natuurlijk.

Kat staarde naar het scherm. 'Is het geen tijd om je winst vast te zetten?'

'Over een paar minuten.' Zachary keek Kat aan. 'Even over de scheidingsregeling. We moeten de cijfers aanpassen en teruggaan naar de rechtbank. Victoria krijgt geen rode cent.'

Zachary gaf duidelijk meer om geld dan om het feit dat Victoria en Nathan een verhouding hadden.

Aangezien de scheidingsregeling gebaseerd was op verkeerde cijfers, had Victoria recht op minder geld dan haar was toegewezen. Maar kon de zaak opnieuw geopend worden?

'Ik kan maandag iets voor je hebben.' Kat stond op om weg te gaan.

Maar Zachary luisterde niet. Hij zat voorovergebogen over zijn computerterminal, en beet op zijn lip, tot bloedens toe. 'Wat is er in godsnaam..?'

Kat bleef staan en leunde naar voren om naar het scherm te kijken. Hoewel het niet om haar geld ging, kreeg ze toch een misselijk gevoel in haar maag. De lijn van de grafiek was van groen in rood veranderd. Opnieuw dook de lijn de verkeerde richting op.

Deze keer fungeerde Zachary niet als de bank. De ommekeer in neerwaartse richting in de financiële situatie van Edgewater was net zo plotseling als de winststijging van vijf minuten geleden. Iemand had nóg meer ingezet dan Zachary.

En die iemand had gewonnen.

an het eind van de dag stond Kat stond in de hal van het kadaster en keek op haar horloge. Hillary had er een half uur geleden al moeten zijn. Zou ze nog op komen dagen, voordat het kantoor dichtging voor het weekend? Natuurlijk zou ze dat. Kats plan had haar geen andere keuze gelaten. Door akkoord te gaan, zou ze mogelijk strafvervolging kunnen ontlopen.

Kat had overigens helemaal geen zin in een rechtszaak. In een geval als dit kon het jaren duren voordat de zaak uiteindelijk werd afgesloten. Misschien wel langer dan het aantal jaren dat Harry nog te leven had. Kat vond het niet prettig om chantage te gebruiken, maar het was de enige manier waarop er enige gerechtigheid voor Harry kon worden bereikt.

Vijf minuten later stormde Hillary de trap naar het kantoorgebouw op en trok de deur open.

Kat voelde een knoop in haar maag, zoals altijd als ze de strijd aan moest binden met haar nichtje. Zou Hillary echt doen wat ze haar had gevraagd? Hillary's beloften waren altijd loos, dus had Kat stappen gezet om zich te verzekeren van haar medewerking.

'Vond je het een leuke video?' Kat had Hillary een kopie gemaild van de opname van Garden Heaven met daarbij het 'verzoek' om haar hier te ontmoeten. Het kassabonnetje voor het bestrijdingsmiddel en de lege zakken waren aanvullend bewijs dat Hillary de bedoeling had gehad om haar vader te vergiftigen.

'Je hoeft me niet te bedreigen.' Hillary trok een lelijk gezicht. 'Ik ben er toch. Is dat niet genoeg?'

'Het is geen dreigement,' zei Kat. 'Het is een belofte. Als je ooit nog eens zoiets doet, dan zal ik je ontmaskeren. Dan gaat mijn kopie van de opname regelrecht naar de politie.'

Voordat de politie Hillary zou arresteren, was er iets wat ze moest doen. De rechtsgang was te traag om al het onrecht dat Harry was aangedaan goed te maken, dus moest ze er zelf voor zorgen dat in ieder geval één zaak werd opgelost.

Kat had erop gestaan dat Hillary haar hier zou ontmoeten om er zeker van te zijn dat Hillary haar naam liet schrappen van het eigendomsbewijs van Harry's huis. Dat kwam neer op een officiële bevestiging dat hij opnieuw de enige eigenaar was. Ze was niet van plan om Hillary op haar woord te geloven.

'Laten we naar binnen gaan.' Kat hield de deur voor Hillary open.

Tien minuten later was al het papierwerk geregeld. Hillary had haar naam weg laten halen en Harry was weer in bezit van zijn eigen huis.

De politie moest zich maar bezighouden met het geld dat Hillary van Harry had gestolen. Niet dat Harry dat geld ooit terug zou zien... het geld was al uitgegeven en iedere poging om het van Hillary terug te krijgen was tot mislukken gedoemd. Maar in ieder geval was zijn huis weer van hem.

Hillary stond bij de deur en zocht iets in haar tasje. Ze zag er verschrikkelijk uit. Haar opgestoken zwarte haar zat helemaal in de war en er zaten mascaravlekken onder haar ogen. Ze keek steeds op haar horloge.

'Ben je ergens te laat voor?' vroeg Kat.

Hillary kneep haar ogen samen. 'Je mag me wel dankbaar zijn dat ik heb getekend. Ik hoefde het niet te doen.'

Dat moest ze wel. 'Je hoeft echt geen bedankje te verwachten.'

'Je gaat hier spijt van krijgen, Kat.'

Kat dacht van niet. Hillary's dreigementen hadden haar ooit bang gemaakt, maar ze maakten nu geen indruk meer. Hillary deed niet alleen loze beloften, maar uitte ook loze dreigementen. Net als Nathan Barron en Gordon Pinslett had Hillary Denton uitsluitend oog voor zichzelf. Als een haai probeerden ze toe te slaan; ze vraten hun prooi op en probeerden zoveel mogelijk voordeel te behalen. Alleen werd het domein waarin ze zwommen steeds kleiner, totdat ze de enige overlevende waren. En een haai kon niet lang in zijn eentje overleven.

# HOOFDSTUK 66

Twintig minuten later kwam Kat thuis, uitgeput maar dolblij. Het ziekenhuis was van mening dat Harry volledig zou herstellen en al snel zou worden ontslagen. Dat was zoveel waard dat je er geen prijs op kon zetten.

Hoewel hij zijn huis terug had, was hij natuurlijk wel opgezadeld met hoge schulden. Het was tragisch, eigenlijk. Het feit dat Hillary zou worden vervolgd voor fraude was een schrale troost.

Kat schopte haar schoenen uit bij de voordeur, hing haar jas over de trapleuning en liep de trap op naar boven. Ze was nog steeds stomverbaasd over het transactiefiasco van Zachary eerder op de dag. Hij had het geld van Edgewater Beleggingen dat nog over was domweg verspeeld. Dat hij dat had kunnen doen, was een raadsel voor haar. Hij had maar net een persoonlijk faillissement voorkomen. Misschien was hij gewoon niet gewend aan verliezen. Het was vreselijk dat hij had gegokt met het geld van de beleggers. Hij was gelukkig wel zo sportief geweest om haar de helft van haar honorarium over te maken.

Kat kwam boven en bleef stokstijf staan.

Er was iemand in de studeerkamer. De stoel kraakte, zoals hij dat deed als er iemand in zat die heen en weer ging. En degene die er was, zat te typen.

Kat pakte een bezem die ze in de open gangkast zag staan. Ze tilde hem boven haar hoofd en keek naar binnen.

De indringer zat aan het bureau met zijn rug naar Kat.

Ze stond op het punt om zich om te draaien en weg te rennen, toen de bureaustoel plotseling naar haar toe draaide.

'Je bent thuis!' Jace grijnsde en sprong op uit de stoel. Hij bleef staan en stak zijn handen in de lucht als teken van overgave. 'Niet slaan.'

Kat liet de bezem vallen en rende op hem af om hem te omhelzen. 'Je bent het ziekenhuis al uit? Ik dacht dat je nog een paar dagen moest blijven. Waarom heb je me niet gebeld?'

Jace deed een stapje achteruit en keek Kat aan. 'Ik wilde je verrassen.'

'Maar ze hebben je dus laten gaan? Ik dacht dat...'

'Ik moet mijn verhaal naar buiten brengen, Kat. Voordat iemand anders het doet.' Hij kuste haar.

'Dus je hebt jezelf uit het ziekenhuis ontslagen? Met een hersen-schudding?' Kat stapte achteruit en wreef over zijn voorhoofd. Jace' blauwe plekken waren paars aan het worden en hij zag eruit als een verkeersslachtoffer.

Jace gaf geen antwoord.

'Jace, je had in het ziekenhuis moeten blijven.' Ze trok aan zijn goede arm. 'Ik breng je terug. Vertel wat er moet gebeuren en dan doe ik dat.'

Jace schudde zijn hoofd. 'Ik voel me wel aardig, en bovendien moet ik en wil ik dit zelf doen. Ik wil dat Pinslett en de rest van die gasten worden gearresteerd.'

'Jij bent normaal niet iemand die wrok koestert.'

'Ik laat ze hier niet mee wegkomen, Kat. Ze kunnen niet straffe-loos blijven pakken wat ze willen. De wet is er om door iedereen te worden gehoorzaamd, ook door de rijken. Ook door Hillary.'

Kat kon daar niets tegenin brengen. 'Ik weet het, maar je zou minstens rust moeten nemen. We kunnen verder gaan met je verhaal als je beter bent.'

'Het is al te laat.' Jace glimlachte naar haar. 'Pinslett kan de waarheid niet meer verbergen. Hij bezit misschien wel veel radio- en televisiemaatschappijen en ook veel kranten, maar hij kan de sociale media niet controleren. Kijk.'

Hij wees naar het computerscherm. 'Mijn verhaal is viraal gegaan – iedereen heeft het erover. Pinslett kan zijn betrokkenheid bij de hypotheekfraude niet ontkennen. Ik heb de bewijzen.'

Kat keek naar het scherm. Het was waar. Pinslett had haastig een persconferentie georganiseerd. Deze keer was de mediamagnaat in het defensief gedrongen.

'En mijn verhaal kan door iedereen worden gelezen.' Jace glimlachte. 'Ik heb iets te zeggen en Pinslett kan me niet tegenhouden. Nu het verhaal in de openbaarheid is, zijn de autoriteiten wel gedwongen de zaak te onderzoeken. Tenzij ze willen dat er maatschappelijke onrust ontstaat.'

Kat bekeek de videoclip, een herhaling van de persconferentie eerder vandaag. Gordon Pinslett zat aan een lange tafel met een paar van zijn 'beulen' aan zijn zijde. Het logo van de *Sentinel* was prominent te zien op de muur achter hen.

Met een uitdagende blik ontkende Gordon Pinslett glashard iedere betrokkenheid bij de fraude en benadrukte dat hij geen rol had gespeeld bij de hypotheekfraude en het snel met winst doorverkopen van onroerend goed. Maar zelfs zonder bewijs kon Kat zien dat hij zat te liegen. Hij stamelde bij zijn pogingen de juiste woorden te vinden om de verslaggevers te laten ophouden met het stellen van lastige vragen.

'Ik zie niet wat er is veranderd. Hij ontkent nog steeds...'

'Wacht, Kat, even geduld.'

Er werd een tweede clip vertoond van een paar minuten geleden. Kat luisterde naar de voice-over van de verslaggever, terwijl Pinslett geboeid werd weggevoerd door de uitgang van het hoofdgebouw van zijn mediaonderneming. Een stuk of zes verslaggevers stonden bij de deur en vuurden een groot aantal vragen op hem af. De in ongenade gevallen mediamagnaat reageerde niet. Hij deed zijn hoofd naar beneden toen hij naar de politieauto werd gebracht.

'Mijn verhaal kwam naar buiten tijdens de persconferentie. Toen het eenmaal bekend was, kon het niet worden genegeerd. Zelfs de traditionele media moesten er melding van maken. Niemand staat boven de wet. Ook Roger Landers heeft hem ontmaskerd. Klaarblijkelijk heeft Pinslett aan Landers gevraagd om ervoor te zorgen dat ik niet doorging met mijn artikel.'

'Heeft Landers die brandbom bij ons naar binnen gegooid? Ik vermóórd hem.'

'Rustig, Kat. Pinslett heeft hem dat wel gevraagd, maar Landers heeft het niet gedaan. Hij heeft echter wel het gesprek opgenomen, en nog tientallen andere gesprekken die hij met die kerel gevoerd heeft. Die maken Pinslett heel verdacht. Landers heeft misschien uitsluitend zijn eigen belang op het oog, maar daar is hij dan wel eerlijk over. Hij wilde gewoon het verhaal – een artikel over het World Institute. Net als ik.'

'Hoe zit het met zijn verhaal over de moord op Svensson?'

'Hij wilde ergens een mooi verhaal vandaan halen of ons op een dwaalspoor brengen. In ieder geval gaat de politie dat uitzoeken.'

Kat twijfelde daar wel een beetje aan. Zoals ze al dacht, had Landers gewoon geprobeerd Jace' verhaal te stelen. Maar Jace had gelijk. Vergeleken met Gordon Pinslett, Nathan Barron en de rest van het World Institute deed Landers niet ter zake. En nu Jace' verhaal in de openbaarheid was gekomen, war er weinig dat Landers kon doen om hem het gras voor de voeten weg te maaien.

'Je hebt juist gehandeld, Jace. Ook al heeft het je je baan gekost.' Ze omhelsde hem. 'Heb je echt geen bittere gevoelens jegens Landers? Hij heeft ons uitgeleverd.'

'Misschien wel, maar ik voel ook wel een beetje medelijden met hem. Hij wil zo graag scoren dat hij bereid is gewoon een verhaal uit zijn duim te zuigen. Als journalist heeft hij afgedaan. Wie neemt hem nu nog serieus?

ngelika leunde achterover in haar stoel in de eerste klas en glimlachte naar de man naast haar. Hij straalde en bloosde vanwege de aandacht die ze hem schonk. Een jaar of vijftig, vol zelfvertrouwen. Zou zijn indruk van haar veranderen, als hij eenmaal afwist van haar geheimen?

Over een paar uur zou ze alweer terug zijn in Londen. Weg van Hideaway Bay, weg van het World Institute en ook weg bij Nathan Barron. Weg bij de man die haar vertrouwen had geschonden en haar had verraden.

Ze veegde haar mond af met het vochtige doekje toen de stewardess haar blad kwam weghalen. Ze had er nooit aan getwijfeld dat Nathan tot een overeenkomst met de autoriteiten zou willen komen om zijn eigen hachje te redden. Hij zou haar binnen de kortste keren hebben uitgeleverd, als hij daar beter van kon worden. Hij had haar geen andere keuze gelaten dan hem om het leven te brengen. Ze had er een hekel aan als een zaak zo eindigde; met allerlei gedoe.

De schoonmaakploeg zou Nathan nu wel zo ongeveer wel hebben ontdekt, hangend in de kast met zijn riem als provisorische strop. Nog een gebroken, geruïneerde man. Weer een tragisch geval van zelfmoord. Nathan was niet de eerste die de laatste tijd zelfmoord had gepleegd in Hideaway Bay.

Kwam dat door het sombere weer? Doordat Nathan Barron was geruïneerd? Doordat hij zich schuldig voelde omdat hij zijn zoon had verraden? De ponzifraude had haar verrast, maar die paste wel perfect in haar plan. Wat de oorzaak ook was, Nathans zelfmoord zou de eerste paar maanden tot allerlei speculaties leiden. Daarna zou men hem vergeten.

Eigenlijk had ze Nathan een dienst bewezen. Nu werd hij niet in staat van beschuldiging gesteld wegens fraude en hoefde hij geen hele hordes boze beleggers onder ogen te komen, maar zou hij naar zijn laatste rustplaats worden gebracht. Ze had hem uit zijn lijden verlost.

Moord klonk zo hard. Het was eigenlijk meer iemand uit genade laten inslapen.

Nathan. Hoe had ze zich zo in hem kunnen vergissen?

Ze was hem tegengekomen op de Afrikaanse vlakte. In Selous, op een jachtexcursie. Op die afgelegen en woeste plek had hij haar een serenade gebracht. Ze was compleet voor hem gevallen, had zich ondergedompeld gevoeld in zijn aandacht, had zich omringd geweten door zijn invloed en macht. Ze wilde alles voor hem doen, zelfs mensen vermoorden. En dat had ze ook gedaan.

Nathan begreep de innige relatie tussen jager en prooi. Beiden waren nodig om het leven voortgang te laten vinden, om het leven echt te leven. Zo was het ook met de speciale relatie die zij met haar slachtoffers had gehad. Svensson had haar volledig vertrouwd, zelfs tot op het moment van zijn dood.

Na een paar keer te hebben getwijfeld over de oorzaak van Svenssons overlijden, had de lijkschouwer uiteindelijk geoordeeld dat het om zelfmoord ging. Angelika gaf daar de voorkeur aan. Het was een goed idee geweest om dat briefje in zijn kamer neer te leggen.

Geen losse eindjes.

Angelika keek naar haar medepassagier. Hij keek uit het raam en had zijn rug naar haar toegekeerd. Buiten zag ze de donkerblauwe lucht voorbijrazen; ze reisden naar het oosten en waren op weg van nacht naar dag.

De mensen stelden het gewone, alledaagse leven onvoldoende op prijs en dachten niet genoeg na over wanneer en hoe dat leven zou kunnen eindigen. Dat had ze van de jacht geleerd.

Maar Nathan had haar voor de gek gehouden. Zij had gedacht dat hun partnerschap speciaal was: hij was een van de machtigste mannen ter wereld en zij was de beroepsmoordenaar die niemand verwachtte. Het stereotype was niet op haar van toepassing en dat maakte juist deel uit van haar succes. Niemand verwachtte een vrouwelijke beroepsmoordenaar en al helemaal niet één die zo jong en mooi was.

Het ging allemaal goed, totdat hij haar had laten zitten in Londen. Ze had als straf daarvoor de liquidatie van Svensson een tijdje uitgesteld. Ze had gehoopt op een paniekerig telefoontje van Nathan, maar dat kwam niet. Dus was ze met Svensson meegereisd naar Canada, naar Nathans conferentie, in de hoop de inzet te verhogen voordat ze hem in Hideaway Bay om het leven bracht. Er was iets heel intiems aan met iemand de laatste uren van zijn leven doorbrengen. Vooral als hij er geen idee van had dat die laatste uren waren aangebroken.

Afgezien van het feit dat Nathan haar had laten zitten, had hij ook de laatste termijn voor het ombrengen van Svensson verzuimd te betalen door de prepaid creditcards niet op te waarderen. Die kaarten waren gemakkelijk en niet te traceren, heel handig als je grote sommen geld met je mee de grens over wilde nemen. Dat niet betalen was al erg genoeg, maar Victoria was de laatste druppel geweest. Dacht Nathan echt dat zij het vuile werk voor hem zou opknappen, terwijl hij rotzooide met die Botox-bitch? Ze had geen rekening gehouden met een andere vrouw.

Mannen gingen niet weg bij Angelika. Als ze dat probeerden, dan namen ze afscheid van het leven, en dan hadden ze niets te zeggen over hoe dat gebeurde. Dat maakte zij dan uit.

Angelika keek uit het raampje van het vliegtuig. Ze nam een slokje koffie, terwijl het vliegtuig de zonsopgang tegemoet snelde.

Al met al was dit een perfecte dag geweest. En aan de horizon verscheen een nieuwe dag, die ook perfect kon zijn.

# HOOFDSTUK 68

Kat zat aan Harry's keukentafel, stomverbaasd over hoe anders haar oom was vergeleken met een paar weken geleden. Verdwenen waren de wezenloze blikken, het geschuifel en de vergeetachtigheid. Het was gewoon een wonder.

Er was wel een verklaring, hoewel ze het nog steeds moeilijk vond die te geloven. De effecten van het vergif hadden geleken op de symptomen van dementie en dat had geleid tot de onjuiste diagnose van alzheimer. Harry had nooit alzheimer gehad.

Natuurlijk was hij soms vergeetachtig, maar niet meer dan andere mensen van tachtig.

Nu, na een week in het ziekenhuis, had het vergif zijn lichaam verlaten. Harry was snel weer opgeknapt, hoewel hij zich niet veel kon herinneren van de laatste weken en maanden. Zijn herstel was gewoon wonderbaarlijk.

Toen hij nog in het ziekenhuis lag, hadden Jace en zij eerst hun spullen opgehaald in Hideaway Bay. Ze had haar laptop niet gevonden, maar de rest van hun spullen met inbegrip van de Subaru hadden ze terug. Daarna hadden ze Harry's huis zo veel mogelijk in de oude staat hersteld. De keukentafel was door de buren weggehaald van het vuilnis en die hadden ze teruggekregen. De spullen die Kat in de garage had gezet, hadden ze uitgezocht. Er stond nu heel wat minder in huis, maar Harry was tevreden.

Kat keek naar de stapel brochures met planten en zaadjes die op tafel lag. Harry maakte plannen voor de tuin voor volgend jaar en wilde ook weer contact opnemen met zijn bowlingvrienden.

'Hillary heeft een nieuwe baan, Kat. Buiten de stad.'

'Wat goed van haar,' zei Kat, en vroeg zich af of Harry daar veel van geloofde. Of wilde geloven, omdat het alternatief ondenkbaar was.

Natuurlijk had Kat in de loop van de jaren zelf ook veel van Hillary's leugens willen geloven, omdat ze haar het voordeel van de twijfel wilde geven. Maar nu zag ze haar zoals ze werkelijk was: een parasiet.

Het was onvoorstelbaar, dacht Kat. Harry's financiële nachtmerrie was zo ongeveer begonnen toen hij tekenen van dementie ging vertonen. Ze had aangenomen dat zijn waanideeën en vergeetachtigheid te maken hadden zijn dementie, en dat had zijn huisarts ook gedacht.

Nu terugkijkend was Harry's gezondheid wel heel erg snel achteruitgegaan. Toen Kat twee weken geleden zijn creditcards had opgezegd en de bank ter verantwoording had geroepen, had ze de situatie erger gemaakt. Door de opzeggingen werden Hillary's geldbronnen afgesneden. De achteruigang in zijn gezondheid was niet de oorzaak geweest van de chaos in zijn financiën; het was juist andersom geweest. Door haar pogingen om Harry te beschermen had Kat ervoor gezorgd dat Hillary zich gedwongen voelde terug te komen naar Vancouver. De stiekeme, wekelijkse bezoeken in het weekend die ze had gebruikt om hem vergif toe te dienen en zo zijn gezondheid geleidelijk te ondermijnen waren niet meer voldoende.

Harry was naïef geweest en had niet willen geloven dat zijn dochter opnieuw financieel misbruik van hem maakte. Hij bleef haar verhalen geloven en bij bleef haar geld geven; ieder keer wist hij 'zeker' dat ze deze keer wel haar financiën op orde zou krijgen. Het was echter wel de vraag of hij zich op enig moment volledig bewust was geweest van wat Hillary aan het doen was. Het vergif dat hij langere tijd kreeg toegediend, had hem steeds verwarder gemaakt. Zo had hij zich niet meer kunnen herinneren dat hij bij de bank was geweest voor een lening en een hypotheek, en dat was volgens Anita Boehmer wel het geval geweest.

'Een of twee eieren?' Harry haalde het doosje eieren uit de koelkast en gooide de deur dicht.

'Twee.' Toen de maandelijkse overschrijving stopte, had ze besloten voor een paar weken terug te keren naar Vancouver om de dosis vergif op te voeren en zo haar vader uit de weg te ruimen, zodat ze zijn geld en bezittingen definitief in handen zou krijgen.

'Sap?' Harry hield de karaf omhoog.

Harry mocht zich dan niet veel meer kunnen herinneren van zijn maandenlange tocht door de hel, maar Kat was er zeker van dat dokter Konig het met hem had gehad over de vergiftigde jus d'orange. Maar ze kon het haar oom niet kwalijk nemen dat hij niet wilde geloven dat zijn dochter geprobeerd had hem te vergiftigen. Niemand zou die waarheid onder ogen willen zien, dat was gewoon te pijnlijk.

'Ik denk dat ik vandaag maar oversla.'

Harry keek Kat aan. 'Ze is gewoon een beetje roekeloos, Kat. Het komt nog wel goed.'

Zelfs nu nog probeerde hij Hillary's gedrag te vergoelijken. Maar wat kon hij anders? De gedachte dat het allemaal opzettelijk was gebeurd, kon hij niet aan.

Kat zei niets. Ze werd afgeleid door geluiden aan de voorkant van het huis.

'Ben zo terug.' Ze stond op van haar stoel en liep naar de woonkamer. Toen ze dichter bij het raam kwam, zag ze dat iemand zich bukte recht voor de Porsche.

Haar hart sloeg over toen de motorkap van Hillary's Porsche naar voren schoot. Hillary was teruggekomen voor haar auto, ondanks het feit dat ze een straatverbod had en ze geen contact meer met haar vader mocht hebben.

Kat zette zich schrap. Waarom overtrad Hillary al na één dag de voorwaarden van het straatverbod? Ze had al genoeg problemen – ze zou worden vervolgd voor poging tot moord en fraude. De politie had haar in staat van beschuldiging gesteld, ondanks Harry's protesten. Nu was het aan de rechtbank om over haar lot te beslissen.

Kat gooide de deur open; ze wilde Hillary tegenhouden voordat Harry haar zou zien.

Maar het was Hillary helemaal niet. Een sleepwagen tilde net de voorkant van de Porsche op.

Kat rende naar buiten. 'U kunt die auto niet wegslepen – hij mag hier geparkeerd staan en er is geen bekeuring uitgeschreven.'

'Dat kan ik zeker wel. De bank heeft beslag gelegd op deze auto. Achterstallige betalingen.'

'O.' Kat stapte achteruit toen hij de auto verder ophees. Op de een of andere manier zou Hillary's fraude worden uitgezocht en opgelost. Als de financieringsmaatschappij de auto liet wegslepen, zou hij in ieder geval veilig worden weggeborgen, zodat Hillary er niet meer bij kon. En de betalingsherinneringen zouden niet meer naar dit adres worden opgestuurd. 'Een fijne dag verder.'

De chauffeur van de sleepwagen glimlachte terug. 'Nou, dat is iets wat ik niet zo vaak hoor.' Hij stak zijn duim op en klauterde in zijn wagen.

De sleepwagen reed weg van de stoep met de Porsche erachter.

Kat keek hoe de sleepwagen de heuvel opreed. Toen was hij boven, waar de heuvel de hemel raakte, waar de wereld ophield.

De ochtendzon scheen even op de achterbumper van de Porsche toen hij over de top van de heuvel ging. Toen verdween de auto langzaam achter de horizon.

Deze keer was zij niet degene die er vandoor ging.

Vond u MET GELIJKE MUNT spannend en wilt u verder lezen? Koop dan nu ENGEL DES DOODS!

KATERINA CARTER JURIDISCHE THRILLERS
ENGEL
DES DOODS
COLLEEN
CROSS

# NAWOORD VAN DE AUTEUR

Hoewel de meeste van de locaties in *Met Gelijke Munt* echt zijn, geldt dat niet voor Hideaway Bay. Het is een compositieschets van een aantal kleine dorpen en stadjes die gelegen zijn aan de Sunshine Coast, die op zijn beurt deel uitmaakt van de zuidwestkust van Canada. Ook het World Institute is verzonnen, maar zo'n organisatie zou zeker in het echt kunnen bestaan.

Het bestrijdingsmiddel No-Gro is ook aan mijn verbeelding ontsproten. Als er veel te winnen valt, zijn mensen geneigd buitengewoon ver te gaan om geld en macht voor zichzelf te verwerven.

Ook fraude fascineert mij en ik ben altijd verbaasd over de motieven waarom mensen ertoe overgaan zichzelf te verrijken ten koste van anderen. Ondanks wat zulke misdadigers denken, is het alleen een kwestie van tijd voor ze tegen de lamp lopen. Vroeg of laat maken ze een fout of worden ze gemakzuchtig. Een forensisch accountant als Kat gebruikt een aantal manieren om fraudeurs op te sporen en te ontmaskeren, maar ze richten zich vooral op één ding. Als je het geldspoor volgt, dan leidt dat uiteindelijk tot de dader.

Ik hoop dat u genoten heeft van *Met Gelijke Munt*, net als ik ervan genoten heb het boek te schrijven. Als u het een leuk boek vond, vertel dat dan aan anderen. Mond-op-mondreclame is iets wat voor een schrijver het allerbeste werkt.

# OVER DE AUTEUR

Colleen Cross is de auteur van de bestselling juridische thriller-serie rond Katerina Carter en de daarvan afgeleide serie de Kleur van Geld, ook met Katerina Carter in de hoofdrol. Haar twee populaire thriller/detectiveseries hebben dezelfde hoofdpersoon. Katerina Carter is een slimme forensisch accountant en fraude-onderzoekster die zich geen appels voor citroenen laat verkopen.

Ze doet altijd het juiste, al schrikken mensen nogal eens van haar onorthodoxe methoden.

Colleen Cross is bovendien accountant en fraude-expert en schrijft waargebeurde misdaadverhalen. In Anatomy of a Ponzi: Scams Past and Present bijvoorbeeld ontmaskert ze de grootste Ponzi-fraudeurs aller tijden en hoe ze ermee wegkwamen. Ze voorspelt bovendien precies het moment en de plek waarop de grootste Ponzi-fraude ooit aan het licht zal komen en de aanwijzingen waar men op moet letten.

Colleen Cross is ook actief op social media.

Facebook: www.facebook.com/colleenxcross

Twitter: @colleenxcross

Je kunt haar ook vinden op Goodreads.com.

Bezoek voor het laatste nieuws over Colleens boeken haar website: http://www.colleencross.com/.

Wil je op de hoogte gehouden worden van haar nieuwste boeken, schrijf je dan in voor haar nieuwsbrief!

# OOK VAN COLLEEN CROSS

De Heksen van Westwick
Jong Gehekst is oud Gedaan
Een goede spreuk is het halve werk

Katerina Carter juridische thrillers
Nooduitgang
Met gelijke munt
Engel des doods
Groene schijn
In het rood
Blauwe Maandag

Wil je op de hoogte gehouden worden van Colleens nieuwste boeken,
schrijf je dan in voor haar nieuwsbrief!
http://eepurl.com/c0jsL

www.colleencross.com